CURIOSITÉS DE L'ESPACE

ALLÔ HOUSTON, ON A UN STRATAGÈME

SARA L. HUDSON

Copyright © 2022 by Sara L. Hudson

Traduit par Iris Loison de Valetin translations

All rights reserved.

No part of this book may be reproduced in any form or by any electronic or mechanical means, including information storage and retrieval systems, without written permission from the author, except for the use of brief quotations in a book review.

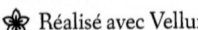 Réalisé avec Vellum

Pour Leslie, pour m'avoir donné tant d'occasions d'avoir raison.

Je t'embrasse, mon amie pour la vie.

UN
IMPOSSIBLE

T*RISH*

C'est fou.

Le métal froid de l'extérieur de ma caravane Airstream se presse contre moi alors que Ian se rapproche.

C'est stupide.

Ses lèvres descendent le long de mon cou, ses mains levant les miennes au-dessus de ma tête. Je suis coincée.

C'est *tellement bon*.

Pendant des mois, j'ai tenu Ian à distance. J'ai ignoré sa manière de flirter, fait semblant d'être occupée ou indifférente chaque fois qu'il m'invitait à sortir. Mais ce soir, au Big Texas Saloon, pendant que je regardais Jackie dans les bras de Flynn, et Jul' et Holt danser l'un autour de l'autre tout en repoussant ce que nous savons tous être inévitable, Ian s'est glissé à travers mes défenses.

Il a suffi d'un verre et d'une danse, et je savais que je le ramènerais à la maison avec moi.

C'est mon dernier test.

Ian est un fils de riche. Ses vêtements, sa voiture, son attitude, tout crie qu'il a de l'argent. Nous aurions facilement pu aller chez lui, dans ce qui est probablement un penthouse ou une garçonnière, mais je l'ai ramené à ma caravane.

C'est un aperçu du vrai moi. Je ne peux pas tout lui dire. Je ne peux tout dire à personne, mais c'est ce que je peux lui montrer. Je ne suis pas chic, malgré mon accent affiné au fil des ans. Je ne suis pas une dame, malgré mon rouge à lèvres parfaitement appliqué ou la hauteur de mes talons.

Je suis une beauf.

— Trish.

Sa langue passe derrière mon oreille, envoyant de la chair de poule le long de mon cou, mes tétons durcissant au point d'en devenir presque douloureux.

Mes oreilles sont ma kryptonite.

— Hmmm ?

— Allons chez moi.

Il faut une minute pour que ses mots pénètrent le brouillard de luxure dans lequel je me trouve. J'ai dû avoir mal entendu.

— Pardon ?

D'accord, il s'est raidi lorsque je lui ai demandé de rentrer sur le terrain, mais j'ai espéré que c'était parce qu'il avait peur de salir sa voiture dans l'allée.

— Chez moi.

Sa voix est un murmure, soufflant où il vient de me léchouiller.

Merde. Mon plancher pelvien se contracte et je jure que s'il le fait encore une fois, j'aurai un orgasme direct.

Mais ce n'est pas le cas, alors je rassemble la force de reculer.

— Non.

Mes yeux marron rencontrent ses yeux bleus perçants.

— Si tu as envie de m'avoir, tu peux m'avoir. Mais ici.

Je suis têtue. Je le sais. Mais être ici, dans ma maison, est la seule chose qui me reste du *vrai* moi. Cela signifie quelque chose.

Ses narines se dilatent, mais je n'arrive pas à lire son expression. Agacée ? Déterminée ?

— D'accord.

Il hoche la tête une fois. Il a l'air aussi sérieux que s'il faisait un pacte avec le diable.

C'est insultant. Je devrais m'emparer d'un peu de fierté et lui dire de partir s'il pense qu'il est trop bien pour mettre les pieds dans ma caravane. Au lieu de cela, je place ma main sur le devant de son pantalon et frotte l'épaisse longueur en dessous.

Parce que ça fait si *longtemps*.

Et parce que c'est Ian.

Avec un gémissement, il attrape ma main et me tire vers la porte. J'ouvre rapidement les verrous, et à la seconde où j'ouvre la porte, il me fait tourner à l'intérieur, me plaquant à nouveau contre quelque chose, cette fois le petit comptoir de la cuisine.

Avant que je m'en rende compte, mes fesses reposent sur le stratifié froid, ma jupe s'étant gonflée lorsqu'il m'a soulevée. Ses baisers sont violents, presque désespérés. Mais je n'ai pas vraiment le temps d'analyser les choses car mon corps prend le dessus. Utilisant les muscles de mes jambes, musclées grâce aux talons de sept centimètres minimum que je porte en permanence, je l'attire plus près, sa boucle de ceinture frappant contre mon string. Il lève la tête, et ses mains attrapent les placards du haut derrière moi, m'emprisonnant.

— Oui...

Je serre les fesses, puis les relâche, encore et encore, me frottant contre lui.

Je suis tellement perdue dans les sensations qu'il me faut une minute pour réaliser qu'il s'est immobilisé.

— Ian ?

Son souffle est erratique, ses yeux sauvages. Une goutte de sueur glisse le long de sa tempe.

— Ian ?

Je répète son nom, plaçant mes mains de chaque côté de son visage, tournant ses yeux vers les miens. Mais il n'est pas là. Son regard vide, qui ne cille même pas, me dit qu'il est quelque part, loin.

— Ian !

Je le secoue légèrement, assez pour le ramener à l'instant présent. Il cligne rapidement des yeux.

— Est-ce que ça va ? Qu'est-ce qui se passe ?

Ian recule d'un pas, ses longues jambes faisant qu'il se retrouve plaqué contre l'autre côté de la caravane. Le contact le fait sursauter et il manque de se cogner contre le plafond.

— Je ne peux pas.

Il se tourne, saisissant la poignée de la porte, essayant de l'ouvrir avant qu'elle ne se déverrouille. Il essaie encore. Et encore. Il tourne et pousse, jusqu'à ce que la caravane bascule pour toutes les mauvaises raisons.

— Je dois sortir d'ici.

Le désespoir dans sa voix me pousse à l'action, et je saute du comptoir. Dans ma hâte, j'atterris mal, et la douleur envahit ma jambe.

— Ian, attends !

Je boitille vers lui, voulant le rassurer, mais craignant de le toucher.

— Donne-moi une seconde.

— Non !

Son rugissement résonne dans le petit espace. L'impact me coupe le souffle.

— Sortez-moi de cet enfer !

Sur ce dernier mot, il parvient enfin à ouvrir la porte, et court à toute vitesse dans la nuit.

Le temps que je récupère et que j'arrive à la porte, je dois sauter en arrière pour ne pas être touchée par l'arc de gravillons projetés sur le côté de ma caravane par les pneus de sa voiture de sport qui dévale le long de mon chemin de graviers.

Les feux arrière sont tout ce que je vois alors qu'il s'éloigne de moi à toute vitesse. De plus en plus vite.

Et bien que ce soit une autre époque, et un autre endroit, et un autre homme, c'est mon passé qui se répète encore une fois. Et ça fait mal.

Pour une raison quelconque, ça fait bien plus mal cette fois.

―――

Ian

MERDE. Putain. Merde.

Pourquoi est-ce qu'il fallait que Trish vive dans une caravane ?

En sortant du terrain, j'appuie plus fort sur la pédale d'accélérateur, le vent fouettant les vitres de la voiture, me rappelant que je ne suis pas pris au piège.

Quand Jul' parlait de l'appareil argenté de Trish, je pensais qu'elle faisait référence à son vibromasseur. Je rivaliserais avec un petit ami à piles n'importe quand plutôt que d'entrer dans un cercueil sur roues.

Et c'est exactement ce que j'ai ressenti en entrant dans l'Airstream de Trish. Même avec elle dans mes bras, ses ongles traînant dans mon dos et ses lèvres sur les miennes, les murs se sont refermés sur moi petit à petit. Comme si j'étais dans *Indiana Jones et le Temple maudit*. Je n'ai pas tenu cinq minutes.

Et mon père se demande pourquoi je ne peux pas surmonter mon « petit problème » et devenir astronaute !

Je suis bien plus contrarié par le fait que mon « petit problème » me coûte Trish.

Mon tableau de bord s'illumine, indiquant qu'on m'appelle. Quand on parle du loup...

Arrêté au feu rouge, j'accepte l'appel en appuyant sur le bouton de mon volant.

— Père.

— Tu es en voiture ? Pourquoi tu conduis si tard un samedi soir ?

Grimaçant à sa voix tonitruante, je maintiens le contrôle du volume enfoncé.

— Je...

— Tu ne peux pas coucher avec une fille dans ta voiture de luxe. Tu ferais mieux de ne pas avoir bu.

— Je n'ai pas...

— Je ne peux pas me permettre d'ennuis. La réélection approche. Ne sois pas égoïste.

L'ironie de *me* demander de ne pas être égoïste est risible.

— Avais-tu besoin de quelque chose ?

Je ne considérerai jamais la relation avec mon père positive, mais au moins la distraction a déjà atténué ma crise de panique.

Il grogne, probablement plus contrarié que je n'entre pas en conflit pas avec lui qu'autre chose. La seule chose qu'il déteste plus que mon « petit problème », c'est mon refus de l'affronter. Un autre exemple de ma faiblesse, dit-il.

— Je serai à Houston dans quelques semaines.

Merde.

— Pour la mise en place de la collecte de fonds de la prochaine campagne.

— Je vois.

Le feu change de couleur, et j'accélère tout en me préparant mentalement pour l'événement ennuyeux pour lequel il va avoir besoin de moi.

— Nous parlerons de notre plan pour tes prochaines étapes lors de la collecte de fonds.

Je prends à droite sur NASA Road 1.

— Je vais... attends, quelles prochaines étapes ?

Il pousse un long soupir de souffrance.

— Je pense qu'il est assez évident que tu ne seras jamais astronaute, raille-t-il. Tu n'as pas assez de couilles pour ça.

Bien que marmonné, son commentaire sort clairement à travers le haut-parleur.

— Alors c'est le moment idéal pour que tu transitionnes vers la politique.

Mes doigts blanchissent sur le volant, faisant dévier la voiture. *Putain.*

Il poursuit :

— Tu t'es fait un nom avec cette femme idiote et le truc de la Station spatiale internationale il y a quelque temps, et maintenant la NASA gagne en popularité. Les Américains aiment à nouveau l'espace.

Je ne peux pas m'empêcher de sourire en voyant à quel point il est à côté de la plaque.

— Est-ce que tu appelles la docteur Jackie Darling Lee, multi-diplômée, la personne qui a pratiquement sauvé la Station spatiale internationale à elle seule et qui a récemment été promue astronaute une *femme idiote* ?

— Je ne le ferais pas si tu l'épousais.

Comme si tout ce à quoi une femme était bonne était ce qu'elle pouvait apporter à un mariage. Le visage pâle et stoïque de ma mère me vient à l'esprit.

— Je ne pourrais pas faire mieux que *cette* presse.

Tout chez lui est une question d'image.

— Mon Dieu, Papa. Elle est fiancée.

— Encore une fois, tu as été trop lent.

Son commentaire m'atteint. Je ne sais pas pourquoi. Ce n'est pas comme si je n'avais pas entendu ces choses un million de fois maintenant. J'aurais pensé être immunisé. Peut-être que c'est parce qu'il y a eu un moment fugace où j'ai pensé inviter Jackie à sortir avec moi. Mais c'était avant Trish.

— Mais le mariage *est* la raison de mon appel.

Je manque presque mon virage sur Space Center Blvd.

— Quoi ?

— Le mariage. Maintenant que tu te lances en politique, tu as besoin de quelqu'un qui connaît les règles du jeu à tes côtés, quelqu'un qui peut t'aider à réussir.

Je me gare sur le parking du Gilruth Center, le gymnase de la NASA. C'est soit ça, soit un accident de voiture.

— Je n'ai jamais dit que j'allais faire de la politique.

— Mais *moi*, si.

Je déteste ce ton. C'est le ton qui vient avant qu'il me retire quelque chose d'important. Et il continuera jusqu'à ce que je cède à ses envies. C'est le résumé des expériences de ma vie. Jouets, animaux de compagnie, amis, opportunités, ma mère. Rien n'est sacré pour cet homme.

— J'ai eu le plaisir de déjeuner avec Donald Hightower l'autre jour. Je me suis assuré qu'il savait que j'avais un intérêt direct dans la direction que prend la NASA.

Donald Hightower, directeur adjoint de la NASA, nommé par le président des États-Unis.

La rage monte en moi. Lentement et régulièrement, jusqu'à ce que je sois à peu près sûr de pouvoir arracher le volant d'un seul coup. Des années de pratique me permettent de paraître indifférent.

— Ah oui ?

— Ah oui. Donc, si tu veux quitter la NASA en ressemblant à un héros, au lieu d'avoir un autre échec sur ton CV, tu vas rencontrer qui je veux que tu rencontres et tu vas commencer à préparer tes discours d'acceptation.

Le tableau de bord devient noir.

Comment une nuit qui a commencé si spectaculairement peut-elle se terminer aussi horriblement ?

DEUX
POUSSÉE D'ADHÉRENCE

T*RISH*

— C*ROTTE DE BIQUE* !

Je sautille, tenant mon pied nu, que je viens d'enfoncer dans le placard. Je le frotte jusqu'à ce que la douleur se transforme en un battement sourd et que je puisse le reposer délicatement sur le sol.

Chaque pas boiteux vers le canapé est rythmé d'un « merde » marmonné. Heureusement, il ne me faut que quelques sautillements pour y arriver, puisque je suis dans ma caravane.

J'ai besoin de me calmer. Si je panique, je vais commencer à commettre des erreurs.

N'est-ce pas risible. Les trois derniers mois n'ont été rien *d'autre que des* erreurs. Je suis bien trop à l'aise. J'ai baissé ma garde alors que j'aurais dû rester vigilante. Je me suis fait des amies que je ne veux pas abandonner.

Et maintenant, quelqu'un m'a trouvée.

Je ne sais pas ce que j'aurais fait sans Jul', qui était dans ma caravane la nuit où le détective privé est venu. Elle a réussi à effrayer ce type, mais je ne suis pas assez stupide pour penser qu'il ne reviendra pas. Ce n'est pas parce qu'il n'a pas vu mon visage qu'il n'a pas vu ma camionnette. Une autre erreur. J'ai été trop sentimentale. J'aurais dû l'échanger dès que j'ai quitté la Géorgie. Ce modèle vintage est trop facilement repérable.

J'ai déjà alerté le bureau de gestion du terrain que je rompais mon bail. Ça craint de devoir payer jusqu'au bout même si je n'étais plus là, mais j'ai assez d'argent pour pouvoir me le permettre sans problème. J'ai de la chance que mon travail ponctuel soit devenu un travail à temps plein avec un bon salaire.

Je devrais probablement quitter l'État. Mon pied indemne rebondit de haut en bas comme un lapin, ma nervosité ayant besoin d'une sorte de libération.

Peut-être devrais-je simplement essayer de camper un moment dans un parc d'État ? Pas de baux à signer, moins de traces écrites. Je vais arrêter de travailler au bar quelque temps.

Je n'ai pas besoin de cet argent, mais c'est le job parfait pour observer les gens. Cela me donne des idées.

Je souris en me souvenant de la nuit où j'ai rencontré Jackie au Big Texas Saloon. J'ai passé une bonne dizaine de minutes à inventer une histoire sur la fille aux lunettes et au tee-shirt scientifique. Je ne me souviens pas de grand-chose de ce que j'avais imaginé, sauf que c'était légèrement au-delà de l'invraisemblable. Malgré cela, quelques minutes après avoir pris sa commande et dit bonjour, Jackie a fait exploser ma fiction, se révélant être une ingénieur de la NASA et un charmant petit génie, sorties sur la matière statique et le code binaire comprises. La vérité dépasse la fiction, comme on dit.

Puis j'ai rencontré Rose. Et ensuite Jul'.

Je garde le sourire mais ma vision se brouille de larmes.

Je n'ai jamais eu de vrais amis, même en grandissant.

Surtout pas des femmes intelligentes et confiantes qui se soutiennent maintes et maintes fois. Des amitiés comme celles-là devraient être sacrées.

Et pourtant, je dois les abandonner.

Je prends une profonde inspiration, soulageant la brûlure derrière mes yeux, et aperçois un morceau de papier cartonné épinglé au tableau d'affichage sur le mur du fond de la caravane. Une invitation de mariage.

Mince. Le mariage de Jackie.

Ce serait une erreur d'y aller. Une erreur stupide. Si le détective privé m'a trouvée ici, il pourrait poser des questions sur moi autour du bar. Découvrir avec qui je traîne. Il est difficile de ne pas trouver d'infos sur la célèbre docteur Jackie Darling Lee et le magnat du pétrole texan qui lui sert de fiancé.

Mais je ne peux pas. Je ne peux pas rater le mariage.

Ma jambe recommence à vibrer pendant que je réfléchis.

Peut-être que je vais camper à Somerville State Park. Ce sera chiant, mais c'est assez proche pour que je puisse venir en camionnette jusqu'ici pour les essayages de robe et le dîner de répétition. Je pourrais partir juste après le mariage.

Ou je pourrais...

Toc. Toc.

Mes yeux volent vers la porte, et dans la seconde qui suit, je me cramponne à mon fidèle fusil de chasse.

Ian

— Qui est là ?

L'accent traînant de Trish retentit derrière la porte métallique de sa caravane, suivie par le son distinct d'un fusil de chasse qu'on arme.

Mon cœur s'emballe alors que je regarde la maison sur roues.

— Ian.

Je recule, ne sachant pas si cela diminuera mes chances de me faire tirer dessus ou les augmentera.

— Ian ?

Avant que je puisse répondre, les rideaux de la fenêtre à gauche de la porte s'ouvrent et le visage mutin de Trish apparaît derrière la petite vitre.

Je la salue maladroitement. Tout ce que je suis en ce moment me semble gênant. Ce n'est pas un sentiment auquel je suis habitué. Ou que j'aime particulièrement.

Le regard de surprise sur ses traits délicats se transforme rapidement en un froncement de sourcils. Les rideaux se remettent en place, puis une myriade de serrures se mettent à tourner.

Jul' avait raison : Trish a peur de quelque chose. Je n'avais pas vraiment adhéré à l'explication catégorique de mon amie sur la façon dont Trish a besoin que je lui colle comme des paillettes sur une strip-teaseuse (ses mots, pas les miens), mais maintenant il est évident que quelque chose se trame. Je comprends qu'une femme vivant seule doit être vigilante, mais le terrain de caravanes où Trish se trouve est dans l'un des meilleurs quartiers de la ville avec un faible taux de criminalité. Ce n'est pas un terrain délabré que l'on pourrait voir dans une série télévisée. Les vastes terrains des environs abritent des mobil-homes valant au moins un demi-million de dollars et des retraités aisés en balade loin de leur vie. Honnêtement, je suis surpris qu'une serveuse puisse payer le loyer de cet endroit. L'Airstream de Trish, bien que bien entretenu et cool, est la plus petite maison et la moins chère. Il ne semble pas y avoir de raison pour un accueil arme au poing.

La porte s'ouvre avec une telle force que je saute en arrière, la laissant cogner contre le côté de la caravane.

— Qu'est-ce que tu fais ici, *toi* ?

Ses yeux ne sont pas fixés sur moi, mais se déplacent à gauche et à droite au-dessus de ma tête alors qu'elle scrute les environs.

Je regarde derrière moi, cherchant ce qui effraie Trish.

— Jul' m'a envoyé.

Cela provoque un long et lourd soupir.

— J'ai dit à cette enquiquineuse que j'allais bien.

Contredisant ses paroles, ses yeux voltigent toujours d'avant en arrière le long de la route.

— Pas besoin de s'en faire.

— Est-ce pour cela que tu scrutes l'horizon en tenant un fusil de chasse chargé ?

Elle baisse les yeux, comme réalisant qu'elle tient l'arme.

— Oh. Ça.

Elle la déverrouille facilement, un mouvement gracieux que seule une personne habituée à manipuler des armes peut faire.

— Une fille qui vit seule ne peut pas être trop prudente. C'est tout.

— Oui oui…

Des doigts habilement manucurés retirent les cartouches avant de reverrouiller la tige du fusil et de l'appuyer contre le comptoir de la cuisine. Le même comptoir sur lequel je l'ai assise il y a quelques semaines alors que nous dévorions nos bouches.

Je déglutis.

— Je suis ici pour récupérer le sac que Jul' a laissé quand elle a dormi ici.

Pinçant les lèvres, elle hoche la tête.

— Bien.

Un autre soupir.

— J'allais le lui rendre moi-même, mais puisque tu es déjà là...

Elle hésite, comme si elle se débattait contre elle-même pour savoir quoi dire.

— Tu veux boire quelque chose ? Du thé glacé ? De la limonade ?

— Du thé glacé, c'est très bien.

Je n'ai pas particulièrement soif, mais si la femme qui a bloqué mon numéro de téléphone et ignoré toutes mes tentatives de m'expliquer à propos de la dernière fois où nous étions ensemble veut jouer à la parfaite hôtesse de maison, je ne vais pas dire non.

Ses narines se dilatent, et je peux dire qu'elle espérait que je déclinerais.

Dieu bénisse l'hospitalité du sud.

— Entre, alors.

Elle se retourne et d'un seul coup ouvre le réfrigérateur.

Merde. C'est là tout le problème.

Prenant une profonde inspiration, je m'avance à mi-chemin sur le seuil qu'elle vient de quitter, laissant la porte ouverte.

Avec des mouvements rapides et efficaces, Trish remplit un grand verre de glaçons et verse le thé. Elle me le tend en fronçant les sourcils.

— Ferme la porte, mon chou. Tu laisses sortir tout mon air frais.

J'attrape le verre mais ne bouge pas.

— Oui, à ce propos.

Elle fronce les sourcils, l'air rebelle.

— Es-tu en train de me dire que tu ne peux même pas te rabaisser assez longtemps pour prendre un verre de thé glacé ? Tu es si au-dessus de moi et de ma caravane ?

Me rabaisser ?

— Non. Ce n'est pas ça. Je...

— Nom d'un hibou déplumé !

Elle m'arrache le verre de la main, renversant une partie du thé.

— Va-t'en, c'est bon. Je rendrai ses affaires à Jul' moi-même.

J'essuie ma main sur mon jean.

— Trish, veux-tu juste me laisser...

— Trish, chérie ! Trish !

Nous nous retournons tous les deux pour voir une femme marcher à toute vitesse vers la caravane. La main de Trish se dirige vers le fusil de chasse pendant un moment avant qu'elle ne semble reconnaître la femme.

— Myra !

Elle laisse échapper un soupir et sourit.

— Comment ça va ?

— Super, ma grande. Tout simplement super.

La femme, qui semble avoir la soixantaine et porte un jogging rose et bleu clair avec un bandeau assorti, marche sur place une fois qu'elle atteint la caravane.

— Tu seras contente de savoir que j'ai trouvé quelqu'un pour reprendre ton bail, donc tu ne seras pas débitée quand tu partiras à la fin de la semaine.

Elle sourit, son rouge à lèvres d'une même nuance de rose que sa tenue.

— N'est-ce pas fantastique, ma chérie ?

Les yeux de Trish se posent sur les miens avant de s'éloigner.

— Euh, oui, c'est génial. Merci, Myra.

— Bien sûr, ma chérie, bien sûr.

Elle part à reculons vers la route.

— Entre femmes célibataires, il faut qu'on s'entraide, pas vrai ?

Tournant sur ses baskets blanches, Myra s'éloigne en marchant rapidement.

— Mais ne pars pas sans dire au revoir hein ! crie-t-elle par-dessus son épaule. À plus !

Et elle s'en va, les doigts d'une main s'agitant en l'air.

Je regarde la puissante oscillation du pantalon parachute de Myra, qui se balance comme un métronome. Je dois cligner des yeux pour détourner le regard. Les yeux de Trish sont toujours sur le derrière hypnotisant de Myra.

— Tu t'en vas ?

Ma voix est plus rauque que je ne le souhaite.

Clignant des yeux, Trish fronce les sourcils une fois de plus avant de reculer plus loin dans sa caravane.

— Ce n'est pas ton problème.

Elle me chasse d'un mouvement des mains.

— Maintenant, va-t'en.

Oui.

— Je ne pense pas, non.

Je passe le seuil et, d'un bras, je la soulève et la porte en bas des marches, attendant que la porte de la caravane se referme avant de la poser sur l'herbe.

Elle est pieds nus, et le sommet de sa tête atteint juste ma clavicule. Je n'ai jamais vu Trish sans talons. Comme elle ne porte pas de maquillage, toute son armure habituelle a disparu. Avec son visage frais et éthéré, elle a l'air si jeune, et alors que ses yeux parcourent à nouveau la cour, je peux voir pour la première fois qu'elle n'est pas seulement nerveuse, elle a peur.

— Que se passe-t-il, Trish ?

Elle ne croise toujours pas mon regard. Saisissant ses épaules, je la tourne jusqu'à ce qu'elle n'ait d'autre choix que d'être face à ma poitrine ou d'incliner sa tête en arrière pour rencontrer mes yeux.

Elle choisit la poitrine.

— Rien.

— Vraiment ?

Que Dieu me vienne en aide avec les femmes têtues. Elles semblent être partout, ces temps-ci.

— Alors c'est pour ça que Jul' a insisté pour que je ne te laisse pas seule ? Pour ça que tu as ouvert la porte avec une arme chargée ? Ou pour ça que tu continues de regarder autour de ta caravane, cherchant cette chose que tu sembles certaine de voir arriver ?

Elle hausse les épaules, ses petites épaules, qui soulèvent le poids de mes grandes mains.

— Bien. Ne me dis rien. Nous verrons simplement ce que Jackie pense de ta fuite deux semaines avant son mariage.

Cette phrase lui fait lever la tête.

— Tu n'as pas *intérêt* à en parler à Jackie.

Ses ongles s'enfoncent dans ses paumes, et tout son corps se rigidifie.

— Je le pense vraiment, Ian. Pas un mot.

— Tu es sérieuse ? Tu penses qu'il vaut mieux que Jackie se prépare à passer devant le maire pour être déçue lorsque son amie ne se pointe pas ?

— Je n'ai jamais dit que je n'irai pas au mariage.

Ses yeux regardent sur le côté et elle se mord la lèvre.

— J'ai juste besoin de bouger la caravane. C'est tout.

Je suis presque sûr qu'elle ment. J'ai grandi en politique. Je peux repérer un menteur à un kilomètre de distance. Mais je sais aussi quand demander des informations et quand battre en retraite avec tact.

— Je vois, dis-je en laissant retomber ma main. Et où vas-tu être jusque-là ?

— Ne t'en fais pas.

Elle croise les bras. Sa moue pourrait rivaliser avec celle d'un enfin de deux ans.

— Je vais trouver un endroit.

Elle a dû prendre la décision de déménager rapidement si elle ne s'est pas organisée.

— Tu réalises que si tu ne veux pas que tes amies soient au courant, tu ne peux pas aller chez elles. Elles voudront savoir pourquoi ta caravane est avec toi.

Les narines se dilatant, elle se mord à nouveau la lèvre. Elle est tellement mignonne.

— Je suppose que tu pourrais garer ta caravane chez moi...
— Vraiment ?

Ses bras tombent sur le côté, ses grands yeux marron cherchent les miens.

— Je pourrais ?
— Bien sûr.

Mon esprit se met à tourbillonner, pesant différents scénarios, comparant les résultats. Dans notre groupe d'amis, Jul' a toujours été le maître chanteur prêt à tout pour arriver à ses fins. Mais ce que personne n'a réalisé, c'est que moi aussi, je possède cette compétence. Là où j'ai grandi, nous l'appelions simplement négociation. Comme le font tous les bons politiciens.

Les yeux pleins d'espoir de Trish sont presque ma perte, mais je me rappelle que je suis patient. Si elle essaie de faire monter les enchères, il est temps d'arrêter de la jouer réglo.

— Bien sûr, tu peux garer ta caravane chez moi.

J'arbore le sourire habituellement réservé aux fonctions de presse familiales et la rare apparition publique que je fais pour mon père.

Trish cligne des yeux.

Cela marche chaque fois.

— À *une* condition.

TROIS
ORBITE BASSE

T*RISH*

T*OUTE MA VIE* tient dans le garage à bateaux de Ian.

Si cela ne remet pas les choses en perspective, je ne sais pas ce qui le fera.

Je n'arrive pas à croire que Ian ait un vrai garage à bateaux. Je ne savais même pas qu'ils existaient vraiment. J'ai juste de la chance qu'il n'y ait pas vraiment eu de bateau garé là-dedans, même si Ian a largement la place d'en mettre un. D'où la nouvelle maison de ma caravane.

Quand j'ai suivi sa voiture de sport chic à travers une grande allée bordée d'arbres, avec ma vieille camionnette et toutes mes possessions attachées à l'arrière, j'ai pensé qu'il m'emmenait sur un parking. Il s'avère que c'est là qu'il habite. Les terrains sont une denrée de choix dans cette banlieue de Houston, connue pour renfermer certaines des meilleures écoles de l'État. Et Ian a construit sa grande et luxueuse maison sur un immense terrain en plein cœur de ce quartier.

— Merde.

Je tire fort sur la goupille de sécurité qui verrouille ma caravane à l'arrière de ma camionnette. Au cours des dix dernières minutes, submergée de colère et de honte, j'ai passé mes nerfs sur mes affaires. Mais même avec l'énergie de tout cela, la punaise de goupille ne bouge pas.

— Tu es en train de me dire que mon paiement pour rester dans ton garage est de t'accompagner dans un de ces événements luxueux ?

Je pose mes pieds sur le sol du garage et tire à nouveau. Rien.

— Oui.

Ian est appuyé contre ma caravane, cette même caravane qu'il a qualifiée d'enfer, ressemblant à un mannequin de Ralph Lauren avec son polo et son jean.

Je me redresse en soupirant, me tenant aussi haut que possible, les mains sur les hanches, fixant la goupille.

— C'est trop facile. Où est l'arnaque ?

Je jette un coup d'œil à ma camionnette, où repose ma boîte à outils à l'arrière. Si je récupère mon maillet en caoutchouc, je pourrai faire dégager ce truc d'un grand coup.

Ian arrive derrière moi, il est si proche que je peux sentir la délicieuse eau de Cologne qu'il porte toujours : Acqua Di Giò. *Il se pourrait* que lors d'une récente journée de shopping avec Rose, j'ai *peut-être* fait tous les comptoirs de parfums jusqu'à ce que je trouve cette odeur exacte, celle qui, apparemment, submerge mes sens et me fait agir comme une chatte en chaleur.

C'est marrant. L'odeur de la bouteille n'était pas aussi puissante que celle de Ian.

— Besoin d'aide ?

Tout en me raclant la gorge et respirant par la bouche, je l'écarte et attrape le cordon élastique qui maintient ma boîte à outils contre le côté de la caisse de la camionnette.

— Non. Je gère.

Je parviens à décrocher un côté du cordon et à faire glisser la lourde boîte en métal vers moi. Les charnières rouillées grincent lorsque je déverrouille le couvercle.

— Attends.

Ian étend son bras vers moi, épingle de sécurité à la main.

En pinçant les lèvres, je l'attrape.

— Merci.

Je le jette dans le seau avec le cadenas et la lourde chaîne en métal que j'utilise pour fixer la caravane à ma camionnette et recommence à ranger ma boîte à outils.

— Je peux...

— Non, dis-je en levant une main, remarquant que je dois me faire une nouvelle manucure. Je gère.

Ian se balance sur ses talons et hoche la tête. Les minutes suivantes sont gênantes, car il me regarde sécuriser et tout ranger. S'il y a une chose qu'apporte la vie dans une caravane, c'est un bon sens de l'organisation. J'ai l'habitude de devoir tout remettre à sa place dès que je l'utilise pour gagner de la place, mais c'est vraiment épuisant.

— Tu dois aussi faire semblant d'être ma petite amie.

Je fais une pause en fermant le hayon, réfléchissant à ce qu'il vient de dire. Je ne peux pas l'avoir bien entendu. En claquant le hayon, je me tourne vers lui.

— Quoi ?

Il grimace, regardant par la porte du garage, vers son allée bien pavée encadrée par un double terrain bien entretenu dans un quartier familial bourgeois.

— Tu m'as entendu.

— Eh bien, oui, je t'ai *entendu*. Cela ne veut pas dire que je comprends ce que j'ai entendu. Pour ce qui semble être la millionième fois aujourd'hui, mes yeux parcourent son corps.

— Pourquoi est-ce que *toi*, tu aurais besoin d'une fausse petite amie ?

Un mètre quatre-vingts de muscles enveloppés dans des vêtements de marque bien ajustés et coûteux. Et pour couronner le tout, ce qui se trouve en dessous est encore plus impressionnant. Mes yeux se posent sur son entrejambe.

Je veux dire son cerveau. Son *cerveau*.

Sors ton esprit du caniveau, Patty.

Je repense à la façon dont l'ex de Flynn avait causé toutes sortes de problèmes entre lui et Jackie quand elle s'était pointée à un événement. Les flics avaient même dû intervenir.

— Ce n'est pas un problème d'ex-petite amie, n'est-ce pas ?

Je m'essuie les mains au dos de mon short en jean.

— Honnêtement, je ne pense pas que je pourrais gérer ce genre de foin.

— Non, ce n'est pas un problème d'ex-petite amie. C'est un problème de famille.

Ce mec fait bégayer mon cerveau.

— Alors non seulement je dois prétendre être ta petite amie, mais je dois *mentir* à ta famille. Je déglutis, soudain nauséeuse.

— Je ne pense pas...

— Bonjour.

Un groupe de femmes remonte la longue allée de Ian en marchant à toute vitesse. Contrairement à ma gestionnaire de camping pour caravanes, Myra, ces femmes sont parées d'élasthanne moulant, de soutiens-gorge de sport sans chemises réelles sur le dessus, et de vrais diamants. Des bracelets rivières, de grosses bagues de mariage et de fiançailles et d'énormes clous de diamant brillent sous le soleil du Texas alors qu'elles secouent leurs fesses dans l'allée.

— Ian, chéri, c'est si rare de te croiser ces jours-ci, dit la grande blonde, qui semble être la meneuse du groupe, en approchant du garage.

— Bonjour, Veronica.

Il fait un signe de tête aux autres femmes.

— Meghan, Kate, Mélissa.

— Salut, disent-elles d'une seule voix avant que leurs têtes ne pivotent dans ma direction. Quatre paires de faux cils s'agitent lorsqu'elles me regardent de haut en bas.

C'est comme si j'étais projetée dans un épisode de *Desperate Housewives*.

— Et qui est ton amie ?

La cheffe du groupe, Veronica, se rapproche de Ian. Elle est grande, même en baskets, et je déteste la façon dont je dois lever le menton de plus en plus haut pour rencontrer ses yeux au fur et à mesure qu'elle se rapproche.

Pourquoi ne pouvais-je pas porter des talons et du maquillage ? Ou dans ce cas, de la peinture de guerre, car il faudrait que je sois stupide pour ne pas réaliser que cette femme jette le gant. Je ne veux peut-être pas gagner la guerre, mais cela ne veut pas dire que je ne veux pas gagner cette bataille en particulier.

— Je suis Trish. Ravie de vous rencontrer, dis-je en lui tendant la main et en souriant.

Elle marque une pause, mais cède à la pression sociale. Sa main est molle dans la mienne. Probablement fatiguée de porter tous les diamants qui l'alourdissent.

— Oh, un Airstream ! s'exclame Melissa, un vrai sourire sur le visage. J'ai toujours adoré ces trucs-là.

Elle se tourne vers Ian.

— Est-ce que je peux jeter un œil à l'intérieur ?

Le visage toujours passif, il incline la tête dans ma direction.

— Ce n'est pas à moi, c'est à Trish.

— Oh.

Elles comprennent toutes le sens de cette déclaration. Mon Airstream dans le garage de Ian est l'équivalent d'une revendication.

— Si ce n'est pas gentil.

Veronica me regarde comme si j'avais pissé dans ses céréales.

— Votre véhicule de vacances, c'est ça ? Mon Henry et moi pensions en acheter un, juste pour jouer avec le week-end, peut-être.

Ses dents blanches parfaites sont découvertes dans un semblant de sourire.

— Mais ils sont tellement étroits, je ne suis pas sûre de pouvoir le supporter.

Kate pouffe et tire son téléphone de son soutien-gorge.

— Ceci, dis-je avec un geste vers l'Airstream, est ma maison. J'habite là-dedans. En permanence.

— Oh. N'est-ce pas quelque chose.

Veronica fait à ses amies un sourire significatif.

— La maison de Ian doit permettre de belles petites vacances loin de la réalité.

Melissa a la bonne grâce d'avoir l'air peiné.

— J'ai, euh, j'ai entendu dire qu'ils étaient difficiles à trouver ; les Airstream, je veux dire. Beaucoup de gens les restaurent.

Elle recule un peu devant le regard noir de Veronica et hausse les épaules.

— Je le vois sur Pinterest tout le temps.

Souriant à Melissa, parce que je sais très bien ce que c'est que de s'exprimer quand les autres jugent, j'acquiesce.

— J'ai fait un peu de restauration quand je l'ai eu. C'est un peu le bordel maintenant, comme je viens de le déplacer, mais quand je le remets en ordre, vous êtes plus que bienvenue pour une visite.

Ne regardant ni Veronica ni Kate, Melissa hoche la tête, un petit sourire sur son joli visage.

— Merci.

Veronica jette un regard amer à Melissa.

— Oui, nous aimerions toutes jeter un coup d'œil à votre petite caravane pittoresque, n'est-ce pas, Kate ?
— Oui.

Les yeux de Kate sont fixés sur son téléphone, ses pouces s'agitant à toute vitesse.

— Aviez-vous besoin de quelque chose, mesdames ?

La voix de Ian coupe la tension.

Je le regarde, surprise. Je ne l'ai jamais entendu utiliser un ton aussi dur auparavant.

Apparemment, cela suffit également à retirer à Veronica son animosité dévoilée. Elle se balance dans ses Nike immaculées.

— Oh non. Nous étions juste venues dire bonjour, c'est tout.

Ian ne souriant pas en retour, elle recule.

— Mais nous devons y aller maintenant. Nous avons des calories à brûler ! s'exclame-t-elle en tapotant sur son Apple Watch. Allez, les filles.

Avec un salut de la main, elle tourne, sa troupe reprenant la marche sportive derrière elle. En tant que femme, je peux facilement voir l'effort supplémentaire qu'elle met dans sa démarche lorsqu'elle avance à grands pas dans l'allée.

Mais quand je me tourne vers Ian, il ne regarde pas les fesses de Veronica. Ses yeux sont toujours sur moi.

— Je...

Il a l'air embarrassé. Et je ne sais pas pourquoi, mais ça provoque une vive colère en moi. Je suis en sueur.

Utilisant mon énervement, je tire le gros générateur de l'arrière de ma camionnette.

Se précipitant à mes côtés, Ian essaie de m'éloigner de la machine.

— Qu'est-ce que tu fais ?

Je le repousse immédiatement, l'écartant du chemin pour pouvoir installer le générateur. Une douleur me traverse le dos quand je me penche. Putain. J'expire en me redressant, m'éventant de manière théâtrale.

— Eh bien, mon chou, il fait trop chaud pour ne pas avoir de climatisation, même si l'été s'estompe.

— Mais…

Il jette un coup d'œil au générateur avant de me regarder en fronçant les sourcils.

— J'ai bien assez de place dans la maison.

— C'est bon, t'inquiète, lui dis-je en déroulant les câbles de branchement.

— C'est bruyant, un générateur en marche. Les voisins pourraient se plaindre.

Je souris de le voir grincheux.

— Oh, mon chou, personne n'entendra celui-ci.

J'incline le générateur sur ses roues, le déplaçant comme un chariot à l'extérieur du garage et sur l'allée.

Ian le suit, l'air toujours confus.

— Ce petit bijou est un Honda EU2200i. Il est aussi silencieux qu'un vibro sous des couvertures.

Je le tapote tel un vendeur de voitures.

Ian ouvre et ferme la bouche plusieurs fois, mais aucun son ne sort. Je pense que choisir de rester dans ma caravane au lieu de m'installer dans son manoir a fait dérailler son cerveau.

Pendant que Ian continue à ouvrir et fermer la bouche, je saisis le bidon d'essence et remplis le générateur avant de l'allumer. Après le démarrage initial, le moteur Honda ronronne doucement.

— Tu vois ? dis-je fièrement. Personne n'aura la moindre idée que je suis ici.

Retrouvant enfin sa voix, Ian me suit dans le garage.

— Tu vas vraiment rester dans ta caravane ? Dans mon garage ?

L'incrédulité dans sa voix est à la fois amusante et insultante.

Je pose le bidon d'essence sur le sol du garage, juste à côté de la porte.

— Oui.

Sa réponse est un hochement de tête et un autre regard perdu.

Il est si mignon que je ne peux m'empêcher de le taquiner alors que j'ouvre la porte de ma caravane.

— Mais Ian, mon chou, quand tu te sens l'envie de me rendre visite, tu es plus que bienvenu. Sur ses mots et avec un clin d'œil, je pénètre à l'intérieur, fermant la porte derrière moi.

C'est vrai, rester dans ma caravane quand on m'offre une maison de presque cinq cents mètres carrés, c'est idiot. Cependant, si mon esprit sait que je suis ici à l'abri de mon passé, mon cœur a besoin de ma caravane pour le protéger de Ian Kincaid.

―――

— Ça ressemble à un costume d'Halloween.

Rose regarde la robe couleur corail enroulée autour de son corps. Se tournant devant le miroir, elle s'examine tous les angles possibles.

— Comment une robe de demoiselle d'honneur en mousseline pastel peut-elle ressembler à un costume d'Halloween ?

Je demande :

— Tu sais, genre Halloween s'est transformé en un concours ridicule de déguisements soi-disant sexy ?

— Chat sexy, flic sexy, ajoute Jul' en s'adossant au canapé antique de la boutique de vêtements. J'ai même vu un bisounours sexy l'an dernier. De quoi déformer tous mes souvenirs d'enfance, ajoute-t-elle en secouant tristement la tête.

— Qu'est-ce qu'un bisounours sexy a à voir avec la robe que j'ai choisie ? demande Rose.

Levant la tête, je fais ma meilleure imitation de Rhett Butler.

— Parce que, ma chère, tu ressembles à la version porno d'une demoiselle d'honneur.

Jul' ricane.

Je marche autour de Rose, qui se tient sur un piédestal devant un miroir à trois faces.

— Est-ce que tu pouvais choisir une robe encore plus courte ou moulante ?

Les mains sur les hanches, Rose ressemble à chaque centimètre carré à la femme du sud qu'elle est.

— Hé. J'ai des *atouts*.

Elle passe ses mains le long des coutures latérales de sa robe.

— Des atouts que je veux exploiter. Les mariages sont comme un buffet pour célibataires.

Sa hanche se décale, étirant les limites du tissu léger et fluide.

— Ne pense pas que je ne vais pas profiter au maximum de ce mariage.

— Mon mariage ne va pas être un buffet, intervient Jackie revenant au présent du problème qu'elle résolvait dans sa tête de génie en regardant dans le vide.

À côté de Jul', qui écarte ses jambes vêtues de jean sur le petit canapé blanc, Jackie a l'air vraiment guindée dans son tee-shirt de geek et ses Converse.

Nous sommes ici depuis une heure, à boire des mimosas en passant des robes en revue. Nous sommes toutes venues en Uber, sachant que nous profiterions pleinement des boissons gratuites offertes par la boutique de robes de mariée. Les vendeuses ont renoncé à nous servir il y a quelques minutes et nous ont laissé quelques bouteilles et le pichet de jus d'orange.

Ou ça pourrait être le billet de cent dollars que j'ai vu Rose glisser à la gérante.

— J'ai dit que vous pouviez choisir vos propres styles de robes.

Poussant ses lunettes, le regard gris de Jackie va de la poitrine de Rose, débordant presque de l'encolure sans bretelles, jusqu'à la partie supérieure de la cuisse et l'ourlet qui passe sous ses fesses.

— Mais j'ai toujours le droit de veto.

— L'intello a parlé, dit Jul' avant de se pencher en avant et de poser ses coudes sur ses genoux largement écartés, téléphone à la main.

Je lui demande :

— Tu cherches toujours des informations sur l'élevage sans cruauté du bétail ?

C'est drôle de voir l'astronaute dure à cuire s'inquiéter de l'élevage des vaches. J'ai failli m'étouffer quand elle a acheté un collier en strass pour sa vache de compagnie, Cookie.

Jul' secoue la tête.

— C'était le cas, mais tous ces connards d'agriculteurs pensent que c'est très bien de laisser sa vache de compagnie errer à travers les champs comme si de rien n'était, grommelle-t-elle. Je veux dire, vraiment, ces gens sont sans cœur.

Levant son téléphone, elle prend une photo de Rose avant de se pencher en arrière, les pouces volant sur l'écran.

— Voilà, j'envoie un texto à l'organisatrice du mariage.

Jul' prend vraiment à cœur son rôle de témoin.

À peine les pouces de Jul' s'arrêtent de bouger que son téléphone sonne.

— Oui, c'est un non pour la robe du côté de Sam.

Jul' remet son téléphone dans la poche arrière de son jean.

— Tu as perdu, Barbie rodéo. Choisis-en une autre.

Levant les yeux au ciel comme seule une petite sœur bien

entraînée sait le faire, Rose, qui ne peut faire que de minuscules pas dans sa robe hyper moulante, se déplace vers le portant.

— Bien, dit-elle, faisant glisser des cintres le long du tube de métal, cherchant son bonheur parmi les robes présélectionnées. Mais je ne porterai pas de robe de paysanne. Les trucs amples ne sont pas pour moi. Je ne suis pas une putain de hippie.

— Grands dieux, non, ma puce, lui dis-je avec un clin d'œil. Ce n'est pas pour une vraie Texane.

Rose fait une pause dans sa lecture.

— À moins de venir d'Austin.

— Ça, c'est bien vrai, ajoute Jul'.

— Ian n'est-il pas originaire d'Austin ? demande Jackie avant de prendre une autre gorgée de sa boisson.

Je réponds sans réfléchir :

— Non. De Dallas.

Tous les trois ont l'air bien trop contentes d'elles.

— Oh oui, c'est vrai.

Le sourire de Jackie dément son innocence.

Je ne suis pas sûre que nous ayons eu la meilleure influence sur notre amie si naïve et au cœur si pur avant de nous rencontrer.

Jul' rit.

— Bien joué, Jackie.

Rose attrape un cintre du présentoir et regarde de plus près la robe. C'est encore une robe bandeau, mais au moins celle-ci est longue.

— Je ne sais pas pourquoi tu n'attaches pas simplement ce mec pour le chevaucher jusqu'au coucher du soleil.

Lorsqu'elle lève les yeux vers moi, je me rends compte qu'elle me parle.

— Qui, moi ?

— Euh, oui. Toi *et* Ian.

— Je n'attache pas les gens, dis-je, essayant d'éviter la

conversation. Tu dois me confondre avec les groupies West, dis-je en montrant Jul' et Jackie du doigt. Je viens de Géorgie.

J'étudie le tissu corail drapé sur mes épaules, mécontent de la façon dont le style de la bandoulière donne à mes seins un aspect déséquilibré.

— En plus, dis-je en essuyant les peluches invisibles sur l'épaisse lanière, je ne suis pas intéressée.

Personne ne retient son rire.

Je tape du pied, et l'étroit talon aiguille tapant dans le tapis envoie une onde de douleur jusqu'à mon mollet.

— Putain.

— Fais attention, Schtroumpfette, dit Jul', qui n'arrive pas à calmer son fou rire. Tu vas te casser un talon, et alors où tu vas te retrouver ?

— Au pays des Schtroumpfs, avec le reste des petits êtres bleus, marmonne Rose, provoquant un autre fou rire.

Je plisse les yeux.

— Je vous déteste toutes.

Essayant de marcher dignement et de ne pas boiter, j'attrape deux robes du présentoir et me précipite dans une cabine d'essayage.

Elles prennent de plus en plus de plaisir à me taquiner à propos de Ian. Jul' est la seule à savoir que je séjourne chez lui. Elle est étonnamment douée pour garder les secrets. Dieu sait ce que diraient les deux autres si elles savaient que ma caravane est garée dans le garage à bateaux de Ian. Je n'aurais jamais plus la paix.

Mais encore une fois, je n'aurai pas à le faire. Jul' s'installe déjà avec son petit ami Holt et leur vache de compagnie, bientôt Jackie sera casée, et Rose... eh bien, je suis presque sûre que Rose est sur la bonne voie pour conquérir le monde.

Quant à moi, je serai... quelque part. Quelque part qui n'est pas ici. Même Jul' ne sait pas que je vais partir après le mariage.

Je me débarrasse de mon blues momentané et quitte la loge, un sourire collé sur mon visage et enroulée dans une autre robe horrible menaçant de me faire trébucher. Cinq mimosas plus tard et toujours aussi loin d'une décision sur les robes de demoiselle d'honneur, nous sommes étendues sur le sol dans un nuage de différentes nuances de mousseline corail. Eh bien, toutes sauf Jackie, qui porte toujours son jean déchiré et son tee-shirt. Elle a enlevé ses baskets après son deuxième mimosa. Je suis sûre que le personnel de la boutique serait absolument consterné si le nom de famille West ne les tenait pas à distance.

— J'aime mes frères, dit Rose, mais je vous prendrais comme sœurs à leur place sans hésiter.

Jackie, étalée comme une étoile de mer, sourit.

— Je serai ta sœur, selon la loi, dans quelques semaines. C'est déjà ça.

— Oui, c'est trop cool, répond Rose en hochant la tête, les yeux fermés. J'ai toujours voulu une sœur.

— Enfant unique ici, ajoute Jul', les bras derrière la tête. Je ne sais même pas ce que c'est d'avoir un frère.

— J'ai simplement toujours voulu une famille.

Mince. Pourquoi j'ai dit ça ?

— Vraiment ?

Rose se débat pour se mettre sur ses coudes.

— Tu veux dire que tu es fille unique toi aussi ?

J'acquiesce.

— Je n'ai pas de parents non plus.

Je hausse les épaules, celles-ci traînant sur le tapis moelleux sur lequel je suis affalée.

— Je comprends le fait de ne pas avoir de frères et sœurs, mais comment tu peux ne pas avoir de parents ? demande Jackie en remontant ses lunettes. Oh, l'ovule dans lequel tu as été cultivée a été fécondé dans une boîte de Pétri ?

— Quoi, comme un bébé éprouvette ? bredouille Rose.

Je grogne, amusée par le fonctionnement de l'esprit de Jackie et le manque de filtre de Rose.

— Je ne veux pas dire biologiquement.

Je retire mes talons d'un coup de pied.

— Je veux dire qu'après ma naissance, ma mère m'a laissée avec mes grands-parents. Ils m'ont élevée avant de mourir tous les deux après mon bac.

Dans le silence qui suit, je regarde le tissu en mousseline s'agiter à cause de l'air de climatisation, qui souffle au-dessus de nous.

— C'est vraiment déprimant, finit par dire Jul', impassible. Je veux dire, je ne m'entends pas avec mes parents, mais au moins je sais où ils sont à tout moment. Première règle de la guerre, savoir où campe l'ennemi.

— Et ton père ? demande Rose sans me quitter des yeux.

Je ne suis pas sûre de la raison pour laquelle je fais ça. Le champagne, la complicité entre copines ou les frissons sous ma peau qui me rappellent les moments comme celui-ci, avec ces femmes que j'ai appris à aimer, prendront bientôt fin. Mais cette fois-ci je ne change pas de sujet. Au lieu de cela, je réponds honnêtement.

— Maman ne m'a jamais dit qui il était. Et elle n'a jamais contacté mes grands-parents après son départ.

— Oh.

Les yeux de Rose sont aussi grands que sa bouche.

— Il nous faut plus d'alcool, dit Jul', ce qui me fait sourire. Au fait, c'est toi qui as gagné le prix de l'enfance la plus pourrie. Pendant que nous y sommes, blâmons également ta mère pour tes défis verticaux. Histoire de faire d'elle une méchante bien équilibrée.

En riant, je la retourne avant d'attraper la bouteille de champagne de Rose.

— Tu l'as déjà cherchée ?

La voix de Jackie est douce.

En remplissant mon verre, je tente de prendre un ton nonchalant.

— Non.

Rose récupère la bouteille.

— Sa perte.

— Notre gain, ajoute Jul' en faisant sauter le bouchon.

Jackie me serre maladroitement dans ses bras sur le sol.

Ces filles vont me manquer.

QUATRE
NADIR

Ian

— Salut ?

— Ian. C'est Gale. J'ai votre père en ligne.

D'un clic, la directrice de cabinet de mon père connecte l'appel.

Je glisse sur mes pieds nus et pose mon front contre le casier devant moi. Je n'aurais pas dû répondre. Je n'ai que peu de temps avant d'aller chercher Trish au magasin. Je voulais en profiter pour aller nager et me défouler au maximum pour oublier ma frustration par rapport à elle.

— J'amène quelqu'un à la collecte de fonds.

La voix de mon père s'annonce de l'autre côté de la ligne. Il ne s'embarrasse jamais de politesses.

— Assure-toi d'être prêt à faire bonne impression.

— Tu as dû trouver ton propre rendez-vous ? Est-ce que maman a fini par te laisser tomber ?

Même si je sais que ce n'est pas possible, on peut toujours rêver.

— Ne sois pas un idiot. C'est le tien.

C'est bien ce que je pensais.

— Ne t'inquiète pas. J'amène déjà quelqu'un.

Un moment de silence, suivi de :

— Qu'est-ce que tu veux dire, tu amènes quelqu'un ?

Mon père n'aime pas que l'on interfère avec ses plans. Il élabore une stratégie pour sa carrière politique comme une partie d'échecs, comme j'ai appris à le faire avec ma vie. La meilleure attaque commence par la meilleure défense.

— Après notre dernière conversation, j'ai pensé que tu serais heureux que je te présente la femme avec laquelle je sors.

Je salue Ricky, l'un des spécialistes de la plongée au laboratoire de flottabilité neutre de la NASA, d'un hochement de tête lorsqu'il entre dans les vestiaires.

— Et qui est cette femme au juste ? Qui est sa famille ? D'où vient-elle ? Que fait-elle ?

Je reste silencieux, non pas parce que j'essaie d'être un gamin insolent, mais parce que je ne connais pas les réponses. Faire chier mon père n'est qu'un bonus.

— Tu ne peux pas sortir avec n'importe qui, fiston. Nous avons une réputation à défendre.

Ignorant son utilisation du *nous* de majesté, je change le sujet de la conversation.

— À quelle heure dois-je être à l'événement ?

— Gale a organisé une séance de photos pour nous dans la salle de bal à 18 heures, avant le début du dîner.

Gale. La cheffe de cabinet de mon père depuis des années, et parfois sa partenaire sexuelle. J'ai appris cette dernière information à la dure, lorsque je les ai surpris en train de coucher ensemble dans son bureau au milieu de la bataille de laser tag pour ma fête des 15 ans.

Un anniversaire mémorable, c'est le moins qu'on puisse dire.

— Nous y serons.

Avant qu'il ne puisse poser d'autres questions auxquelles je ne peux probablement pas répondre, je raccroche.

— Hé mec, tu es prêt à nager ? me demande Ricky pendant que je place mon téléphone dans un casier avant de le refermer.

L'agitation traverse mes muscles et je secoue mes bras avant de les étirer au-dessus de ma tête. Ça va faire du bien de brûler cette énergie.

— Prêt à perdre une fois de plus ?

— Oh, mec, rétorque Ricky en secouant la tête. Continue à faire le malin et je révoque tes privilèges d'utilisation de la piscine.

— Non, tu ne le feras pas, lui dis-je avec un sourire.

En riant, il ferme la porte de son propre casier.

— Oui, tu as raison. Je ne le ferai pas.

Ricky est un sacré bon plongeur, c'est comme ça qu'il est devenu spécialiste de la plongée à la NASA, et il nage assez bien. Mais il ne m'a pas encore battu.

Dès que j'ai le temps, je viens au NBL, le laboratoire de flottabilité neutre, et je fais des longueurs. Cela a commencé pendant ma première année à la NASA, quand j'étais en bas de l'échelle et que j'apprenais les ficelles du métier lors d'un entraînement EVA dans la piscine.

Il n'y a qu'une petite partie du personnel à être autorisée dans l'eau. En gros, des astronautes et des instructeurs/spécialistes de plongée. Mais après quelques échanges de vannes et avoir été reconnu par Ricky en tant qu'ancien nageur, je suis l'un des rares à pouvoir tremper leurs orteils dans la piscine du laboratoire.

Quelques minutes plus tard, mes mains fendent l'eau, mes doigts espacés de huit millimètres pour augmenter le coefficient de traînée, me propulsant vers l'avant. Je porte des palmes, comme toujours. Ce n'est pas obligatoire au NBL, mais j'aime les utiliser car ils réduisent le taux de coups de pied de quarante pour cent. Moins de coups de pied, ça veut dire moins d'éclaboussures. Moins d'éclaboussures signifie une meilleure vue sur la vue fascinante au-dessous de moi.

C'est-à-dire sur une maquette grandeur nature de la Station spatiale internationale, reposant au fond de la piscine de douze mètres de profondeur.

Avec la tête baissée à un angle de quarante-cinq degrés et mes lunettes de natation, je peux faire semblant de passer au-dessus de la Station spatiale internationale. Imaginer que je suis un astronaute flottant à travers l'immensité infinie de l'espace, aidant l'Homme à mieux connaître sa place dans le monde.

C'est le temps fort de ma semaine.

Ou du moins, c'était le cas jusqu'à ce que Trish emménage dans mon garage.

Au bord de la piscine, je fais le virage, dépassant Ricky au retour. Il me fait un doigt d'honneur sous l'eau, me faisant sourire un instant avant que Trish n'envahisse à nouveau mon esprit.

Elle vit toujours dans sa caravane. Je ne l'ai pas beaucoup vue. Juste sa main alors qu'elle me fait signe de sa fenêtre quand je pars au travail le matin.

J'ai une immense maison avec beaucoup d'espace, des équipements et des commodités modernes, et Trish choisit de vivre dans mon garage.

Ce n'est qu'au virage suivant, lorsque la vue ondule, que je me rends compte que Ricky me rattrape. Maintenant, Trish n'a pas besoin d'être dans la pièce pour me déconcentrer. Il suffit que je pense à elle.

En me concentrant sur la conversation avec mon père et sur l'événement à venir où je devrai me battre, je frappe plus fort, la propulsion supplémentaire m'envoyant de plus en plus loin de Ricky jusqu'à ce que je heurte le mur.

— Merde, Kincaid, souffle Ricky, ses bras croisés sur le bord de la piscine. J'étais sûr de t'avoir.

Je ris.

— Tu peux toujours rêver.

Quelques-uns de mes collègues arrivent, poussant un chariot de combinaisons spatiales.

— Qui est là, aujourd'hui ?

Qu'il s'agisse d'une sortie dans l'espace spécifique ou d'une formation générique pour vol spatial, le NBL bénéficie généralement d'au moins six heures d'utilisation par la NASA chaque jour.

D'un mouvement fluide, Rick se hisse hors de la piscine et se tourne pour s'asseoir sur la margelle, laissant ses jambes pendre dans l'eau.

— Des nouvelles recrues. Je ne me souviens plus desquelles. Je ne plonge pas avec eux.

J'emboîte le pas et dégrafe mes palmes.

— Kincaid !

Rick et moi levons tous les deux les yeux pour voir Vance Bodeaway courir vers nous.

— Qu'est-ce que tu fais ici ?

— Je botte le cul de ce type, dis-je en frappant Rick sur l'épaule avec une de mes palmes.

Bodie regarde Rick.

— Oui, ça m'a l'air exact.

— Ha. Ha. Ha

Rick se lève, et secoue la tête pour sortir l'eau de ses oreilles.

— À plus tard, les connards.

Je lui fais signe avant qu'il ne s'en aille.

— À plus, mec.

Inclinant la tête, je reporte mon attention sur Bodie.

— Quoi de neuf ?

Il me tend la main pour m'aider à me relever.

— J'ai une question pour toi.
— Vas-y.

Mon esprit commence à rejouer les différentes procédures pour la sortie Sphinx, l'EVA que je dirige pour rentrer tous les fils externes de la Station spatiale internationale. Une mesure préventive qui m'a semblé nécessaire après que des débris spatiaux ont frappé l'ISS il y a quelques mois. Il est prévu que Bodie soit le responsable de cette EVA particulière.

— Tu vas au mariage de Jackie avec quelqu'un ?
— Mec, je suis honoré qu'un mec de ton prestige me fasse des propositions, mais je vais devoir décliner poliment.

Je passe une main d'avant en arrière dans mes cheveux, provoquant un déluge.

— Tu es un type formidable et...
— De quoi tu parles ?

Je lui fais un sourire narquois.

— Alors tu *n'étais pas* en train de me demander d'aller au mariage de Jackie avec toi ?

Il éclate de rire.

— Grands dieux, non.

Il secoue la tête, toujours amusé.

— J'aime être le seul à porter le chromosome Y dans une relation.

Il n'y a bien qu'un ingénieur de la NASA pour mélanger science et échange de vannes.

— Mais si je cherchais une escorte masculine, dit Bodie en croisant les bras, me regardant de haut en bas, je pourrais trouver bien mieux que toi.

J'éclate de rire.

— Enfoiré.

Il hausse les épaules, l'air indifférent.

— Je demandais parce qu'on m'avait donné l'option d'emmener quelqu'un et que je ne savais pas si les gens venaient réellement accompagnés.

En me retournant, je commence ma marche vers les vestiaires.

— Je n'ai pas...

L'image de Trish, fusil de chasse à la main, me traverse l'esprit. Ce qui est problématique lorsqu'on ne porte qu'une fine couche d'élasthanne.

— J'ai des vues sur l'une des demoiselles d'honneur.

— Ah oui ? demande Bodie en m'emboîtant le pas. Dis-m'en plus sur ces demoiselles d'honneur.

Trish

— Les voitures sont arrivées.

Jul' saute sur ses pieds, téléphone à la main, n'ayant pas l'air en mauvaise forme, même avec les six bouteilles de champagne vides éparpillées sur le sol.

Juste à ce moment-là, bien qu'elles écoutent probablement près de la porte, trois vendeuses entrent, se dirigeant tout droit vers le portant où sont accrochées les robes dont nous ne voulions pas.

— Elle a beau n'être ni courte si décolletée, j'ai l'air baisable, donc ça ira.

Rose se balance devant le miroir, le tissu se gonflant autour de ses jambes. Même si Jackie a dit que nous pouvions chacune choisir le style de robe que nous voulions, après un long débat et même après avoir essayé la plupart des robes dans le magasin qui n'ont rien à voir avec de la mousseline ou qui soient de couleur corail, Rose et moi nous sommes finalement mises d'accord sur une robe longue, sans manches, avec le devant en faux portefeuille et le dos plongeant, qui est élégante et flatteuse sur nos deux formes.

Jul' a dit que tout ce qu'elle porte lui va, ce qui est le cas avec son corps, du coup nous avons maintenant toutes les trois la même robe pour le mariage.

— Tu connais la plupart des invités, dit Jackie à Rose, essayant de redresser ses lunettes mais les inclinant encore plus.

Elle trébuche légèrement en se redressant.

— Je ne suis pas sûre que les chances soient en ta faveur pour une aventure d'un soir.

Ne prenant pas la peine de se changer dans la cabine d'essayage, Rose s'arrête à mi-chemin et jette un regard noir à Jackie.

— Ne calcule pas toutes les probabilités, génie.

Les chiffres ne peuvent pas définir mon succès. Elle se trémousse pour retirer la robe, que l'une des vendeuses drape sur son bras avant de la raccrocher.

Jackie fronce les sourcils.

— Mais c'est exactement ce que font les nombres, ils définissent...

— Pas la peine de discuter avec une femme du Sud en manque de bon sexe.

J'essaie de tapoter l'épaule de Jackie, mais ma main rate, et je finis par la peloter.

— Oups. Désolée, ma puce.

— J'ai vu ça.

Rose se débat pour remettre son jean moulant. Se pencher et s'accroupir pour mettre son jean skinny en public demande d'avoir une vraie confiance en soi.

— Ne te fais pas d'idées, *Trish-la-biche*. Si les hommes au mariage sont rares, prem's sur la femme la plus sexy.

Elle referme son jean et s'essuie le front du revers de la main.

— Ouf.

— Tu es sûre que tu n'es pas simplement lesbienne ? demande Jul' en s'appuyant contre le mur recouvert de papier pailleté.

Dans son tee-shirt de concert déchiré et ses rangers, elle ressemble à une motarde dans une chambre de princesse.

— Il n'y a pas de honte à aimer les filles.

Jacke secoue la tête.

— Quelque chose ne va pas chez toi.

—J'aimerais bien aimer les filles.

Rose enfile sa chemise boutonnée sans manches, laissant les derniers boutons défaits pour qu'elle puisse nouer les extrémités.

— La queue, ça devient compliqué.

Je m'étouffe avec ma dernière gorgée de mimosa... qui n'est en fait que du champagne.

— Je suis sérieuse, dit Rose, les mains sur les hanches. De nos jours, les mecs veulent vraiment sortir avec les filles. Genre, ils devraient vraiment être capables de trouver le clitoris avec une certaine régularité avant de penser qu'ils sont prêts à se caser, tu vois ?

Elle passe la main dans ses cheveux.

— Genre, élabore ton CV avant d'essayer d'être embauché dans une entreprise de gros calibre.

— Attends. Je suis confuse, dit Jackie. C'est toi, le gros calibre ?

— Non. C'est eux, les gros calibres, corrige Rose en montrant ses seins des deux pouces.

— J'aurais vraiment préféré que nous attendions dans la voiture.

Nous nous tournons pour voir Holt debout dans l'embrasure

de la porte. Il passe une main sur son visage. Derrière lui, Flynn. Les frères West sont hyper beaux, même entourés des paillettes, de la mousseline et des meubles victoriens de la boutique de vêtements.

— Salut, bébé.

Jul' saute, et Holt l'attrape, les mains sous ses fesses. Elle met ses jambes autour de sa taille et embrasse bruyamment ses lèvres.

— Ramène-moi à la maison, cow-boy !
— Seigneur.

Holt lève les yeux au ciel, mais il sourit. D'habitude taciturne, il sourit beaucoup plus depuis qu'il a réussi à attraper Jul'.

— Je le ferai une fois que nous aurons réglé la note.

J'attends que Jackie râle, car elle a insisté pour payer les robes lorsqu'elle nous a demandé à toutes d'être demoiselles d'honneur, mais au lieu de ça, je la trouve coincée contre Flynn, les jambes légèrement pliées et écartées, les bras qui se balancent.

— Jackie ?

Les narines de Flynn se dilatent, et je peux dire qu'il est difficile pour lui de ne pas se moquer de sa fiancée en état d'ébriété.

— Je veux faire ça, moi aussi.

Elle se lève plusieurs fois sur la pointe des pieds mais recule.

— Mais je n'arrive pas à équilibrer ma masse centrale afin d'atteindre la vitesse verticale requise.

— Oh, ma puce dis-je, incapable de cacher mon propre amusement.

Flynn fait les deux pas nécessaires pour se retrouver devant Jackie.

— Et si je t'aidais, chérie ?

Pliant les genoux, il soulève Jackie dans ses bras comme un petit enfant.

Au lieu d'enrouler ses jambes autour de sa taille, elle se balance simplement contre lui, la tête appuyée sur son épaule, ses lunettes en biais.

— Tu es le meilleur, Flynn.

Rose s'approche et attrape les lunettes de Jackie.

— Fais attention avec ça.

Flynn regarde Rose alors qu'elle plie et place les lunettes dans son sac à main surdimensionné.

— Mec.

Rose secoue la tête.

— Tu es tellement bizarre à propos de ces lunettes.

— Il aime quand je les porte pendant nos rapports sexuels, marmonne Jackie en frottant son visage dans le cou de Flynn.

Ma bouche s'ouvre. Flynn s'empourpre, nous faisant tous rire.

— Bon sang, ma belle, dit Jul' en glissant de Holt. Je savais que tu l'avais en toi.

— Pouah, fait Rose en levant les yeux au ciel. Et les gens pensent que *je suis* le membre perverti de la famille West.

Le visage de Flynn est toujours rouge, il balbutie :

— Je... ce n'est pas...

Abandonnant, il ferme la bouche et soulève Jackie par-dessus son épaule, à la manière d'un pompier. Tournant sur les talons de ses bottes de cow-boy, Flynn marche vers la porte.

— Quel comédien, je vous jure.

Avec un sourire narquois, Rose glisse ses pieds dans ses sandales et les suit.

— À plus, les bombes, crie-t-elle en sortant, la main en l'air.

— Vous êtes vraiment drôles, les West.

Ayant déjà mis mes vêtements, je me penche pour attraper mes talons, puis je regarde la robe blanche à paillettes que j'avais essayée plus tôt. Je la veux. Attrapant mon sac à main sur le canapé, je sors mon portefeuille, prête à franchir le pas. J'ai besoin d'une robe pour l'événement auquel Ian va me traîner de toute façon. Autant y aller avec style.

— Attends, Schtroumpfette, tu ne vas pas payer pour ta robe de demoiselle d'honneur.

Jul' enfile sa veste en cuir.

— Tu te souviens, Holt a des économies pour sa fratrie, dit-elle d'un air narquois avant d'embrasser Holt sur la joue.

Il rougit.

— Je sais.

Je souris gentiment à un Holt au visage rouge.

— Merci d'ailleurs.

Holt hoche la tête, sa main se faufilant pour pincer le derrière de Jul'.

— Aucun problème.

Elle lui tape la main.

— Alors, pourquoi le portefeuille ?

— J'ai besoin d'une robe pour l'événement auquel je vais avec Ian.

Jul' penche la tête sur le côté, levant un sourcil.

— Tu as un rendez-vous avec Ian ?

— Je pensais que tu étais au courant.

Je cligne des yeux, essayant de me vider la tête de tout le champagne.

— C'est en échange de me laisser garer ma caravane chez lui.

— Tu t'es installée chez Ian ? demande Holt en détournant les yeux de Jul'.

Mes sourcils se froncent tandis que je contemple mon amie.

— Tu ne lui as rien dit ?

Jul' grogne.

— S'il te plaît, meuf. Les amies passent avant les mecs.

— Oh.

J'essaie de sourire à Holt, mais je suis sûre que ça ressemble plus à une grimace.

— S'il te plaît, ne dis rien aux autres.

— Ne t'inquiète pas. Je vais faire en sorte qu'il se taise.

Dans un geste de fille que je n'aurais jamais vu venir d'elle, Jul' attrape la main de Holt dans la sienne, entrelaçant leurs doigts. Les yeux de Holt s'illuminent comme s'il avait gagné à la loterie.

Une pointe de jalousie me traverse.

— Merci.

Je sors mon téléphone.

— Je vais juste appeler un Uber.

— Ce n'est pas nécessaire.

Tournant la tête dans l'autre sens, je cligne des yeux plusieurs fois pour me focaliser sur le bel homme debout sous l'arche. Ian porte un short, un événement inhabituel. Une paire qui met en valeur ses mollets musclés. Je n'avais jamais pensé que des mollets pouvaient être sexy. Maintenant oui.

Mon regard glisse de ses jambes, et je remarque que son short kaki est ajusté, sa chemise boutonnée rentrée sur le devant avec une épaisse ceinture marron. Pas de tee-shirt et shorts cargo tombants pour cet homme.

Un pincement qui n'est décidément *pas* de la jalousie fait réagir ma culotte.

— Prête ? demande Ian, les mains dans les poches, encadrant la partie de lui qui m'intéresse le plus.

Je lèche mes lèvres sèches.

— Comme jamais, mon chou.

Lorsque ses sourcils se lève et que Jul' rit derrière moi, je me rends compte que j'ai mis une bonne dose de sous-entendus.

C'est peut-être l'alcool ou l'envie d'être assez femme pour assumer mes paroles après avoir vu Flynn avec Jackie et Holt avec Jul', mais je ne m'excuse pas et ne clarifie pas ce que je veux dire. Au lieu de cela, la robe oubliée, je mets mon sac en bandoulière sur mon épaule en m'approchant de Ian, puis l'utilise pour m'équilibrer pendant que je me glisse dans mes talons. Une fois que je suis stable et que j'ai gagné dix centimètres, je passe mon bras dans le sien.

Sans regarder Jul' ou Holt, je lance à la cantonade :
— Au revoir, les gars !
Et laisse Ian me conduire hors. Jul', qui ricane encore, crie :
— À bientôt, Schtroumpfette.

CINQ
UNE PETITE IDÉE

*I*AN

— JE SUPPOSE que vous avez passé un bon moment ?

Le petit corps de Trish est presque écrasé contre le mien, ses deux bras enroulés autour de l'un des miens pendant que nous marchons.

— Hummm-huumm.

Trish, bien que manifestement ivre, est stable sur ses talons.

La lumière brillante du soleil du Texas nous frappe lorsque nous sortons de la boutique, et Trish glisse une paire de lunettes de soleil de son petit sac.

— Je suis garé dans la rue.

Avec ses lunettes surdimensionnées en écaille de tortue, elle ressemble à une Jackie Kennedy des temps modernes.

— Ouvre la voie.

C'est une belle journée à Houston. Pour une fois l'humidité est faible, à l'automne arrivant au Texas. Toutes les terrasses des restaurants alentour sont remplies de gens.

— Tu veux manger quelque chose avant de rentrer ?

— Hum, manger serait une bonne idée.

Elle regarde tous les choix.

— Et si tu m'emmenais dans ton endroit préféré ?

Elle me sourit gentiment.

— Tu m'invites ?

J'éclate de rire, attirant un regard surpris du couple qui passe devant nous.

— D'accord, je t'invite.

———

— Ton endroit préféré est un parc de camions-restaurants ?

Trish lève ses lunettes de soleil et regarde avec incrédulité le terrain pavé, dégagé à l'exception d'un cercle de huit food trucks. Ça sent la friture, les épices de toutes sortes et les gaz d'échappement.

— Oui, cet endroit est génial. Il y a une variété de cuisine, et parfois ils ont de la musique live, comme aujourd'hui.

Je désigne une petite scène en retrait des food trucks et de leurs générateurs bruyants. Des tables de pique-nique remplissent le centre du terrain, plusieurs se trouvant aussi autour de la scène.

Trish fait glisser ses lunettes de soleil vers le bas, et je m'inquiète maintenant de ne pas pouvoir voir sa réaction. Elle *a* demandé à aller dans mon endroit préféré. Mais peut-être qu'elle s'attendait à un endroit plus chic. Nous étions en plein milieu du quartier chic de la Galleria, après tout.

Je me rends compte que je retiens mon souffle, et j'expire, me demandant si je l'ai déçue.

— Nems au macaroni au fromage ?

Trish désigne le camion Soul Food Fusion à notre gauche.

— Voilà qui ressemble au paradis.

Elle tire sur mon bras.

— Allez, offre des nems à une fille.

Et je le fais. Ainsi qu'une quesadilla au homard, un waffle burger au poulet et des whoopie pies frites. Et ce n'étaient que ses sélections.

Notre festin est étalé sur une table de pique-nique pour six personnes.

— Est-ce trop ?

Trish relève ses lunettes de soleil sur sa tête et se mord la lèvre.

— Je ne pouvais pas décider, et je ne viens pas en ville si souvent que ça. Je ne voulais pas rater quelque chose et le regretter plus tard.

— C'est bien. C'est comme notre propre buffet.

Son sourire vaut toutes les indigestions auxquelles je ferai face plus tard.

— D'accord, super !

Elle joint ses mains et regarde nos choix.

— Je pense que je vais commencer par un nem.

Pendant un moment, notre conversation tourne autour de la nourriture. Ce qui est bon, ce qui est incroyable. Elle ressemble toujours à une belle dame avec son maquillage, ses talons et ses ongles parfaitement appliqués. Et bien sûr, il y a son accent, qui me fait penser à du miel qui coule lentement, à des nuits chaudes et moites sur une balançoire de porche et à un tas d'autres choses qui ne sont certainement pas appropriées dans un parc familial de food trucks.

— Tu viens souvent ici ? me demande Trish après avoir pris une bouchée de mon gyros.

Elle n'hésite pas à piquer de la nourriture dans mon assiette.

— Pas très souvent, dis-je en haussant les épaules. Mais je suis leur page Facebook et je garde un œil sur les food trucks qui seront là pendant le week-end.

— Ils ont une page Facebook ?

— Oui. Et ils la mettent à jour tout le temps avec les vendeurs qui seront là, qui viendra jouer de la musique, ce genre de choses.

Je pique une tranche de sa quesadilla. Elle me fusille du regard avant de sourire et de mettre la dernière bouchée de gyros dans sa bouche.

— Parfois, ils ont des événements. Tu connais Rebecca Sato ? Elle travaille à la NASA.

— Oui, le médecin de la NASA. Elle a épousé un jeune et beau pompier.

Je m'arrête à sa description du mari de Rebecca.

— Oui.

— Qu'est-ce qui se passe, avec elle ?

Trish remue ses doigts sur la table, essayant de décider ce qu'elle veut grignoter ensuite. J'aimerais qu'elle me grignote, moi.

Je me racle la gorge en me concentrant pour ne pas laisser le homard glisser de la tranche de quesadilla.

— Becca organise un événement d'adoption d'animaux le mois prochain.

Ramassant des ustensiles à découper dans la gaufre, Trish hoche la tête.

— Cool. Les collègues de son mari seront là pour l'aider ?

Ma quesadilla retombe sur mon assiette en papier.

— Tu aimes les pompiers ?

Trish sourit à l'assiette du waffle burger alors qu'elle en coupe un petit morceau.

— Qui n'a pas un faible pour les pompiers ?

Elle me regarde avant de faire glisser la bouchée de gaufre de sa fourchette. Une goutte de sirop repose sur sa lèvre inférieure.

Je parviens à répondre avec un grognement, ce qui fait rire

Trish.

Sa langue sort furtivement, attrapant la goutte.

— J'ai toujours voulu un chien, songe-t-elle, regardant sur la table pour choisir sa prochaine sélection.

— Nous irons, alors.

J'en profite pour prendre rendez-vous avec elle, au diable les pompiers.

— Tu pourras essayer plus de nourriture et nous pourrons regarder les chiens qui ont besoin d'un foyer.

Une vision de nous deux jouant dans mon jardin avec notre chien fait se serrer ma poitrine. C'est une chose tellement normale et banale, de vivre en banlieue, de posséder un chien, mais je la veux.

Tendant la main vers les whoopie pies, Trish s'arrête et me regarde.

— Je ne serai pas là le mois prochain.

La nourriture dans mon estomac se tord, ma poitrine se sent maintenant creuse.

— Ah, oui.

Nous nous regardons tous les deux pendant un moment avant que Trish ne cligne enfin des yeux et se concentre à nouveau sur la friandise dans sa main.

Essayant de passer outre l'inconfortable vérité, je me racle la gorge et attrape un gâteau.

— Tu n'as pas à attendre l'événement alors. Le refuge pour animaux Space City est juste à côté de la NASA. Tu peux t'y arrêter à tout moment et jouer avec les animaux, voir s'il y en a un pour toi.

Trish hoche la tête distraitement.

— Oui, mais ce ne serait pas juste pour le chien.

— Pourquoi ?

— Je me déplace tellement, et ce n'est pas comme si les points de raccordement temporaires des parkings à caravanes avaient de grandes cours clôturées. Il serait enfermé ou tenu en laisse tout le temps.

Je laisse l'information monter jusqu'à mon cerveau, ainsi que l'expression triste sur son visage.

— Alors pourquoi autant déménager ? Tu pourrais vendre la caravane et prendre un appartement, ou même utiliser l'argent pour verser un acompte pour acheter une maison. L'immobilier est attractif en ce moment.

Elle ne dit rien.

— Ou tu pourrais installer ta caravane de manière plus permanente si tu achetais un terrain. Comme ça, tu pourrais mettre une clôture.

Je me rends compte que j'ai l'air un peu désespéré. Mais si elle ne reste pas pour elle-même, ou ses amis, ou moi, alors peut-être un chien ? Oui, c'est carrément désespéré.

— Non. Je ne peux pas faire ça.

Elle ne croise pas mes yeux. Glissant ma main sur la sienne, je la serre doucement.

— Pourquoi autant déménager, Trish ? Il est évident que tu veux rester.

Je ne pense pas qu'elle réponde avant que ses lèvres charnues ne se séparent.

— Je...
— Audrey ?

Une femme ayant l'air d'avoir quelques années de moins que Trish s'approche de notre table de pique-nique.

Trish se raidit et retire sa main de la mienne.

— C'est bien *toi* ! s'exclame joyeusement la jeune femme. Je pensais que tu ne venais en ville que pour les cours ?

J'attends que Trish la corrige, mais elle ne le fait pas. Au lieu de cela, Trish glisse ses lunettes de soleil vers le bas et se tourne sur son banc vers la femme, un grand sourire sur le visage.

— Mandy, quelle surprise de te voir ici.

Hein, quoi ? Je jette un coup d'œil aux deux femmes.
— C'est fou, n'est-ce pas ?

Mandy fait comme moi, ses yeux rebondissant entre Trish et moi.

— Alors, dit-elle d'une voix traînante, qu'est-ce que tu fais de beau ?

Trish prend une gorgée de sa boisson, évitant le contact visuel.

— J'étais, euh, en train de faire du shopping en ville.

Mandy bascule en arrière sur ses talons, me lançant des regards. Je soupire, réalisant que Trish n'a pas l'intention de me présenter.

Je lève et tends la main à la jeune femme.
— Bonjour, Mandy. Je suis Ian.

Les yeux écarquillés, Mandy glisse sa main dans la mienne.
— Salut.

Je fais un geste vers la table.
— Asseyez-vous, s'il vous plaît.

Trish pince les lèvres mais ne dit rien.
— Merci !

Mandy fait le tour de la table, s'asseyant à côté de son amie. Je me rassois sur le banc.

— S'il vous plaît, servez-vous de tout ce qui vous fait envie.
— Ouah. Tellement poli.

Ses grands yeux clignent rapidement pendant un instant.
— Je veux dire, euh, merci, mais mes amies arrivent.

Elle se tourne vers Trish.
— D'autres filles de notre classe, en fait.

Trish pâlit.
— De votre classe ? je demande.
— Oui, à l'Université de Houston.

Réussissant à cacher ma surprise face à cette déclaration, je regarde Trish.

— Tu suis des cours à l'Université de Houston ?

Avant que Trish ne puisse répondre, Mandy intervient.

— Je sais, pas vrai ? Qui penserait qu'un auteur à succès doit suivre des cours d'écriture créative ?

Alors que les mots « auteur à succès » résonnent dans mon cerveau, Trish continue de siroter sa boisson.

Mandy regarde la foule autour de nous.

— Comment connaissez-vous notre élève vedette ? dit-elle avec un geste du pouce dans la direction de Trish.

— Oh, eh bien, je connais *Audrey* grâce à nos amis communs.

Je ne savais pas qu'elle était une élève vedette.

Mandy tape Trish sur l'épaule.

— Meuf, pourquoi tu n'as pas fait la maline devant tout le monde ?

Elle se penche vers moi avec l'air d'une conspiratrice.

— Cette nana raconte les histoires les plus *incroyables*. Je ne pouvais pas croire que je n'avais pas réalisé qui elle était avant la moitié du semestre.

— Oui, je sais ce que cela fait.

Je penche la tête vers Trish, qui feint de s'intéresser au guitariste chantant sur scène.

— Il m'a fallu la moitié du semestre avant de tout comprendre.

— Je vois.

Je ne vois pas, mais alors, pas du tout.

— Elle s'est juste présentée comme Audrey le premier jour de classe. Ce n'est que lorsque nous avons fait des critiques narratives et que j'ai vu son nom complet en haut de la page que j'ai réalisé avec qui j'étais en classe.

— Mandy... essaie de couper Trish, d'un ton implorant.

Mandy est trop absorbée par son histoire pour le remarquer.

— J'ai dit à mes parents, qui se plaignent toujours du

montant des factures de l'université, que l'argent est bien dépensé si je peux avoir des commentaires créatifs sur mes histoires de la part de l'auteur de romans à succès Audrey Cole.

Mandy fait signe à quelqu'un près des food trucks, mais mes yeux ne quittent jamais Trish. Qui regarde studieusement ses genoux.

— Regardez qui j'ai trouvé, les filles, lance Mandy à deux filles aux bras pleins d'assiettes en carton chargées de trésors venus des food trucks.

— C'est Audrey !

Mandy agite les mains autour de Trish, qui semble prête à s'enfoncer sous la table, mais affiche un faible sourire et un signe de la main.

— Ouah, Audrey, salut ! répond l'une des filles, rayonnante.

Avec l'énergie de la jeunesse, les deux filles posent leurs assiettes sur la table et prennent place.

— Quelle surprise !

— Oui, aujourd'hui semble plein de surprises.

À ma voix, les filles se figent, comme si elles venaient de me remarquer. Mandy me les présente, puis elles plongent dans leurs déjeuners, commentent les devoirs à venir et demandent à *Audrey* ce qui se passe dans son prochain livre.

La tension semble s'échapper des épaules de Trish et ses réponses deviennent plus animées.

C'est merveilleux de la voir parler de quelque chose avec autant de passion. Trish est l'une de ces personnes qui habituellement s'assoient, observent et laissent les autres avoir la vedette. Quelqu'un qui sait très bien écouter.

Assis ici, aussi fasciné que ses trois camarades de classe, je l'écoute expliquer l'arc de caractère de son dernier héros, un cow-boy millionnaire.

— J'aime la façon dont tu associes millionnaire et cow-boy. Ce sont deux très bons tropes, dit Alyssa, l'une des autres filles.

— Tropes ? je demande, en ramassant la quantité choquante de nourriture laissée sur la table.

— Oh pardon. J'avais oublié que vous n'étiez pas dans notre classe. Nous n'avions pas l'intention de vous ennuyer avec des discours sur l'écriture, dit Hélène, l'autre élève.

— Pas du tout.

Je jette un coup d'œil à Trish, qui a toujours ses lunettes de soleil sur les yeux.

— Je trouve tout cela fascinant.

Quand elle ne dit rien, je tends la main et retire ses lunettes.

— Et si tu me disais tout sur les tropes, Audrey ?

Pendant un instant, le regard de lapin dans les phares de Trish m'inquiète. Peut-être que je suis allé trop loin, que j'en ai trop demandé.

Elle fait la moue avant de me sourire.

— Tu veux que je te parle des tropes, hein ?

Je mets mon coude sur la table et place mon menton sur ma main, impatient.

— Je veux *tout* savoir.

Du coin de l'œil, je vois Hélène donner un coup de coude à Alyssa, leurs yeux encore plus larges que ceux de Trish. Je suis presque sûr que je viens de déclencher des potins juteux sur le campus.

— Très bien, mon chou. Laisse-moi *tout* te raconter sur l'écriture de romans d'amour.

— Oh mon Dieu.

Trish s'essuie les mains et en place une sur son ventre.

— J'ai tellement mangé que je pourrais m'endormir à tout moment, mais je ne regrette rien.

Mandy, Alyssa et Helene sont parties il y a cinq minutes, en retard pour une séance de cinéma. En retard parce qu'elles étaient tellement fascinées par ce qu'Audrey leur enseignait sur l'écriture et par ses suggestions pour leur dernier travail de classe qu'elles ont perdu la notion du temps.

Et moi aussi.

Une gorgée de ma boisson emporte la dernière bouchée de nourriture. Mes joues me font mal. Je pensais que c'était parce que j'ai tellement mâché, mais alors que je ris à nouveau de l'expression dramatique et inconfortable de Trish pendant qu'elle se frotte le ventre, je me rends compte que c'est parce que je n'arrête pas de sourire.

Je ne pense pas avoir jamais souri aussi longtemps.

Hum.

— Hé, où est passé ce sourire ?

Trish pose sa main sur la mienne.

— Tu as trop mangé, toi aussi ?

En retournant ma main, j'entrelace nos doigts.

— Quelque chose comme ça.

Un silence confortable nous entoure, même avec le grattement de la guitare du chanteur sur scène et le bourdonnement de fond des générateurs des food trucks. Beaucoup plus bruyant que le générateur silencieux de Trish qui revient chez moi. Mais dès que nos mains se touchent, c'est comme s'il n'y avait que nous deux. Et pour une fois, le moment n'est pas influencé par des forces extérieures qui nous ont fait obstacle par le passé.

Je lui serre doucement la main.

— Tu vas bien ?

Nous savons tous les deux que je ne parle pas de nos estomacs.

Elle se mord la lèvre et hoche la tête sans lâcher ma main.

Cette journée est vraiment pleine de surprises.

———

Trish

Nom d'un thé glacé.

Qu'est-ce que j'ai fait ?

J'ai laissé un petit fait sur ma famille échapper avec les filles, et c'est comme si j'avais ouvert la boîte de Pandore, et que tout s'échappait.

Quand mes camarades de classe se sont assises avec nous, j'avais simplement envie de glisser sous la table et de m'éloigner en rampant. C'est le mélange de choc et de politesse enracinée qui m'a laissée incapable de bouger. Je le jure, un tueur en série pourrait m'inviter à prendre le thé et j'irais volontiers à la mort juste pour éviter d'être impolie.

Et maintenant, Ian connaît mon vrai travail. L'activité secondaire qui a évolué vers une carrière à temps plein. Et le fait que j'aille à la fac. Le tout sous un faux nom.

Heureusement, les filles ne savent pas que c'est un faux nom, et Ian a eu la gentillesse de ne pas poser de questions devant elles.

En fait, Ian a été gentil par rapport à tout. À propos d'écouter les potins et les rires de trois étudiantes, de la révélation de certains de mes secrets sans poser un million de questions.

Il a seulement demandé si les *autres* filles savaient, c'est-à-dire Rose, Jackie et Jul'.

Quand j'ai fait non de la tête, il a simplement hoché la tête et m'a aidée à monter dans la voiture.

Où je me suis rapidement endormie sur le chemin du retour. Je suppose que la journée avait fait des ravages.

Je me suis réveillée il y a cinq minutes mais j'ai fait semblant de dormir. Je suis lâche comme ça.

— Qui c'est, ça ?

Le ton de la voix de Ian me fait ouvrir les yeux.

Clignant des yeux, je vois que nous sommes déjà chez Ian, en train de nous garer dans l'allée. Et tout au bout, juste en face du garage ouvert où ma caravane est stationnée, se trouve un homme en chemisette blanche et pantalon kaki.

N'est-ce pas ce que Jul' a dit que le détective privé portait ?

Je pensais que laisser la porte du garage ouverte pour que mon générateur travaille moins serait bien. Le garage de Ian est suffisamment en retrait pour qu'on puisse à peine le voir depuis la route principale. Le quartier a une barrière de sécurité, un code et des agents qui circulent lors de patrouilles nocturnes. Je pensais que j'étais en sécurité.

Mais il y a quelqu'un à l'extérieur du garage qui regarde ma caravane. Mon cœur bat à mille à l'heure.

— Je...

Ian s'arrête à mi-chemin et se déboucle.

— Reste ici.

Ian interpelle le type qui se retourne, bloc-notes à la main.

Un bloc-notes ?

En louchant, je vois mieux l'homme. Il ne sort pas de badge quand Ian arrive à sa hauteur. Une bonne chose. Pas d'arme. Encore mieux.

La lourde couche de peur s'éclaircit. Prenant une profonde inspiration, je me force à sortir de la voiture. Même si j'ai l'habitude de fuir mes problèmes, je n'ai jamais laissé quelqu'un d'autre s'en occuper à ma place. Je demande aux deux hommes :

— Y a-t-il un problème ?

L'accent du sud dans mon ton cache mes nerfs.

— On pourrait dire ça comme ça.

Ian montre l'écran du doigt.

— Voici Charlie, de l'association des propriétaires.

Il croise les bras et le fixe, faisant se tortiller Charlie.

— Pourquoi ne lui dites-vous pas ce que vous venez de me dire ?

S'éloignant du regard de Ian, l'homme s'éclaircit la gorge.

— Vous voyez, madame, il y a eu une plainte auprès de l'association des propriétaires au sujet d'une personne vivant dans une caravane sur la propriété.

— L'association des propriétaires ? je répète, m'assurant de ne pas avoir à être prête à courir.

— Oui m'dame.

Il regarde son bloc-notes.

— Vous voyez, dans la section quatorze, partie B, l'accord de l'association stipule que même s'il est possible de stocker un bateau et/ou une caravane sur la propriété, il doit être complètement enfermé dans le garage. Et, bien sûr, inoccupé.

La peur se transforme en agacement.

— C'est le cas, vraiment ?

Il hoche la tête.

— Oui, m'dame.

— Et puis-je demander qui s'en est plaint ?

Je jette un coup d'œil sur la route, m'attendant à voir trois femmes portant des tenues en élasthanne de tons clairs assister au spectacle. Pas même un brin de fausse blonde ne souffle dans la brise, mais je sais tout de même qui est responsable de l'histoire.

De nouveau mal à l'aise, Charlie plonge sa tête dans son bloc-notes.

— Je ne saurais vraiment pas le dire, madame.

Il sort une feuille de son bloc-notes et la tend à Ian.

— Qu'est-ce que c'est ça ? demande Ian en lisant la feuille.

— Votre avertissement officiel.

Le papier se froisse dans la main de Ian.

— Vous vous foutez de moi !

Je couvre ma bouche, essayant de cacher mon amusement

face à l'incrédulité de Ian. Je ne peux pas imaginer qu'il ait reçu un avertissement officiel auparavant, même pas de quelque chose d'aussi prétentieux qu'une association de propriétaires. C'est l'équivalent de donner un ticket de parking à Captain America.

— Non, monsieur.

Charlie recule, devant marcher en faisant un écart pour que Ian et moi continuions à lui faire face.

— Vous avez vingt-quatre heures pour retirer le véhicule des locaux ou éteindre le générateur et l'enfermer complètement. Ou vous recevrez une amende, et si elle demeure impayée, des scellés seront posés.

La bouche de Ian s'ouvre.

Charlie tourne et dévale l'allée en marchant.

— Bonne journée !

Il accélère son allure, se mettant à courir.

Incapable de me retenir plus longtemps, j'éclate de rire. Mais mon rire s'estompe quand je vois que Ian, qui n'est plus indigné, semble amusé.

— Je suppose que cela signifie que j'ai une invitée.

— Oh.

La réalité s'enfonce alors que je jette un coup d'œil à ma caravane. Une caravane qui se transformera en un piège mortel dans la chaleur du Texas sans climatisation.

Des fossettes se creusent sur ses joues, un sourire pas aussi innocent que d'habitude.

— Faites vos valises, madame.

Il entre dans le garage, vers la porte latérale de la maison, en sifflotant.

— Je vais préparer la chambre d'amis.

Je reste là à cligner des yeux, regardant son beau derrière disparaître dans son manoir.

Nom d'un hibou déplumé.

SIX
UNE LONGUEUR D'AVANCE

*I*AN

— Maintenant que l'opération Bartolomeo a été lancée avec succès, nous allons nous occuper du correctif et organiser les activités extravéhiculaire (ou EVA) pour le rendre opérationnel.

Le directeur des EVA, Dom Richie, clique sur la présentation mettant en lumière les grands projets à venir du groupe. Parmi eux, il y a celui que j'ai proposé et préparé pour que tous les fils des poutres de l'ISS soient internes afin de ne plus avoir de défaillances liées à des impacts de débris spatiaux. Et ensuite, il y aura la sortie dans l'espace nécessaire du côté européen, qui sera plus importante et plus médiatisée.

Une image de Bartolomeo éclaire l'écran du projecteur. Il ressemble à un module de station spatiale normal mais avec de grandes boîtes blanches attachées autour. Une sorte d'installation UPS, version NASA.

— Voilà à quoi cela ressemblera une fois terminé. Mais il

faudra beaucoup d'heures de coopération internationale et de sorties dans l'espace pour en arriver là, ajoute Dom.

Construite et testée dans le centre aérospatial allemand, la plate-forme Bartolomeo est une étape majeure vers l'utilisation commerciale de l'ISS en Europe. Elle agrandira la Station spatiale internationale et sera positionnée sous le laboratoire Columbus déjà en service. Bartolomeo était le nom du frère cadet de Christophe Colomb. C'est Jackie qui m'a appris cela, ainsi que l'étymologie de tous les autres noms de modules de l'ISS, la dernière fois que nous buvions un verre à Big Texas.

Certaines personnes sont décontractées lorsqu'elles sont ivres. Jackie vous abreuve de faits divers et variés. C'était le soir de ma crise de panique à la caravane de Trish.

Secouant le souvenir honteux d'un mouvement de tête, j'étudie la maquette du laboratoire Bartolomeo une fois installé. Le design est assez cool, ce qui sera utile lorsque les agences spatiales américaines et européennes commenceront à travailler avec des projets financés par des entreprises plutôt que par le gouvernement.

Dom clique sur une image du Canadarm, un des bras robotiques de la station.

— Une fois que les Canadiens auront utilisé leur bras robotique pour mettre la plate-forme en place, il faudra deux astronautes pour installer l'électricité de l'extérieur. Cela aura lieu lors d'une série de sorties extravéhiculaires, car elle est trop grande pour que cela soit fait en une seule fois.

L'ironie est que dans l'espace, l'espace est un luxe. Ce nouveau laboratoire dispose de douze espaces de charge utile différents que les entreprises peuvent utiliser pour financer leurs propres expériences, ce qui rend la plate-forme idéale pour les projets nécessitant un open space. Il y a même un balcon de recherche.

— Kincaid, tu dirigeras l'équipe Bartolomeo qui partira pour l'Allemagne le mois prochain.

Je cligne des yeux, certain d'avoir mal entendu.

— Moi ?

Il faut postuler pour les postes de chef d'équipe, et je n'ai certainement *pas* postulé pour celui-ci.

— Oui.

Dom, occupé à éteindre son ordinateur, manque la panique qui s'affiche sur mon visage.

— Vous pouvez partir.

Dom ferme son ordinateur, me jetant un coup d'œil.

— Sauf toi, Ian. Parlons dans mon bureau.

Ou peut-être pas.

Soupirant, je me lève, attrape mes affaires, et le suis dans son bureau, un espace convoité car la plupart des employés travaillent dans les nombreuses cabines disposées à chaque étage. Certaines, comme celle de Jackie, ont la rare chance d'avoir des fenêtres. Une cabine que j'ai rapidement réquisitionnée lorsqu'elle a été sélectionnée pour la nouvelle classe d'astronaute.

Mais le bureau de Dom n'a pas de fenêtre. Un mètre vingt par un mètre cinquante de cloison sèche et une porte en bois massif. Une porte qu'il referme derrière moi, provoquant une accélération des battements de mon cœur.

Prenant une grande respiration, je m'assois.

— Alors, de quoi tu voulais parler ?

Plus vite j'en aurai fini avec ça, plus vite je pourrai sortir d'ici.

— Je sais que tu détestes voyager.

Je ne peux m'empêcher de lever un sourcil à son observation. C'est vrai que je ne me porte jamais volontaire pour partir à l'étranger, contrairement à beaucoup de mes collègues, mais je ne pensais pas que c'était perceptible. Je suis toujours tellement occupé par les nombreux aspects domestiques des vols spatiaux de la NASA.

— Mais je te veux sur cette histoire de Bart.

Je souris au surnom. Je suis presque sûr que les Européens n'aimeraient pas que leur projet d'un milliard de dollars soit réduit à un personnage des Simpson.

— Non seulement tu es le meilleur candidat, mais je le veux aussi sur ton CV.

— Sur mon CV ?

Je jette un coup d'œil entre lui et la porte à côté de laquelle il se tient, essayant de suivre le fil de ses pensées pendant que je combats l'envie d'ouvrir la porte.

Dom hausse les épaules.

— Eh bien, ce n'est pas comme si tu en avais nécessairement besoin. Après tout, ton parcours et ton expérience de travail sont déjà formidables.

Il se déplace pour s'asseoir derrière son bureau, sa chaise en cuir surdimensionnée ayant l'air terriblement déplacée entre le vieux bureau et les classeurs bon marché de l'ère de la course spatiale.

— Mais tu es jeune, et il y a plein de gens qui ont plus d'ancienneté que toi.

— D'accord...

Je n'ai aucune idée d'où il veut en venir.

Penché en avant, il pointe un doigt vers lui-même.

— Je m'en vais à la fin de cette année.

Il me pointe du doigt.

— Et je veux que tu prennes la relève.

— Tu t'en vas ?

— Je me dirige vers le Côté Obscur.

Je souris.

— Du côté commercial, hein ?

Il hausse les épaules.

— Que puis-je dire, le commercial, ça paie.

— Oui, ça paie.

Le salaire est le plus grand inconvénient de travailler à la NASA, une agence gouvernementale, juste après la lutte quotidienne contre la bureaucratie pour démarrer des projets. Les compagnies de vols spatiaux commerciaux n'ont pas de plafond salarial. J'ai la chance d'avoir assez d'argent pour ne pas avoir à m'en soucier. Même dans cet espace de bureau restreint, ou après des heures de travail en cabine, les mains tremblantes, me sentant légèrement essoufflé, je peux sourire en sachant que je travaille pour *l'*agence spatiale, la NASA.

— Quand je partirai, je te proposerai en tant que remplaçant. Et même si tu as déjà proposé et développé de nombreuses sorties nécessaires dans l'espace, et que tous tes collègues et les astronautes veulent toujours t'avoir au centre de commande et n'ont que des compliments à ton égard, tu n'as jamais dirigé d'équipe internationale jusqu'ici.

Il hausse un sourcil, me pointant à nouveau du doigt.

— Tu fais ça, et cette position sera sans aucun doute pour toi.

Voilà qui est inattendu. Dom n'est pas si vieux, donc je n'aurais jamais pensé qu'obtenir sa position serait un but possible. Et ce travail implique beaucoup plus de déplacements, une chose que, comme il l'a si bien compris, je ne fais pas. Je veux dire, j'ai été au siège de Space X à quelques reprises, et au campus le plus proche de la NASA à Marshall, mais j'ai pris des vacances et j'ai conduit jusqu'en Californie et en Alabama, proclamant que je préférais partir en voiture.

Ce qui n'est pas le cas.

Mais tout comme pour le projet Bartolomeo, être directeur des EVA signifie devoir prendre l'avion, se rendre au Canada, en Europe, en Russie, au Japon.

Je me lève et ouvre la porte du bureau avant de me rasseoir.

Au regard interrogateur de Dom, je hausse les épaules en m'excusant :

— Il fait chaud.

Avant qu'il ne puisse répondre, je me penche en avant, plus à même de me concentrer maintenant que la porte est ouverte.

— Dis-m'en plus sur le poste de chef d'équipe et sur le tien de poste.

Et à chaque mot sortant de la bouche de Dom, je réalise que je veux ce poste. Je le veux vraiment.

Je jette un coup d'œil à la porte ouverte.

Mais en suis-je capable ?

———

J'INSPIRE l'air frais qui souffle à travers mes fenêtres ouvertes alors que je rentre chez moi, calmant mon anticipation.

Après la conversation avec Dom dans son bureau, je suis parti du travail plus tôt. Premièrement, être dans l'espace confiné m'a affecté, et mes mains tremblaient. Et deuxièmement, si quelque chose peut me réconforter, c'est la vue d'une femme de Géorgie jouant à cache-cache dans ma maison.

S'il y avait des médailles d'or en esquive, Trish les gagnerait toutes. Elle serait la Michael Phelps de l'esquive.

Cela fait deux jours que la main de fer de la banlieue, alias l'association des propriétaires, a fait sa déclaration contre la caravane de Trish. Deux jours que Trish se cache dans la chambre d'amis, faisant semblant de « travailler ».

Ou peut-être qu'elle *est en train* de travailler. Je ne le sais pas, car sa porte est toujours fermée.

En saluant le gardien de sécurité à la porte, je traverse mon quartier, un ensemble de maisons de mille mètres carrés sur des terrains doubles à Clear Lake. La maison de style colonial de briques rouges et aux piliers blancs de Veronica est visible derrière sa fontaine à l'italienne surdimensionnée dans l'allée circulaire lorsque je passe dans ma rue.

Je n'ai aucun doute que Veronica soit l'instigatrice de cette histoire avec l'association des propriétaires.

Quand je l'ai rencontrée, le jour où j'ai emménagé, il était clair qu'elle était taillée dans le même tissu que mon père – celui d'une manipulatrice.

Je l'ai toujours évitée, surtout pour des conversations en tête à tête. Veronica me donne l'impression de tourner autour d'une vipère. À cause de ma famille, les gens finissent par vouloir quelque chose de moi. Sexe, argent, faveurs, pouvoir. En grandissant, j'ai vite eu assez de ces fausses amitiés. Je n'en ai pas besoin ici, dans mon sanctuaire.

Je ralentis avant le casse-vitesse dans mon allée. Contrairement à celle de Veronica, mon entrée est longue et droite, dirigée vers le garage pour deux voitures et un bateau.

Je suis bien conscient que ma maison est ridiculement grande, surtout pour un célibataire. Mais j'aime la sensation d'espace ouvert. J'en ai besoin. Surtout après des journées comme celle-ci.

L'un des principaux avantages d'être responsable des EVA est que nous sommes rarement à nos bureaux. Nous sommes souvent dans le bâtiment 9, l'entrepôt qui contient la maquette grandeur nature de la Station spatiale internationale, ou au laboratoire de flottabilité neutre, à exécuter des entraînements pour les sorties dans l'espace ou à organiser des réunions dans des salles de conférence.

Mais certains jours sont des jours de paperasse, et mon cul reste assis sur ma chaise pendant des heures. Ou il y a des jours où je me retrouve coincé dans le bureau sans fenêtre de quelqu'un, à essayer de ne pas m'évanouir.

Passant la main derrière ma visière, je clique sur le bouton pour ouvrir la porte du garage de la voiture. Une fois garé, je regarde l'Airstream argentée à ma droite. Elle semble encore plus petite maintenant que la porte du garage du bateau est fermée. Je lutte contre un frisson.

Pourquoi doit-elle être si *petite* ?

Dégoûté de moi-même, je me débarrasse de ma nervosité et entre dans ma maison, le silence m'accueillant.

Même après l'emménagement de Trish, la maison est calme. Ce qui est décevant. J'attendais un petit peu de bruit avec impatience. Il n'y a rien d'autre que le cliquetis de mes clés sur le comptoir quand j'entre dans la cuisine.

Trish doit toujours être enfermée dans la chambre d'amis avec la porte close. Une fois de plus.

Je pensais que nous avions passé un cap le jour du parc de camions-restaurants. Mais j'aurais dû le savoir. C'est toujours un pas en avant, deux pas en arrière avec cette femme. Je pensais que sa méfiance serait un frein, surtout avec une éducation comme la mienne, mais il y a juste quelque chose en elle. Son sourire, sa gentillesse. Même si elle est aussi frustrante. Parfois extrêmement fermée. Quand je lui offre de l'aide, elle ne la prend pas, ou du moins pas de son plein gré. Je veux dire, il a fallu le tout-puissant pouvoir de l'association des propriétaires pour qu'elle accepte d'emménager dans ma chambre d'amis.

Et pourtant... ça fait du *bien* d'être près d'elle.

Assoiffé, j'ouvre le frigo et attrape une bouteille d'eau. Basculant la tête en arrière, je soupire, les yeux au plafond, me trouvant juste en dessous de l'endroit où se cache l'objet de mes affections. J'avale près de la moitié de la bouteille avant de laisser tomber ma tête en arrière, soupirant de frustration en m'essuyant la bouche avec le dos de ma main.

Je comprends. Elle avait un secret, et je l'ai découvert. Entre cela et tout ce qu'elle fuit, déplacer sa caravane, quitter son travail au bar et maintenant devoir vivre dans la maison de quelqu'un d'autre, Trish n'a pas eu la vie facile ces derniers temps.

Je le comprends.

Enfin, ce n'est que récemment que l'idée de *secouer quelqu'un pour la raisonner* a commencé à avoir du sens. Bien que j'aime toujours mieux l'idée d'*embrasser* Trish pour la raisonner.

Appuyé sur le comptoir, je regarde par la fenêtre la grande cour. Il est temps de tondre. Je me demande ce que Trish pensera quand elle verra que celui qu'elle appelle aisément fils de riche aime tondre son jardin.

En regardant ma chemise en popeline blanche Tom Ford et mon pantalon en laine Kiton, je sais que je suis à cent pour cent responsable de son opinion sur le fait que je suis le fils de riche par excellence. En plus de mon amour évident des belles choses, je n'ai jamais dit à Trish pourquoi j'ai fui sa caravane ce soir-là. Ce qui est pathétique.

C'est vrai, au début, Trish a utilisé sa meilleure défense, l'esquive, mais depuis, il y a eu beaucoup d'ouvertures, de fois où j'aurais pu expliquer...

Ding-dong.

Je plisse les yeux à la porte d'entrée, visible de la cuisine grâce au fait qu'il n'y a pratiquement aucun mur dans mon aménagement à aire ouverte. Si c'est cet idiot de représentant débile de l'association des propriétaires, il a choisi le mauvais jour pour se présenter à nouveau.

En entrant dans le hall, j'ouvre la porte en chêne à double largeur, mon biceps s'efforçant de l'empêcher de claquer contre le mur.

Je suis presque aveuglé par la peau bronzée sur le silicone.

— Ian chéri ! Comment vas-tu ?

Veronica, le chat de gouttière du quartier, m'accueille avec un sourire bestial, un battement de cils et une assiette pleine de biscuits.

Merde.

Trish

Je ne peux pas écrire. Et je n'ai pas pu le faire depuis que j'ai emménagé dans la chambre d'amis de Ian.

Rien de pire qu'une page blanche.

J'ai eu de la chance jusqu'à présent dans ma carrière d'écrivain de ne pas être trop souvent coincée. Quand c'était le cas, il m'a suffi de travailler dans n'importe quel bar dans lequel je me trouvais et j'étais rechargée et prête à partir. Regarder les gens est la meilleure source d'inspiration.

Cependant, après que le détective privé a trouvé ma caravane, j'ai démissionné de Big Texas Saloon, blâmant les longues heures au travail plutôt que mon inquiétude d'être suivie là-bas par ce type. Alors maintenant, je n'ai plus rien pour enflammer mon imagination. Je voudrais aussi blâmer Ian, mais je me sens encore coupable de l'éviter.

Je ne sais pas quoi dire s'il me demande pourquoi je suis inscrite à l'université sous un faux nom. Je suis auteure, je mens sur papier pour gagner ma vie, mais quelque chose me dérange dans le fait de mentir directement à Ian, en regardant son beau visage américain aux yeux bleus.

Je veux dire, il *m'installe* dans sa maison, et la seule chose qu'il demande en échange de rester dans sa chambre d'amis est de l'accompagner à une œuvre de charité. Ce sur quoi je devrais probablement l'interroger, car cela semble bizarre. Je veux dire, *c'est* Ian Kincaid, le Captain America de la NASA, un mec beau et riche. Pourquoi a-t-il besoin que je fasse semblant d'être sa petite amie devant ses parents alors qu'il peut probablement faire accourir des femmes simplement en klaxonnant son Audi ?

Mais pour l'interroger, il faudrait que je quitte la chambre d'amis. J'arpente mon nouveau domaine.

La chambre d'amis est immense. Elle fait deux fois la taille de mon bébé d'argent. Et en deux jours, j'ai réussi à la faire ressembler à la loge d'une reine de concours de beauté dérangée. Une autre raison de ne pas ouvrir la porte à Ian. Je ne peux pas le laisser voir ce que je suis devenue.

Dans ma caravane, je suis très ordonnée, le petit espace assurant que je garde tout à sa place. Ici, dans le palais des invités de Ian, j'ai laissé mon naturel désordonné revenir au galop. Des produits de beauté éparpillés sur le comptoir de la salle de bains attenante, des vêtements drapés sur le siège de la fenêtre et des chaises du coin salon (oui, il y a un coin salon à l'intérieur de la chambre), des chaussures éparpillées sur le sol.

En tapotant mes ongles sur le bureau, je fais le point sur le chaos. Cela a commencé avec moi, je ne voulais pas ranger les choses dans les tiroirs. Cela me ferait considérer mon séjour chez Ian comme plus permanent, et ce n'est pas le cas. Mais lorsque j'ai pensé que je devais au moins nettoyer et simplement faire des piles sur le sol, j'ai quand même laissé le désordre tel qu'il était. J'ai commencé à aimer l'apparence de mes affaires réparties dans tout ce luxe.

J'ai tellement honte.

C'est probablement pour ça que je ne peux pas écrire.

Eh bien, ça et le Cap' dormant dans la chambre en face de la mienne. Le bruit de l'eau qui coule alors qu'il se douche avant le travail. L'écouter marcher en bas.

J'ai essayé de faire semblant de me concentrer sur le travail, mais dès que j'ai entendu ces portes de garage s'ouvrir il y a quelques minutes, je n'ai pas pu rester immobile.

Je me demande s'il va monter à l'étage. Frapper à ma porte. M'inviter à dîner. Toutes les choses que j'attends avec impatience autant que je les redoute depuis que j'ai fermé ma caravane et emménagé à l'intérieur. Toutes les choses qui ne sont pas encore arrivées.

Je penche la tête comme un chien de chasse à l'écoute. J'entends les pas de Ian en dessous de moi, il doit donc être dans la cuisine. Maintenant, je regarde le sol comme si j'avais acquis une vision aux rayons X. Je dois souffrir de claustrophobie.

Il est silencieux pendant un moment. Je me demande ce qu'il fait. Je devrais peut-être aller dire bonjour. Lui demander s'il veut que je prépare le dîner ce soir. Non pas que je sache bien cuisiner, mais je devrais le remercier de me laisser rester ici avec plus qu'un simple faux rendez-vous.

Je suis à moitié levée de mon siège quand la réalité revient, claquant mes fesses contre la chaise rembourrée en soie que j'ai confisquée dans la salle à manger hier.

— Pouah.

Je laisse tomber ma tête sur mon bureau en me maudissant.

Je suis sur le point d'abandonner officiellement l'écriture pour la journée et d'attraper le prochain livre sur ma liste de lectures lorsque la sonnette retentit.

Le pouls dans mon cou s'accélère, un million de peurs me traversent la tête alors que les pas de Ian se dirigent vers l'entrée. L'association de propriétaires ? Le détective privé ? Les flics ?

— Ian chéri ! Comment vas-tu ?

La voix familière et grinçante de la voisine, Veronica, résonne aisément à travers ma porte fermée.

Je soupire, la peur me quitte. Curieuse de voir ce que veut cette peste, je me lève et traverse la pièce sur la pointe des pieds, en ouvrant ma porte.

— J'ai trouvé ça bizarre, ta voiture étant là si tôt un jour de semaine.

J'entends une voix grave que je sais être celle de Ian, mais je n'arrive pas à distinguer les mots.

— Ça doit être le destin. Je viens de faire des cookies.

La gaieté agaçante de Veronica, par contre, est facilement discernable.

Je marmonne :

— Oui, je parie que tu aimerais qu'il goûte tes cookies.

— Je vais juste les mettre dans la cuisine, d'accord ?

Encore une fois, je ne peux pas entendre la réponse de Ian, mais j'entends le cliquetis révélateur de talons sur le plancher.

Mes doigts blanchissent sur le cadre de la porte alors qu'un sentiment irrationnel de possessivité m'envahit.

Calme-toi, Patty, calme-toi. Ce n'est pas ta maison. Tu ne devrais pas te soucier que cette Barbie Desperate Housewife l'envahisse. Ni te demander quelle tenue décolletée et moulante elle porte, essayant d'inciter Ian à mordre dans ses pommes surdimensionnées.

Je répète ces mots encore et encore, en essayant de penser de manière réaliste. Dans mon cours d'écriture de persuasion, j'ai appris que le logos, l'attrait de la logique, a beaucoup plus de poids dans un argument que le pathos, l'attrait des émotions.

Je parcours la liste de raisons logiques pour lesquelles je devrais rester dans cette pièce et ne pas m'immiscer plus que nécessaire dans la vie d'Ian. Plus d'une fois.

Selon mon professeur, cette méthode de persuasion devrait fonctionner.

Donc je ne sais pas pourquoi la prochaine chose que je sais, je me déshabille, enfilant mon bikini vert citron que j'avais drapé sur une lampe et l'attachant.

Le rire tintant de Veronica résonne dans toute la maison.

Putain d'ethos.

Enfilant mes espadrilles les plus compensées, j'ouvre la porte d'un coup sec et me dirige vers les escaliers.

Cookies, mon cul.

SEPT
DONNÉES OPTIQUES

Ian

— Merci pour les cookies, Veronica, mais je suis sur le point de commencer à tondre le jardin.

Je reste dans l'entrée de la cuisine, ne voulant pas m'avancer plus loin dans la maison. Mes mots n'invitent pas à poursuivre la conversation, et ma position devrait lui donner le signal social qu'elle n'est pas la bienvenue.

Loin de remarquer cela, ou tout simplement de s'en soucier, Veronica passe devant moi, place les cookies sur l'îlot de la cuisine et regarde mon jardin, me faisant perdre tout espoir que la visite soit de courte durée lorsqu'elle continue à parler.

— Je n'arrive pas à croire que tu tondes ta propre pelouse. Je veux dire *honnêtement,* il y a des gens pour le faire pour toi.

Elle se retourne, croise les bras sous ses seins anormalement ronds, des seins qui ne sont pas soutenus par un soutien-gorge, et sourit, l'air presque animale.

— Je vais te donner le numéro du type qui s'occupe de ma pelouse. Ensuite, tu auras du temps pour d'*autres* choses.

Je ne sais pas comment gérer cette situation. Je déteste être mal préparé. J'aime prendre en compte toutes les possibilités, tous les résultats, mais j'étais tellement occupé à me concentrer sur ce que je dirais au mec de l'association de propriétaires que je n'étais pas préparé à une attaque sournoise de Veronica. Toujours entourée de ses groupies de quartier, elle n'était jamais venue seule.

En amenant Trish ici, j'ai bouleversé l'état naturel des choses. Je n'ai pas tenu compte de la curiosité du quartier.

Une des mains de Veronica traîne le long de sa clavicule, essayant de me faire me concentrer sur ses atouts.

Pourquoi est-ce que la fille que je veux, celle qui vit réellement dans ma maison, peut réussir à éviter tout contact avec moi, mais la femme mariée quatre maisons plus loin continue d'orbiter autour de moi comme un débris spatial ?

— Ce n'est pas un problème, j'aime tondre mon jardin.

Je me tourne encore plus vers la porte d'entrée, essayant d'avoir l'air ferme tout en étant gracieux alors que j'essaie à nouveau de la renvoyer chez elle.

— Merci d'être passée.

Elle se rapproche de moi, son sourire devenant diabolique. Et maintenant, sans l'assiette de biscuits devant elle, sa chair exposée semble encore plus inconvenante. Je regarde ostensiblement son front plein de botox.

— Pas besoin de me remercier.

Sa french manucure à bout carré avec des strass sur les pointes me gratte l'avant-bras.

— C'est à ça que servent les voisins, après tout.

Je suis sur le point d'abandonner la politesse et de lui dire de sortir sans ménagement lorsque je suis distrait par un éclair de peau qui apparaît à travers la rampe de l'escalier.

Trish descend les escaliers en talons hauts.

Et en bikini.

Il me faut une minute pour me rappeler comment déglutir.

— Veronica, très chère, quel plaisir de vous voir.

Trish se pavane vers nous, le contraste entre le vert fluo de son maillot et sa peau d'un blanc laiteux me faisant cligner des yeux.

Pour une fois, Veronica semble à court de mots.

— Je, euh...

La main de Trish glisse le long de mon dos et passe par-dessus mon épaule, faisant reculer Veronica d'un pas.

— À quoi devons-nous cet honneur ?

Les doigts de Trish s'enfoncent en moi comme si elle me possédait.

Une soudaine explosion de victoire me traverse. Il ne peut y avoir d'autre explication à l'apparition soudaine de Trish et à sa tenue Trish (ou à son absence de tenue) que la jalousie.

Se remettant de son choc, Veronica redresse les épaules.

— Je n'avais pas réalisé que *vous* seriez encore ici.

Elle penche la tête et bat des cils.

— J'ai entendu dire que l'association n'autoriserait pas les caravanes dans le quartier, dit-elle avec un claquement de langue. Toutes ces règles pour empêcher la racaille d'entrer. Quel dommage.

Trish sourit en retour et bat des cils, elle aussi, me faisant me demander si les femmes ont leur propre code Morse pour ces situations.

— Oui, il est bon de garder dehors les visiteurs indésirables. Surtout ceux qui se présentent avec des arrière-pensées. On ne peut jamais être trop prudent.

Veronica me regarde avant de changer de tactique.

— Oui, c'est vrai.

Elle balaie sa main vers le comptoir.

— Je viens d'apporter des cookies fraîchement sortis du four pour que vous en profitiez tous.

Trish place son autre main sur le dessus de celle se trouvant sur mon épaule et lève ses grands yeux vers moi.

— Eh bien, n'est-ce pas gentil, mon chou ? Des cookies à déguster tout à l'heure.

Des années à grandir dans les champs de mines de la politique m'ont malgré tout laissé mal équipé pour ce moment.

— Euh, oui.

Les yeux de Veronica se plissent.

— Comme c'est agréable pour vous de pouvoir séjourner chez quelqu'un du calibre de Ian.

Elle regarde le maillot de bain de Trish de haut en bas.

— Cela doit être un vrai changement de vos fréquentations habituelles.

Je sais que c'est mal et que je devrais être au-dessus de telles pensées, mais tout ce que je veux faire, c'est leur jeter du Jell-O et faire sonner une cloche.

Trish fredonne une réponse évasive avant de glisser ses mains le long de mon bras, en entourant une autour de ma taille, ses yeux toujours rivés sur les miens. Sans réfléchir, je passe mon bras autour de son épaule.

Se tournant pour que sa tête repose sur mon épaule, Trish regarde Veronica.

— Oh. Vous êtes allée chez le coiffeur ? C'est vraiment joli.

Veronica cligne des yeux au compliment surprise.

— Euh, merci.

L'air incertain pour la première fois, les lèvres de Veronica se replient aux coins.

Trish se tape le menton du doigt, réfléchissant.

— Comment ils appellent cette couleur, déjà ?

Je n'avais jamais compris l'expression « hérisser le poil » avant de voir Veronica vibrer de colère.

— Je suis une blonde *naturelle*.

Elle passe la main dans ses cheveux.

— Je ne fais que des mèches.
— Bien sûr, ma puce.
Trish me fait un clin d'œil avant de saisir ma main, me tirant vers l'assiette de cookies. Je suis sans réfléchir. Je suis si loin de ma zone de confort. Je parierais mes économies que si plus de femmes étaient en politique, tous les problèmes majeurs seraient résolus en une seule année. Elles sont tellement plus rusées que les hommes.

En se penchant vers le bas, Trish arrache un biscuit du dessus avec deux doigts et en prend une bouchée.

— Oh, ils sont industriels.

Elle repose le cookie, inachevé, faisant semblant d'essayer de l'avaler.

— Eh bien, *c'est* le geste qui compte.

On dirait que les yeux de Veronica vont lui sortir de sa tête.

— Eh bien, je ne...
— Merci beaucoup pour votre cadeau attentionné, Veronica, ma chère.

Trish se frotte les doigts l'un contre l'autre comme pour se débarrasser de miettes indésirables.

— Mais je crains que Ian et moi ne puissions pas vous rendre visite tout de suite. Ian insiste pour me frotter le dos avec de la crème solaire avant d'aller tondre le jardin. Il me chouchoute, vous savez.

Elle agite ses cils vers moi.

— Je vois.

Narines dilatées, Veronica fait enfin un pas vers la porte.

— Je vais juste y aller, alors.

Rapidement, je me dirige vers la porte, l'ouvrant grand.

— Merci d'être passée, Veronica.
— Mais s'il vous plaît passez *un coup de fil* la prochaine fois, Trish appelle de la cuisine, en éloignant d'elle la plaque de biscuits comme ils étaient empoisonnés, tout en souriant.

— Et maintenant, au revoir !

Veronica ne répond pas, se contentant de sortir, en marchant à toute vitesse sur le chemin dallé.

Lorsque je ferme la porte d'entrée, un sentiment de soulagement me traverse. Jusqu'à ce que je me retourne et voie Trish, les mains sur les hanches, ses talons hauts cliquetant sur mon plancher en bois.

— Trish ?

Prudemment, je retourne dans la cuisine.

Ses yeux se plissent, lui donnant l'air d'un écureuil contrarié.

— Est-ce qu'elle vient ici souvent pour t'offrir ses *pâtisseries maison* ?

J'étouffe le rire qu'inspire son adorable pique. Je suis sûr qu'elle n'apprécierait pas que je lui fasse remarquer qu'elle est aussi verte que son maillot de bain.

— Euh, non. C'est la première fois qu'elle vient ici.

— Oui oui. Bien sûr, dit-elle avec un grognement.

— Vraiment. Je ne sais pas de quoi il s'agissait.

Elle hausse un sourcil en réponse et ramasse l'assiette de cookies.

— Ce que c'est mignon. Tu es bien naïf !

Elle ouvre le placard contenant la poubelle et y jette les biscuits, et même l'assiette.

Je ne peux pas m'empêcher de rire maintenant.

— Jalouse ?

— Je *ne* suis pas jalouse !

Elle tape du pied. Ses seins rebondissent dans le haut en forme de triangle. Et contrairement à ceux de Veronica, je n'arrive pas à détourner le regard d'eux.

— Non ?

Je montre la poubelle avec un sourire narquois.

— Ne sois pas si imbu de toi-même. J'étais juste...

Elle agite les mains en l'air, le geste faisant se serrer mon pantalon.

— J'étais juste en train d'essayer de te protéger de cette nourriture industrielle.

Elle se retourne à moitié, les bras croisés, regardant par la baie vitrée.

— De rien, ajoute-t-elle.

Je m'étouffe de rire.

— Merci, je parviens à prononcer, essayant de contrôler mon amusement. J'ai entendu dire que les aliments transformés peuvent être vraiment dangereux.

Sans me regarder, elle hoche la tête.

— C'est le cas.

Ses lèvres se plissent en une moue. Une moue que je pourrais embrasser.

De profil, elle a l'air encore plus nue, seules les attaches sur ses hanches étant visibles.

— Et le bikini ? C'est pour moi aussi ?

— Oui.

Elle hoche à nouveau la tête.

— Attends.

Les mains posées sur ses côtés, elle se retourne et me fixe.

— Je veux dire non. Bien sûr que non. J'allais simplement...

— Simplement ? dis-je, sentant mes yeux se plisser dans les coins.

Elle soupire.

— Profiter de ta piscine.

Me sentant plus détendu, j'appuie un coude sur le comptoir, arborant un large sourire. Je ne me suis pas senti aussi heureux depuis des jours. Pas depuis le buffet du food truck.

— Tu n'es pas sortie de ta chambre depuis deux jours, et tu me dis que tu descends maintenant, en maillot de bain, pile au moment où Veronica arrive, juste pour utiliser la piscine ?

— Oui.

Le nez en l'air, elle écarte les mèches de cheveux échappées de son visage.

— Au cas où tu ne l'aurais pas remarqué, tu rentres tôt aujourd'hui. Je profite de la piscine normalement, à cette heure-ci.

D'un air majestueux, Trish se penche et attrape un sac que je n'avais pas remarqué, posé sur le banc près de la porte. Elle hisse la sangle de toile sur son épaule. Le fond du sac tape contre ses fesses à peine couvertes.

— Alors, ne sois pas si imbu de toi-même, fils de riche.

D'un coup de poignet, elle déverrouille la porte et se dirige vers l'une des chaises longues installées au bord de la piscine.

Je me note mentalement de rentrer tôt tous les jours cette semaine.

———

T*RISH*

J*ALOUSE* ? *S'il vous plaît.*

Je piétine dans mes espadrilles jusqu'à la chaise longue à rayures bleues et blanches et dépose mon sac à côté.

Je *suis* venue ici hier, après encore plus d'heures sans être capable d'écrire, pensant qu'un changement de décor aiderait à faire venir les mots. Ce n'était pas le cas, mais cela ne veut pas dire que ma décision de remettre mon bikini a quoi que ce soit à voir avec de la jalousie. Je lève les yeux au ciel même s'il n'y a personne pour le voir.

Me laissant tomber sur le coussin, je soulève mes jambes, les croisant ainsi que mes bras. Des images d'une Veronica sans soutien-gorge et de sa putain d'offre de biscuits me traversent l'esprit. Je les complète avec des fantasmes de moi faisant éclater ses implants en silicone et tirant ses extensions « blondes naturelles ».

Le bruit d'une tondeuse à gazon qui démarre me ramène à la réalité, et j'analyse mon déferlement de pensées violentes.

Nom d'un biscuit. Je *suis* jalouse.

Je recroise les jambes. Peu importe.

« *Toutes ces règles pour empêcher la racaille d'entrer.* »

Je ne peux pas croire que j'ai laissé cette femme m'atteindre !

J'attrape mon spray de crème solaire et me lève. Retenant mon souffle, je me couvre de FPS 50 avant de retirer la visière surdimensionnée qui me fait ressembler à une golfeuse mais masque tout mon visage avant de me rasseoir. On ne plaisante pas à propos des dommages causés par le soleil.

En bougeant mes épaules, j'essaie de me détendre sur la chaise longue.

La tondeuse devient plus bruyante alors que Ian la sort de derrière le garage.

Je cligne des yeux. Puis je cligne à nouveau des yeux.

Ian est torse nu. Comme il ne porte qu'un maillot de bain et des baskets avec des socquettes blanches, il devrait avoir l'air ridicule. Sauf que ce n'est pas le cas. C'est la tenue la plus décontractée que je l'ai jamais vu porter, et il représente tous les fantasmes d'homme à tout faire.

Il lève une main du volant et me fait signe.

Les ignorant, lui et son sourire blanc aveuglant, je sors mon cahier de mon sac et je regarde la liste d'idées d'histoires que j'ai dressée plus tôt.

Comme mon dernier livre est déjà envoyé à mon éditeur, j'essaie de trouver une idée pour le prochain. Je n'ai pas pu en trouver beaucoup.

Idée numéro une : d'ennemis à amoureux. Héros : cow-boy. Héroïne : promoteur immobilier.

Idée numéro deux : deuxième chance, bébé secret. Héroïne : professeur. Héros : étudiant.

Idée numéro trois : romance entre milliardaires. Héros et héroïne : directeurs d'entreprises rivales.

Je raye la liste d'une grande croix X. Après toutes les connaissances dont j'ai abreuvé Ian et mes camarades de classe l'autre jour, je ne peux toujours pas me décider sur les tropes et archétypes de personnage à utiliser.

Tant pis pour le travail. En plus du bloc de l'écrivain, maintenant j'ai un bloc d'idées. Rien ne semble intéressant.

À l'ombre de ma visière, je garde un œil sur Ian qui fait des allers-retours dans la grande cour. La façon dont le soleil se reflète sur sa peau. Celle dont son biceps bouge chaque fois qu'il fait tourner la roue.

Je m'évente avec mon cahier.

Si les choses avaient été différentes, peut-être que je n'aurais pas repoussé Ian dès le début. J'aurais peut-être dit oui à un rendez-vous. Il m'aurait ouvert la portière de la voiture et aurait tiré ma chaise en arrivant au restaurant. Peut-être que je vivrais dans un appartement. Quelque part haut de gamme, de sorte que quand Ian m'aurait embrassée pour me souhaiter bonne nuit, il ne se serait pas senti mal à l'aise à l'idée d'entrer, m'aurait allongée sur un grand lit king-size, fait courir ses mains pour écarter mes jambes.

Ma main évente plus vite.

Son baiser serait doux au début, devenant progressivement plus fort, jusqu'à ce que nous nous jetions l'un sur l'autre avec l'énergie du désespoir pour nous déshabiller, pour sentir la peau de l'autre, nous prélasser dans la chaleur que nos corps produisent.

J'évente si fort que je perds ma prise et me cogne le nez avec mon cahier.

— Aïe.

Les yeux larmoyants, je me frotte l'arête du nez.

— Redescends sur terre, Patty, je marmonne.

Les choses *ne* sont pas différentes. Ce n'est pas un de mes livres. Je sors le stylo du dos en spirale de mon cahier et le tape contre la couverture. Si c'était le cas, je...

Je me redresse, une ébauche se formant dans ma tête.

— Si c'était le cas...

Jetant un nouveau coup d'œil à Ian, je déglutis à la vue des pics et des creux de ses abdos.

Et puis je commence à écrire.

HUIT
THÉORIE ET PRATIQUE

Ian

Elle est penchée sur son cahier depuis une heure.

Je le sais parce qu'à chaque fois que je tournais la tondeuse, traçant un motif linéaire précis dans l'herbe, je levais les yeux, pensant qu'après son évidente crise de jalousie je la surprendrais en train de regarder. De me mater. De se demander à quoi je pense.

J'avais tort.

Trish n'a pas croisé une seule fois mon regard. Elle n'a même pas levé les yeux quand j'ai arrêté la tondeuse à dix mètres et me suis dirigé vers la piscine.

Enlevant mes baskets et mes chaussettes, je marche jusqu'à ce que mes orteils pendent du bord de la margelle. Avec un dernier coup d'œil à la tête penchée de Trish, je saute.

— Bombe !

Mes poumons se dilatent avec une dernière gorgée d'air juste avant que je ne perce la surface de l'eau, qui jaillit autour de moi. Une fois submergé, j'entends le cri de Trish. Un rire fait s'échapper des bulles de ma bouche.

Plantant mes pieds sur le fond et pliant mes genoux, je remonte à la surface pour reprendre de l'air et entendre les jurons d'une belle du sud des États-Unis.

— Nom d'un biscuit ! Qu'est-ce que tu essaies de faire au juste ?

Elle est penchée sur son cahier comme une mère poule protégeant son poussin.

En un mouvement, je suis au bord de la piscine, près d'elle. Posant mes bras sur le bord, je souris.

— Est-ce que quelqu'un t'a déjà dit que tu ressemblais à Sam le pirate quand tu étais en colère ?

Sa queue de cheval mouillée tombe de son épaule alors qu'elle se remet de son intuition protectrice.

— Pas quelqu'un qui avait envie de vivre.

Avec précaution, elle retire le bloc-notes de sa poitrine, l'inspectant pour voir s'il est endommagé.

— Qu'est-ce que tu écris, au fait ?

Je jette un œil au soleil, un peu plus bas depuis que j'ai commencé à tondre.

— Tu vas sans doute avoir un coup de soleil sur le cou vu le temps tu es restée penchée là-dessus.

Je ne peux pas en être certain à cause de la grande visière qu'elle porte, mais je suis à peu près sûr que Trish vient de lever les yeux au ciel.

— J'ai mis du SPF 50.

Elle passe sa main sur la page comme si elle la nettoyait.

— Ça va aller, merci.

Putain, qu'est-ce qu'elle est mignonne.

— Alors, qu'est-ce que tu écris ?

Finissant l'inspection de son bloc-notes, elle le pose sur la table à côté d'elle.

— Non pas que ça te concerne, mais j'écrivais une scène pour mon nouveau livre.

Fermant les yeux, elle se réinstalle sur la chaise longue.

— L'inspiration est enfin venue, marmonne-t-elle.

Je l'entends quand même.

— Ah oui ?

Mes yeux suivent le chemin des gouttelettes d'eau qui glissent sur sa peau nue. Je me lèche les lèvres.

— Qu'est-ce qui, euh, t'a inspiré ?

Une main se lève pour abaisser sa visière sur ses yeux.

— T'inquiète.

Intéressant.

En poussant sur le ciment, je me sors de la piscine en secouant la tête.

— Ah ! Arrête !

Trish lève les mains comme pour garder le diable à distance.

— Tu me mouilles encore. Qu'est-ce que tu es, un chien ?

Mais elle rit à présent, sa gorge déployée, son ventre exposé se contractant.

— Oui, dis-je, profitant du moment et m'ébrouant à nouveau. Tu peux m'appeler Médor. Ouaf.

Mon rire s'éteint quand je vois son sourire s'effacer, remplacé par un coup de langue et une morsure de sa lèvre inférieure.

— Trish ?

Je fais un pas en avant, mais elle m'arrête d'une main tendue.

— Attends.

Elle attrape son cahier, l'ouvrant brusquement.

— Attends juste là.

Elle retire sa visière.

— S'il te plaît.

Ses yeux sont presque sauvages, alors j'acquiesce simplement, me demandant ce qui est en train de se passer.

Elle me regarde lentement, de haut en bas, puis remonte à nouveau.

La chair de poule s'étale sur ma peau.

En un éclair, elle se penche sur le cahier, son stylo survolant la page. Ses lèvres bougent pendant qu'elle écrit, mais je n'arrive pas à comprendre ce qu'elle dit.

C'est comme ça pendant quelques minutes.

De temps en temps, elle lève les yeux, me regarde, puis continue d'écrire.

Incapable d'en supporter davantage, je me faufile derrière elle en penchant la tête sur le côté, essayant de comprendre les mots.

... un corps de nageur, souple et mince, et tellement puissant... de grandes mains serrent mes seins, leur poids en quelque sorte plus lourd qu'avant son contact... douloureux... ses lèvres suivent une traînée de sueur le long de mon cou, et bien que le soleil du Texas réchauffe ma peau, je frissonne...

— Putain de merde.

Surprise, Trish gratte le papier ligné de la pointe de son stylo.

— Hé !

Elle serre à nouveau le bloc-notes contre sa poitrine.

— Ne regarde pas.

Mes yeux ne sont plus sur le papier maintenant. Ils sont sur elle. Sur ses seins, son cou, la chair de poule qui reflète la mienne.

Je suis l'inspiration de Trish. *Je l'allume.*

Avec peu d'efforts, comme elle est si petite, je la prends sous ses bras comme un enfant. Me tournant, je m'assieds, ses genoux reposant de chaque côté de moi pour qu'elle me chevauche, le cahier entre nous.

— Je...

Mais elle ne finit pas, ne le peut pas, lorsqu'elle se blottit contre la preuve d'à quel point je suis excité par le fait qu'elle soit excitée par moi.

Retirant le cahier de sa prise, je le pose à côté de nous, sans jamais perdre le contact visuel.

— Que se passe-t-il ensuite ?

— Ian...

Ses épaules se soulèvent, et même s'il est évident qu'elle est gênée, elle ne détourne pas le regard. Ses yeux marron sont timides, mais excités.

— Nous en étions là, n'est-ce pas ?

Je caresse ses seins par-dessus son maillot de bain et pose mes lèvres dans son cou.

— Que se passe-t-il maintenant ?

Je traîne de doux baisers sur sa peau, le goût salé de sa sueur me faisant bander.

— A... alors... je...

Son corps bouge à un rythme passionné. Elle bégaye au rythme de son essoufflement essoufflé, ses hanches ondulant au rythme du pouls battant à son cou.

Je serre ses seins, mon pouce repoussant le tissu pour frotter ses tétons. Ses hanches fléchissent plus fort sur mes genoux, me faisant croiser les yeux. On est passé de zéro à cent en un instant. J'adore ça.

— Alors tu quoi, mon cœur ?

Elle place ses mains sur mes épaules, les fait glisser le long de mes bras et remonte, la légère griffure de ses ongles me rendant fou.

— Alors je te touche.

Son pouce passe sur mon téton.

— Putain, oui.

Poussant complètement le tissu sur le côté, j'embrasse le

sien. D'abord un bourgeon serré, puis l'autre alors que ses mains se déplacent dans mon dos. Alors que je suce doucement, une de ses mains m'attrape derrière la tête. Ses doigts s'enfoncent dans mes cheveux, me maintenant. Je recule avec un dernier coup de langue sur son téton dur.

— Et ensuite ?

— Tu...tu... gémit-elle quand je me remets à sucer et mordiller. Ta main, tu utilises ta main.

Je repose Trish sur mes cuisses pour pouvoir défaire le bas de son bikini sur les côtés. Lorsque le tissu tombe, j'ai une vue imprenable sur son niveau d'excitation, son humidité scintillant au soleil.

Croisant son regard, je lève la main.

— Tu la veux ici ?

J'indique sa chair exposée du menton.

Elle hoche la tête en se mordant la lèvre.

— S'il te plaît.

Sa supplique semble si douce. Maintenant le contact visuel, je baisse la main, le temps s'étirant entre nous. Ce n'est que lorsque le bout de mes doigts effleure son clitoris que sa tête retombe en arrière, gémissant, ses hanches fléchissant à la recherche de plus de friction.

— Oui. S'il te plaît. Plus.

— Plus ?

Je n'attends pas de réponse mais plonge profondément, accrochant mon doigt, frottant jusqu'à ce que ses hanches commencent à chevaucher ma main, désespérée d'atteindre l'orgasme, mon autre main agrippant son cul.

— C'est ce que tu as écrit ? Ce que tu imaginais ?

Sa réponse est inarticulée, mais je sais que j'ai raison à la façon dont sa respiration est interrompue, la façon dont ses mains passent de l'arrière de ma tête à ses seins, serrant, pinçant alors qu'elle chevauche ma main.

Lorsque ses sourcils se froncent comme s'ils étaient paniqués à l'idée qu'elle pourrait ne pas jouir, j'ajoute un autre doigt à l'intérieur avant de faire le tour de son clitoris avec le pouce de mon autre main.

En criant, ses mains claquent sur mes épaules, les ongles me rongent la peau.

— Putain, putain, putain.

Son doux accent du sud rend les jurons beaucoup plus excitants.

Sa peau laiteuse rougit. Les yeux sont grands ouverts mais ne semblent pas voir, brillants en plein jour. Ses seins sortis du maillot de bain, son petit corps se fige dans l'agonie de l'orgasme. L'odeur de son excitation me rend presque enragé de désir.

Depuis combien de temps je la veux ? Depuis combien de temps ai-je rêvé de cela ?

Avec un gémissement, son corps se détend, s'enroulant autour de moi, frissonnant quelques secondes des répliques de son orgasme.

— Hummm...Ian...

— Je te tiens, je murmure, mes mains ralentissant jusqu'à s'arrêter, la laissant se remettre lentement.

— Je te tiens.

Et quand sa tête tombe sur ma poitrine, une de ses mains sur mon cœur, j'aimerais que ce soit le cas.

Trish

La fois suivante où j'ouvre les yeux, je suis allongée sur Ian, ma serviette enroulée sur mon derrière nu.

Aux yeux et à la vue du monde.

Eh bien, peut-être pas à la vue de tous, car la grande cour paysagée de Ian est adossée à une réserve naturelle avec des arbres, elle est donc agréable et isolée. Mais je ne dirais pas que Veronica laisse des détails comme les arbres et les clôtures l'empêcher d'entrer sans autorisation.

Et pourtant, je ne peux pas me résoudre à m'en soucier. Je tourne la tête, mon menton reposant sur sa poitrine, clignant des yeux et trouvant des yeux qui rivalisent avec le ciel bleu au-dessus de nous. Il est vraiment joli garçon.

— Je ne peux pas croire que nous venons de faire ça.

La poitrine de Ian gronde de rire, me secouant.

— J'ai l'impression que je devrais être embarrassée, j'admets, bien que le sentiment ne soit pas tout à fait écho en moi.

— Non.

Il me tapote le nez avec son doigt.

— Je ne peux pas te dire combien de fois je vous ai entendues, les filles et toi, vous disputer sur les qualités féministes des romans d'amour. Qu'ils sont tous au sujet de la femme qui a le choix, qui a son mot à dire, n'est-ce pas ?

Ne sachant pas où il veut en venir, je fronce les sourcils.

— Euh, oui ?

— Eh bien, il n'y a pas de quoi être embarrassée. Nous n'étions que l'incarnation vivante de ton prochain livre.

Cela fait chauffer mon visage, surtout vu qu'il m'a surprise en train de l'utiliser comme source d'inspiration. Mais je pense que la chaleur a plus à voir avec l'excitation que l'embarras.

— Allez.

Ian se recroqueville, ses muscles abdominaux apparemment indifférents au fait que mon poids le maintienne au sol.

— Allons-nous nettoyer et préparer le dîner.

À sa suggestion, mon estomac gargouille.

— Tu sais cuisiner ?

Il me fait un clin d'œil, m'aide à me lever, noue la serviette autour de ma taille pour me couvrir comme un gentleman.

— Je sais commander.

Son sourire d'enfant creuse ses joues.

Je souris en retour, la chaleur se propageant sur le côté gauche de ma poitrine.

— Ça marche.

———

Fraîchement lavée, assise en tailleur devant la télé avec un carton de nouilles lo mein au poulet sur les genoux, je suis étrangement détendue.

— C'est vraiment ce que tu veux regarder ?

Ian pointe la télécommande vers le téléviseur, navigant sur Netflix jusqu'à ce qu'il trouve la série que j'ai choisie.

J'attrape un wonton au crabe dans le récipient posé sur le sol, le trempant dans la sauce aigre-douce.

— Tu as dit que je pouvais choisir.

Il regarde ma bouche pendant que je mords.

— C'est vrai, c'est vrai. Je ne savais tout simplement pas que tu allais te changer en folle du cinéma étranger.

Je pousse le wonton sur le côté de ma bouche avant de le corriger.

— Folle de films *d'amour* étrangers.

Finissant ma bouchée, j'attrape adroitement des nouilles avec mes baguettes.

— Et c'est une série, pas un film. Donc si tu la détestes, ce ne sera qu'une heure de ta vie, pas deux.

Nous nous calons contre le devant du canapé. Je ne sais pas si Ian ne voulait pas risquer de renverser de la nourriture sur ses meubles de prix ou s'il préfère s'asseoir par terre, mais quand je suis sortie de mon bain, il avait déjà traîné la table basse et était en train d'installer couvertures et oreillers en duvet sur le sol. Il l'a ensuite surmontée d'une vaste gamme de contenants alimentaires en carton. Sous forme de buffet. Cela me rappelle les food trucks.

Je me permets de m'affaler légèrement sur le côté jusqu'à ce que mon épaule touche son bras. Je suis bien trop à l'aise avec lui, mais je n'arrive pas à m'arrêter. C'est comme si sa maison était une bulle isolée, loin de mon passé et de mes soucis. Ou peut-être que c'est juste lui.

Du coin de l'œil, je le vois me sourire avant d'attraper un nem.

— C'est une série coréenne ?

J'utilise les baguettes pour me servir de lo mein, ramassant une bouchée de poulet.

— Ouip. C'était partout dans sur mon Instagram, ou plutôt sur celui d'Audrey Cole. Tous mes lecteurs et les autres auteures l'adorent.

Le générique de début défile, mon cœur bat quand Hyun Bin entre à l'écran. Il est le *meilleur*. Je soupire et me dandine joyeusement.

Ian grogne :

— C'est quoi, l'histoire ?

Il poignarde son poulet à la mangue avec une fourchette.

— Une femme sud-coréenne a eu un accident de parapente et s'est écrasée en Corée du Nord, où un soldat l'aide à se cacher tout en lui trouvant un moyen de rentrer chez elle. Et bien sûr, en cours de route, ils tombent amoureux.

Il hoche la tête, l'air sincèrement intéressé.

— Cool, dit-il autour de sa nourriture.

Il me sourit en avalant.

— Il y aura des soldats, alors.

J'éclate de rire :

— Je déteste te le dire, mais aucun de mes abonnés n'a mentionné de scènes d'action.

Ian fait un clin d'œil, vraiment beau même avec de la sauce sur le menton.

— On peut toujours espérer de l'action.

Je m'étouffe avec mon lo mein.

Ian me tape dans le dos jusqu'à ce que je me contrôle à nouveau. Il continue de me frotter le dos, me rappelant les autres endroits où il m'a frottée aujourd'hui. Il n'a pas parlé de notre session en plein air depuis que je me suis réveillée affalée sur lui. Mais il n'est pas maladroit, juste... prudent. Comme s'il ne voulait pas briser le moment. Ce qui me fait me sentir mal. Tous mes secrets se sont accumulés entre nous. Il mérite plus, et je prends égoïstement sans donner en retour.

Il ne m'a même pas interrogée sur mon passé, pas même lorsque j'ai mentionné l'Instagram d'Audrey Cole.

Ian se penche en avant, examinant ses choix avant d'attraper un contenant de poulet aux noix de cajou.

— Je me demande si je pourrai parler coréen après ?

Je pouffe, heureusement la bouche vide.

— Tu penses qu'après avoir vu un épisode de drama coréen, tu vas le parler couramment ?

Il n'a que le temps de hausser les épaules avant que je ne lui fasse signe de se taire à la fin de la chanson thème. Je n'ai pas l'habitude de parler pendant les films, surtout qu'avec les sous-titres, on ne peut vraiment pas détourner le regard de l'écran sans être perdu ensuite.

Trois heures plus tard, les contenants ont disparu et nous nous blottissons dans un nid d'oreillers et de couvertures.

— Un autre ?

Ian se débat pour sortir de notre cocon et attrape la télécommande. Il a l'air si impatient.

— Tu as vraiment aimé, hein ?

Je m'étire en faisant des cercles avec mes chevilles.

— Ye. dit-il avec un clin d'œil.

Je lève les yeux au ciel en riant.

— Tu penses que parce que tu sais dire oui en coréen, tu le parles couramment ?

— Amado.

Ma bouche s'ouvre.

— Tu es sérieux ?

Il retombe sur les oreillers en ricanant.

— Non. J'ai juste enregistré quelques phrases.

Toujours sur le dos, je baisse la tête sur le côté pour le regarder.

— En trois heures ?

Sa tête tournée vers moi, il hausse les épaules.

— Une langue est comme un puzzle, et j'ai toujours aimé les puzzles. Les mathématiques, la science, l'espace, les langues... J'aime comprendre comment les choses marchent.

Je réfléchis.

— C'est pour ça que tu travailles à la NASA ?

— Hummm-humm.

Il regarde sur le côté.

— Maintenant, oui.

Avant que je puisse demander ce qu'il entend par « maintenant » il me laisse sur le cul.

— C'est l'une des raisons pour lesquelles je ne suis pas allé aux Jeux olympiques. Il n'y avait pas grand-chose à découvrir pour moi.

Regardant à nouveau le plafond, il met ses mains derrière sa tête, comme s'il ne venait pas de lâcher une bombe.

Je m'assieds, faisant bouger les oreillers.

— Je suis désolée, tu étais aux *Jeux olympiques* ?

Fronçant les sourcils, il regarde mon expression choquée.

— Tu ne le savais pas ?

Je fais la moue, me sentant étrangement coupable.

— Apparemment, il y a beaucoup de choses que je ne sais pas sur toi.

Il sourit, mais tristement.

— Il y a beaucoup de choses que je ne sais pas sur toi non plus, donc je suppose que c'est juste.

Je me concentre sur la réorganisation des oreillers.

— Tu en sais plus que quiconque.

Son sourire se réchauffe un peu.

— C'est quelque chose, alors.

Je tapote un oreiller en place avant de me laisser tomber, face à lui.

— Et puisque tu es au courant de mon travail secret et mes cours universitaires, il n'est que juste que je sache tout sur Ian Kincaid l'olympien.

Il secoue la tête.

— Je ne suis pas un olympien.

J'attends qu'il continue, la lumière de la télé mettant en évidence sa mâchoire ciselée.

Il tient une vingtaine de secondes avant de soupirer et de céder.

— Je nage en compétition depuis le lycée. J'ai fait du water-polo en plus de faire partie de l'équipe de natation.

Il hausse les épaules.

— Je suis fait pour ça, alors ça m'a aidé. Et je ne voulais pas risquer de commotions cérébrales avec le football ou le hockey.

Ses sourcils se froncent, comme s'il pensait à quelque chose.

— Et puis, les activités parascolaires me faisaient sortir de la maison après l'école et le week-end.

Je garde pour moi la question qui me vient à l'esprit après cette confession.

— Quoi qu'il en soit, dit Ian en s'éclaircissant la gorge. Comme je disais, j'étais fait pour ça, et le professeur de sciences était aussi l'entraîneur de natation. Il m'a tout dit sur la physique du nageur. Comment déterminer la bonne technique pour réduire la traînée frontale dans l'eau. Comment l'angle parfait pour tes mains et le degré de séparation entre tes doigts fonctionnent ensemble pour propulser un nageur plus rapidement. C'était amusant d'essayer. De faire le calcul et voir les résultats sur le tableau des scores.

— Ouah. Je ne savais pas que le sport pouvait être un truc de matheux.

Ses yeux se plissent dans les coins.

— De matheux ?

C'est à mon tour de hausser les épaules.

— Une expression de Rose.

Il hoche la tête en souriant.

— Oui, ça m'a l'air de venir d'elle.

Nous restons silencieux quelques minutes avant que je risque une question.

— Alors tu n'es pas allé aux Jeux olympiques parce que tu avais compris les maths ?

— Eh bien, non, admet-il, les yeux sur la télé, la bande-annonce du drama coréen se répétant pendant que nous parlons. J'allais y aller, mais la bourse que j'ai reçue du MIT ne pouvait pas être différée. J'ai dû choisir entre les Jeux olympiques et les études supérieures.

Je me mords la lèvre, mais je ne peux pas m'empêcher de demander :

— Mais pourquoi avais-tu besoin d'une bourse ? Je, euh, pensais que ta famille était...

— Riche ?

Lorsque je hoche la tête, gênée, il sourit.

— Quoi, tu peux m'appeler fils de riche mais sans vraiment parler de mon argent ?

— Oh, la ferme.

Je souffle, me recroquevillant sous une couverture.

— C'est différent.

Il borde le coin de la couverture sous moi.

— Si tu le dis.

Il soupire une fois de plus devant mon regard impatient avant de fixer ses yeux sur le plafond. Comme si c'était plus facile pour lui de parler de cette façon.

Je comprends cette sensation.

— Mon père refusait de payer pour le MIT. Il voulait que j'aille à Harvard et que j'étudie le droit. J'ai donc postulé à son insu. Une semaine avant le début du semestre, j'en ai parlé à un journaliste local et je l'ai fait imprimer dans le journal avant de le dire à mon père. De cette façon, mon père n'a pas pu tirer de ficelles et faire révoquer ma bourse.

En pensant à toute la paperasse et aux choses secrètes que j'ai dû faire juste pour m'inscrire sous le nom d'Audrey Cole, je peux sympathiser avec lui. J'ai tellement de questions. Pourquoi un article de journal empêcherait son père de l'arrêter ? Sa relation avec son père est-elle si tendue ? C'est pour ça qu'il a besoin de moi comme rendez-vous ?

Au lieu de cela, je me contente de quelque chose de moins personnel. De plus sûr.

— Tu es heureux de ta décision d'aller au MIT plutôt qu'aux Jeux olympiques ?

— Oh oui.

Il sourit.

— Parce que maintenant je peux appliquer les mêmes principes aux sorties dans l'espace. Si on y réfléchit, les astronautes nagent dans l'espace, mais au lieu de la traînée, c'est de l'*absence* de traînée dont nous devons nous soucier, explique-t-il, les yeux brillants. Et aucune sortie dans l'espace n'est la même. Ce n'est pas parce qu'on a compris les calculs de l'une d'entre elles que toutes les autres suivent les mêmes principes. Ce n'est pas comme nager dans la même voie, d'avant en arrière. Chaque sortie dans l'espace a un objectif différent. Ça change tout le temps. De nouvelles énigmes à résoudre.

L'excitation dans sa voix me fait sourire, ses fossettes sont un signe qu'il s'épanouit avec tous les défis auxquels il est confronté à la NASA.

Si je dévoile tous mes secrets, s'il sait tout ce qu'il y a à savoir sur moi, me considérera-t-il comme une énigme résolue et passera-t-il aussi à autre chose ?

NEUF
LANCEMENT DE LA PLATE-FORME

Ian

Après l'exposé sur mon passé d'espoir olympique et mon travail à la NASA, je clique sur un autre épisode.

Je ne suis pas sur le point de commencer à ajouter des dramas coréens à mes listes de choses à voir de sitôt, mais je dois admettre que celui-ci est vraiment bon. Romance, humour, drame. Il y en a pour tout le monde.

Quand la musique monte avec le générique, je coupe le son de la télé, déterminé à poser les questions que je n'ai pas posées avant.

— Et toi ?

Elle cligne des yeux vers moi d'un air endormi.

— Hum ?

— Pourquoi as-tu voulu écrire des romans d'amour ?

— Oh.

Elle a l'air surprise par la question, mais pas méfiante, alors c'est un début. Bien qu'elle soit peut-être trop fatiguée en ce moment pour penser correctement.

Elle reste blottie sous sa couverture, les yeux fermés.

— J'ai toujours aimé créer des histoires. Cela a commencé en imaginant où ma mère est allée après son départ. J'ai imaginé qu'elle était un agent du FBI, sous couverture, attendant d'attraper un bandit. Ce n'est qu'alors qu'elle reviendrait me chercher. Ou qu'elle vivait quelque part, amnésique après un accident de voiture, et qu'un jour, elle me verrait marcher dans la rue et tous ses souvenirs reviendraient.

Ma poitrine se serre, pensant à Trish enfant, inventant des histoires pour guérir son cœur. Elle déglutit difficilement et prend une profonde inspiration.

— Et ensuite j'ai commencé à *raconter des histoires.*

Ses yeux s'ouvrent, un peu vitreux.

— Ma grand-mère claquait la langue tout le temps parce que je rentrais de l'école en racontant des histoires des plus dramatiques sur ce qui s'était passé pendant ma journée. Elle rit, et le doux son atténue le pincement dans ma poitrine.

— Une fois, je lui ai dit que mon professeur était en fait un agent secret du KGB, essayant d'arracher des secrets à l'esprit de la jeunesse américaine. Elle m'a juste frappé sur la tête et m'a dit que si le KGB était assez stupide pour écouter les histoires des adolescents géorgiens, il pouvait se faire plaisir.

Elle plume la couverture enroulée autour d'elle.

— À ce jour, ma Nana est la femme la plus pragmatique que j'aie jamais rencontrée.

Tendant la main, je glisse une mèche de cheveux derrière son oreille.

— Où est-elle maintenant ?

— Elle est morte un mois après que j'aie obtenu mon diplôme d'études secondaires.

— Je suis désolé.

Les mots me paraissent inadéquats.

Elle hoche la tête.

— Mais avant qu'elle ne meure, j'étais inscrite à la fac. Alors elle au moins est partie en sachant que j'avais un plan. Cela a probablement apaisé son esprit. Même si le plan n'a pas fonctionné, au final.

Ses sourcils se pincent un instant avant qu'elle ne les lisse à nouveau, forçant un sourire sur son visage.

J'ai tellement de questions, mais je crains plus de lui faire peur que de ne pas avoir de réponses.

— J'aime donc penser que Nana et mon grand-père ont tous deux quitté cette terre heureux, sachant que j'étais sur la bonne voie.

Mon cœur se brise pour elle.

— Ton grand-père est mort, lui aussi ?

— Oh, oui. Ils sont tous les deux morts à moins d'une semaine d'intervalle. Ce serait romantique si ce n'était pas si triste.

Bon sang, pas étonnant qu'elle n'aime pas parler de son passé. Sa mère est partie, puis ses grands-parents sont morts, le tout quand elle était jeune.

— Et le reste de ta famille ?

— Je n'en ai pas. Du moins pas à ma connaissance. Maman n'a jamais dit à Nana qui était mon père.

Elle pâlit, comme si elle n'avait pas voulu admettre ce fait. Ses yeux se concentrent sur la couverture.

Je place un doigt sous son menton, inclinant sa tête jusqu'à ce qu'elle soit forcée de croiser mon regard.

— Tu es sacrément forte, tu sais ?

Elle pouffe, essayant de changer le sujet, mais je ne la laisse pas faire.

— Je suis sérieux. Tu es une femme incroyable. Je l'ai su au premier coup d'œil, et je le sais encore plus maintenant.

Je me penche et frotte mes lèvres sur les siennes.

Elle cligne rapidement des yeux avant de murmurer :

— Merci.

Nous nous regardons, chacun semblant perdu dans ses propres pensées.

Après un moment, Trish s'éclaircit la gorge avant de s'éloigner.

— Désolée, je suis parti sur une tangente, n'est-ce pas ?

Elle laisse échapper un rire gêné, et je prétends ne pas la voir s'essuyer les yeux.

— Quoi qu'il en soit, tu me demandais pourquoi j'écris.

J'acquiesce, bien que j'aie plus de mal à me débarrasser de la tristesse que son passé m'a fait ressentir qu'elle ne le fait.

Trish se redresse, repliant la couverture autour d'elle pendant qu'elle parle.

— Donc, quand je suis allée à l'université, j'ai excellé dans les cours d'écriture et de littérature.

Un sourire sincère illumine son visage.

— J'ai même commencé à écrire des histoires entre mes cours, en utilisant toutes les choses que j'avais imaginées de quand j'étais plus jeune, mais de manière plus détaillée.

Elle rit en levant les yeux au ciel, se moquant d'elle-même.

— Je pensais que je serais la prochaine Sue Monk Kidd ou Joyce Carol Oates.

Elle appuie sa tête sur mon épaule, la rendant plus attachante à mon cœur.

— Mais même si j'aimais la fiction littéraire, cela me laissait parfois épuisée. Ce n'est que lorsqu'une camarade de classe m'a donné un roman d'amour à lire, me disant que cela changerait ma vie, que j'ai compris ce que je voulais vraiment écrire.

Elle lève les yeux en me souriant.

— J'étais tellement absorbée par le livre que j'ai raté mon prochain cours.

Elle sourit en secouant la tête.

— Mais pour le reste de la journée, je me suis sentie

heureuse. Alors j'en ai lu plus. Et plus je lisais de romans d'amour, plus je me sentais heureuse. Et je me suis dit, ne serait-ce pas bien de faire ressentir cela aux autres ? De leur garantir une fin heureuse. D'égayer les journées des gens.

Elle me regarde d'un air conspirateur.

— Trois mois plus tard, j'ai terminé mon premier livre.

— Tu me fais halluciner, tu sais.

Clignant des yeux, elle recule.

— Moi ?

Assis, je n'essaie même pas d'agir calmement, je passe simplement mon bras autour d'elle, l'attirant plus près de moi.

— Oui toi. Tu as traversé beaucoup de choses. Et un jour, j'espère que tu pourras tout me dire.

Elle se trémousse en se déplaçant sur le sol. Je la tire encore plus près.

— Mais même avec le peu que je sais, tu me fais halluciner.

Je ne peux pas voir son visage de cette position, mais je l'entends pouffer.

— Ce n'est pas comme si j'envoyais des gens dans l'espace.

Avec mon autre main, je relève son menton, croisant son regard.

— Non. Tu aides les gens ici, sur terre. D'après ce que j'ai vu sur Amazon à propos d'Audrey Cole, des *milliers* de personnes se sentent heureuses chaque jour grâce à toi.

— Tu as cherché Audrey Cole sur Amazon ?

Son sourire m'aide à mieux respirer.

— Bien sûr.

Le silence retombe. Et bien que Trish ait l'air à l'aise avec ça, je ne peux m'empêcher d'avoir honte. Voici cette femme, visiblement effrayée par quelque chose, qui me dévoile pourtant certains de ses secrets, et je ne lui ai même pas expliqué clairement mon problème.

Trish demande, faisant un geste vers l'écran :

— Un épisode de plus ?
— Je suis claustrophobe.
— Quoi ?
— J'ai peur des espaces confinés.

Je déglutis.

— C'est pour ça que je ne pourrai jamais être astronaute.
— Oh. C'est donc ce que tu voulais dire par « maintenant » lorsque je t'ai demandé tout à l'heure si la résolution d'énigmes était la raison pour laquelle tu travailles à la NASA.

J'acquiesce, la douleur de dire à voix haute que je ne pourrai jamais réaliser mon rêve, plus forte que je ne le pensais.

Son corps sursaute comme l'évidence lui saute aux yeux.

— Et *c'est* pour ça que tu as paniqué dans ma caravane !

J'acquiesce à nouveau.

— Espèce d'idiot.

Elle frappe ma poitrine avec le dos de sa main, rendant ma douleur imaginaire réelle.

— Je pensais que tu te croyais trop bien pour ma caravane.

Je tourne tout mon corps vers elle.

— Bien sûr que non. Je ne penserais jamais ça.
— Il n'y a pas de « bien sûr que non » qui tienne, monsieur. Comment as-tu pu ne pas me le dire ?

Elle me frappe à nouveau.

Je grimace.

— C'est gênant.
— Pourquoi ça ? demande-t-elle, jetant ses délicates mains en l'air, l'air exaspéré. Plein de gens sont claustrophobes. C'est l'allergie aux arachides des peurs. Totalement commun.

Je m'attendais à sa colère envers moi pour ne pas le lui avoir dit plus tôt, mais je ne m'attendais pas à sa compréhension. Mon père ne m'a jamais donné ça.

Elle pose une de ses mains sur mon bras.

— As-tu consulté à ce sujet ?

Je fronce les sourcils devant sa main, me demandant comment elle est passée de surprise à colère et maintenant si rapidement attentionnée.

— Tu sais, un thérapeute ?

— Je ne suis pas sûr.

Je dirige une main vers ma nuque, les paroles de mon père se répercutant dans ma tête. Que ma claustrophobie montre ma faiblesse. Que je suis un lâcheur. Je *sais* qu'il a tort. Je sais que je n'ai pas besoin d'être gêné. Mais je le suis.

— Mais… Je pourrais en avoir besoin. Je suis candidat pour une promotion, et une qui nécessite des déplacements internationaux.

— Oh.

Elle réalise un peu plus.

— L'avion.

— Oui.

Je grogne en me retournant et en appuyant ma tête en arrière sur le canapé.

— L'avion.

Je me sens épuisé.

— Je dois prendre l'avion pour aller au Centre aérospatial allemand, à Cologne.

Trish se redresse et attrape son téléphone à côté d'elle.

— Qu'est-ce que tu fais ?

— Je regarde les thérapeutes du coin, dit-elle en tapotant sur son téléphone. Nous allons résoudre ce problème, ne t'inquiète pas.

Pour une fois, l'utilisation du nous de majesté ne me dérange pas. Peut-être parce que ce n'est pas mon père qui l'utilise. Mais plus probablement, parce que c'est Trish qui parle de nous. Elle agit comme si nous étions une équipe. Comme si nous étions ensemble.

Je pose ma main sur celle qui tient le téléphone.

— D'accord.

Ma voix est soudain aussi calme que je me sens.

— Nous allons résoudre ce problème, dis-je en lui arrachant le téléphone pour le jeter sur le coussin du canapé derrière moi. Mais d'abord, que dirais-tu d'un épisode de plus ?

Je prends la télécommande et clique sur le bouton de lecture.

Un large sourire illumine lentement le petit visage de Trish quand je la regarde, blottie contre moi.

— Ye, répond-elle, sa prononciation coréenne vacillante.

C'est parfait.

Trish

Confortablement au chaud, je me blottis plus profondément dans le fort fait d'oreillers et de couvertures.

Ce n'est pas avant que mes fesses se frottent contre une sorte de tuyau en métal que je me souviens que Ian et moi ne sommes plus devant la télévision.

La dernière chose dont je me souviens avant que le sommeil ne m'envahisse, c'est d'un trajet sur ses épaules jusqu'à ma chambre, suivi d'un baiser sur le front. C'était doux, la fin parfaite de ce qui aurait pu être une nuit embarrassante. Après m'avoir avoué sa claustrophobie, Ian aurait pu essayer d'avoir plus d'informations sur moi, mais il ne l'a pas fait. J'ai fini par lui en dire bien plus que ce que j'avais prévu de toute façon. Je pense que nous l'avons tous les deux fait.

Mais ça m'a fait du bien de partager avec lui une partie de moi-même que je retenais depuis si longtemps. C'était bon.

Encore meilleur qu'une érection du matin contre mes fesses.

— Ian ?

— Hum ?

Son bras, qui est drapé sur moi, me serre plus étroitement contre lui.

En ouvrant les yeux, je me rends compte que ce n'est pas dans ma chambre que Ian m'a bordée la nuit dernière mais dans la sienne. De grandes fenêtres, sans stores ni rideaux, laissent entrer la lumière du matin. Sa maison fait face au sud, donc elle n'est pas aveuglante. Des murs un peu plus clairs et gris que ses yeux bleus, une commode chiffonnier, et un bureau qui me rappellent les meubles Amish que j'ai vus dans des magazines. Des lignes épurées, solides, bien faites.

La chambre est très Ian.

C'est aussi sans bazar, ce qui fait que je me demande si Ian a essayé de me mettre dans ma propre chambre la nuit dernière, jeté un coup d'œil au désordre à l'intérieur et décidé de ne pas prendre le risque.

Je devrais vraiment ranger aujourd'hui.

Une flanelle douce et légère recouvre les jambes autour des miennes alors que je porte encore le débardeur et short de pyjama que j'avais hier soir. Je suis vraiment une traînée d'être déçue que Ian et moi soyons tous les deux vêtus.

Je me racle la gorge, semblant l'air plus réveillé que je ne le voudrais.

— Tu n'as pas de travail ?

— Humm, fredonne-t-il contre ma nuque, envoyant une ligne de chaleur entre mes jambes.

Lève-tôt moi-même, les quelques jours que j'ai passés dans la caravane, j'étais éveillée avant que la porte du garage de Ian ne s'active, signalant son départ pour la journée. Même en dormant dans le grand lit de la luxueuse chambre d'invités, je me suis réveillée tôt, profitant de pouvoir m'étirer sur le grand matelas. Bien qu'aujourd'hui, vu la quantité de lumière qui entre par les fenêtres sans fioritures, il y ait fort à parier que nous commencions tous les deux plus tard que d'habitude.

L'avant-bras touchant ma cage thoracique bouge, la paume d'Ian s'enfonce dans le lit près de mon estomac pour qu'il puisse se redresser. Ajustant légèrement ma tête, je lève les yeux vers lui, l'étudiant alors qu'il lit l'horloge sur la table de chevet à côté de mon lit.

— Merde.

Ses lèvres charnues font une moue ressemblant à celle d'un enfant.

Je me surprends à rire, l'homme qui me surplombe étant une version différente de celle parfaitement adaptée à laquelle je suis si habituée. Des cheveux blonds ébouriffés d'un côté, les marques du drap sur sa joue, et la barbe du matin le long sa mâchoire. Il a l'air carrément adorable.

— Qu'est-ce qu'il y a de si drôle ?

Des fossettes éclatent, la moue de Ian se transformant en un sourire.

Je sais ce qui se passe ensuite. J'écris sur ce qui se passe ensuite. Ian est un gentil garçon, qui ne veut pas profiter de ma somnolence, tout comme un homme qui attend qu'une femme soit sobre pour prendre la décision d'avoir ou non des relations sexuelles. Le consentement est la clé.

Mais maintenant, avec la lumière du soleil qui afflue, mon esprit libéré du sommeil, il va aller plus loin. Et bien que je sache que je devrais me méfier, que je devrais dire non, je ne le ferai pas. Ma volonté est partie, mon désir pour cet homme qui n'a fait que prendre soin de moi dépasse toutes les réserves que j'avais. Hier soir, j'ai apprécié combien il s'est retenu de demander. J'ai apprécié qu'il ne se retienne pas de parler.

Je vais lui montrer à quel point je l'apprécie.

Lui adressant mon plus beau sourire séducteur, je me retourne complètement sur le dos. Levant la main, je la mets sur le côté de sa joue, mon pouce balayant une fossette.

— B'jour.

Les bras toujours de part et d'autre de mon corps, il fait une poussée, m'embrassant rapidement en descendant avant de surgir.

— Bonjour, ma jolie.

Puis il bondit hors du lit et se dirige vers la salle de bains.

Hein, quoi ?

Je regarde la porte de la salle de bain fermée, confuse. C'est tout ?

Mes cuisses bougent sous les couvertures, mes parties intimes tout aussi confuses que moi. Et énervées.

Je veux dire, nous nous sommes ouverts l'un à l'autre. Il a regardé un drama féminin, étranger et romantique avec moi. Il m'a portée dans sa chambre. Zut, il m'a même prise dans ses bras toute la nuit. Tout ça pour un câlin et un rapide smack matinal sur les lèvres ?

Le sexe est censé venir ensuite. C'est dans tous les livres.

Si j'avais mis en place une scène comme celle-ci et que le héros se rendait nonchalamment au travail, mes lectrices me *tueraient*.

N'en a-t-il pas envie ? Je fronce les sourcils face au flux de lumière du matin qui filtre par les fenêtres, en pensant au tuyau en métal que j'ai senti contre mon dos quand je me suis réveillée. Ce n'est pas ça.

Est-ce qu'il se retient toujours, est-ce de la politesse ? Est-ce qu'il pense que je suis vierge ? Pour l'amour de Dieu, nous avons fait bien plus qu'un câlin au bord de la piscine hier. Ça ne peut pas être ça.

La douche s'allume dans la salle de bains derrière moi.

Dois-je vraiment rester allongée ici, insatisfaite, pendant

que ce putain de Captain America est nu dans la pièce d'à côté ?

Je suis enfin *prête*.

Jetant mes draps, je me dirige vers la porte de la salle de bains, les talons lourds sur le sol, prête à exiger des orgasmes.

Un aperçu de moi-même dans le miroir au-dessus de la commode me fait m'arrêter, ma main sur la poignée de la porte. Je suis rouge, les cheveux en bataille, une lueur inhabituelle dans les yeux. Qu'est-ce que c'est ? De la frustration ? Non. Du désir ? Non. Et puis ça me frappe, me faisant reculer de la porte, m'asseyant les fesses sur le côté du lit.

Du besoin.

Le regard dans mes yeux était du besoin. Oui, je suis frustrée. Oui, le désir me traverse. Mais ce qui a propulsé cette frustration et ce désir, ce qui m'a poussée à me jeter sur un homme, c'était du *besoin*. La nécessité de continuer ce que nous avons commencé. De rire, de taquiner, de se serrer les coudes. Si j'allais voir Ian maintenant, j'offrirais bien plus qu'une aventure d'un soir. Et je ne peux pas faire ça. Ce n'est pas sûr.

Et puis, Ian mérite bien plus que ça.

Je me tiens debout, faisant marche arrière, mes pieds nus légers sur le bois dur, éloignant mon esprit des pensées de son corps nu et humide. De son sourire de l'autre côté de la table de pique-nique au parc de camions-restaurants. De son regard compréhensif alors que je partage des moments de mon passé, de la sensation de son corps contre le mien.

Je suis bien trop à l'aise dans cette bulle que nous avons créée par hasard.

Je lui ai dit des choses que je n'aurais pas dû. Je veux des choses que je ne devrais pas (ne peux pas) avoir.

Au moment où je retourne dans la chambre d'amis, mes jambes traînent comme du plomb, alourdies par la réalité que j'ai essayé d'ignorer. Mon corps, énergisé il y a un instant, est maintenant vidé. Je me blottis dans le cocon de draps de luxe et de la douce couverture, voulant que mon cœur remonte sa culotte de grande fille et continue comme il l'a fait tant de fois dans le passé.

Je fais semblant de dormir quand Ian me dit au revoir avant de partir travailler.

DIX
PEUT-ÊTRE CETTE FOIS

Ian

— Je le ferai.

Dom lève les yeux de son bureau, l'air satisfait.

— Je savais que tu le ferais. Tu serais idiot de ne pas le faire.

En pensant au silence venant de derrière la porte fermée de la chambre de Trish ce matin, je sens que la question de savoir si je suis ou non un idiot reste ouverte. Je pensais que les choses allaient bien. Mais peut-être que je n'aurais pas dû l'amener dans ma chambre hier soir. Ou j'aurais au moins dû lui demander avant. Je n'ai pourtant pas voulu la réveiller.

— En plus d'être la bonne décision, qu'est-ce qui t'a fait changer d'avis ?

Dom se penche en arrière sur sa chaise, désignant le siège devant lui.

Après un moment d'hésitation, je franchis le seuil sur lequel je me tenais et m'assis. Je laisse la porte ouverte. Un petit pas.

— Je me suis dit qu'il était temps de mettre le paquet.

C'est ce que je dis à Dom. Mais la vraie raison est une petite brune avec une colonne vertébrale d'acier. Après avoir entendu hier soir tout ce à quoi Trish s'est heurtée, tout ce qu'elle a quitté, je pense qu'il est temps pour moi de faire pareil. J'ai cherché des thérapeutes locaux bien évalués avant de m'endormir la nuit dernière, stimulé par la certitude de Trish que parler à quelqu'un aiderait. J'ai même pris rendez-vous avec l'un d'entre eux.

— Bien, bien. Bien que, comme je l'ai déjà dit, ton expérience ici à la NASA parle d'elle-même. Si Jackie était toujours là, ce serait probablement un choix entre vous deux, même si tu as une longueur d'avance vu que tu as plus d'expérience dans la gestion de personnes.

Il pivote, poignardant son clavier.

Je jette un coup d'œil à la porte ouverte, prenant une inspiration pendant que j'écoute. Ce n'est pas si mal. Je peux le faire.

— Maintenant que Jackie est dans le bureau des astronautes, te choisir pour me remplacer ne fait aucun doute. Cependant, cette position de chef d'équipe en Allemagne satisfera les supérieurs et facilitera ta transition.

Il plisse les yeux en regardant l'écran.

— Ton passeport est à jour ?

— Oui monsieur.

Tous les employés fédéraux doivent garder un passeport gouvernemental à jour à portée de main.

— Bien, bien.

Il hoche la tête en cliquant sur sa souris.

— Je viens de t'envoyer l'itinéraire. Tu t'envoles dans deux semaines.

Je détourne le regard de la porte.

— Pardon, quoi ?

— Deux semaines et tu seras dans le vol de 11 h pour Munich.

S'adossant sur son fauteuil une fois de plus, il sourit, satisfait.

— Ça a l'air génial, non ?

— Oui, dis-je en déglutissant. Génial.

———

— Je pense que j'ai foiré.

Jul' hoche la tête tout en feuilletant le classeur de plus de cinq centimètres d'épaisseur à trois anneaux qui contient une liste de contrôle de commandes. Nous sommes dans la maquette grandeur nature de l'ISS se trouvant dans le bâtiment 9.

— Je savais que ce serait le cas.

— Hé, tu pourrais au moins *essayer* d'être utile, tu sais.

— Utile, comme en te disant que Trish a des ennuis pour que tu puisses te précipiter comme un héros ? Ce genre d'utile ?

Elle hausse un sourcil, et pour une fois, je suis content de ne pas être astronaute. Être confiné avec elle sur l'ISS me rendrait probablement fou.

— Du calme.

Je regarde autour, mais Jackie et Mitch, les autres astronautes qui suivent par la formation dans le bâtiment 9, sont trop loin pour nous entendre.

— J'ai dit à Trish que je ne le dirais à personne. Elle est nerveuse.

— Nerveuse, pouffe-t-elle avant de me regarder. Pourquoi tu *m'*en parles, alors ?

Je passe une main dans mes cheveux, un geste qui est nouveau pour moi. Je ne m'énerve pas. Surtout pas au travail.

— Tu es celle qui la connaît et qui sait aussi qu'elle habite chez moi.

Heureusement, Trish a accepté de prévenir Jul' dès le début. Sinon, j'aurais dû faire face à cette tarée d'astronaute qui aurait été sur mon dos comme si j'étais l'un des broncos de son petit ami, essayant d'apprendre ce que je faisais pour assurer « la sécurité de sa Schtroumpfette ».

Oui, c'est définitivement une bénédiction de ne pas être un astronaute obligé d'être confiné avec cette folle aux cheveux bouclés pendant des mois.

Insensible à mon agitation, elle hoche à nouveau la tête.

— C'est vrai.

Soutenant un pied sur le côté du module, elle pose le classeur sur sa cuisse afin de pouvoir utiliser ses deux mains pour actionner les interrupteurs requis.

— Donne-moi ça.

Je saisis le classeur et le lui tends pour qu'elle le voie.

— Merci.

Elle laisse tomber sa jambe, les yeux toujours concentrés au-dessus d'elle sur la tâche à accomplir.

— Alors, comment savais-tu qu'elle avait des ennuis ?

Je déteste devoir demander ça, mais entre la porte fermée de Trish ce matin, le dîner à venir avec mes parents et mon compte à rebours de deux semaines pour me ressaisir avant mon premier vol international, je suis au bord du désespoir.

Un autre sentiment nouveau, apparu depuis que Trish est entrée dans ma vie.

Elle balaie ma question d'un haussement d'épaules.

— Dis-moi pourquoi tu penses que tu t'es trompé. Après avoir terminé un panneau, elle passe au suivant, jetant un coup d'œil au classeur de temps en temps.

À contrecœur, je lui raconte ce qui s'est passé hier et ce matin. Gardant pour moi les détails les plus intimes, bien sûr.

— Hum. Je ne vois rien de mal à une partie de jambes en l'air au réveil après avoir couché ensemble la veille.

Elle me regarde.

— Et, honnêtement, Jackie me donne plus de détails.

Elle secoue tristement la tête.

— Qui aurait pu savoir que tu étais si prude, Kincaid ?

— Je ne suis pas prude. C'est juste... personnel.

Rougissant de gêne, je détourne les yeux. C'est ce à quoi Trish m'a réduit. À m'ouvrir et demander conseil à une astronaute avec une Ducati et une vache de compagnie. Mon père serait bien plus déçu par moi que d'habitude.

— Et puis, je n'ai jamais dit qu'on avait... Juste que nous avons dormi dans le même lit.

— Attends, quoi ?

Jul' laisse tomber ses mains sur ses hanches, le son de claquement se répercutant à travers la capsule Destiny.

— Vous avez dormi dans le même lit et il ne s'est rien passé ? Même après toutes ces foutaises de films étrangers ?

À mon regard, elle penche la tête en arrière et soupire.

— S'il te plaît, dis-moi que tu te fous de moi.

Agacé, surtout après les vingt minutes de douche froide que j'ai dû prendre pour pouvoir enfin aller travailler, je baisse le classeur.

— Pourquoi as-tu l'air si contrarié ? Je pensais que tu serais contente.

— Contente ?

Elle essaie de passer une main dans ses cheveux mais s'arrête lorsque les boucles empêchent le mouvement.

— Pourquoi serais-je contente ? Elle tire sur sa main, les boucles bondissant comme si elle avait été électrocutée.

— Je traite bien Trish, dis-je lentement. Je ne voulais pas lui mettre la pression ou aller trop vite.

Le regard incrédule de Jul' ne change pas.

— Elle est nerveuse, tu te souviens ?

Elle lève les yeux au ciel.

— Nerveuse. Ça ne veut pas dire que c'est une nonne. Elle écrit du porno, pour l'amour de Dieu !

— J'aurais pensé, féministe que tu es, que tu trouverais offensant de dire qu'une auteure de romans d'amour écrit du porno.

— Écrire du porno, c'est cool. S'il y avait plus de femmes qui écrivaient du porno, il y aurait plus de bon porno. Rien de non féministe là-dedans.

Jul' récupère le classeur en marmonnant :

— Et je n'arrive pas à croire que tu aies laissé la Schtroumpfette avec des couilles bleues.

Je m'étouffe avec ma propre langue.

— Quoi ?

Elle me pointe du doigt, son doigt aux ongles longs et courts semblant plus dangereux que l'arme de Trish.

— Des. Couilles. Bleues.

Se penchant une fois de plus sur le classeur, elle tourne quelques pages.

— Ça existe aussi pour les filles, tu sais, la misère sexuelle ou les couilles bleues, quoi...

Le doigt faisant glisser la page à la recherche de la bonne commande, elle continue de marmonner sur les hommes et leur façon stupide d'être des gentlemen. Une fois qu'elle trouve ce qu'elle cherchait, elle me refile le classeur avant de se tourner vers le panneau suivant.

— Trish est probablement contrariée parce qu'elle s'est réveillée avec l'équivalent d'une érection du matin et que tu n'as rien fait.

— Ça ne peut pas être ça. Pas vrai ?

L'un des sourcils de Jul' se lève, me traitant d'idiot.

Pas vrai ?

Je rejoue les événements du matin. Elle contre moi. Prenant ma joue dans sa main. Le sourire lent et séduisant quand elle disait bonjour.

— Bodie ! crie Jul', me faisant sursauter.

Une seconde plus tard, l'astronaute décontracté arrive.

— Depuis combien de temps tu te tiens là ? je demande, inquiet de ce que Jul' et moi avons dit à propos de Trish.

Il me fait un clin d'œil en tendant la main pour me prendre le classeur.

— Assez longtemps pour savoir que tu as une jeune femme à combler.

— Exactement.

Jul' regarde le panneau au-dessus d'elle, concentrée sur sa tâche.

Je suppose que je sors du boulot tôt aujourd'hui.

En parcourant mon quartier, j'ai presque touché le fond en tournant dans mon allée. Je suis excité. Je suis stressé. Je suis très certainement en érection.

Mais quand j'entre dans la maison et que le silence m'accueille à nouveau, je me remets aussi en question.

La frustration sexuelle féminine. Pitié. Cela ne peut pas exister. Et si ça *existe,* c'est probablement seulement chez Jul'.

Je prends mon visage dans ma main, avant de la faire glisser vers le bas, essayant de garder mon calme.

Avec une profonde inspiration, j'ouvre le réfrigérateur, accueillant le souffle froid de l'air.

Je vais me faire un sandwich. Je vais faire un sandwich à Trish. Ensuite, je l'inviterai à manger et je la jaugerai. Les bras chargés de viande et de condiments, que j'étale sur le comptoir, j'attrape une miche de pain dans l'armoire.

C'est de Trish dont nous parlons. Je dois faire attention. J'ai besoin d'élaborer une stratégie. De planifier à l'avance. Tout mouvement imprévu et soudain, et...

— Tu vas au dîner de répétition, n'est-ce pas ?

Je lève les yeux de ma tâche, laissant presque tomber la bouteille de mayonnaise dans ma main.

Trish, qui porte un autre bikini minuscule, se promène dans la cuisine, ordinateur portable à la main. Le bikini est rose pâle, avec un volant blanc le long du haut soutien-gorge sans bretelles, et autour des trous pour les jambes du bas, qui est si petit que c'est presque comme s'il n'y en avait pas. Une tenue élégante de femme fatale.

Je n'ai jamais été aussi content d'avoir une piscine de ma vie.

— Ian ?

Le sourire diabolique sur son visage me dit qu'elle savait exactement ce qu'elle faisait quand elle a mis ce maillot de bain.

— Tu vas au dîner ?

— Ah, oui.

Je me racle la gorge. Peut-être que Jul' n'avait pas tort avec ses commentaires.

— Bien.

Elle pince ses lèvres roses pulpeuses, me regardant sous ses cils noirs.

— Je pensais que nous pourrions peut-être y aller ensemble.

Appuyé contre le comptoir, je croise les bras, feignant la nonchalance dans l'espoir de cacher mon érection.

— Mon Dieu, Mademoiselle Garrett. M'invitez-vous à sortir ?

Elle hausse les épaules, le mouvement faisant frémir ses volants. Mon pantalon se resserre.

Au diable la concentration. Je fais un pas vers elle.

— Oh non, *Monsieur Kincaid*, se moque-t-elle, levant sa main libre pour me mettre en garde. J'ai besoin d'écrire mon quota de mots.

Je fronce les sourcils, mon cerveau ayant du mal à fonctionner alors que tout le sang s'est précipité ailleurs.

— Ton quota de mots ?

Elle lève son ordinateur portable.

— Chaque jour, j'ai besoin d'au moins deux bonnes heures d'écriture maintenant que nous avons choisi une nouvelle idée de livre.

Son utilisation du nous de majesté à nouveau ne fait que me rendre plus excité. Quand je la regarde à nouveau de la tête aux pieds, je suis sûr que ma queue est sur le point de faire péter les coutures de mon pantalon.

— Et tu dois taper ton quota de mots en portant ça ?

Elle est pieds nus, ses ongles rose pâle correspondent à son deux-pièces, tout comme son rouge à lèvres, et la coordination me rend fou pour une raison quelconque. Sa tête arrive jusqu'à ma clavicule, elle est si petite. Ça me donne envie de la prendre en enroulant ses jambes autour de ma taille. En haut dans ma chambre, contre le mur de la cuisine, merde, je la reprendrais sur la chaise longue de la piscine si elle me le permettait. En fait, le faire en plein air pourrait devenir un de mes fétiches. Tant que c'est avec elle.

Comme si elle lisait dans mes pensées, elle jette un coup d'œil par les fenêtres à la piscine.

— C'est une belle journée. Autant bronzer pour le mariage.

Elle sort un morceau de papier de son cahier.

— Voilà.

Je le prends, jetant un coup d'œil à une liste de noms et de numéros de téléphone.

— J'ai dressé une liste de thérapeutes que j'ai recherchés. Tous ceux-ci sont connus pour leur capacité à aider les troubles anxieux comme la claustrophobie.

Les noms sur sa liste sont les mêmes que ceux de celle que j'ai faite ce matin. Même frustrée sexuellement, Trish a réussi à trouver le temps de m'aider.

— Merci.

— Pas de problème, mon chou.

Elle se précipite vers la porte-fenêtre.

— Pourquoi ne passes-tu pas quelques coups de fil pendant que j'écris ?

Puis elle sort, me laissant avec une liste et une érection.

Une heure plus tard, la situation dans mon pantalon n'a pas changé. Probablement parce qu'au lieu de travailler à distance depuis mon bureau, j'ai apporté mon ordinateur portable de travail dans la cuisine pour que je puisse m'asseoir sur la chaise à table, avec une vue parfaite sur Trish, les jambes croisées sur l'une de mes chaises de terrasse, tapotant sur son ordinateur de ses ongles roses.

Au début, mes yeux étaient sur la peau exposée, sur la façon dont elle appliquait de la lotion sur ses jambes, sur la façon dont son corps rebondissait alors qu'elle se tortillait sur sa chaise de temps en temps, comme si elle était excitée par une nouvelle idée. Mais maintenant, mon propre travail oublié depuis longtemps, je suis captivé par son petit visage de forme ovale sur lequel passent d'innombrables expressions au fur et à mesure qu'elle tape.

Elle passe du froncement des sourcils au sourire en passant par des dagues flagrantes et des larmes aux yeux en moins d'une minute, comme si elle ressentait ce qu'elle écrivait

Je serais épuisé si je ressentais tout cela en si peu de temps.

C'est l'une des nombreuses raisons pour lesquelles je suis si attiré par elle. Parce que même si elle ne me dit pas grand-chose, elle fait plein de choses quand elle n'est pas sur ses gardes. J'ai été ébloui dès l'instant où je l'ai vue agiter sa main à Boondoggle's, son expression si joyeuse, si heureuse. Puis se transformant instantanément en agacement envers Rose, qui était à côté d'elle. Même si pendant qu'elles se disputaient, les yeux de Trish restaient doux, sa bouche toujours courbée en un sourire, son affection pour son amie évidente.

Pour quelqu'un comme moi, élevé dans un foyer si surveillé, qui a appris à tout cacher derrière un masque d'indifférence, elle était une rafale de vent revigorante, balayant la lourdeur stagnante qui m'a tourmenté pendant la majeure partie de ma vie.

Trish lève une main, faisant glisser ses doigts sur le haut de ses seins, jouant avec le volant blanc, me faisant déglutir.

Je manque presque ses yeux qui se tournent vers la fenêtre de la cuisine, le sourire narquois sur ses lèvres.

Ah, c'est comme ça ?

Souriant, je me lève et me dirige vers ma chambre pour me changer.

On est deux à pouvoir jouer à ce petit jeu.

TRISH

LES PORTES-FENÊTRES S'OUVRENT, et je souris à moi-même. *Pas si indifférent maintenant, n'est-ce pas ?*

J'ai passé la première heure après que Ian fut parti travailler confuse et déçue, puis fière de moi-même ne pas avoir fait quelque chose de stupide, et déterminée à mettre plus de distance entre Ian et moi. J'ai même réussi à mettre de côté mon trouble pour effectuer une recherche de thérapeutes spécialisés dans la claustrophobie.

Mais surtout, je bouillonnais de colère.

Comment ose-t-il m'allumer et partir avec seulement un bisou sur les lèvres ? À quel jeu pense-t-il jouer ?

Quand j'ai entendu la porte du garage s'ouvrir il y a une heure, c'était comme si quelque chose s'était cassé en moi.

Si je dois être chez lui, dans cette bulle que je me suis créée, autant en profiter. Et ça veut dire du sexe. Beaucoup, beaucoup de sexe.

Si Ian pense le contraire, eh bien, je le ferai changer d'avis.

D'où le bon vieux truc du bikini.

Et à en juger par le fait que Ian n'a pas pu attendre les deux heures que j'ai demandées avant de sortir, le vieil adage *on ne change pas une équipe qui gagne* est toujours aussi juste.

— Il me reste encore quarante-cinq minutes, dis-je, les yeux toujours rivés sur mon ordinateur portable, m'efforçant de ne pas avoir l'air trop contente de moi. Honnêtement, cependant, je n'ai pas besoin de plus de temps. J'ai écrit le double de ce que je fais habituellement dans mes sprints normaux de deux heures. Adieu, angoisse de la page blanche !

— Pas de souci, écris autant que tu veux. Je pensais pouvoir faire quelques longueurs.

Je lève les yeux.

— Bien sûr… je m'étouffe, avalant presque ma langue.

Ian est en maillot de bain. Et pas les shorts d'hier. Non.

Il porte un Speedo.

Alors, c'est peut-être sexiste à dire, mais j'étais récemment d'avis qu'aucun homme ne peut être attirant dans un maillot de bain aussi petit. J'ai toujours préféré mes hommes en boxer, genre surfeur californien.

Mais je me trompais. Je me trompais *vraiment*.

Parce que Ian Kincaid ressemble à un dieu dans son bikini minuscule. Oubliez Captain America. C'est Aquaman. Ou Poséidon.

— Tu essaies d'attraper des mouches ? plaisante-t-il en levant les bras au-dessus de sa tête, en s'étirant.

En fermant la bouche, j'essaie de paraître indifférente. Je suis sûre que j'échoue.

— Tu, euh, m'as juste surprise.

Il fait plusieurs moulinets de chaque bras, puis les tire sur sa poitrine.

— Désolé.

Il n'a pas l'air désolé du tout. Il a l'air franchement content de lui. Vraiment très, très fier. Et à la façon dont mon cœur bat, il a sans doute raison de l'être.

Je suis censée être celle qui l'attire *lui* en brisant sa réserve. Pas l'inverse. Je pensais que si je prenais le contrôle, je serais moins susceptible de m'attacher émotionnellement. Que je pouvais faire en sorte qu'il soit plus facile de faire éclater la bulle après le mariage et de passer à autre chose.

Mais maintenant, mon stupide cœur essaie de mener la danse alors que ma tête sait très bien que même s'il a l'air si beau, même si j'aimerais donner à son Poséidon une portion de ma Vénus, cela ne change rien au fait que nous ne pouvons pas *vraiment* être ensemble.

— Je ne vais pas détourner ton attention, n'est-ce pas ?

Cette punaise de mec lève une jambe, étire ses quadriceps, pousse ses hanches vers l'avant. Il ne vacille pas du tout, mettant son équilibre parfait en avant.

Je lèche l'humidité de ma lèvre, ayant la sensation que l'air est beaucoup plus chaud qu'il y a quelques instants.

— Non. Bien sûr que non.

Il change de jambe.

— Bien. Je ne voudrais pas que tu ne tapes pas ton quota de mots.

— Hum hummm, je parviens à dire, les yeux toujours rivés sur son corps.

Cet homme ne doit presque pas avoir de graisse corporelle. Je veux dire, je l'ai vu sans sa chemise hier, mais... mes yeux errent sur ses cuisses à découvert, le V défini à sa taille, maintenant exposé dans le maillot de bain taille basse, et la taille *très* évidente du paquet caché derrière son Speedo. Je dois fermer complètement les yeux pour réussir à détourner le regard.

Je jure que je l'entends rire, mais je garde mon regard détourné, fixant l'écran de mon ordinateur portable sans ciller.

Enfin, l'éclaboussure arrive, suivie du bruit de ses bras et de ses jambes le propulsant dans l'eau. Pensant que je ne risque plus rien, je jette un coup d'œil à la piscine.

La vue de ses muscles exposés et humides qui se tendent et se fléchissent alors qu'il trace un chemin droit dans la piscine me sèche la bouche. Je suis soudain très, très assoiffée.

Au bout de la piscine, il se retourne, vire rapidement sous l'eau, poussant sur le côté et filant en arrière dans l'autre sens, ses mouvements plus gracieux que ceux d'une ballerine.

Je n'ai aucune idée de combien de temps je reste là, à lorgner. Tout ce que je sais, c'est que le soleil s'est déplacé, m'aveuglant, me forçant à détourner le regard de la piscine. Je pourrais rester ici toute ma vie à le regarder nager et être heureuse.

— Reprends-toi, Patty. Ce n'est pas du long terme.

Se parler à soi-même est le premier signe de folie, du moins c'est ce que j'ai entendu. Du coin de l'œil, je vois Ian se retourner et repartir. Ses membres s'étirent alors qu'il ondule sous l'eau comme un dauphin avant de faire surface et de commencer à faire de la nage libre.

— Mon Dieu.

En ce moment, je ne suis définitivement pas dans mon état d'esprit habituel. Parce qu'alors que je me parle à moi-même, en essayant de conjurer toutes les raisons logiques possibles et imaginables, je finis par me lever, aller jusqu'au bord de la piscine, et plonger.

C'EST FOU. Tu es *folle*.

Je répète les mots en faisant surface, prenant une profonde inspiration alors que je brise le dessus de l'eau avant de m'appuyer contre le mur, attendant Ian.

Son corps disparaît alors qu'il se retourne à l'extrémité opposée, puis il fonce vers moi, sa vitesse aveuglante. Il ne fait aucun doute dans mon esprit qu'il aurait pu gagner des médailles s'il avait choisi d'aller aux Jeux olympiques. Mais égoïstement, je suis contente qu'il ne l'ait pas fait.

Le pouls dans mon cou s'accélère à mesure qu'il se rapproche ; pas le moindre signe qu'il ralentit. La puissance de ses mouvements est intimidante.

Mon Dieu, et s'il ne me voit pas ?

Paniquée, je me retourne, sur le point de me relever quand un grand jet d'eau me frappe par derrière et que deux bras puissants me plaquent contre le mur.

— Où tu vas ?

Son souffle est irrégulier, juste contre mon oreille.

La chair de poule éclate sur mon corps tandis qu'une vague de chaleur me fait frotter mes cuisses l'une contre l'autre.

— Je... euh, je ne savais pas si tu m'avais vue. J'essayais de m'écarter.

Ian n'est pas le seul à avoir le souffle coupé. Mais je ne peux pas blâmer cela par le fait d'avoir fait des longueurs à toute vitesse.

— Je t'ai vue. Ses lèvres touchent mon oreille. Je ne vois rien d'autre que toi.

Tais-toi, cœur. Tais-toi. Mais ça ne sert à rien. Mon cerveau, auparavant convaincu que profiter de Ian dans ma bulle protectrice était une idée brillante, est calme, noyé par les coups forts et rapides dans ma poitrine.

Ian me tourne par les épaules avant de se baisser et de me soulever. Il tire mes jambes de chaque côté des siennes, l'entrejambe de mon bikini frottant au centre du sien.

La friction me fait frissonner, mais je fais de mon mieux pour ignorer la sensation.

— Tu es parti ce matin.

Je *déteste* mentionner cela.

Il fronce les sourcils, ses yeux pleins de regrets.

— J'essayais de ne pas te mettre la pression.

— Alors tu m'as filé des couilles bleues à la place.

Il éclate de rire, ses épaules tremblent.

— Merde, je pensais que ce n'était qu'une expression de Jul'.

Verrouillant plus solidement mes jambes derrière lui, j'attrape son visage à deux mains.

— Que sais-tu des couilles bleues de Jul' ?

Riant plus fort, il lui faut une minute pour répondre.

— J'étais inquiet quand tu ne m'as pas répondu quand j'ai dit au revoir ce matin, alors j'ai interrogé Jul' à ce sujet.

Il a l'air gêné, les yeux se déplaçant sur le côté

— Elle a mentionné ces « couilles bleues », mais je n'ai pas cru que c'était quelque chose qui existait.

Je ris, imaginant son expression après la révélation de cette information. Je remets mes mains sur ses épaules, mes yeux se baissent pour regarder une goutte d'eau glisser le long de son cou dans le creux de sa clavicule. Mon rire s'évanouit lorsque davantage de doutes que je ne me connaissais pas, et que je ne semble pas pouvoir combattre, font surface.

— J'ai pensé que peut-être tu n'avais plus envie après notre discussion d'hier soir. À propos de ce que je... t'ai dit à propos de mon passé et...

— Hé.

Ian attend que je trouve le courage de le regarder. Quand je le fais, je suis choquée par l'intensité de son regard.

— Tu es tout ce que je voulais depuis que tu as crié en disant bonjour à un groupe d'ingénieurs ivres au bar. J'aime ta nature amicale. Ta motivation. Ce que tu m'as dit me donne encore plus envie de toi. Tu es tellement impressionnante, Trish Garrett.

Une pression, dont j'ignorais l'existence depuis ce matin, s'estompe, me ramenant le sourire, et avec elle de chaudes larmes de soulagement. Espérons qu'elles se fondent dans l'eau de la piscine qui s'égoutte de moi.

— Et puis, je pensais que tu étais gênée par ce que je t'ai dit, moi.

Je fronce les sourcils, ne le suivant pas.

— Qu'est-ce que tu veux dire ?

Il hausse les épaules, le mouvement donnant à ses pectoraux un air délicieux.

— Je pensais que tu avais emménagé dans la chambre d'amis ce matin parce que tu n'étais peut-être pas attirée par moi maintenant que tu sais que je suis un homme adulte qui a peur des espaces confinés.

— C'est juste ridicule. Ça n'a rien d'embarrassant.

Souriant, Ian glisse ses mains de mes cuisses jusqu'à mon dos, les enroulant autour de moi, me prenant dans ses bras, son étreinte plus intime que du sexe.

Bien que nos corps soient alignés, et à cause de la pression derrière son Speedo, plus que prêt pour le sexe, mon cœur stupide me fait sombrer dans ses bras, saisissant son affection comme un animal affamé. J'ai l'impression que c'est peut-être la même chose pour Ian.

J'ai peut-être eu une aventure d'un soir ou deux au cours des années où la solitude m'a trouvée, quittant la ville le lendemain pour rompre toutes les connexions, mais depuis le jour où j'ai commencé à courir, je n'ai jamais eu ça. Cette compréhension. Ce sentiment de…

Mes pensées me crispent. Je me dégage de son étreinte.

Clignant des yeux devant son beau visage au regard sincère, je lutte pour revenir à la réalité. Ne t'avise pas de faire ça, Patty Anne Garrett. Ne t'avise pas de *tomber amoureuse de cet homme*.

Je ne sais pas si Ian peut sentir ma panique, ou si mon corps maintenant tendu laisse présager mon désir de courir, ou peut-être qu'il le fait simplement parce qu'il le veut. Peut-être tout cela à la fois.

Mais il m'embrasse.

Ce n'est pas un smack.

C'est puissant et profond. Consommant.

Ce baiser me noie dans une émotion si forte que la réalité ne semble qu'un rêve.

Et il continue, mes larmes se mélangeront au chlore.

Se déplaçant dans l'eau, Ian grimpe sur l'échelle fixée sur le côté, me gardant enroulée devant lui.

Si mon maillot de bain n'était pas déjà trempé, ce serait le cas maintenant.

— Nous allons mettre de l'eau dans toute la maison, dis-je distraitement alors que nous atteignons la porte.

— Ça va ruiner le plancher.

— Tu as raison.

Ian me dépose devant les portes-fenêtres.

— Nous devrions nous déshabiller. Protéger le sol.

D'un mouvement fluide, il se penche, poussant son maillot de bain sur le sol du patio avec une claque humide. Se levant, il se tient debout. Lui et son beau pénis.

Je penche la tête, réfléchissant, essayant de contrôler ma respiration. Il est assez long pour qu'il faille les deux mains pour le couvrir de la racine à la pointe. Je le sais parce que c'est exactement ce que je fais, tendant la main pour caresser et presser. Il est lisse et impeccable, sa longueur et sa circonférence sont soulignées par une veine lancinante qui passe tout le long. Je n'ai jamais vraiment considéré les pénis comme beaux, plutôt comme des instruments contondants nécessaires aux orgasmes, mais Ian change encore une fois ma façon de penser.

— Trish.

Sa voix est comme une prière alors qu'il laisse tomber son front contre le mien.

Il me laisse continuer à l'explorer pendant qu'il me contourne, décrochant mon haut. Quand il tombe entre nous, mes mamelons exposés à l'air, il repousse mes mains loin de son membre avant de se laisser tomber sur un genou, les yeux au niveau de mon nombril.

Ses lèvres traînent de légers baisers adorateurs sur mon ventre, ses longs doigts effleurent le haut de mes cuisses, courent sous le volant de mon costume.

— Ce maillot de bain, murmure-t-il. J'adore ce maillot de bain.

Puis il le retire, le traînant le long de mes jambes, le tissu froid et humide laissant une traînée de chair de poule dans son sillage. Ou peut-être qu'elle vient de Ian, dont les lèvres ont également voyagé plus bas, embrassant au-dessus des poils de mon monticule, ouvrant plus grand mes jambes alors que je sors du maillot.

Sa langue sort, effleurant mon clitoris.

— Seigneur.

Mes épaules retombent contre la porte.

— Je te dévorerais ici, maintenant, dit Ian en m'embrassant et me léchant, mais je ne vais pas mentir, mes genoux me tuent.

Je baisse les yeux, réalisant qu'il est agenouillé sur le béton texturé du sol du patio, et je ris.

— Tu trouves ça drôle, hein ?

Il se lève, me reprenant dans ses bras.

Comme une mémoire musculaire, mes jambes s'enroulent

autour de sa taille, son sexe beau et parfait se frottant contre moi, me faisant gémir.

D'une seule main, il ouvre la porte de la cuisine. L'air froid de la clim frappe ma peau, intensifiant les frissons qui me traversent, mais ne fait rien pour éteindre la chaleur à l'intérieur.

Traversant la cuisine à grands pas, Ian se dirige vers son portefeuille et ses clés. Me tenant toujours, il ouvre son portefeuille et en sort un préservatif.

— Toujours prêt, hein ? Je lui demande avec un sourire.

Il m'embrasse rapidement avant de retourner vers la salle de télévision.

— Vous m'appelez toujours Captain America, avec les filles. C'est le boy-scout exemplaire, non ? Toujours prêt ?

Je réponds par un autre baiser, pas un smack celui-là. Ian doit s'arrêter et me caler contre la porte du garde-manger pour accorder toute son attention au baiser avant de terminer son trajet jusqu'au salon.

Nos couvertures et oreillers sont toujours étalés au sol.

— Je vais te montrer exactement ce que je voulais te faire hier soir.

Il m'allonge, le doux tissu en chenille faisant se tordre mon corps hypersensible comme un chat.

— Tu vas voir à quel point je me suis retenu.

— Ne te retiens pas.

Je lève la main pour le tirer vers moi.

— Ne te retiens pas, je répète, ne sachant pas si c'est à lui que je parle ou à moi-même.

Nous nous embrassons, nos mains explorant rapidement une fois de plus, voulant toucher et être touchés partout et tout à la fois. Se libérant de ma bouche, Ian suce et mord une traînée dans mon cou, à travers ma clavicule et entre mes seins, qu'il pince, avant d'atteindre finalement l'endroit où j'ai le plus besoin de lui.

Il glisse ses mains sous mes fesses, me portant à sa bouche. La lumière du soleil pénètre à travers les grandes fenêtres, mes jambes grandes et ouvertes, chaque ligne et imperfection de mon corps est exposée. Je n'ai jamais été aussi exposée face à un homme auparavant, physiquement ou émotionnellement. Et pourtant il n'y a pas de panique. Je me sens en sécurité.

Je veux plus.

Sa langue s'enroule à l'intérieur de moi, s'agitant vers le haut et vers l'extérieur pour encercler mon clitoris. De haut en bas, d'avant en arrière. Juste au moment où je pense que je n'en peux plus, mes hanches tremblent, ne sachant pas si je veux plus ou moins, ses lèvres l'encerclent et le sucent.

Je me brise avec un cri.

Mon corps se tend tandis que le plaisir s'enroule autour de moi. Ian lève la tête, me regarde jouir, embrassant mes hanches, mes cuisses, mon ventre. La paume de sa main est pressée contre moi, intensifiant l'orgasme.

— C'est ça, me félicite Ian. Tu es si belle.

Quand je suis étalée contre les oreillers, il me couvre. Pendant que nous nous embrassons, j'entends un froissement révélateur, ses épaules et ses bras se déplaçant entre nous alors qu'il glisse le préservatif. Il s'encoche contre mon ouverture.

— Trish.

Le souffle de Ian est chaud contre ma peau.

— Dis-moi que ça te va. Dis-moi que tu en as envie.

Jamais aussi sérieuse de ma vie, je fixe ses yeux bleus.

— J'en ai envie.

Il s'enfonce, fort et vite. Mes murs intérieurs, toujours palpitants de mon orgasme précédent, l'attrapent fermement. Il fait pivoter ses hanches, son long corps de nageur maigre pressant contre le mien.

— S'il te plaît, je supplie. Bouge. J'ai besoin de...

Mes ongles lui griffent le dos.

— De quoi as-tu besoin, Trish ? Dis-moi ce dont tu as besoin.

Ian recule, puis pousse légèrement en avant.

— Je veux te donner tout ce dont tu as besoin.

— Plus. Plus fort.

Je saisis son visage dans mes mains, le fixant à nouveau dans les yeux.

— J'ai besoin de plus de toi. *Maintenant.*

Je ne peux qu'imaginer à quel point mes yeux doivent avoir l'air sauvages alors que Ian répond à ma demande, me martelant, mon petit corps se secouant à chaque mouvement de ses hanches.

Je crie, mes talons s'enfonçant dans son cul, essayant de l'enfoncer plus profondément, essayant de le laisser pénétrer en moi, me toucher là où personne d'autre ne l'a fait auparavant.

Ce n'est que lorsque nous sommes tous les deux rauques à cause de nos orgasmes, de notre respiration nocturne alors que nous haletons, extenués, que je réalise que Ian l'a déjà fait.

Il a touché mon cœur.

―――――

Ian

La nuit est tombée. Nous sommes de retour dans mon lit.

Mes bras sont à nouveau enroulés autour de Trish, bien que cette fois nous soyons nus. Les câlins nus, c'est vraiment la meilleure chose au monde.

Après le sexe désespéré et intense dans le salon, mon cerveau s'est reconnecté, et j'ai porté Trish à l'étage où je l'ai aimée lentement. Tranquillement. Comme j'aurais dû le faire ce matin.

Pas une seule fois elle ne s'est éloignée. Il y a du progrès.

J'embrasse le haut de sa tête, ses cheveux décoiffés me chatouillent le nez.

— Tu devrais mettre tes affaires dans ma chambre.

Ses épaules se tendent, créant un espace de quelques centimètres entre nous. Un espace qui n'existait pas auparavant.

Merde.

— Qu'est-ce que tu veux dire ?

La panique dans sa voix me fait revenir en arrière.

— J'ai regardé dans la chambre d'amis, c'est une zone sinistrée.

Je la serre contre moi, éliminant le petit espace.

— Chut, toi !

Elle me donne un coup de coude, en riant.

— Je sais que je dois ranger.

La tenant contre moi, je penche la tête vers le bas pour enfouir son cou dans l'espoir de la distraire du sens de mes mots.

— Si tu as besoin de plus de place pour tes affaires, j'ai beaucoup d'espace de rangement vide.

Je pensais que je serais satisfait de tout ce que Trish m'a donné, mais cela ne fait que me donner plus envie d'elle. Je suis insatiable. Je veux tout d'elle dans ma vie.

Il y a un moment de silence avant que Trish ne parle.

— Le truc avec tes parents, c'est demain, n'est-ce pas ? me demande-t-elle, ignorant mon commentaire sur l'espace de rangement.

La seule chose que je n'aime pas à propos des câlins nus, c'est que comme elle me tourne le dos, je ne peux pas voir son visage, jauger son expression.

— Oui.

Je garde un ton léger.

— J'ai des réunions que je ne peux pas rater, mais je viendrai te chercher après le travail pour qu'on puisse y aller ensemble.

— Humm. D'accord.

Juste au moment où elle commence à s'endormir, elle demande :

— Je voulais te demander, pourquoi est-ce que t'accompagner pour une soirée chic est la faveur que tu m'as demandée en échange de mon séjour ici ? Pourquoi as-tu besoin d'un rendez-vous ?

Sa voix endormie semble bien plus éveillée lorsqu'elle parle.

En soupirant, je lui dis la vérité.

— J'ai pensé que ce serait la manière la plus simple d'empêcher mon père d'essayer de me caser avec l'une des filles de ses connaissances.

Elle rit à nouveau, le souffle passant sur le bras qui la serre contre moi.

— Je suis ton bouclier, hein ?

Je ris avec elle.

— Oui. Tu es mon chevalier servant.

Trish se tourne dans mes bras, me faisant face.

— Je suis ta fausse petite amie chevalière servante, alors ?

J'embrasse le haut de sa tête.

— Il n'y a pas besoin que ce soit faux.

Trish baisse la tête, les yeux fixés sur ma poitrine, l'un de ses doigts tournant sur mes pectoraux.

— Pourquoi ne dis-tu pas simplement non à ton père ? demande-t-elle, ignorant encore une fois les choses que je dis pour lesquelles elle n'est pas prête.

Je soupire, essayant de libérer ma frustration. Frustration sur l'hésitation de Trish et au sujet de mon père.

— Mon père a tendance à rendre tout difficile, alors j'essaie de ne pas entrer en confrontation. C'est plus facile de cette façon.

Plus de silence.

Puis, d'une petite voix, elle demande :

— Mais pourquoi moi ? Tu aurais pu amener n'importe qui.

Son doigt s'immobilise sur mon cœur.

— Elles auraient probablement été plus faciles à gérer, aussi.

Je resserre mes bras autour d'elle, incapable de l'approcher assez près.

— Il n'y a personne d'autre que je veuille à mes côtés.

Trish se blottit contre moi, comme si elle partageait mes pensées. Je dois être plus patient.

L'inquiétude au sujet de l'événement de demain monte. Peut-être qu'amener Trish avec moi pour voir mes parents n'est pas la meilleure idée. Pas pour moi, mais pour elle. Nous avons fait tant de chemin. Je ne veux pas la pousser maintenant et l'effrayer.

— Tu n'es pas obligée de venir si tu es mal à l'aise.

Relâchant un bras qui était jusqu'ici enroulé autour d'elle, je penche sa tête en arrière jusqu'à ce qu'elle rencontre mes yeux.

— Tu n'as pas à avoir l'impression de me devoir quelque chose ou de devoir partir.

L'insécurité laisse son expression alors qu'elle sourit lentement et de manière sexy.

— Je ne sais pas. Être le bouclier de Captain America semble assez génial.

Sa main glisse jusqu'à l'arrière de ma nuque, me tirant vers elle.

Mon corps ne peut s'empêcher de réagir.

— Tu es sûre ?

Toute inquiétude s'envole alors que je presse mes lèvres contre les siennes.

— Mmmm, fredonne-t-elle contre ma bouche, glissant sa langue à l'intérieur tandis que sa petite main s'enroule autour de mon érection montante, son pouce faisant tourbillonner le liquide pré-éjaculatoire au sommet.

Je gémis, mon esprit se vide de plaisir. Pas une pensée pour mes parents, les insécurités de Trish, ou ma tentative d'attraper cette femme élusive est dans mon esprit.

Il est rempli de la sensation du corps de Trish contre le mien. Des sons séduisants de son souffle dans mes oreilles. Du battement rythmé de nos cœurs dans la nuit.

ONZE
POINT MÉDIAN

TRISH

QUELQU'UN CHANTE.

J'enregistre vaguement que le duo country Big and Rich distribue des billets de cent dollars. Ce n'est que lorsque tout le monde boit du whisky et descend que j'ai mon premier moment de lucidité consciente et réalise que mon téléphone sonne.

Et d'après la chanson jouée, c'est Rose. Comment elle a réussi à entrer dans le téléphone de tout le monde et à se donner cette sonnerie particulière me dépasse.

Me sentant plus vaseuse que d'habitude, probablement à cause de tout le sexe de la nuit dernière *et de* ce matin, je glisse mon bras sous mon oreiller et passe maladroitement mon pouce sur l'écran.

— Salut ?
— Bonjour bonjour !

La voix trop enjouée de Rose me crie dessus.

— Lève ton cul, paresseuse, on fait de l'exercice aujourd'hui !

En éloignant le téléphone de mon oreille, j'essaie de me réveiller complètement.

— De l'exercice ? Depuis quand tu fais de l'exercice ?

— Depuis que j'ai un Groupon.

Même si l'idée de mon amie milliardaire à la recherche d'achats Groupon me fait sourire, je me blottis plus profondément dans les couvertures de Ian.

— Et si on remettait ça à une autre fois, ma puce ?

Je bâille, fermant à nouveau les yeux, mon corps délicieusement douloureux à cause de la routine d'exercice que *Ian* m'a fait subir.

— Et si je venais te kidnapper ? Le studio est de ton côté de la ville. Je vais passer par ta caravane te chercher.

— Non, non, je m'assieds, les yeux grands ouverts. Ne t'embête pas. Je vais, euh, te retrouver là-bas.

— Tu es sûre ?

— Oui.

J'acquiesce vigoureusement bien qu'elle ne puisse pas me voir.

— Absolument.

— Très bien, petit cul. Je t'envoie l'adresse. Rendez-vous dans une heure.

Puis elle part, ayant raccroché pour faire toutes les autres choses folles que Rose West fait, pendant que je m'effondre dans le lit, le cœur battant comme les ailes d'un colibri.

———

UN CLUB DE STRIP-TEASE. Nous nous sommes tous les deux garés sous l'imposant panneau *Heartbreakers*. Le néon rouge non allumé me rend anxieuse et mal à l'aise. Du plomb me tapisse le ventre alors que je jette un coup d'œil sur le bâtiment en brique beige.

L'amère impression de déjà-vu me donne la nausée.

— Ben oui.

Rose, qui, à la manière de Rose, ne fait rien à moitié, paillettes corporelles comprises, souffle.

— Quel meilleur endroit pour un cours de pole dance qu'un club de strip-tease ?

Elle balance ses cheveux, projetant une cascade de paillettes autour d'elle.

— C'est une idée de génie quand on y pense.

Dans la lumière du matin, son justaucorps métallique projette des reflets arc-en-ciel. Elle ressemble à une sorte de Jane Fonda post-apocalyptique avec ses filets de pêche bleu saphir sous son justaucorps à une épaule et ses talons compensés transparents de dix centimètres. Et ça lui va bien.

Un coup d'œil vers mes propres leggings noirs et mes baskets roses me fait me sentir étrangement peu habillée.

Je *déteste* ce sentiment.

— Allez. Nous ne devons pas être en retard. Et si tous les meilleurs poteaux étaient pris ? dit Rose en avançant.

Et bien que je préfère être ailleurs que dans un club de strip-tease, je la suis, craignant qu'elle ne tombe ou ne se torde la cheville.

Malgré mon inquiétude, et oscillant à peine, Rose parvient à manœuvrer adroitement à travers le parking. Au moment où nous franchissons la porte, je tousse, le résultat d'avoir marché trop longtemps dans le sillage scintillant de Rose.

Elle regarde sa peau, maintenant étincelante comme celle d'un vampire de Twilight sous les plafonniers rotatifs multicolores.

— Cool !

— Bonjour, mesdames !

Une petite femme aux gros seins défile en talons sur le devant de la scène, dans un bikini à string rouge.

— Je suis Angela. Je serai votre instructrice aujourd'hui.

Dans un mouvement souple qui aurait pu être considéré comme du ballet, elle se penche au bord de la scène, une main agrippant le bord, et balance son corps, atterrissant doucement devant nous sur ses talons compensés de quinze centimètres.

— Je suis si contente que vous ayez pu venir.

Elle regarde Rose, son visage s'illuminant d'un sourire.

— J'adore votre tenue.

Rose se pavane.

— Merci.

— Je n'étais pas au courant.

Je ressens le besoin de m'excuser pour ma tenue vestimentaire, ou la quantité d'habits. Je lance un regard noir à Rose.

— Elle ne m'a pas dit que c'était un cours de pole dance.

— Bien sûr que non, pouffe Rose. Parce que mademoiselle la dame du sud ne serait pas venue.

— C'est pas vrai !

D'accord, oui, c'est vrai. Mais pas pour les raisons qu'elle pense.

— C'est bon, ma jolie.

Angela passe un bras autour de moi et m'attire près d'elle, comme une mère qui console un enfant.

— Vous vous y ferez en un rien de temps.

Un éclair de lumière naturelle provenant de la porte qui s'ouvre pénètre dans la pièce.

— J'ai hâte de mettre la main sur ce pole.

Rose, Angela, et moi nous tournons pour voir un groupe de trois femmes âgées poussant les portes noircies.

— Vas-tu arrêter avec toutes tes insinuations ? demande une femme aux longs cheveux noirs. Je n'en peux plus.

— Je parle de faire de l'exercice.

La femme aux courts cheveux blancs a un air familier.

— Je ne peux rien y faire si tu as l'esprit mal placé.

— De l'exercice, se moque la troisième femme. S'il te plaît. Tu sais très bien que tu viens à ce cours pour pouvoir twerker. En fait, tu n'essaies jamais de *grimper* au poteau.

— Oh, ferme-la, Nina. Tu es juste jalouse de mon cul solide comme le roc. Je t'ai dit de venir faire de la marche avec moi.

— Hashtag Objectifs de groupe de filles, murmure Rose avec révérence alors que les femmes se rapprochent.

Myra, mon ancienne logeuse, fait un doigt d'honneur à son amie avant de nous jeter un coup d'œil. Le choc, puis le bonheur, illuminent son visage.

— Trish, chérie. Tu es venue !

Plus elle s'approche, plus j'ai l'air horrifié. Ma douce logeuse accro à la marche rapide, généralement vêtue d'un pantalon de parachute coloré, porte un mini short et un soutien-gorge de sport.

Et c'est tout.

Myra réduit la distance entre nous et m'embrasse sur la joue.

— Je suis vraiment contente que vous ayez pu venir, les filles.

Se tournant vers Rose, Myra la prend dans ses bras. La moitié des paillettes de Rose est transférée à Myra.

— Je ne pensais vraiment pas que tu la ferais venir.

— Attendez.

Je désigne Myra, puis Rose.

— Vous vous connaissez, toutes les deux ?

Je ne pensais pas que je pouvais avoir plus d'appréhension que lorsque j'avais compris où Rose m'avait attirée. Mais maintenant, me tenant devant la seule personne qui pouvait « me dénoncer » à ma meilleure amie, je vois que j'avais tort.

— Je lui ai donné un Groupon hier, répond Myra, à l'aise avec toute cette situation bizarre.

— Oui.

Rose me donne un coup de coude.

— Quand je suis passée par ta caravane.

Elle hausse un sourcil dans ma direction.

— Imagine ma surprise de découvrir que ta caravane n'était plus là.

Myra fait un tss d'exaspération.

— Honte à toi, ma chère, d'avoir inquiété votre amie.

— Oui. Honte, honte, chante Rose.

Ne m'avançant pas encore sur ce terrain, je fixe Myra, les mains sur les hanches.

— Je te connais depuis des *mois* et tu n'as jamais parlé de cours de pole dance.

Elle hausse les épaules, me regardant d'un air désolé.

— Eh bien, ma chérie, cela n'avait juste pas l'air d'être ton truc. Tu avais toujours l'air si...

— Barbante ? offre Rose.

Je la regarde.

— Raffinée, dit fermement Myra, même si je peux voir qu'elle résiste à un sourire à la suggestion de Rose.

Bien que je devrais être heureuse que Myra ait pensé qu'un club de strip-tease soit si éloigné de moi, vu les années à essayer de surmonter mon éducation de beauf, je suis tout de même profondément insultée que ces deux-là me trouvent si condescendante.

— De quoi parlez-vous ? Je ne suis pas barbante. Je...

Heureusement, je m'arrête à temps. Je ne peux pas leur parler de ma carrière d'écrivain.

— C'est bon, meuf, dit Rose en m'envoyant un baiser. Je t'aime quand même.

— Nous ne vous pousserons pas trop loin de votre zone de confort, ajoute Angela en prenant le sac de Myra et en le plaçant dans la cabine près de la scène.

— Pas besoin de se sentir mal à l'aise.

Je sais qu'elles essaient d'être gentilles, mais la chaleur monte en moi avec chaque platitude sympathique trempée de compréhension.

— Ce n'est pas ma première fois dans un club de strip-tease, tu sais.

Je dirige ma colère vers Rose, blessée par son évaluation de ma personnalité. *Barbante.* Rose ne sait pas à quel point je me retiens, combien de fois je m'empêche d'être amusante et extravertie de peur d'être trop visible. De peur d'être rabaissée ou pire, attrapée.

Et cet endroit... La pièce sans fenêtre, les sièges de cabine en vinyle usés, les lumières tamisées rotatives... Tout cela n'aide en rien. C'est comme si tous mes vieux démons revenaient, alimentant ma frustration grandissante.

— Bien sûr, bien sûr.

Rose hoche la tête en faisant la moue.

— Si tu comptes regarder Magic Mike comme aller dans un club de strip-tease.

Elle rit mais s'arrête quand elle voit ma tête.

— Trish.

Elle pose une main sur mon bras.

— Je suis désolée, je plaisantais, c'est tout. Je...

La repoussant, je me hisse sur la scène, me retournant une fois pour regarder toutes les femmes présentes. La chaleur à l'intérieur de moi éclate enfin, brisant l'image soigneusement affinée que j'ai perfectionnée au fil des ans.

— Barbante, hein ?

Avec un sourire narquois, je pivote, mes hanches lâches et séduisantes alors que je fais face au poteau central. En trois longues foulées, je saute, les deux mains saisissant le haut du poteau. J'ajuste mon poids, balançant mes jambes largement et jusqu'à ce que celle de droite soit au-dessus de ma tête, s'accrochant autour du poteau. Ma jambe gauche repose à côté d'elle, les orteils pointés. Je cambre mon dos, lâchant une main dans un arc gracieux jusqu'à ce que mon dos soit parallèle au sol, tout en tournant. Au troisième tour, j'attrape à nouveau la perche à deux mains avant d'écarter les jambes. À l'endroit, je tourne encore deux fois avant de m'arrêter en maintenant la pose.

Jetant un coup d'œil à la petite foule, je vois chaque femme dans la pièce regarder, les yeux écarquillés et la bouche ouverte. Barbante, en effet.

Relâchant mon emprise, je descends, atterrissant sur la pointe de mes baskets, pas habituée à danser autre chose qu'avec des talons hauts à plate-forme.

— Putain, comment as-tu fait ça ?

Rose frappe la scène avec les deux paumes, un nuage de paillettes tombant de son corps agité.

— Oui, fait Myra. Ce qu'elle a dit.

Nom d'un muffin. La réalité de ce que je viens de faire, de ce que je viens de révéler, éteint ma colère comme un seau d'eau froide.

— Je...

— Et quand pourrons-*nous* faire cela ? Demande Nina, la femme aux cheveux noirs qui est entrée avec Myra, à Angela.

Se raclant la gorge, le regard d'Angela va de moi aux autres femmes.

— Les... euh... Gemini et Matrix sont des mouvements de niveau expert.

Elle me regarde à nouveau, comme si elle n'arrivait pas à croire ce que je viens de faire.

Je n'arrive pas croire ce que je viens de faire. Je ne savais pas que je le pouvais encore.

— Nous sommes... euh... assez éloignées de ce niveau, ajoute Angela, avec un regard d'excuse vers les femmes plus âgées.

Myra croise les bras et fait la moue.

— Quelle arnaque.

Rose, regardant toujours vers moi, ferme sa bouche béante et penche la tête sur le côté, comme si elle réévaluait tout ce qu'elle pense savoir sur moi.

Quelle arnaque, en effet.

———

Ian

— Dites-m'en plus sur vos parents.

Je ris, malgré le sérieux du décor.

Heureusement, ma nouvelle thérapeute, le docteur Betty Brown, a le sens de l'humour et sourit avec moi.

— Je sais que la question des parents est un cliché, mais c'est un cliché pour une raison.

Un bloc-notes repose sur ses jambes croisées, un stylo-plume dans une main manucurée.

Je suis dans son bureau depuis près d'une heure. Je me suis présenté, je lui ai dit que j'étais là pour gérer ma claustrophobie, puis elle est partie, me posant plein de questions.

Jusqu'à présent, la thérapie n'est pas si mal. Le plus grand dilemme auquel j'ai été confronté a été de décider où m'asseoir quand elle m'a conduit dans son bureau, aménagé comme un salon familial plutôt que comme un cabinet de médecin. J'avais le choix entre un fauteuil inclinable, une causeuse et un canapé. J'ai choisi le canapé, mais ai décidé de m'asseoir et non de m'allonger. Je ne peux supporter qu'un certain nombre de clichés par jour.

Le docteur Brown jette un coup d'œil à ses notes.

— Vous m'avez dit que vous ne pouvez pas identifier un seul événement traumatisant qui vous ait amené à avoir peur des espaces confinés, comme d'être coincé ou enfermé quelque part, ce qui me porte à croire que votre claustrophobie est un comportement acquis.

— Un comportement acquis ?

— Oui. Comme si vous aviez vu un de vos parents se débattre avec des espaces confinés et adopté ces comportements pour vous-même.

— Le sénateur ?

Je pouffe. Nous approchons la fin de la séance, le médecin sait qui est mon père. Et après quelques-unes de ses questions, je suis sûr qu'elle a aussi une bonne emprise sur notre relation.

— Je ne pense pas qu'il ait jamais lutté contre quoi que ce soit. En fait, il pense que mon « petit problème » - je souligne les mots en mimant des guillemets - est assez honteux et que je devrais juste m'en remettre.

Le docteur Brown, son visage portant habituellement une expression neutre, fronce les sourcils.

— Oui. Malheureusement, de nombreuses personnes se moquent des troubles de l'anxiété.

Elle fronce un peu plus les sourcils.

— Ou de n'importe quelle maladie mentale, d'ailleurs.

Elle secoue la tête, reprenant une expression neutre.

— Et votre mère ?

Je m'affale sur son canapé bleu, réfléchissant. Je dirais une chose sur la thérapie, ça fait réfléchir. Sur les choses qu'on a oubliées, les choses qu'on essaie d'oublier. Je n'aime pas trop cette partie.

— Je ne sais pas.

Passant mes souvenirs en revue, je ne peux pas me rappeler grand-chose en lien avec la présence de ma mère.

— Si mon père est vocal et opiniâtre, ma mère est tout l'inverse. Elle est devenue de plus en plus silencieuse au fil des ans alors que la carrière politique de mon père est devenue de plus en plus exigeante.

— Intéressant.

Je lève un sourcil vers elle.

— Désolée, s'esclaffe-t-elle. Je suis juste pleine d'expressions banales aujourd'hui. Je voulais juste dire que la façon dont vous avez décrit votre mère m'a fait penser à quelque chose.

Au lieu de me dire quoi, elle note quelque chose.

— Pouvez-vous me dire quand vous avez commencé à remarquer votre peur des espaces confinés ?

Je réponds à cette question en regardant son bloc-notes.

— La première fois que cela s'est déclaré, c'est quand je n'ai pas pu rentrer dans un avion. C'était juste avant mes études supérieures. Papa venait de remporter sa première élection au Sénat américain et j'avais renoncé aux Jeux olympiques pour aller au MIT.

Je lance un regard sardonique au thérapeute.

— Comme je vous l'ai expliqué, le sénateur n'était pas ravi, dis-je en haussant les épaules. Mais j'ai acheté mon billet d'avion, je suis allé à l'aéroport, j'ai enregistré mon bagage et j'ai même passé la sécurité. Ensuite...

Ma voix s'estompe, me souvenant être debout à la porte, les yeux fixés sur toute la longueur du pont d'embarquement, sentant que si j'avançais d'un seul pas, les murs se refermeraient sur moi jusqu'à ce que je ne puisse plus respirer. Je ne pouvais pas le faire. Je passe une main sur mon visage comme pour retirer l'anxiété causée par le souvenir.

— J'ai dû rentrer chez moi, récupérer ma voiture et traverser tout le pays par la route.

Je ris de moi-même.

— J'ai presque raté le début du semestre.

— Diriez-vous que cela a été un moment déterminant dans votre vie ? Abandonner une chance de vous rendre aux Jeux olympiques pour faire des études supérieures à la place ?

Je hoche la tête, essayant encore de me débarrasser de ce souvenir.

— Et votre mère ? demande le docteur Brown. Qu'a-t-elle dit à propos de votre décision ?

— Maman ?

Je cligne des yeux, essayant de me rappeler.

— Je… euh… Je ne sais pas.

Je pousse un rire sans joie.

— Je ne pense pas qu'elle ait dit quoi que ce soit à ce moment-là.

Me sentant un peu mal à l'aise face à cette vérité, j'ajoute :

— Elle a arrêté d'avoir un avis après cette élection au Sénat, de toute manière.

La minuterie qu'elle avait réglée au début de notre session sonne.

— C'est la fin de l'heure.

Le docteur Brown s'avance sur son siège, se penchant vers moi.

— Mais je veux que vous sachiez que je vous ai entendu. Que j'ai écouté ce que vous avez dit, et je suis extrêmement confiante sur le fait que vous pouvez surmonter votre claustrophobie.

Elle hésite un instant.

— Ce n'est que notre première session, et il y a beaucoup à apprendre et à comprendre, mais d'après ce que vous m'avez dit, je pense honnêtement que votre anxiété vient du fait d'avoir eu à prendre vous-même une si grande décision concernant votre avenir, une décision qui était contre la volonté de votre père, que vous avez décrit comme… euh… assez dominateur.

Je souris à sa tentative de décrire mon père si poliment.

— Vous avez vu votre mère piégée par sa situation conjugale et vous vous êtes peut-être senti piégé vous-même. Et votre anxiété à ce sujet s'est peut-être manifestée par une aversion physique pour les lieux clos et espaces confinés.

— Hum.

Il y a beaucoup de choses à déballer dans ses mots, mais cela semble avoir du sens.

Le docteur Brown joint ses mains devant elle.

— J'ai hésité à dire quoi que ce soit, car comme je l'ai dit, c'est le début. Cependant, je veux *vraiment* vous assurer que vous ne devriez pas laisser votre claustrophobie avoir un impact sur votre ascension professionnelle. Je crois vraiment que grâce à la thérapie cognitivo-comportementale, et probablement, au moins au début, un médicament contre l'anxiété pendant les vols ou les situations de confinement, vous pourrez surmonter cela.

Le soulagement m'envahit. Et de façon embarrassante, mes yeux se brouillent. Me raclant la gorge, je tends la main vers elle.

— Merci, docteur Brown. J'apprécie vraiment ce que vous faites pour moi.

Sa prise est ferme quand elle me serre la main.

— Bien sûr. C'est pourquoi ils me paient beaucoup d'argent. Et par *ils*, je veux dire vous.

Nous rions, mais avant que je puisse me lever pour prendre congé, elle me fait signe d'attendre.

— Encore une chose.

Elle tapote son cahier avec une phalange.

— Vos devoirs.

DOUZE
RÉCUPÉRATION FACULTATIVE

T*rish*

— Comment... réussis-tu à *faire* ça ? Rose, en sueur et haletante, s'allonge sur la scène à la manière d'une étoile de mer, des paillettes et du maquillage de strip-teaseuse étalés sur son visage.

— Il est évident qu'elle avait l'habitude de faire des strip-teases, déclare Nina, l'amie brune de Myra.

Elle est en sueur, elle aussi, mais pas rouge betterave comme Rose. Probablement parce qu'elle et les autres nanas ont fait des versions modifiées des exercices à l'aide d'une chaise. Rose y est allée à fond.

Elle pouffe, mais comme je ne réfute pas l'allégation, ses yeux s'écarquillent.

— Sérieusement ?

Elle se débat pour se redresser sur ses coudes.

— Mais tu es tellement... tellement...

Elle bouge les mains dans tous les sens, apparemment incapable de penser à un mot.

Je hausse les épaules. Je suis épuisée. Pas par la classe. Il n'y avait même pas d'inversions. La mémoire musculaire et le Pilates trois fois par semaine m'ont permis d'assurer pendant la routine de pole dance pour débutants. Mais j'en ai marre de cacher des choses. J'en ai marre des secrets.

Et à quoi ça sert, de toute façon ? Je vais bientôt partir.

— Les factures d'université ne se paient pas d'elles-mêmes, et tout prêt étudiant que j'aurais pu obtenir à l'époque aurait eu un taux d'intérêt astronomique.

— Tu es trop cool !

Rose chasse une mèche de cheveux de son visage.

— Tu ne trouves pas étrange qu'il y a un instant seulement tu m'aies trouvée barbante et maintenant que tu sais que j'ai enlevé mes vêtements pour de l'argent, tu me trouves cool ?

Rose retombe et reprend sa position d'étoile de mer, clignotant dans les lumières circulaires.

— Non.

— Eh bien, pour ma part, je suis vraiment heureuse que vous soyez venues. Ça nous maintient vraiment, nous, qui sommes plus âgées, sur nos gardes.

Myra essuie son front légèrement humide avec une serviette où « Sweet Ass » est écrit avec des paillettes le long du bord inférieur.

— S'il vous plaît, dites-moi que vous reviendrez, les filles ? demande Lottie, l'autre amie de Myra.

— Oui, oui, et amenez aussi ces filles de la NASA la prochaine fois.

Myra donne un coup de serviette dans notre direction.

— Vos amies travaillent à la NASA ? demande Nina, un mince sourcil arqué. Mon fils aussi.

— Vraiment ?

Rose lutte pour se remettre sur ses coudes.

— Quel est son prénom ? Peut-être que nos amies le connaissent.

Weird Science d'Oingo Boingo retentit, provenant de la direction de Rose.

— Pardon, dit Rose, mettant la main entre ses seins et sortant son téléphone portable.

— Est-ce qu'il était là tout le temps ? je demande, en pensant à toutes les pirouettes qu'elle faisait sur le poteau.

— Ouip. Mon décolleté est le sac banane parfait.

Rose essuie son téléphone sur son justaucorps, probablement parce qu'il est couvert de sueur, puis passe son pouce le long du bas pour y répondre.

— Salut, l'intello.

Ça doit être Jackie.

— Ça me va. On se retrouve là-bas, les bombes.

Rose replace le téléphone entre ses seins et surgit du sol avec plus d'énergie que je ne le pensais.

— Brunch chez Boons. Tu es partante ?

Étant donné que j'ai presque terminé un premier jet de mon prochain livre et qu'il n'y a pas de job de serveuse auquel aller, j'ai du temps à perdre aujourd'hui.

— Le brunch me semble une super idée.

Rose se tourne vers les autres dames, qui ont leurs sacs sur les épaules, prêtes à partir.

— Et vous, mesdames, voulez-vous venir ?

Myra lui tapote le bras affectueusement.

— C'est gentil de ta part, ma chérie, mais nous devons aller chez Cindy et voir si la nouvelle sélection de vibromasseurs ergonomiques est déjà arrivée.

La bouche de Rose s'ouvre.

— Peut-être la prochaine fois, chérie.

Myra se tourne pour partir, mais Rose saisit sa main, une expression émerveillée sur le visage.

— Puis-je être vous quand je serai grande ?

———

— Je n'arrive pas à croire que vous ne m'ayez pas invitée à faire du pole dance.

Jackie fait la moue sur ses œufs Benedict.

— Je veux essayer. Je parie que toutes sortes de calculs physiques sont nécessaires.

Ses yeux glissent sur le côté, son front plissé, et Jackie est perdue pour nous pour le moment. Probablement en train d'essayer de déchiffrer la science du pole dance.

— Je n'ai pas besoin de cours.

Jul' donne un coup de pied sur la balustrade à côté de notre table sur le patio de Boondoggle's.

— Je suis déjà une pro du strip-tease, dit-elle en mettant un cornichon frit dans sa bouche. Demandez à Holt.

— Vous passez votre temps à me donner envie de vomir, marmonne Rose avant d'avaler son mimosa cul sec.

Jul' éclate de rire.

— Et si nous prenions un moment pour profiter du fait que je savais quelque chose avant vous toutes.

— Oui, oui, nous sommes tellement impressionnées que tu aies été au courant pour Trish et Ian.

Rose chasse Jul' de la main tout en tenant une chips de pizza. Des gouttelettes de vinaigrette Ranch tombent sur la table. Elle pivote sur la banquette à côté de moi, ses yeux plongeant dans les miens.

— Alors, Trish ?

Elle fourre la chips dans sa bouche, la déplaçant sur le côté comme un hamster.

— Raconte-moi *tout*.

— Eh bien... je minimise, en prenant une gorgée de mon Bloody Mary et souhaitant qu'il y ait moins de jus de tomate et plus de vodka. Ian a dit que je pouvais garer ma caravane dans son garage à bateaux.

— C'est un nouvel euphémisme ?

Rose fronce les sourcils, réfléchissant pendant qu'elle termine sa bouchée.

— Parce que je pense que ça devrait marcher dans l'autre sens. Sa caravane, ton garage.

Ses yeux s'agrandissent.

— Oh... Est-ce qu'on parle de plug anal ?

— Non, absolument pas, espèce de déviante, dis-je avec un soupir d'exaspération.

— Je voulais dire que j'ai *littéralement* garé ma caravane dans son garage à bateaux vide.

— Qui a un garage à bateaux ? rit Jul'. C'est carrément excessif.

— Dit la fille qui a construit une véritable demeure climatisée pour sa vache.

Jul' me fusille du regard.

— Non, intervient Rose. Non, non, non. Si ce n'est pas un euphémisme sexy, je n'ai pas besoin de l'entendre.

Elle croise les jambes sous la table, se tournant complètement vers moi.

— Je veux les détails importants.

Elle lève la main et compte ses mots au fur et à mesure qu'elle parle.

— Taille, circonférence et courbure.

Cela ramène Jackie au présent, et elle cligne rapidement des yeux, se tournant vers sa future belle-sœur.

— Courbure ?

— Oui.

Rose nous regarde chacune à notre tour.

— Dites-moi que vous êtes toutes sorties avec un mec qui avait une queue qui remontait vers le haut.

Elle continue à nous regarder.

— Cela change totalement la donne.

Elle frissonne comme si rien que le souvenir provoquait une réplique d'orgasme.

Jackie se racle la gorge.

— Juste pour clarifier, nous parlons du pénis, n'est-ce pas ?

— Oui, Jackie, dit Jul' avec un sourire narquois. Le pénis.

Jackie réfléchit.

— Je jure, meuf, commence Rose, agitant son verre vide dans l'air à notre serveuse. Si tu prends un rapporteur au lit avec mon frère et que je dois en entendre parler, je ne te le pardonnerai jamais.

Jackie rougit, ce qui est aussi bon que d'admettre que la pensée de vérifier l'angle du membre de Flynn vient de traverser son esprit de génie.

— Ne t'énerve pas, Barbie tarée, dit Jul' en regardant le verre vide de Rose, toujours en l'air. Il faut qu'on aille en ville pour l'essayage de nos robes.

À la grande surprise de personne, Rose ne s'est pas changée après le cours de pole dance. Elle ressemble *vraiment* à la seule Barbie de mon enfance. Celle dans la tenue d'aérobic bleue avec des jambières roses. Sauf que le maquillage de Rose a légèrement fondu et que ses cheveux ressemblent à un tumbleweed qui serait passé à travers une marche des fiertés.

Rose lève ses yeux de raton laveur au ciel mais baisse son verre.

— Enfin bref.

Des paillettes pleuvent dans ses tacos de petit déjeuner alors qu'elle rejette ses cheveux en arrière pour me fixer une fois de plus avec son regard laser.

— Ian ?
— Quoi, Ian ?

J'essaie de gagner du temps. C'est bien qu'elles sachent que je suis une strip-teaseuse. Ça me va si elles découvrent que je suis auteure de romans d'amour. Mais je ne veux *pas* leur dire que je suis garée dans le garage de Ian parce que je me cache de la loi. Il y a des choses qu'on ne peut pas améliorer avec du champagne. Ou de la vodka.

— Arrête tes conneries.

Rose se penche en avant, ses seins menaçant de sortir de l'encolure dégagée en élasthanne. Je peux voir le haut de son téléphone.

— Est-ce que tu as de la queue ou pas ?

Jackie avale son thé glacé de travers. Jul' lui donne une tape dans le dos et lève un sourcil curieux vers moi.

Je prends ma flûte, le petit doigt en l'air.

— Une dame ne dit jamais qui elle embrasse.
— Une dame ?

Rose sort son téléphone de son décolleté.

— Meuf, vu comment tu te sers de ce poteau, je ne t'appellerai plus *jamais* une dame.

Elle fait défiler son téléphone, puis le tourne vers Jul' et Jackie.

— Tu as pris des photos ?

Ma voix se brise sur le dernier mot comme celle d'un garçon de treize ans.

— Mieux.

Elle appuie sur un bouton et *Pour Some Sugar on Me* de Def Leopard retentit.

— J'ai pris une vidéo.
— Waouh !

Jul' se redresse, se penchant vers le téléphone de Rose.

— La Schtroumpfette peut remuer ses fesses. Je ne l'avais *pas* vu venir.

Elle tend son poing pour que je le tape avec le mien.

— Génial.

Choquée, je le tape.

Après le troisième visionnage de la vidéo, j'arrache enfin le téléphone des mains de Rose et la supprime.

— Donc, tu vas dire à ces deux-là ce qui a motivé ton déménagement chez Ian ? demande Jul' en trempant une frite dans une sauce barbecue.

Elle avait renoncé à une entrée et commandé une pléthore d'amuse-gueules.

— Oui. Dis-nous.

Rose coince son téléphone entre ses seins. Jackie regarde les siens, essayant probablement de calculer si ses seins pourraient contenir un téléphone.

Je me contente d'une demi-vérité :

— Il avait besoin que j'aille à une collecte de fonds avec lui, et en retour, il m'a dit que je pouvais garer ma caravane dans son garage pour économiser sur mon loyer.

— Ça semble un peu excessif, dit Jackie en remettant ses lunettes en place avec son index. Tu peux la mettre chez nous si tu as besoin d'argent. Cela ne dérangera pas Flynn.

— Ou, tu sais, il te suffit de demander à ta meilleure amie milliardaire de t'aider.

Rose me regarde comme si j'étais bête.

— Mais pourquoi ne travailles-tu pas à Big Texas si tu as besoin d'argent ?

Laissez à Jackie le soin de trouver tous les trous dans mon histoire.

Putain.

— En fait, euh, la vérité, c'est...

Je tords ma serviette en papier jusqu'à ce qu'elle se déchire.

Jul' s'assoit, en me regardant me tortiller. Elle n'a rien dit, mais il est clair qu'elle apprécie ma lutte pour répondre.

— Nous, euh, sortons ensemble, en quelque sorte ?

Je finis par lâcher de manière assez nulle. Je veux dire, ce n'est pas un mensonge complet. On se voit tous les jours.

— Genre, vous couchez ensemble ?

Rose lève un sourcil vers moi.

En espérant que si j'admets cela, Rose et Jackie cesseront de se poser d'autres questions, dont les réponses seraient plus révélatrices, j'acquiesce.

— Il était temps !

Rose s'écarte de la table, une traînée de soleil attrapant ses cheveux, les paillettes la faisant ressembler à un ange déséquilibré.

— Vous étiez pires que de regarder Jul' et Holt. Et comme c'est mon frère, ça veut dire quelque chose.

Jul' renverse Rose en buvant une gorgée de son soda. Rose riposte avec un salut à deux doigts.

— C'est la collecte de fonds pour la campagne de son père ? demande Jackie, ignorant les querelles silencieuses de Rose et Jul'. J'y ai été invitée.

Elle sautille joyeusement sur son siège.

— En fait, je suis invitée à plein de choses maintenant.

Comme elle n'a même pas été invitée à son propre bal de promo, Jackie a été à la fois ravie et abasourdie par sa récente popularité.

— Mais j'ai dû refuser car les astronautes ne sont pas autorisés à être affiliés politiquement.

— Eh bien, ma puce. Tu *as* sauvé la Station spatiale internationale, après tout, dis-je en penchant la tête sur le côté. Mais qu'est-ce que tu veux dire par *campagne* ?

Avec un dernier regard en direction de Jul', Rose me répond.

— C'est pour ça, la collecte de fonds. Pour sa prochaine campagne sénatoriale.

Elle attrape un taco brillant.

— J'y ai été invitée, moi aussi. Comme tous les West.

Elle hausse les épaules avant de prendre une bouchée.

Un pressentiment glacial s'infiltre dans ma poitrine.

— Sénatoriale ?

Rose hoche la tête, les joues pleines d'œuf et de chorizo.

— Le sénateur essaie de consolider sa campagne tout en se faisant des amis parmi l'élite de Houston, pour sûr.

Jul' remue son verre avant d'aspirer avec sa paille, obtenant surtout de l'air.

— Même sans le conflit politique lié à la NASA, vous ne m'y verriez pas.

Elle frissonne.

— Ugh, la politique et les relations publiques, deux des choses que j'aime le moins.

— Le sénateur ?

La chair de poule éclate sur mes bras.

— La politique ?

Trois paires d'yeux se tournent vers moi.

— Le père de Ian, dit lentement Jul', posant son verre et fronçant les sourcils.

Il m'est soudain difficile de respirer.

Rose avale bruyamment un gros morceau de taco.

— Tu ne le savais pas ?

Je secoue la tête, les yeux écarquillés.

Jul' fronce les sourcils.

— Comment tu ne peux ne *pas* être au courant ?

— Je ne *sais* pas comment je peux ne pas être au courant !

Ma voix monte en même temps que mon hystérie.

— C'est quoi, cette question ?

Des points noirs dansent dans ma vision périphérique.

— Whoa ! C'est pas grave.

Rose tapote une de mes mains qui agrippe le bord de la table

— C'est juste un politicien. Ils ne sont pas si spéciaux.

Juste un politicien. Elle ne sait pas ce qu'ils peuvent faire. Le pouvoir qu'ils détiennent.

— Je suis désolée, Trish.

Jul' a l'air inhabituellement sincère.

— Je pensais honnêtement que tu le savais.

Tout ce que je peux faire, c'est secouer la tête à nouveau. Les petites informations que j'ai sur Ian flottent dans ma tête. Toutes soigneusement glanés au cours des dernières semaines à partir de diverses conversations. Jackie a mentionné une fois, pendant que nous buvions, que la famille de Ian était riche. Lors d'une soirée de surveillance du football, Rose a levé les yeux au ciel lorsque Ian a soutenu l'équipe de sa ville natale, les Cowboys de Dallas. Et Jul' a commenté en passant sur le fait qu'elle et Ian ont des pères dominateurs.

Mais personne n'a jamais rien dit sur la politique.

Même pendant notre temps ensemble chez lui, Ian n'en a jamais parlé. C'est vrai, je n'ai jamais demandé de détails. Je ne les avais pas trouvés importants, et honnêtement, j'avais peur qu'il m'en demande en échange.

Et maintenant, après des années à éviter tout et n'importe quoi à voir avec des hommes riches et puissants, en *particulier* ceux qui font de la politique, je couche avec le fils de l'un d'entre eux. Et un de haut rang avec ça.

— Je vais avoir besoin d'un autre verre, parviens-je à dire.

Rose jaillit dans un nuage de paillettes, ses seins rebondissant.

— Je m'en occupe.

Jul' aspire l'air par ses dents de devant, se balançant dans son siège.

— Donc, je suppose que ce serait un mauvais moment pour mentionner que j'ai compris que tu es Audrey Cole ?

— C'est quoi ce bordel ?

Rose retombe, la vieille banquette en bois usée craquant sous elle.

— Tu le savais ?

— Oh, super.

Jackie saute sur son siège.

— Vous le savez toutes.

Soit inconsciente, soit ignorant le courant de choc sous-jacent, elle sourit.

— J'espérais qu'on pourrait bientôt en parler.

Elle se tourne vers moi, ses yeux brillants.

— J'ai *tellement* de questions.

Jul' se redresse, fait claquer ses bottes de moto sur le sol en béton.

— Attendez, dit-elle en levant une main. Je *n'étais pas* la première à le comprendre ?

— S'il te plaît, pouffe Rose. Je l'ai su, genre, le premier jour.

— J'en doute fortement, dit Jackie. Le premier jour, tu étais complètement ivre et tu t'es évanouie.

Rose lève les yeux au ciel.

— Bien. Peut-être le deuxième jour.

Jackie ouvre à nouveau la bouche, mais Rose lui fait signe de se taire.

— Peu importe. Je dis juste que je l'ai su en premier.

Jul' pointe une fourchette sur le visage de Rose.

— Deux secondes, attends une minute...

Je prends une grande inspiration alors qu'elles me fixent, choquées.

— Vous le savez *toutes* ?

— Euh... oui, dit Rose, ignorant à la fois mon utilisation rare d'explétifs et ma consternation évidente. C'est un problème ?

Avant que je puisse faire le tri entre mes différentes émotions ou trouver les mots pour répondre, notre serveuse s'approche.

— Puis-je vous apporter autre chose ?
— Oui. Rose me regarde. *Tout* l'alcool.

Je hoche la tête d'un air absent.

— Et une paille.

TREIZE
CHARGE UTILE

T*RISH*

— J*E VAIS BIEN*. Tout à fait bien. *Hoquet.* Tout va bien.

Rose ricane à l'arrière de la Mustang de Flynn. Nous avons dû prendre sa voiture car la Corvette '62 restaurée de Jackie est une biplace. Le fait que Flynn lui ait remis ses clés sans ciller après le déjeuner montre combien il aime Jackie.

Jul' et Jackie me sourient comme seuls les gens sobres peuvent le faire à ceux qui ne le sont pas, vu qu'elles ne pouvaient pas boire aujourd'hui à cause d'une sorte d'entraînement d'astronaute demain.

Pour la première fois de notre amitié, c'est moi qui suis ivre. Mais après la bombe qu'elles ont larguée par rapport au père de Ian, et la révélation qu'elles connaissaient *toutes* mon pseudonyme de romancière, l'anxiété n'a pas cessé de grimper.

D'où le verre ou deux de champagne que j'ai avalés au magasin de robes de mariée. À des fins médicinales, bien sûr.

— Vous avez entendu ça, mesdames ? demande Jul'. L'écrivain de porno va très bien.

Rejetant les épaules en arrière, je lance à Jul' mon regard le plus hautain. Ce qui est un peu difficile à faire car je suis toujours en baskets, essayant de baisser les yeux vers elle tout en la regardant.

— Je suis auteure de romans d'amour. Pas de porno.

— D'accord, Schtroumpfette.

Jul' me tape dans le dos, me faisant trébucher contre la Mustang.

— Peu importe.

Elle se penche, chuchotant pour que je sois la seule à entendre.

— Tu as peut-être été franche sur certaines choses aujourd'hui, mais tu me dois toujours une explication sur le détective privé, tu sais ?

Je hoche la tête, le rappel me dégrisant un peu.

Au magasin, j'ai dit aux filles ce que j'avais dit à Ian. J'ai grandi dans la misère. J'écris des romans d'amour. Et j'ai été strip-teaseuse par le passé.

D'accord, donc je n'ai pas encore dit à Ian cette dernière partie, mais avec la façon dont mes amies n'ont même pas cillé en apprenant mes origines moins que stellaires, je me sens plus confiante quant à ma nouvelle décision de lui avouer.

Avant, j'ai essayé de jouer la fille désintéressée, évitant à tout prix le sujet de Ian. Mais maintenant qu'elles pensent que lui et moi sommes ensemble, c'est facile de demander aux filles de me dire tout ce qu'elles savent.

Et donc elles m'ont raconté que Ian n'était jamais sorti avec quelqu'un qu'elles connaissent. Que Jul' et Ian se plaignent souvent de leurs pères, des connards affamés de pouvoir. Jackie a avoué que si Ian ne l'avait pas aidée à être moins maladroite au travail alors qu'ils étaient tous les deux responsables des activités extravéhiculaires, elle n'aurait jamais eu le courage de devenir astronaute.

Rose, pour ne pas être laissée de côté, a parlé poétiquement du cul de Ian.

Tout cela me fait aimer Ian encore plus.

— Schtroumpfette, tu es la moins élégante que je ne t'ai jamais vue. Mais ça te va bien.

Jul' me tend les clés de ma camionnette, qu'elle a dû conduire depuis Boondoggle's pour moi, puis frappe ses doigts sur le toit de la voiture de Flynn.

— Ouvre le capot.

— Ne joue pas avec la voiture de Flynn, Julie Starr, menace Jackie, ruinant l'effet lorsqu'elle ajuste ses lunettes.

Les mains en l'air, Jul' recule vers l'arrière de la voiture.

— Même pas en rêve, chérie.

Je glousse.

— Vous êtes drôles toutes les deux.

Jul' sort du coffre mon sac contenant mes chaussures de demoiselle d'honneur et me le tend.

— Tu as besoin d'une escorte pour rentrer ?

— Non non. Je vais y arriver.

J'ai l'intention de préparer Ian avec du sexe avant de vider mon sac, et je n'ai pas besoin que Jul' me gâche le travail.

— Très bien alors.

Elle contourne la voiture, se glissant sur le siège passager.

— À bientôt ! crie Rose en écrasant son visage contre la petite fenêtre triangulaire de la banquette arrière, les lèvres pincées dans un baiser.

Une fois au bout de l'allée, Jackie fait accélérer le moteur. Dans un geste très inhabituel, elle le fait vrombir, dévalant dans la rue devant la maison de Ian, renversant presque Veronica et ses amies.

Veronica saute sur le côté, trébuchant sur l'herbe alors que la voiture ancienne passe en trombe, son cri d'offense audible même par-dessus le moteur de la Mustang.

En étouffant un rire, je fais signe à mes amies, déjà bien loin, puis à l'empilement de trois femmes blondes dans la cour de Ian. Il est trop tard pour leur promenade matinale, alors vu que la voiture de Ian est visible dans le garage, elles ont dû s'aventurer dehors pour une séance d'espionnage d'après-midi.

Veronica me fait un doigt d'honneur.

En riant, je file sur mes baskets et saute dans le garage ouvert, passe devant l'Audi et entre dans la maison.

— Chéri, je suis rentrée !

Silence. Hum.

La cuisine et la salle familiale sont vides. Sur le chemin des escaliers, je jette un coup d'œil dans le bureau. Vide.

Je trébuche une fois en montant les escaliers, mais je mets cela sur le compte du sac à chaussures qui me déséquilibre, pas sur la quantité d'alcool dans mon système.

Je n'entends pas le bruit de l'eau, donc puisqu'il ne prend pas de douche, il doit faire une sieste. Je ne l'en blâme pas : ça a l'air merveilleux. Après avoir déposé le sac dans la chambre d'amis, je me dirige vers la chambre principale sur la pointe des pieds.

— Ian ?

Le lit est vide.

Bam. La porte du placard s'ouvre à la volée, Ian se précipite dehors.

— Nom d'un biscuit !

Je trébuche en arrière, me cognant contre la commode.

Ian est courbé à la taille, les mains sur le lit, sa poitrine se soulevant à grands coups d'air.

Après une seconde de choc, je m'avance, ma main reposant timidement sur son dos.

— Ian, qu'est-ce qui ne va pas ?

Je jette un coup d'œil dans le placard, me demandant ce qui lui aurait pris d'y entrer. Bien que la plupart considéreraient cela comme un énorme dressing, pour une personne souffrant de claustrophobie, entrer à l'intérieur serait un cauchemar.

Ses mains agrippent la couette.

— Je... juste... besoin de... d'un moment.

— D'accord, mon chou. D'accord.

Je m'assieds sur le lit, le poussant à avancer. Sans résistance, il tombe à genoux, la tête sur mes genoux.

Pendant les cinq minutes suivantes, pendant que Ian se concentre sur le contrôle de sa respiration, je lui caresse le dos, lui tapote la tête et joue avec ses cheveux. Tout ce que je peux penser à faire pour le calmer.

— Désolé.

Ian se redresse, se tournant pour s'asseoir à côté de moi mais évitant de me regarder dans les yeux.

— Qu'est-ce qu'il s'est passé ? Tu t'es retrouvé coincé ?

— Ah non. Je me suis enfermé.

Je lui claque l'arrière de la tête que j'avais juste caressée.

— Aïe.

— Pourquoi ferais-tu ça, imbécile heureux ?

Les lèvres de Ian se contractent.

— Imbécile heureux ?

— De toute évidence, j'ai passé trop de temps avec Rose.

Je lui donne un coup sur la poitrine.

— Mais n'évite pas la question. Pourquoi aurais-tu voulu t'enfermer dans le placard en sachant très bien ce qui se passerait ?

Ian soupire, se laissant tomber sur le lit.

— Je faisais mes devoirs.

Je le regarde, espérant qu'il va commencer à avoir du sens.

— La thérapeute, le docteur Brown ?

J'acquiesce.

— Elle m'a dit d'essayer la thérapie d'exposition. J'ai pensé que cela pourrait aider.

Je hausse un sourcil.

— Je pense que nous pouvons dire sans risque que ce n'est pas le cas.

Cela le fait rire, même si cela semble exaspéré.

— Je pense que c'est peut-être de ma faute. Je devais commencer petit. Comme fermer la porte d'une salle de bains avec des fenêtres. Ou aller dans une pièce sans fenêtre mais laisser la porte ouverte.

— Alors pourquoi as-tu commencé avec un placard ?

Il cache ses yeux avec son bras, essayant probablement de cacher son embarras.

— J'ai pensé que si je commençais par la partie difficile, cela irait plus vite.

Ses mots sont marmonnés et je m'efforce de ne pas rire. Il est juste trop mignon.

Je m'allonge à côté de lui, me blottissant à ses côtés.

— À part les devoirs, comment s'est passé ton rendez-vous ?
— Bien.

Sa main retombe près de lui, il fixe le plafond.

— Elle pense que ma claustrophobie peut être un comportement acquis. Ce serait dû à une combinaison entre regarder ma mère lentement être piégée dans sa vie, et ressentir la même chose dans la mienne, raille-t-il. De la faute de mon père. Pas de surprise là-dedans.

Il lève les yeux au ciel en grognant.

— Mon Dieu, écoute-moi. J'ai l'air d'un adolescent tourmenté qui blâme ses parents pour tout.

Il baisse le menton en me souriant.

— Vraiment attirant, hein ?
— Oui.

Je me redresse sur un coude, mes yeux ne quittent jamais les siens.

— Très.

Il n'a pas le temps de remettre en question mon soudain sérieux parce que je l'embrasse. Je l'embrasse pour avoir été si ouvert avec moi, pour être si attentionné et disposé à surmonter ses peurs passées et présentes. Pour être si sacrément attirant.

On s'embrasse pendant de longues minutes, ou peut-être des heures, je ne suis pas sûre. Puis une idée se forme.

Je le chevauche, ne rompant jamais le baiser, prenant une de ses mains dans chacune des miennes, le tirant sur ses pieds avant de pivoter et de le pousser dans le placard. Avant qu'il ne puisse réagir, je l'attaque à nouveau avec ma bouche.

Tendant aveuglément la main, je trouve la lumière du placard et l'allume, l'éclairage fluorescent au plafond est aussi peu flatteur et peu romantique que possible, mais honnêtement, qui s'en préoccupe ? Je m'assure de laisser la porte ouverte.

— Trish, dit-il contre mes lèvres. Qu'est-ce que tu...

Je descends sur son pantalon, saisissant son membre, souriant quand sa tête retombe en arrière dans un gémissement. Je le caresse de haut en bas, ajoutant de plus en plus de pression, regardant son souffle sortir dans un pantalon. De désir, pas de panique. Bientôt ses hanches bougent au rythme de ma main, perdu dans la sensation.

Mes mains tirent sauvagement sur sa ceinture, le métal de sa boucle claque alors que je lutte pour l'ouvrir. Ian se penche pour m'aider, mais je lui donne une claque sur les mains. Alors que la peur de Ian est assombrie par la luxure, *je suis* celle sur le point d'avoir une attaque de panique. J'ai besoin de ça. J'ai besoin de lui. Je dois faire ça pour lui.

Ceinture dégagée, j'ouvre son pantalon de costume, la ceinture de son boxer Calvin Klein contenant à peine son érection.

Évidemment, il porte du Calvin Klein. C'est très Captain America de sa part.

Je me laisse tomber sur le sol avec son pantalon. Je tire

prudemment son Calvin vers le bas et il est libre. Ma bouche est grande ouverte pour l'accueillir.

— Puuutaaaiiin !

Je souris, ou souris du mieux que je peux avec lui dans ma bouche. Il a l'air tellement anti-Ian lorsqu'il est aussi excité... Trop excité pour penser au petit espace dans lequel il se trouve. Je frotte mes cuisses l'une contre l'autre, essayant d'ignorer à quel point j'ai envie de lui.

J'enfonce profondément sa verge dans ma bouche, essayant de la prendre en entier mais m'étouffant légèrement dans ma détermination.

— Attention, mon cœur.

De grandes mains bercent ma mâchoire, sa voix apaisante. Inquiète.

— Attention.

Merde. Je ne veux pas penser qu'il pense à quoi que ce soit sauf à ses *sensations*.

Je bouge à nouveau, dilatant mes narines, respirant profondément par le nez jusqu'à ce que je l'aie en entier dans la bouche, avant de me retirer et de faire glisser ma langue sous son membre.

Ses mains claquent contre la porte ouverte, ses hanches s'élancent légèrement vers l'avant, comme pour courir après ma bouche.

Encore une fois, je le suce, et encore, jusqu'à ce que ma gorge soit détendue et puisse aller plus loin encore, avalant une fois que j'atteins le fond, frottant le bout de sa queue avec ma gorge.

— Putain. Oui. Merde.

Chaque mot est ponctué d'une autre secousse de ses hanches.

À travers mes yeux entrouverts, je vois le portefeuille de Ian tomber à moitié de la poche de son pantalon. Je sais que ce moment devrait être pour lui, que je devrais ignorer les palpitations entre mes jambes, mais...

J'attrape son portefeuille, attrapant le préservatif à l'intérieur. Dieu merci, Ian est un vrai boy-scout, toujours prêt. Avec une dernière longue succion, je dégage ma bouche, me précipitant pour l'embrasser avant qu'il ne puisse comprendre que je l'ai poussé encore plus loin dans le dressing. Une main glisse le latex sur son membre, l'autre repousse mes leggings et ma culotte de mes hanches.

Soudain, Ian prend le relais, me fait tourner, abaissant mes épaules jusqu'à ce que je sois pliée à la taille. J'ai assez de bon sens pour écarter mes jambes aussi loin que possible avec mes leggings au niveau des genoux avant qu'il ne pénètre à l'intérieur.

Mon cri pourrait briser le verre.

Ce n'est pas faire l'amour. Ce n'est même pas du sexe. Ce sont des grognements et des tapes. Deux animaux en rut l'un contre l'autre. Fuyant quelque chose. Chassant quelque chose.

Ses deux bras s'enroulent autour de moi, me tirant vers le haut et vers l'arrière jusqu'à ce que mes pieds chaussés quittent le sol. S'enfonçant de plus en plus profondément. Je ne sais pas comment il fait, mais ça fait du *bien*. Il atteint un endroit que je ne savais pas qu'une machine incurvée pourrait atteindre.

— Trish, Trish, Trish, scande Ian encore et encore alors qu'il me martèle.

Je n'ai pas de prise, rien où m'accrocher. Mon corps dans les bras de Ian est simplement un outil pour l'aider à bannir ses démons.

Nous jouissons. Lui grognant, moi criant, nos deux corps se convulsant presque douloureusement alors que le plaisir nous déchire.

J'ai assez de présence d'esprit pour nous pousser vers la porte ouverte que nous trébuchons au sol, nos corps épuisés tombant dans la chambre à coucher dans un mélange sens dessus dessous, nos souffles palpitants.

En soufflant des mèches de cheveux loin de mes yeux, Ian me dit :

— Rien ne vaut la thérapie d'exposition.

QUATORZE
AU BOUT DU ROULEAU

*I*AN

La vie est belle.

Je me penche en arrière dans mon fauteuil club surdimensionné qui se trouve dans le coin de mon bureau, et je pose mes chaussures chics Brioni parfaitement cirées sur le pouf en me demandant pourquoi être expulsé de ma propre chambre est si satisfaisant.

Je suis rentré il y a vingt minutes pour trouver Trish qui se préparait pour la collecte de fonds de ce soir dans ma chambre.

Correction, *notre* chambre.

Depuis que Trish a pris en charge ma thérapie d'exposition, ses affaires, auparavant éparpillées dans la chambre d'amis, ont emménagé dans la chambre principale. Mon comptoir de salle de bains est couvert de bouteilles, sprays, maquillage, et un vaste assortiment d'accessoires de coiffure. Mon placard (dans lequel je ne peux plus entrer sans érection) est bourré de tissus fluides aux couleurs vives, de nombreux talons, et de tiroirs de lingerie à moitié ouverts. Quand j'ai demandé à Trish comment tout cela pouvait tenir dans sa caravane, elle a ri en disant :

— Pourquoi tu penses que je ne cuisine pas ? Toutes mes armoires sont pour mes chaussures.

Il est logique qu'elle soit si petite. Elle ne consomme que du café, des sandwichs et d'occasionnels plats à emporter.

Me déplaçant sur mon siège, je tente de me débarrasser par la force de la volonté de l'érection qui monte au souvenir de Trish assise sur le tabouret rembourré précédemment utilisé dans la salle de bains principale qui, selon le décorateur d'intérieur, terminait la pièce, le visage propre de maquillage, un peu brillant de la douche dont elle sortait tout juste. Lorsqu'elle a croisé les jambes, les deux côtés de la robe de chambre se sont ouverts, mettant en valeur ses petites jambes fines.

La fine laine vierge de mon pantalon de smoking Armani laisse peu de place à l'imagination. Et je suis presque sûr qu'arriver à une collecte de fonds en cravate noire avec une érection serait mal vu. Quand on parle du loup...

— Nous devons partir si nous voulons arriver à l'heure !

Je ne suis pas habitué à devoir attendre quelqu'un, mais ça ne me déplaît pas.

— Tu n'essaies pas de me presser, n'est-ce pas ?

L'accent du sud de Trish se fait entendre, encore plus joli quand elle parle sur un ton mélodieux.

— Même pas en rêve !
— Tu es bien gentil.

Et merde si je ne me lèche pas sous ses éloges comme le chien que je suis.

Il est facile d'être heureux quand l'on rentre chez soi pour trouver une femme sexy qui vous attend et vous demande « *Comment était ta journée ?* » en souriant. Cela ne me dérange même pas que cette conversation tourne pour parler de mes séances de thérapie et de la claustrophobie. Je suis impressionné de voir à quel point Trish m'encourage. De combien elle se soucie de moi. Je n'ai jamais eu ça.

Je devais la protéger *elle*.

Certes, elle ne s'est toujours pas ouverte à moi sur ce qu'elle fuit vraiment, mais je suis un homme patient. Et quand elle se sentira en sécurité, elle le fera.

Les mains derrière la tête, je souris au plafond, où Trish nous met actuellement en retard. Pour l'instant, je vais me concentrer sur le fait d'être heureux. Aussi cliché que cela puisse paraître, elle a enfin fait de ma maison un foyer. Le foyer que je n'ai jamais eu en grandissant.

Je me lève en lissant ma veste de costume. Comme d'habitude, lorsque je suis dans mon bureau pour une durée indéterminée, mes yeux se tournent vers la grande photo placée à l'avant et au centre des étagères derrière mon bureau. Celle de ma mère et moi quand j'avais 6 ans. Juste avant que mon père ne se lance en politique.

La politique avait toujours été son but. Ma mère le savait d'entrée de jeu. Après tout, le père de mon père était maire, son frère conseiller municipal. Mais vouloir être en politique et *être* réellement en politique sont deux choses différentes.

Sur la photo, nos yeux sont presque fermés par la taille de nos sourires. Ma mère me serre dans ses bras par derrière, ses bras enroulés autour de ma taille, probablement juste après l'une de ses fameuses attaques de chatouilles.

C'était peut-être la dernière fois qu'elle me chatouillait ou me serrait dans ses bras comme ça.

En plus d'être un cloaque de pots-de-vin, de mensonges et de corruption, une vie en politique est injuste pour les gens qui entourent un politicien. Ceux qui ont juré de l'aimer et de l'honorer jusqu'à ce que la mort les sépare.

J'ai regardé ma mère passer d'une jeune femme dynamique et enjouée qui laissait tout tomber pour jouer à cache-cache ou organiser une partie de jeu de l'oie sur le sol en marbre du foyer, à une coquille vide, drapée de marques de luxe qui survit en se nourrissant de Bloody Mary au petit déjeuner et de martinis à midi. Elle ne rit jamais, et elle sourit rarement à moins d'avoir une caméra pointée sur elle. Elle ne parle pas non plus lors de réceptions publiques, à moins que mon père ne le juge approprié.

Voir Trish comme ça me tuerait.

— De quoi j'ai l'air, Captain ?

J'avance vers la voix de Trish, qui pose dans l'entrée du bureau et cligne des yeux.

Essayant de recracher ma langue, je marche vers elle.

— Waouh.

— Tu aimes ce que tu vois ?

Elle passe ses mains sur son corps telle une présentatrice de *La Roue de la fortune*, exhibant la robe blanche longue et moulante. Elle n'a qu'une seule bretelle, qui est surmontée d'un nœud ressemblant à une lavallière. La robe est cintrée et met en valeur sa fine silhouette avant de s'éloigner légèrement du corps, suffisamment pour que le tissu bouge et s'ouvre au niveau de la fente à hauteur de cuisse qui se trouve sur l'un des côtés.

Elle tend les bras, tournant lentement en cercle, des talons rouge-violet dépassant de l'ourlet de sa robe. Ils sont d'une couleur vin séduisante, parfaitement assortis à sa teinte de rouge à lèvres et à la couleur de ses ongles.

— Tu es la perfection même.

Le compliment n'est pas adéquat, et c'est probablement plus que ringard, mais c'est vrai. *Ressaisis-toi, mec.*

Mais plutôt que de grincer des dents, elle a l'air satisfaite de mon choix de mots.

— Eh bien, merci, mon chou.

Avec des petits pas féminins dans des talons qui la font probablement grandir d'au moins dix centimètres, Trish se dirige vers moi. Elle passe ses mains sur mes épaules et sur mes revers déjà lisses (ce qui n'aide pas le combat que je mène pour garder mon érection à distance).

— Tu n'as pas l'air si mal, toi non plus.

De grands yeux bruns clignent vers moi, innocents et provocateurs à la fois, tout comme sa robe.

— Euh... Je me racle la gorge.

— Merci.

Quand mon regard croise le sien, tout s'éclaire. Les secrets, les manipulations, l'inquiétude. Je vois seulement Trish. Son amour féroce pour ses amis, ses yeux souriants, son esprit déterminé, son rire tintant.

— Tu es tout ce que j'ai toujours voulu.

Les yeux bruns s'adoucissent, son sourire s'élargit. Puis une ombre traverse son visage.

— Trish ?

Suis-je finalement devenu trop ringard ?

Baissant les yeux, elle tourne une chaussure vers l'autre, l'air hésitant.

— Ian, je...

Walking on the Moon retentit derrière elle. Un éclat de rire s'échappe de ses lèvres rouges.

— Ça doit être Jul'. Elle se dirige vers la rampe, où se trouve une pochette blanche avec une bordure rouge. Elle sort le téléphone et le porte à son oreille.

— Oui, ô toute puissante ?

Je n'entends pas ce que dit Jul', mais Trish lève les yeux au ciel, c'est donc probablement inapproprié.

— Oui, je sais, j'ai déjà réglé ça avec Rich, au bar. Pas besoin de craquer ton slip.

En fermant les yeux et en secouant la tête à tout ce que Jul' dit, Trish répond :

— Je n'avais pas vraiment besoin de savoir ça, ma puce.

En riant, semblant plus sincère qu'avant, Trish raccroche.

— Oublie Bridezilla, Jul' a inventé un nouveau terme : témoinzilla.

Quand je fronce les sourcils, elle rit.

— Tu sais, le mélange de témoin et de *Godzilla* ?

— Ah.

— Elle voulait vérifier trois fois que j'avais réservé une section à Big Texas pour l'enterrement de vie de jeune fille de Jackie.

— Vous adorez vraiment cet endroit.

— Eh bien, c'est là que tout a commencé.

Son sourire semble presque nostalgique avant de tomber, remplacé par une expression de regret.

— On y va ? Je ne veux pas être en retard.

Comme elle me le demande, ses yeux sont rivés sur son sac à main, comme si glisser son téléphone à l'intérieur exigeait sa pleine concentration.

— Qu'est-ce que Jul' t'a dit que tu ne voulais pas vraiment savoir ?

La lumière revient sur son visage et je suis content de ne pas avoir insisté.

— Elle a dit qu'elle n'avait pas à s'inquiéter de voir me voir craquer son slip parce qu'elle n'en portait pas.

— Oui, dis-je, impossible. Je n'avais vraiment pas besoin de le savoir.

Trish rit et les bons sentiments d'avant reviennent. Mais je reconnais aussi d'autres sentiments. Des sentiments que je ne me suis pas avoués depuis le moment où je l'ai vue au camping pour caravanes, arme à la main, faisant ses valises pour partir.

De l'impatience. De la frustration. De la peur.

J'ai toujours été la personne la plus patiente de la pièce. C'est pour ça que je suis doué en tant qu'employé du gouvernement lorsque la paperasserie et la bureaucratie entravent les projets, repoussant les délais encore et encore. C'est pour ça que je suis doué pour déjouer mon père, parce que j'ai une vision à long terme. C'est pour ça que, malgré le fait de vouloir toujours être armé de toutes les informations bien à l'avance, je n'ai pas demandé à Trish d'expliquer la raison pour laquelle un détective privé a frappé à sa porte.

Mais je suis fatigué de cette ombre dans ses yeux. Je suis ennuyé par sa discrétion continue. Et j'ai bien peur que cette femme, qui tient tout ce que j'ai toujours voulu dans le creux de sa main parfaitement manucurée, disparaisse un jour.

L'envie soudaine de dire merde à tout et de garder Trish à la maison, de la protéger de... tout m'envahit.

— Allez, mon chou, chantonne Trish, marchant dans le couloir, inconsciente de mon agitation intérieure. Ne me fais pas partir sans toi.

L'écharpe de ses hanches sous le tissu blanc texturé de sa robe fait affluer tout le sang loin de ma tête. Mon esprit se vide alors que mon entrejambe se gonfle.

Ce n'est qu'une collecte de fonds. Nous allons y aller, me débarrasser de mon père, et partir. Tout ira bien.

— J'arrive.

Dieu sait que je préférerais rester à la maison.

T*RISH*

T*U ES TOUT* ce que j'ai toujours voulu.

Le suis-je ? Je jette un coup d'œil à Ian alors qu'il parle à un couple debout à côté de nous et rejoue ses paroles encore et encore. Nous venons juste de rejoindre la file d'attente pour entrer dans la salle de bal, et j'ai perdu le compte du nombre de personnes qui sont venues vers lui, le *connaissent,* l'ayant rencontré dans d'autres événements.

Le Ritz Carlton est une cacophonie de sons, de cliquetis de verres, de murmures de conversation polies et une démonstration de richesse que je n'ai jamais vue de près auparavant. Pas même dans le quartier prestigieux d'Atlanta, où à seulement trente minutes de mon camping pour caravanes pour les plus modestes, j'ai contribué à augmenter les allégements fiscaux de la ville.

Normalement, je m'imprégnerais de l'atmosphère, rangeant des bribes de conversation à utiliser plus tard dans mes histoires, prenant des photos mentales de ce que tout le monde porte, de comment ils se tiennent et se déplacent dans leur environnement fastueux.

Pour le moment, cependant, tout est flou, comme si je regardais à travers des morceaux de verre dépoli. Et n'est-ce pas une parfaite métaphore de ma vie ?

Il y a un mouvement soudain en avant, et la foule se sépare, laissant passer un couple. Instantanément, je les reconnais comme les parents de Ian. D'abord, parce qu'après avoir découvert qui était le père de Ian, je l'ai cherché sur Google. Et ensuite, à la façon dont tout le monde essaie de s'arrêter et de discuter, lui serre la main, hoche la tête vers lui en signe de reconnaissance, tout cela crie pouvoir et influence.

Le sénateur s'arrête, parlant avec le couple près de Ian, mais sa femme s'avance.

— Ian, mon chéri. C'est si bon de te voir.

J'essaie de retirer mon bras de celui de Ian pour qu'il puisse la saluer avec plus d'effusion, mais il me tient fermement contre lui.

— Mère, voici ma petite amie, Trish Garrett.

Je cligne des yeux, pas préparée à cette déclaration.

— Euh, comment allez-vous ?

Je m'en veux de bafouiller et offre à Gloria Billingson Kincaid, ancienne gagnante de concours de beauté et héritière milliardaire, ma main libre. Quand elle la prend, je suis reconnaissante pour ma robe qui coûte une fortune et le chignon chic que j'ai réussi grâce à un tutoriel YouTube. Mais même avec ça, je sens les effets de mon éducation à faible revenu devant madame Kincaid. La mère de Ian est *tellement* classe. J'aurais peut-être dû faire des folies sur quelque chose de plus que mes clous en zircone cubique.

— Je vais bien, ma chère. Ravie de vous rencontrer.

Ses mots sont parfaitement polis, mais ses yeux sont étrangement vides, comme si elle récitait un script en me prenant la main. Un seul bracelet rivière en diamant glisse le long de son poignet fin, me rappelant Veronica. Mais alors que la femme au foyer désespérée du quartier de Ian a associé ses diamants à de l'élasthanne, madame Kincaid a choisi Chanel.

La main de Ian repose sur le bas de mon dos alors que l'homme à la gauche de sa mère, vêtu d'un smoking bleu marine sur mesure, s'approche de nous.

— Et mon père.

Ian salue l'homme d'un hochement de tête.

— Le sénateur Kincaid.

Le grand et bel homme me lance un sourire bien exercé.

— Ah oui. Mon fils a dit qu'il amenait quelqu'un.

Il me regarde, son expression joviale ne vacillant jamais.

Reconnaissante d'avoir des talons de dix centimètres, ce qui fait qu'il ne me surplombe pas trop, je lui tends la main.

— Trish Garrett, monsieur.

Sa grande main enveloppe la mienne.

— Merci pour votre soutien, Trish. Et s'il vous plaît, appelez-moi Richard, monsieur n'est pas nécessaire.

La chaleur monte dans mes joues. Pas étonnant que cet homme gagne les élections. Il a énormément de charme.

— Allons, allons, sortons de cette foule, d'accord ? Il nous fait passer devant les quelques personnes restantes jusqu'à un petit salon à côté du hall du Ritz Carlton. La porte se referme derrière nous, étouffant les conversations qui résonnent encore dans le hall. Le sénateur Kincaid fait signe vers les chaises.

— Asseyons-nous, voulez-vous ?

Me sentant mal à l'aise, je m'assieds sur la chaise capitonnée, principalement sur le bord du siège, les jambes inclinées, les chevilles croisées. Je n'ai peut-être pas été dans des écoles d'étiquette comme les filles de bonne famille, mais j'ai regardé assez de gens pour imiter.

Le sénateur attend que sa femme et moi soyons assises avant de faire de même, remontant son pantalon de quelques centimètres aux genoux avant de s'asseoir.

— Alors, Trish. Il croise une jambe sur son genou, révélant des chaussettes chics de couleur bleu marine.

— D'où venez-vous ?

— Tu as dit de Géorgie, n'est-ce pas mon chéri ?

La mère de Ian regarde vers le bas, lissant les genoux de sa robe cramoisie, donc je ne peux pas dire si elle parle à Ian ou à son mari.

« Mon chéri » doit signifier Ian, car c'est lui qui répond.

— Oui. C'est ce que j'ai dit.

— Un État républicain, dit le sénateur avec un hochement de tête. Mais il est presque toujours coupé au milieu lors des élections plus importantes.

Un sourcil levé, il me sourit.

— Comment votez-vous ?

— N'entrons pas là-dedans, le coupe Ian, son ton étrangement dur en réponse à celui, léger, de son père.

— Connu pour ses pêches, n'est-ce pas ? demande madame Kincaid, ses doigts voletant sur son collier de perles, sans toujours établir de contact visuel avec qui que ce soit. Elle et son mari ressemblent au couple politique ultime, avec le bleu marine du smoking du sénateur et le rouge de sa robe criant à l'Américaine pure.

— Oui madame.

Je souris à la jolie femme plus âgée.

— Il n'y en a pas de meilleures.

— Ian a toujours aimé les tartes à la pêche, dit le père de Ian tout bas.

Sa tête est tournée pour faire signe à quelqu'un, donc je ne peux pas dire si c'était un euphémisme ou non.

Un regard aux yeux plissés de Ian me fait penser qu'il ne le sait pas non plus.

Une femme blonde dans une robe de soirée noire entre dans la pièce, un porte-bloc à la main.

— Bonsoir, tout le monde.

Ian se raidit.

— Ah, Gale. Vous voilà, dit le sénateur Kincaid en se levant. Tout est prêt ?

— Oui, monsieur.

Gale s'avance tout près du sénateur, et mon regard passe vers sa femme qui se lève, elle aussi. Mais elle se concentre à nouveau sur le lissage de sa robe.

— Le photographe est prêt.

— Est-ce la séance photo que tu as mentionnée au téléphone ? demande Ian en se levant.

Il tend la main vers moi, m'attirant à ses côtés.

Gale acquiesce.

— L'adversaire de votre père a basé sa campagne autour des valeurs familiales. Il nous faut une nouvelle photo de famille de notre propre circulation.

La mâchoire de Ian se serre.

— Quel meilleur moment que lorsque nous sommes tous

bien habillés, hein ? ajoute le père de Ian, soit inconscient de la tension croissante, soit l'ignorant.

— Nous allons contourner la foule jusqu'à la salle que nous avons aménagée pour le photographe privé.

Gale se tourne vers moi.

— Je vais vous faire escorter jusqu'à la salle de bal, mademoiselle Garrett.

— Elle vient avec moi.

La voix de Ian est aussi ferme que sa mâchoire est serrée.

— C'est absurde.

Le sénateur tape Ian dans le dos. Ian ne bouge pas.

— C'est un portrait de famille, après tout.

Le sourire que me lance le père de Ian est le parfait mélange de charme et d'interrogation polie.

— Vous comprenez sûrement, Trish ?

À la mention des photographes, j'avais commencé à ressentir la panique dans mes tripes.

— Oui. Bien entendu.

J'essaie encore une fois de retirer mon bras de celui de Ian, et il refuse encore une fois de me laisser le faire.

Son père lance à sa mère un regard que je ne comprends pas, mais qui la fait agir. Elle place une main sur l'épaule de son fils, sa voix suppliante.

— Est-ce que ça ne serait pas super d'avoir une nouvelle photo de famille, mon chéri ?

Je vois la détermination de Ian faiblir face à sa mère, ses yeux bleus ressemblent beaucoup aux siens. Heureusement, cette fois quand je tire mon bras, il me laisse me dégager. Je ne veux *vraiment pas* que ma photo circule de tous les côtés. Mais le mouvement le fait poser ses yeux sur moi, et il ouvre la bouche pour dire quelque chose. Mais je parle la première :

— C'est bien, vraiment.

Je lui fais mon plus beau sourire, mais je suis sûre qu'il ne vaut pas celui du sénateur.

Les narines de Ian se dilatent, et je peux dire qu'il veut discuter, mais il hoche la tête en signe d'accord.

— Génial.

Gale a l'air de nager en plein ennui. Elle parle dans son poignet au petit fil que je vois seulement maintenant.

— Jonathan, veuillez accompagner miss Garrett à l'intérieur.

Un homme grand et plutôt imposant entre dans la pièce. Instinctivement je recule.

— Qui êtes-vous ?

Ian s'interpose entre moi et le grand homme.

— Un garde du corps, dit Gale avec un geste de son porte-bloc. La crème de la crème. Puis elle se met en marche, arpentant avec assurance le sol de marbre dans ses escarpins noirs, le sénateur et sa femme la suivant dans son sillage.

— Je vais l'accompagner dans la salle de bal, Monsieur Kincaid, dit Jonathan en reniflant. Pas besoin de vous inquiéter.

Voyant que Ian est prêt à se disputer à nouveau, je me force à prendre le bras du garde du corps, même s'il ne l'a pas proposé.

— Je vais bien, arrête de faire des histoires.

Je chasse Ian de la main.

— Va te faire prendre en photo.

Ian jette un coup d'œil au dos de son père qui recule en soupirant.

— Je ne serai absent qu'une minute.

Il se penche et m'embrasse sur la joue.

— Bien, bien.

Je saisis sa mâchoire avec ma main libre, le tenant immobile pour pouvoir apprécier le regard intense dans ses yeux bleus.

— Allez, vas-y. Je vais chercher du champagne et me tenir là avec un air fabuleux.

Cela le fait sourire.

— Parfait.

Mais alors que je le regarde suivre son père hors de la pièce, et que le premier pas de Jonathan tire mes pieds réticents en avant, je sais que j'aurai besoin de beaucoup plus que du champagne pour survivre à cette soirée.

QUINZE
L'OMBRE D'UN DOUTE

Ian

J'aurais dû dire non.

C'est tout ce que je peux penser en suivant mes parents jusqu'aux ascenseurs et jusqu'à l'opulent couloir du dernier étage du Ritz. On se fait prendre en photo dans une suite. Évidemment.

Trish ne l'a peut-être pas compris, mais j'ai su dès que nous avons été retirés de la ligne de réception que nous étions « manipulés ». Et quand Gale est intervenue, juste après que mon père a voulu discuter en privé, mes soupçons ont été pratiquement confirmés.

Ils m'ont séparé de Trish sous le couvert d'un portrait de famille.

Famille. *Ha.*

— Je vous donne dix minutes, puis je retourne avec Trish.

— Tu t'inquiètes trop, dit Gale, sans même ralentir. Elle est traitée comme une reine. Escortée dans la salle de bal, avec sa propre sélection de vins et de hors-d'œuvre pendant qu'elle attend. Elle va bien.

Gale glisse la clé dans la porte, nous faisant entrer. Ma mère incline la tête en signe de remerciement en passant. Je ne sais pas si elle est au courant pour la liaison de Gale et mon père.

Quand j'ai découvert que mon père et Gale couchaient ensemble, j'étais déterminé à en informer ma mère. Mais mon moi de 14 ans n'arrivait pas à trouver un moyen d'expliquer à sa mère qu'il avait surpris son père en train de coucher avec quelqu'un d'autre dans la maison.

Maintenant, des années plus tard, je ne sais pas si ma mère s'en soucierait.

Deux personnes que je n'avais pas remarquées dans la grande salle s'avancent depuis le bar, une femme avec un appareil photo autour du cou et un homme tenant des disques en tissu réfléchissant.

— Je pensais vous installer ici, dit la photographe avec un geste vers le canapé. Nous allons le tourner pour qu'il soit dos au balcon et que les rideaux encadrent le plan.

— Bien, bien.

Mon père attrape un verre de scotch que Gale semble avoir attrapé de nulle part.

— Mais assurez-vous que les drapeaux soient là.

— Je m'en charge, dit Gale en frappant dans ses mains.

Et comme sorties d'un film historique sur la famille royale, deux personnes font irruption de l'une des chambres, chacune aux prises avec de grandes et lourdes hampes, l'une avec le drapeau du Texas, l'autre avec le drapeau des États-Unis. Pendant ce temps, la photographe et son assistant commencent à régler les lumières.

Deux autres personnes apparaissent, l'une glissant des mouchoirs dans le col de la chemise de mon père et saupoudrant son visage de poudre tandis que l'autre s'accroupit pour polir ses chaussures.

Ma mère est assise parfaitement droite sur le bord d'une chaise de salle à manger, son expression absente comme toujours ne changeant ni avec le temps ni avec la déception.

Juste un autre jour dans ce cirque qu'est ma famille.

Je fixe Gale.

— Dix minutes.

J'AI l'impression que ma mâchoire est sur le point de craquer.

— C'est dans la boîte.

La photographe baisse son appareil photo.

— J'ai pris vraiment de superbes photos.

Elle fait un signe de tête à mon père.

— Vous avez une belle famille, monsieur.

Mon père rayonne pendant que j'essaie de libérer le sourire forcé de mon visage. Cela n'a vraiment pris que dix minutes, mais ces dix minutes semblaient être une éternité.

On frappe à la porte, et j'en ai tellement marre d'être ici avec mon père qu'il me faut une seconde pour enregistrer le visage familier qui entre dans la suite.

— Ian ?

Je cligne des yeux, surpris.

— Brenda ?

La fille aux cheveux blonds et aux yeux bleus que j'ai connue au lycée entre dans la pièce, suivie de l'ancien maire de Dallas, monsieur McGowan et de sa femme, les parents de Brenda.

Mon père s'avance, la main tendue.

— Teddy. Content que tu aies pu venir.

Les deux vieux copains se serrent les mains pendant que ma mère complimente la robe de madame McGowan. Se tournant vers mon amie, mon père lui prend les deux mains dans les siennes.

— Brenda, ma chérie, tu es ravissante.

— Merci Monsieur.

Elle sourit, mais au pincement entre ses sourcils, je peux dire que c'est forcé.

— Appelle-moi Richard. Après tout, tu es une adulte maintenant, n'est-ce pas ?

Il ouvre grand les bras, la forçant à faire de même avant de la regarder de haut en bas,

— Diplômée de Baylor et maintenant en charge de fonctions caritatives à Dallas et à Houston.

Il me regarde par-dessus son épaule.

— Une femme impressionnante, hein ?

Et voilà. J'aurais dû savoir que quelque chose allait arriver quand il n'a pas fait d'histoires après avoir dit que j'amenais un rendez-vous *bien* qu'il veuille que je rencontre quelqu'un de son choix. Il m'a laissé penser que j'avais réussi, puis a fait ce qu'il voulait de toute façon.

Mes poings serrés vibrent pratiquement.

— C'est bon de te voir, Bren.

Je prends une profonde inspiration. Brenda et moi avons grandi dans l'ombre d'hommes politiquement importants, alors elle comprend que mon comportement hostile n'a rien à voir avec elle et tout à voir avec notre dynamique familiale. Cette compréhension nous a aidés à devenir amis à l'époque.

Elle grimace, passant de mon père à ma mère, qui la prend dans ses bras. D'autres tapes sur les épaules et des compliments murmurés suivent avant que Brenda ne puisse venir se tenir à côté de moi. Nos parents continuent leur esbrouffe habituelle.

Et bien que mon père continue d'essayer d'attirer mon attention pour me pousser à les rejoindre, je ne m'engage pas. Je regarde juste le spectacle de loin.

— C'est bon de vous voir tous, mais je dois retourner m'occuper de mon rencard à présent.

Mon père rejette ma déclaration en prenant une gorgée de son verre.

— Allons, allons, Gale a dit que cette jeune femme va bien, donc je suis sûr qu'elle va bien.

J'ignore son commentaire.

— Veuillez m'excuser.

La main de Brenda sur ma manche m'arrête.

— Puis-je te parler une minute ?

Elle désigne le balcon derrière nous.

Mon père m'adresse un sourire narquois depuis le bar, son agacement précédent s'étant écrasé à la vue de Brenda et moi ensemble. Il lève même légèrement son verre, comme s'il saluait ses propres machinations.

Ce serait assez pour me faire sortir en trombe, mais le regard sur le visage de mon amie m'arrête. Elle était toujours là pour moi au lycée, chaque fois que la pression de la vie publique devenait trop forte. Je serais un connard si je la repoussais maintenant.

Tournant le dos à mon père, je conduis Brenda à travers les portes-fenêtres, l'air frais sur ma peau est un soulagement après l'atmosphère étouffante à l'intérieur. Atteignant la rambarde, je regarde en bas, les lumières des voitures en mouvement visibles, mais le bruit de la circulation un bourdonnement lointain de cette hauteur.

— Je suis gay.

Je rougis, me détournant de la vue d'en dessous pour cligner des yeux vers mon amie d'enfance.

— Euh, d'accord.

Lorsqu'elle continue de me fixer, j'ajoute :

— Félicitations.

Cela brise sa façade de pierre, le sourire dont je me souviens il y a des années faisant son apparition.

— Crétin.

Nous rions, la maladresse s'évanouissant.

Secouant la tête, je croise les bras et m'adosse contre la balustrade.

— Non pas que je ne sois pas heureux que tu sois confiée à moi, mais y a-t-il une raison pour laquelle tu as besoin de me dire que tu es lesbienne ?

— Parce que j'espère que mes préférences sexuelles te feront arrêter le plan de relation arrangé plutôt évident et archaïque de ton père.

— Ah.

— Oui, ah.

Brenda s'approche de moi, ses yeux balayant le paysage urbain nocturne.

— Oui, « ah ». Il m'a fallu beaucoup de courage pour parler à mes parents super conservateurs, mais je l'ai fait. Papa l'a mieux pris que je ne le pensais quand j'ai annoncé que non seulement j'étais lesbienne, mais que je sortais avec une femme depuis plus d'un an.

Brenda marque une pause, semblant réfléchir à quelque chose.

— Ça a dû aider qu'il ne soit plus maire, dit-elle en me donnant un coup d'épaule. Mais maintenant, *ton* père l'a complètement remonté, et il essaie de me convaincre que je devrais t'épouser et garder ma petite amie sur le côté.

Ses doigts blanchissent sur la balustrade.

— Comme si c'était les années 1950 ou quelque chose du genre.

La familiarité de notre amitié, basée sur le fait que chacun de nous comprenne ce que c'est que d'avoir des parents connus, tombe sur moi comme le blazer de country club de ma jeunesse.

— Je suis content que tu sois sortie du placard, Bren. Je te soutenais.

Ses sourcils se lèvent.

— Tu étais au courant ?

— J'avais mes soupçons.

Je me penche, la poussant en arrière.

— Je veux dire, pour quelle autre raison aurais-tu pu me résister tout au long du lycée ?

Bren lève les yeux au ciel.

— Crétin.

— Ne peux-tu pas simplement aller à un événement ou deux avec ta petite amie, faire savoir aux gens que tu n'aimes pas les hommes ?

— Ce ne serait pas juste pour Chrissy.

— Chrissy ?

— Ma copine.

Ses yeux s'illuminent quand elle me sourit.

— Elle n'est pas encore sortie du placard. Son père est un pasteur, comme l'un de ceux à la télévision avec les églises de type arène de basket-ball.

— Mince. Tu ne t'es certainement pas facilité la tâche.

— Elle vaut le coup.

Son expression change.

— Et puis, ce n'est pas vraiment juste de ma part de l'impliquer dans tout ça. Je l'utiliserais si je faisais ça. Ce que je dois faire, c'est tenir bon avec mes parents.

Les mots de Brenda m'ont frappé fort. Je pense à Trish, si manifestement mal à l'aise avec son environnement, et au fait que je l'ai tout de même amenée ici. Je pensais que je jouais intelligemment. Que j'évitais les confrontations inutiles.

Je me suis dit que comme mes manœuvres sans confrontation et en coulisses pour me sortir des Jeux olympiques et m'inscrire au MIT avaient fonctionné, la même façon de gérer les choses marcherait. Surtout en arrivant ici avec Trish à mon bras.

Mais le MIT a marqué le début de ma claustrophobie, et Trish est en bas avec un garde du corps pendant que je suis isolé avec le choix de mon père comme femme pour moi.

Ça craint de réaliser que je ne suis pas aussi intelligent que je le pense.

Je pousse la balustrade, les émotions que je ressens sont trop lourdes pour que les barres métalliques puissent les retenir.

— Il faut que j'aille retrouver ma copine.

Je l'attire vers moi pour un rapide câlin.

— Mais je *suis* désolé par rapport à mon père, Bren. Je vais lui dire d'arrêter.

— Merci.

Bren me serre elle aussi dans ses bras avant de me lâcher.

— Pour ce que ça vaut, tu vis pire que moi, dit-elle, un sourire dans la voix. Le sénateur dépasse le maire de la ville, et mon père a au moins pris sa retraite. Et puis, sans vouloir te vexer, mon père est bien moins con que le tien.

Jetant la tête en arrière, je ris, le son grondant sur la ville.

— Des mots plus vrais n'ont jamais été prononcés.

T*RISH*

J'*AURAIS DÛ DIRE NON.*

Quand Ian m'a demandé de l'accompagner, j'aurais dû dire non. Quand j'ai su que son père était sénateur, j'aurais dû dire non. Et quand le garde du corps à l'air sérieux m'a dit de me tenir dans un coin, près des toilettes, j'aurais dû dire non.

Pourtant, je suis là, flûte à champagne vide à la main, faisant tapisserie pendant que j'attends Ian, tout en déplorant les choix de ma vie.

Je suis presque sûre que je devrais être insultée par l'endroit où le garde du corps m'a déposée, mais à la place, je suis reconnaissante. Toute cette soirée, la robe, le lieu, les projecteurs... Je n'étais pas préparée. J'ai honte d'avoir pensé que ce serait comme l'une des collectes de fonds du country club haut de gamme où je travaillais dans ma jeunesse. À l'époque, il n'y avait eu qu'un journaliste, une photo des responsables et seulement une poignée de personnes par rapport à cette foule.

Je n'aurais jamais accepté de venir si j'avais su que ça allait être comme ça. Même me dire que je peux utiliser cette expérience dans un livre à venir n'aide pas.

La lumière aveuglante de quelques autres flashs d'appareils photo à l'avant de la pièce rebondit sur les lustres en cristal. Je me blottis plus loin dans l'alcôve des toilettes.

— Te voilà !

Surprise, j'ai failli me faire une entorse au cou en le tournant lorsque la voix forte se fait entendre dans la pièce bondée.

Une blonde plantureuse vêtue d'une robe sirène moulante vert émeraude s'approche de moi, ses cheveux en hauteur.

— Rose ?

Une fois qu'elle est à une trentaine de centimètres de moi, elle se penche en avant et pose une main sur mon épaule.

— Ah, putain ! C'est tellement dur de bouger dans ce truc.

Elle essaie de prendre une profonde inspiration, mais cela se termine plutôt par un halètement.

— Maintenant, je vois pourquoi vous avez refusé cette robe de demoiselle d'honneur que j'aimais.

Je ne mentionne pas que la robe a été refusée parce qu'elle ressemblait à une Barbie prostituée, comme l'appelle Jul'. Je jette un coup d'œil autour de moi, craignant que son salut n'attire l'attention. Heureusement, la foule se rassemble toujours autour de la porte, comme si les gens attendaient quelque chose.

— Qu'est-ce que tu fais ici ?

— Je viens traîner avec toi, évidemment.

Elle se redresse, regardant autour de nous.

— Pourquoi te caches-tu ?

— Je ne me cache pas.

Elle lève un sourcil brun clair vers moi, mais heureusement, elle laisse passer le mensonge.

— Au fait.

Elle recule en me dévisageant du talon au chignon.

— Tu es superbe dans cette robe.

— Oh.

Le compliment me fait redresser les épaules. Je n'avais même pas réalisé qu'elles étaient voûtées.

— Merci.

Je passe ma main sur le tissu texturé, essayant de réveiller mon excitation précédente. J'adore cette robe. J'aime la façon dont Ian me regarde quand je la porte. Mais debout ici, loin de toutes les personnes chics et de leurs vies chics, j'ai l'impression que je pourrais aussi bien enlever mes talons, enlever cette robe à mille dollars et me tenir en shorts Walmart et débardeur que je portais pieds nus dans la caravane de mes grands-parents.

Le tissu pâle et mat a l'air presque nuptial sous la lueur des plafonniers. J'aimerais penser que j'ai choisi le blanc parce que le manque de couleurs contraste bien avec mes cheveux noirs et mon rouge à lèvres magenta préféré. Mais, si je suis honnête, la partie fantaisiste de moi-même l'a choisi comme un clin d'œil au bal des débutantes que je n'ai jamais eu. Une tradition du sud des États-Unis à laquelle la plupart de mes camarades de lycée ont participé et pour laquelle je n'ai jamais été choisie, même pour y assister. Sauf pour servir de serveuse au country club avant de passer de l'industrie des services à danseuse exotique.

Comme si elle lisait dans mes pensées, Rose ricane en me donnant un coup de coude sur le côté.

— Peu de strip-teaseuses peuvent porter du blanc.

Je lève les yeux au ciel, ignorant le coup de couteau que me fait ressentir cette blague inoffensive.

Rose remonte sa robe bustier vert émeraude, ses seins se bousculant. Ses cheveux blonds sauvages sont hauts et lâches autour de ses épaules, et le tissu de sa robe est si serré qu'il semble prêt à éclater. Rien à propos de Rose n'est contenu. Je doute que cela puisse jamais être le cas.

Secouant mes pensées tristes inutiles, je lui rends la faveur et regarde Rose de haut en bas.

— Toi aussi, tu es superbe, ma puce.

— Exactement.

Robe attrape mon verre vide et le pose dans le pot d'une plante.

— Allons prendre quelque chose d'un peu plus fort, d'accord ?

Elle me tire après elle, heureusement lentement car elle est limitée par sa robe.

— Et peut-être aussi un verre pendant qu'on y est.

———

IAN A MENTI.

Il a dit qu'il serait de retour dans dix minutes, et ça en fait soixante.

Donc, je suis là, assise à une table vide à l'arrière, tout

en sirotant un gin tonic dilué avec l'héritière d'une fortune pétrolière qui est en mission pour se trouver un coup d'un soir.

Rose pousse un grand soupir, testant les limites des coutures de sa robe.

— Je comprends que tu sois plutôt introvertie. Elle rit. Qui aurait cru qu'une strip-teaseuse pouvait être introvertie ?

— Ex-strip-teaseuse, merci beaucoup.

Je regrette sérieusement d'avoir admis cette partie de mon passé.

— Oui, oui.

Rose essaie d'écarter mes clarifications d'un geste de la main, mais celle qu'elle utilise a un verre dedans, qui se vide à moitié sur la nappe blanche devant nous.

— Vas-y.

Elle scrute la pièce, établissant un contact visuel avec la serveuse qu'elle a soudoyée pour être servie rapidement. Après un hochement de tête, la fille se précipite vers le bar.

— Enfin bref.

Rose pose le reste de son verre.

— Comme je disais.

— À propos du fait que je suis introvertie ?

J'y réfléchis.

— Je suppose que c'est vrai. La plupart des écrivains le sont.

— Mais tu ne t'ennuies pas ?

Elle insiste sur le dernier mot, ressemblant à une enfant pleurnicharde.

— Comme maintenant.

Rose laisse tomber sa tête dans sa main, appuyée par son coude sur la table.

— Je m'ennuie tellement.

Je ris.

— Oui, je peux voir ça. Chaque fois que ça m'arrive, j'invente des histoires ou je récupère des informations à utiliser dans un livre. Je trouve les gens fascinants.

Et aussi menaçants, mais je laisse cette partie de côté.

Rose continue de faire la moue.

Je scanne la pièce des personnes importantes jusqu'à ce que je trouve ce que je cherche.

— Là.

Je le montre du doigt, ayant dépassé d'un verre le point où je me montre polie.

— Cette femme avec l'étole en fourrure blanche.

Rose se redresse, trouvant la personne dont je parle.

— De la fourrure ? On est en septembre à Houston, bon sang. On se croirait dans les années 1980.

Je m'avance sur mon siège.

— Et si elle n'était pas riche, et que cette étole est tout ce qu'il lui reste de sa grand-mère, et qu'elle est ici ce soir pour essayer de se trouver un riche mari pour l'aider à payer la dette de sa famille ?

Rose ouvre la bouche mais je claque des doigts, la coupant.

— *Ou* si elle faisait partie d'un groupe activiste pour la défense des animaux et qu'elle s'est sacrifiée pour se prendre de la peinture rouge afin de prendre position politiquement ?

Rose rit.

— Elle a choisi le mauvais État pour ça. Le Texas est emblématique pour le cuir, la fourrure et tout ce qui est anti-PETA.

J'acquiesce, me souvenant de toutes les bottes de cow-boy, ceintures et vestes en cuir que j'ai vues à Big Texas chaque soir.

Rose finit le reste de son verre et considère la femme.

— Je pense que ce serait plus cool si elle était un assassin et qu'elle avait une lame en céramique collée dans son dos, sous sa fourrure. Elle me sourit d'un air narquois.

— Audrey Cole n'a pas encore écrit de suspense romantique.

Cela me fait rire.

— Non, je suppose qu'elle...

God Bless America retentit dans les haut-parleurs, me faisant sauter sur mon siège.

Rose montre les portes de l'autre côté de la pièce.

— Ça doit être le sénateur qui fait sa grande entrée.

Nous sommes toutes les deux debout, essayant de mieux voir.

Le sénateur et sa femme se baladent lentement à travers la foule, serrant les mains et en agitant les leurs comme des rois alors qu'ils se fraient un chemin dans la pièce. Les flashs d'appareils photo clignotent, et les gens applaudissent comme si on était à la parade de Thanksgiving de Macy.

Ce qui me va. Apparemment, c'est la pompe et les circonstances dues à un sénateur des États-Unis.

C'est ce qui se cache derrière le politicien qui me fait écarquiller les yeux comme un badaud le site d'un accident.

C'est Ian. Et il n'est pas seul.

— Qui c'est, ça ? demande Rose en me regardant. Est-ce qu'il faut que j'éclate cette salope ?

— Je ne sais pas.

Je regarde avec fascination la femme à côté de Ian sourire, saisir la main d'une femme plus âgée dans les siennes et se pencher pour embrasser la joue de la femme frêle.

— Ça n'a pas l'air d'être une salope.

— Et ?

Elle hausse les épaules, ses seins tremblent à la hauteur de mes yeux.

— Je viens d'appeler cette riche dame un assassin.

L'ignorant, je me concentre sur Ian. J'aurais aimé qu'il soit la seule chose que je puisse voir, mais mes yeux ne cessent de se poser sur la femme à côté de lui. Ils ne se touchent pas. La femme grande, blonde, sophistiquée et belle ne s'arrête même pas pour poser pour des photos avec lui. Mais elle est là-bas. Et je suis ici.

— Bon sang, tu penses qu'ils ont assez de photos ? raille Rose. Je suis allée à quelques-uns de ces trucs politiques avant, et ils sont généralement plus calme. Juste une bande de candidats papotant avec les influenceurs locaux, suivi d'un repas hors de prix et d'un discours ennuyeux de promesses qui ne seront jamais tenues.

L'air imperturbable face à des mots aussi blasés, elle me regarde avec impatience.

— Tu veux aller récupérer ton homme ?

J'étais tellement occupée avec la blonde que je n'ai pas regardé Ian. J'essaie maintenant, mais alors que j'aperçois l'arrière de sa tête, la foule s'agrandit, et je le perds de vue. Ce n'est que lorsque le sénateur et sa famille atteignent leur table que Ian reparaît.

Je regarde, détachée, Ian tirer la chaise de la femme blonde avant de se pencher et de serrer la main d'un autre homme.

Rose est anormalement silencieuse alors qu'elle m'observe regarder Ian s'asseoir à côté de la blonde tandis que la foule se disperse vers les tables voisines.

Quand quelques retardataires nous repoussent un peu plus en arrière, elle me donne un petit coup de coude.

— Dis, tu veux qu'on s'en aille ?

Elle sourit, bien que ça ait l'air forcé.

— Pas exactement la personne avec qui je cherchais à utiliser cette phrase ce soir, mais bon, je ne rentre quand même pas seule à la maison.

Elle m'offre son bras comme un gentleman.

Je le prends, mes cils flottant rapidement sur mes yeux larmoyants.

— Merci, Rose.

Me raclant la gorge, je me force à sourire.

— J'apprécie ta proposition.
— Aucun problème.
Elle me guide le long du côté de la salle de bal vers la sortie.
— En plus, tous ces gens qui s'aiment un peu trop sont généralement mauvais au lit, de toute façon.

SEIZE
LIMITATION DES DÉGÂTS

Ian

— Où est Trish ?

Je demande à mon père en prenant place à table.

Il ne répond pas, sa tête pivote et hoche la tête vers les gens autour de nous.

— Je suis sûr qu'elle va bien, dit Gale, assise à la droite de mon père, les yeux sur son porte-bloc.

Je prends une grande inspiration, mes narines se dilatent.

— Ce n'est pas ce que j'ai demandé.

Elle jette son regard sur le mien, probablement surprise par mon ton. La maîtresse de mon père lève un sourcil finement arqué comme on le ferait en tombant sur quelque chose de désagréable.

— J'ai dit à Jonathan de l'amener à table quand elle serait prête.

Elle regarde ostensiblement autour de la pièce.

— Comme elle n'est pas là, je ne peux que supposer qu'elle a trouvé sa compagnie plus stimulante. Ou peut-être qu'elle est au bar, dit-elle d'un air dédaigneux avant d'écrire quelque chose. Elle s'y sent sans doute plus à son aise, vu ses origines.

Ignorant les insultes mal cachées, je me concentre sur ses derniers mots.

— Vous avez fait des recherches sur elle ?

Le stylo de Gale s'arrête sur son bloc-notes, mais elle ne lève pas les yeux.

— Non, mais je le devrais sans doute.

Sa tête bascule, et elle écrit quelque chose. Enfin, elle lève les yeux, ses traits pincés comme toujours.

— Je voulais juste dire que je suis sûre qu'un bar est un cadre plus familier que la compagnie de gens comme nous.

— Donc vous avez menti.

Brenda et ses parents regardent Gale avec curiosité, qui commence à comprendre que je ne laisse pas passer ça.

— Vous avez menti sur le fait que Trish était bien traitée et votre garde du corps l'a abandonnée pour que vous puissiez faire ce que vous vouliez.

Gale glousse.

— Vraiment, Ian.

Mère lisse la nappe de chaque côté de son assiette avec ses mains. Elle essaie toujours de lisser les plis. Elle continuerait à le faire même si elle se frottait les paumes à vif. C'est ce pour quoi elle a été formée.

C'est si énervant.

Et je me rends compte que je fais la même chose.

Je me lève.

— Qu'est-ce que tu fais ?

La voix précipitée de mon père est d'autant un murmure que son agacement le permet.

— Assieds-toi.

Quand je réponds, je ne ressens ni colère ni frustration. J'ai juste la sensation que j'en ai terminé.

— Non.

Le mot libère une vie de bagages de mes épaules.

— Je vais retrouver ma petite amie.

Avant que mon père aux yeux écarquillés puisse répliquer, Brenda s'exclame.

— Et juste pour que vous soyez au courant, je suis lesbienne.

Le père de Brenda s'étouffe avec une gorgée de whisky et sa mère laisse tomber son menton contre sa poitrine avec un soupir.

Gale barre quelque chose sur son porte-bloc. Probablement le nom de Brenda.

Un rouge marbré semblable à la teinte des chaussures de Trish empourpre le cou de mon père. Mère appuie plus fort sur la nappe.

En riant, je me penche et embrasse la joue de Bren.

— Nous devrons nous réunir un jour et nous présenter nos copines respectives. Je marque une pause. Quelque part de privé. Seulement nous.

Elle sourit en tapotant ma main posée sur son épaule.

— J'adorerais.

Le reste de la table est anormalement silencieux quand je pars, bien que je puisse sentir les yeux de mon père me percer le dos alors que je m'éloigne.

Je n'en ai rien à foutre.

Je ne la trouve pas.

Je suis allé au bar, bien que je déteste suivre la suggestion de Gale, parce que n'importe qui de normal aurait besoin d'un verre pour faire face à cette histoire. Elle n'était pas là. Ou dans les salles de bains non plus.

Je l'ai appelée et lui ai envoyé ce qui semble être un million de textos, mais pas de réponse.

Je suis sur le point d'interrompre mon père au milieu d'un discours et de lui demander où est ma copine quand je vois le garde du corps debout près des portes de la salle de bal.

— Où est Trish ?

Aucune réponse, si ce n'est un haussement de sourcil.

Je serais impressionné par son sang-froid si un pressentiment ne s'installait pas en moi.

— Où. Est. Trish ?

Quelques personnes se tournent pour nous regarder. Nous sommes assez loin de la scène pour que le discours de mon père ne soit pas interrompu, mais les tables les plus proches de la porte sont distraites.

Le garde du corps soupire.

— J'ai emmené la dame en question dans la salle de bal et je l'ai déposée près des salles de bains à l'arrière comme demandé.

Il penche le menton vers l'endroit d'où je viens.

Déposée. Demandé. Ces mots me percent comme des couteaux.

— Et ensuite vous êtes juste *parti* ?

Un autre soupir.

— Oui. Mes ordres n'incluaient pas de jouer au baby-sitter avec elle toute la soirée.

Je serre et desserre les poings plusieurs fois, essayant de repousser la fureur qui m'envahit. Je ne peux pas dire si je suis plus en colère contre mon père ou contre moi-même.

Je suis sur le point de crier juste pour le plaisir. Juste pour énerver les gens qui m'énervent, quand mon téléphone sonne. Le glissant hors de ma poche de poitrine, je suis soulagé de voir le nom de Trish.

Je contourne le garde du corps taciturne, quitte la pièce et glisse mon pouce sur l'écran de mon téléphone.

— Trish ?

— Salut. Sa voix est plus basse que son accent léger habituel, presque un chuchotement.

— Où es-tu ?

Je fais les cent pas devant les portes de la salle de bal, empêchant quelques personnes d'entrer, mais je m'en fous.

— Rose et moi attendons le voiturier.

Je m'arrête net, forçant un couple derrière moi à pivoter à la dernière minute pour ne pas me heurter.

— Rose ?

— Oui.

Un petit rire.

— Tu le crois ? Elle m'a fait une surprise. M'a trouvée en train d'attendre à l'arrière et m'a tenu compagnie pendant que j'attendais... eh bien, Rose m'a tenu compagnie.

Les couteaux s'enfoncent plus profondément. Je fais demi-tour, percutant presque encore un autre couple, et marche rapidement dans le hall.

— Pourquoi attends-tu le voiturier ?

— Et bien, tu avais l'air si occupé, et il y a tellement de gens... Elle se racle la gorge. Je ne voyais pas vraiment de raison de rester.

Elle ne voyait aucune raison de rester ? Ne suis-je pas une raison ? Non, le problème est que je ne lui ai pas donné de raison.

Parce que je suis un idiot.

— Je vais dormir chez Rose ce soir, alors ne t'inquiète pas pour moi. Tu peux, euh, faire tout ce dont tu as besoin. Ou as envie, je suppose.

Passant devant le portier aux allures de paresseux, je pousse les lourdes portes vitrées. La première chose que je vois, c'est Rose, plus vraie que nature, les mains sur les hanches, scintillant sous les lumières de la porte cochère du Ritz. Ce n'est que lorsqu'elle jette ses cheveux vers la droite que je remarque Trish, debout sur le côté, les épaules voûtées, le bras ne tenant pas le téléphone à son oreille enroulé autour de sa taille.

— Est-ce le Capitaine Connard ?

J'entends Rose à la fois en personne et au téléphone.

— Tu devrais lui dire...

— Rose, chut, avertit Trish avec un geste de la main.

Je fais quelques pas rapides et elle est à portée de main.

— Trish.

— Ian !

Surprise, Trish laisse tomber son téléphone, qui glisse hors de ses mains comme une patate chaude jusqu'à ce qu'elle l'attrape enfin fermement, l'amenant contre sa poitrine.

— Tu m'as fait peur.

Je place mes mains sur ses épaules, détestant la façon dont elles sont encore voûtées.

— Je suis vraiment désolé.

Je ne sais pas si je peux assez m'excuser ce soir.

— Où est ton rencard ?

Le commentaire sarcastique de Rose fait tressaillir Trish, alors je sais que Rose ne parlait pas d'elle. Rose tape du pied en attendant ma réponse, faisant trembler tout son corps.

Par politesse, je garde mes yeux sur le dessus de sa coupe de cheveux.

— Brenda ?

— Brenda, raille Rose. Bien sûr, son nom est *Brenda*. C'est tellement...

Elle souffle, ne trouvant pas le mot qu'elle cherchait.

— Peu importe. Brenda est un nom stupide.

— Ce n'est pas mon rencard, c'est juste une amie de la famille. Je la connais depuis le lycée.

— Je vois.

Mais le ton de Rose implique qu'elle ne voit pas du tout

— Et tu as escorté cette *amie* jusqu'à l'événement et l'as assise à côté de toi par accident, ou tu as délibérément remplacé ton vrai rencard parce que papa t'a dit de le faire ?

— Non, dis-je avant de me retourner vers Trish. Ce n'était pas comme ça. Vraiment. Je ne voulais pas...

Je passe une main dans mes cheveux.

— Sa famille a été invitée à l'étage dans la suite après la photo. Il se trouve que nous descendions tous les escaliers en même temps.

Je sais que ce n'est pas exactement vrai, mais je ne pense pas que dire à Trish que ma famille l'a volontairement cachée dans un coin parce qu'ils pensaient que je pouvais faire mieux va aider ma cause.

Je cherche de la colère ou un soupçon de pardon dans l'expression de Trish, mais il n'y a rien. C'est comme si ses traits avaient été soigneusement étudiés pour couvrir ses vrais sentiments.

Je serre plus fort ses épaules.

— Je t'ai cherchée avant d'entrer. On m'a dit que tu serais à la porte mais...

— La voiture est là ! crie Rose triomphalement.

Trish fait un pas en avant, mais je déplace mon poids.

— S'il te plaît, ne pars pas. Je *suis* désolé.

La façade se brise et Trish me donne un petit sourire qui ne parvient pas à ses yeux.

— Tu n'as pas à être désolé.

Sa voix est faussement enjouée.

— Tu peux passer un bon moment à la soirée chic de ton père, et je vais passer la nuit avec Rose.

Elle sourit plus lumineusement.

— On peut se voir plus tard.

— Ce n'est pas nécessaire.

Je lâche Trish et creuse dans ma poche pour l'étiquette du

voiturier, marche, et la donne au gamin qui tient ouverte la porte de Rose. Avec un billet de cent dollars, histoire de le faire bouger. Le jeune homme regarde sa paume et s'envole.

— Je pars aussi.

Elle fronce les sourcils après le voiturier qui sprinte.

— Mais je pensais que tu voulais...

— Venir ici était une erreur. Je suis désolé.

Je ne peux pas m'empêcher de rire.

— Mon Dieu, je suis désolé pour toute cette putain de soirée.

— On y va ou quoi ? me coupe Rose, s'approchant de sa voiture.

Je veux prier Trish de venir avec moi, lui demander encore pardon, mais j'enterre l'envie. Si Trish veut aller avec Rose, je ne l'en blâmerai pas. Je n'ai personne à blâmer à part moi-même pour la façon dont cette soirée s'est déroulée.

Trish cherche quelque chose dans mes yeux, mais je ne sais pas quoi. Heureusement, après un moment, elle regarde Rose et secoue la tête.

Rose lève les yeux au ciel.

— Je me disais bien.

Elles s'étreignent et Rose chuchote assez fort pour que j'entende :

— Rappelle-toi, j'ai beaucoup de terres privées et un tas de pelles.

Elle plisse les yeux vers moi par-dessus l'épaule de Trish.

— Tu n'as qu'un mot à dire.

Le rire tintant de Trish apaise mon cœur battant.

— Merci, ma puce.

Elle serre Rose une fois de plus avant de lâcher prise.

— Pour tout.

Rose fait une moue dramatique.

— Maintenant, je vais vraiment rentrer seule à la maison.

Trish rit à nouveau tandis que Rose pointe un doigt au long ongle rouge en me regardant.

— Tu m'en dois une.

Je n'ai aucune idée de ce que je lui dois, ni comment le lui rendre, mais je hoche quand même la tête.

— D'accord alors.

Rose se glisse dans sa voiture, une Aston Martin lisse et dorée sur laquelle je baverais n'importe quel autre jour, et agite ses doigts par la fenêtre du côté conducteur.

— À plus, les bombes.

Trish fait de même avec un sourire. Un sourire qui s'estompe lorsqu'elle se retourne vers moi.

T*RISH*

A*PRÈS LA MORT* de mes grands-parents, je ne savais pas comment j'allais joindre les deux bouts, mais je n'ai eu aucun mal à dormir. La première nuit où je me suis enfuie de chez moi, la queue entre les jambes et des traces de larmes sur mes joues, j'ai dormi comme un loir.

Mais ce soir, le sommeil m'échappe. Ce qui est extrêmement vexant, car j'aimerais beaucoup mettre un terme à cette journée.

Je glisse ma main sous le bras de Ian qui est drapé sur moi et touche l'écran de mon téléphone posé sur la table de chevet. 2 h 15 du matin. Techniquement, la journée est terminée, mais je laisse encore les événements d'hier teinter aujourd'hui. Je bâille, mes yeux secs et épuisés larmoient.

Ian bouge sur le matelas, me tirant plus près de lui, comme s'il pouvait juste me tenir assez fort pour que je ne m'en aille pas.

Mais je m'en irai.

Hier soir, je m'en suis rendu compte.

Je veux dire, j'ai toujours su que j'allais partir après le mariage, mais mon subconscient espérait peut-être une fin alternative, même quand je lui ai dit de ne pas le faire.

Mon subconscient est un imbécile.

Ian a parlé pendant tout le trajet jusqu'à la maison hier soir. Alors que les lumières vives de la ville s'estompaient, se changeant en lumières tamisées des autoroutes de la banlieue, je l'ai entendu dire des choses comme *amie de famille, lesbienne, la maîtresse de son père,* tout n'avait pas de sens. Mais j'ai écouté. J'ai même hoché la tête quand il s'est finalement essoufflé et lui ai dit que j'avais compris. Et j'étais sincère. Je n'ai peut-être pas compris les détails de sa nuit, mais j'ai très bien compris la situation.

Je ne suis pas une Brenda. Je ne serai jamais une Brenda. Et quoi qu'il arrive à l'avenir, les parents de Ian ne voudront jamais que je pose sur leurs photos de famille, ou même que je sois assise à leur table.

Il vaut mieux en finir maintenant que de continuer à nourrir l'espoir de quelque chose de plus. Même mon subconscient a accepté cela. C'est probablement pour ça que je ne peux pas dormir.

Yee-ha.

Au son de la notification, Ian halète un souffle contre mon cou, et je fronce les sourcils à l'écran du téléphone. Depuis quand est-ce que j'ai *ça* comme sonnerie de notification ?

Tendant la main une fois de plus, je glisse mon bras contre les draps froids et réussis à débrancher mon téléphone du chargeur d'une seule main. L'écran est tellement lumineux que je dois plisser les yeux pour pouvoir le regarder.

Un SMS de Rose.

Je souris. Je lui ai passé mon téléphone à la collecte de fonds pendant que nous buvions du gin tonic en attendant Ian. Elle ne l'avait pas fourré dans son décolleté cette fois-ci parce qu'elle s'était dit que cela pourrait être la goutte d'eau qui fait déborder le vase qu'étaient les coutures de la robe de soirée.

Cela ne devrait vraiment pas me surprendre qu'en cherchant quelque chose, elle ait pris le temps de changer toutes mes sonneries.

Son texto est un emoji choqué suivi d'un lien Web. En dessous, un deuxième message apparaît.

Tu es sûre que tu n'as pas besoin que je vienne te chercher ?

J'attends encore un moment avant de cliquer sur le lien, vérifiant que Ian dort toujours. Les montées et descentes régulières de sa poitrine contre mon dos me disent que c'est le cas.

Le lien mène à la page Web de la ville, où des photos de l'élite de Houston en diamants et tenues de soirées à la collecte de fonds sont publiées. Devant et au centre se trouve Ian, son bras tendu vers la femme qu'il avait escortée dans la salle de bal. La légende dit :

Le fils du sénateur et ingénieur de la NASA Ian Kincaid, en photo ici avec Brenda McGowan. Mademoiselle McGowan est la fille de l'ancien maire de Dallas, Theodore McGowan, et selon une source interne, une amie *très* proche de la famille Kincaid.

Rose m'envoie un emoji de pelle.

Je suis écrivain. Je sais que les mots peuvent insinuer et façonner la réalité de la situation. Rien de ce que le journaliste a dit, selon Ian, n'est faux. Une amie du lycée *est* une amie proche.

Et je sais que Rose veut probablement que je déverse toute ma fureur pour Ian sur cette photo, mais un mauvais pressentiment qui n'a rien à voir avec le rencard supposé de Ian me retourne l'estomac.

Je repense à la soirée, retraçant mes pas. Lorsque le sénateur est entré, il y a eu beaucoup de flashs, les journalistes essayaient tous d'attirer son attention, mais j'étais bien loin de la foule à ce moment précis. Même lorsque j'étais assise à côté d'une véritable héritière du pétrole de Houston, personne ne m'a approchée avec un appareil photo. Je ne me souviens même pas d'un flash pointé dans ma direction.

Alors que j'essaie de m'en convaincre, la peur se forme dans mes tripes.

— Trish ?

Le murmure endormi de Ian vibre contre ma nuque.

— Désolée.

Rapidement, je clique sur le bouton latéral de mon téléphone, la pièce s'assombrit une fois de plus.

— J'étais juste, euh, en train d'écrire une idée que j'avais pour mon livre.

Il se blottit contre moi, ses hanches poussant contre mes fesses.

— Quel genre d'idée ?

Souriant malgré l'anxiété qui bouillonne en moi, je me colle contre lui en retour.

— Pas ce genre d'idée.

Sa main passe sous mon débardeur tandis que la preuve de son excitation grandit.

— Mais tu peux toujours essayer de m'inspirer.

Nous étions trop fatigués pour coucher ensemble quand nous étions rentrés à la maison, du moins c'est ce que j'avais pensé. Il est plus probable que Ian se soit trop méfié de moi après l'échec épique de la soirée, et j'étais trop absorbée par mes propres pensées pour y penser.

Mais maintenant, alors que sa main touche ma poitrine et que ma culotte s'humidifie, je pense que le sexe pourrait bien être la solution parfaite à ma nuit blanche.

Après tout, je n'ai que peu de temps pour en profiter.

Cette fille est trop stupide pour vivre.

Je sélectionne la grande quantité de texte sur laquelle je travaille depuis deux heures et clique sur « supprimer ».

Emma, l'héroïne du nouveau livre que j'écris, est le nouveau fléau de mon existence. Dans les romans d'amour, il existe un tas de catégories différentes pour le héros et l'héroïne. Tout le monde connaît probablement le héros classique. Il y en a d'autres : l'anti-héros, le milliardaire, l'agent spécial. Pour les femmes, il y a aussi des catégories, et l'une des moins féministes et des plus agaçantes est l'héroïne « trop stupide pour vivre ». C'est la fille qui court dans les ruelles sombres lorsqu'elle est poursuivie ou qui crie et gémit au moindre conflit entre le héros et elle-même.

En général, elle est agaçante et fait reculer les femmes de cinquante ans en arrière minimum, et pourtant j'ai fait d'Emma l'une d'entre elles.

Hier, j'ai imputé mes mauvais choix d'écriture au manque de sommeil, bien que j'aie réussi à m'assoupir après deux orgasmes incroyables, capables de plonger quiconque dans le coma, grâce aux ébats amoureux longs, lents et intenses de Ian.

Non, pas des ébats amoureux. C'était du sexe. Du bon sexe, mais juste du sexe quand même.

Ce sont les petits rappels constants que je dois me donner maintenant que je suis sûre de couper les ponts et de partir.

Comme je le disais, après le bon sexe, j'étais épuisée. Alors quand j'ai écrit qu'Emma a giflé le héros et s'est enfuie au milieu de la nuit sans raison apparente, je me suis simplement dit que j'étais trop fatiguée pour bien écrire et je me suis faufilée hors de la maison pendant que Ian nageait.

J'ai laissé une note disant qu'il y avait une dernière minute séance de planification de mariage, et que je serais de retour plus tard. Plus tard, c'était après que Ian s'était couché et endormi, mais c'était quand même plus tard.

Il n'y avait aucune planification de mariage à faire, mais une partie de mon plan pour prendre mes distances avec Ian est de l'éviter. Du coup, je me suis retrouvée à Heartbreakers. Malheureusement, il n'y avait pas de cours de pole dance ce matin-là, mais Angela m'a quand même laissée entrer. Je suppose que je devais avoir l'air de quelqu'un qui a besoin d'être laissée seule, parce qu'elle a simplement indiqué un poteau inutilisé et m'a laissé m'entraîner pendant que les autres danseurs s'entraînaient pour leurs habitués du dimanche soir. Ensuite, j'ai nourri des canards dans un étang du parc comme la vieille femme triste et solitaire que je suis destinée à devenir, puis j'ai regardé les étoiles à l'arrière de ma camionnette, ignorant tous les textos de Ian.

Aujourd'hui, je travaille après huit bonnes heures de sommeil. Il n'y a donc aucune raison pour que j'oblige mon héroïne à abandonner tout ce qu'elle a construit – sa carrière, sa maison et ses amis – juste pour qu'elle puisse prouver au héros qu'elle l'aime.

Pouah.

Je ferme mon ordinateur portable et m'allonge sur ma chaise longue. Non, pas *ma* chaise longue. *Une* chaise longue. Plus précisément, *la* chaise longue de Ian. Une chaise longue sur laquelle je n'ai aucun droit et n'aurai jamais aucun droit.

C'est marrant que ça me rende triste.

Arrête ton char, Patty Ann. J'ai besoin de garder ma culotte de grande fille relevée quelques jours de plus. C'est tout ce qu'il y reste entre aujourd'hui et le mariage de Jackie. Si je retire la nuit de l'enterrement de vie de jeune fille de jeudi et la journée de spa entre demoiselles d'honneur de vendredi, et que j'ajoute le fait que Ian est très occupé au travail cette semaine pour préparer son voyage en Allemagne et voir sa thérapeute pour apprendre à gérer sa claustrophobie, cela ne laisse vraiment que trois nuits. J'ai besoin de me tenir à l'écart de Ian pendant seulement trois nuits.

Le moteur d'une voiture gronde, et je suis à l'arrêt. Le bruit s'estompe au fur et à mesure que la voiture traverse le quartier. Je suis ennuyée d'être vraiment déçue que ce ne soit pas Ian. Un coup d'œil à mon téléphone me dit que j'ai encore quelques heures.

Comme aujourd'hui semble être une cause perdue côté écriture, je rassemble mes affaires et me dirige vers l'intérieur. Je devrais regarder *Buffy contre les vampires* ou voir si *Wonder Woman* est déjà sur Netflix. Me plonger dans des histoires féminines fortes, essayer de me débarrasser de ces pensées trop stupides pour vivre.

DIX-SEPT
HORS DE PORTÉE

Ian

Les lumières lumineuses et fluorescentes du laboratoire de flottabilité neutre de la NASA, normalement un déclencheur de bonheur pour moi puisque j'aime cet endroit, ne font rien pour calmer mon anxiété croissante.

Et ce, même après avoir nagé avant l'entraînement à la sortie dans l'espace.

Je ne suis pas dans ma cabine de travail aujourd'hui, comme le montrent les muscles épuisés par l'entraînement éprouvant, et Trish est chez moi, probablement en train d'écrire au bord de la piscine. Je devrais me sentir bien, assis dans la salle de contrôle de simulation de la NBL en tant que responsable de l'activité extravéhiculaire pour le projet Bartolomeo d'un milliard de dollars.

Mais ce n'est pas le cas.

— Bodie, faites pivoter le bras de dix degrés dans le sens inverse des aiguilles d'une montre, puis déplacez le bras Nadir de sept centimètres déclare Simon, l'un des deux astronautes dans l'eau. Cela devrait nous mettre dans la bonne position pour le muscler en position d'engagement.

Simon Anderson est l'astronaute allemand et un maître ingénieur qui dirigera les sorties dans l'espace Bartolomeo nécessaires à l'installation de la nouvelle plate-forme commerciale.

— Bien reçu.

La voix de Bodie, même sous l'eau et dans plus de cent kilos de combinaison de vol, est claire comme le jour à travers le système de communication.

Toutes les personnes dans la salle de contrôle, moi y compris, sont collées aux écrans, regardant les deux astronautes travailler selon le protocole EVA approuvé.

Le plan de la NASA est de commencer la formation à la sortie dans l'espace Bartolomeo ici avant de la terminer au DLR, le centre aérospatial allemand. C'est là que l'équipage terminera sa formation aux côtés du DLR, de l'Agence spatiale européenne (ESA), du géant de l'aérospatiale Airbus et, espérons-le, de moi.

Bien qu'en ce moment je sois plus anxieux à propos de la petite brune du sud assise au bord de ma piscine que de voler dans un avion.

Sur le chemin du retour de la collecte de fonds de mon père il y a deux nuits, j'avais tout expliqué à Trish. Que j'avais été coincé après la photo de famille, que j'avais pensé qu'elle m'attendait à table quand j'arriverais. Que j'étais parti quand j'ai vu que ce n'était pas le cas.

Elle avait hoché la tête tout du long de mon récit. Elle m'a même dit qu'elle comprenait lorsque j'ai fini de parler, juste au moment où nous nous approchions de la maison.

Je l'ai suivie à l'intérieur, le bruissement du tissu épais de sa robe de soirée étant le seul bruit dans la maison silencieuse. J'étais sûr qu'elle trouverait une excuse pour dormir dans la chambre d'amis, et honnêtement, je ne l'aurais pas blâmée si c'était le cas.

Mais à la place, elle s'était préparée à aller se coucher juste à côté de moi, a regardé dans le même miroir dans la salle de bains principale pendant que nous nous sommes brossé les dents, a mis un pyjama sortant de notre placard commun avant de se glisser sous les mêmes couvertures dans le même lit. Après un moment d'hésitation, j'ai tenté ma chance et l'ai attirée contre moi. Elle ne s'est jamais écartée ni raidie. Pas même un soupir agacé n'a passé ses lèvres.

Après le fiasco de cette soirée, c'était plus que ce que je méritais. En fait, c'était tout ce que j'avais toujours voulu avec Trish.

Alors pourquoi est-ce que j'ai eu l'impression que c'était... unilatéral.

Sean, le directeur de vol pour l'installation et l'activation Bartolomeo, se penche en arrière sur sa chaise, le crissement du cuir me ramenant au présent.

— Ian, faisons une pause une fois le câblage terminé pour préparer un plan plus détaillé de notre voyage et visite au DLR.

Il fait un geste vers la pièce.

— Nous avons le bon quorum ici pour finaliser nos objectifs pour l'échange technique.

Le reste de l'équipe est composé de l'officier responsable de l'entraînement, du chef du DLR, du responsable de la liaison de l'ESA, de l'équipe de l'EVA, et de l'unité de mobilité extravéhiculaire (UEM), qui acquiescent tous.

— Oui, monsieur.

Je me redresse sur ma chaise.

— Très bien.

Je me concentre sur les grands écrans, disséquant ce qui se passe juste devant l'immense baie vitrée de la régie qui surplombe la piscine. Simon et Bodie suivent les procédures pour connecter les connecteurs d'alimentation et de données le long de l'extérieur de l'ISS à la plate-forme Bartolomeo, ainsi qu'un grand nombre de connexions de données et une antenne à haut débit pour permettre l'activation et la vérification pour les futurs utilisateurs commerciaux. Je prends des notes sur le temps qu'il faut pour chaque étape, en compilant les informations pour une analyse ultérieure et les retravailler si nécessaire.

Outre l'équipage, la NASA utilise également le bras robotique canadien pour aider à manœuvrer Bartolomeo en position d'installation, en plus de Robonaut. La quantité d'ingéniosité, d'ingénierie et d'argent à l'intérieur de cette piscine de douze mètres de profondeur est stupéfiante.

Un vrombissement d'excitation parcourt mon corps. J'adore mon travail. Les gens disent toujours que l'apogée de la NASA était pendant les missions Apollo, et ils n'ont pas tout à fait tort. Mais la NASA est prête pour une nouvelle ère. Nous nous dirigeons vers la Lune pour plus d'exploration et de découvertes scientifiques, plutôt que de juste planter un drapeau dans la poussière grise et la déclarer conquise. Nous allons maintenant étudier, analyser et évaluer. Et au-delà de la Lune... Mars. Je crois vraiment que de mon vivant, je verrai des gens, vêtus de combinaisons de vol portant l'emblème de la NASA, marcher sur la planète rouge.

Même à l'heure actuelle, ici et maintenant dans cette pièce, de nouvelles choses sont en train d'être accomplies. Les entreprises, plutôt que les gouvernements, utilisent la Station spatiale internationale pour la recherche scientifique en microgravité. Des recherches qui seront complétées dans le nouveau laboratoire Bartolomeo. La liste d'attente des entreprises commerciales voulant passer du temps dans Bartolomeo est déjà longue, et diverses entités se bousculent pour entrer dans l'espace. Entreprises de chaussures de sport, chercheurs médicaux, biochimistes et même des fabricants de cosmétiques. La liste est longue, et je dois me concentrer.

Une fois que Bodie et Simon ont terminé la liste des procédures et que Ricky et son équipe les ont ramenés à la surface, nous poussons tous un soupir de soulagement.

Il y a seulement quelques semaines, un autre astronaute a failli mourir aux mains de quelqu'un qui voulait se venger.

Mike, l'officier responsable de l'entraînement, nous lance :

— Nous devrons passer par le Centre européen des astronautes de Cologne et passer en revue la logistique et les leçons apprises de cette tentative et de celle qui aura lieu au NBL dans deux semaines, dit-il en tapotant son crayon sur la table. Nous pouvons prévoir quatre heures avec les équipes de l'EVA et de robotique, avoir les équipes de DLR et d'Airbus pour l'expertise technique, et voir si nous devons prévoir des manœuvres, outils ou logistiques additionnels pour l'opération réelle, et voir si on peut gagner en efficacité.

Sean hoche la tête.

— D'accord. Avec toutes les entités représentées, nous pouvons également demander à l'équipage... il pointe son stylo sur l'écran où Bodie et Simon se déshabillent avec l'aide de l'équipe du NBL, s'il y a des manœuvres, des outils ou de la logistique supplémentaires à mettre en place pour l'opération réelle. Ainsi que décider si l'équipe aura seulement besoin d'installer les câbles ou s'il faut qu'il passe du temps à aider pour l'installation d'urgence, comme aujourd'hui.

Il me regarde avec impatience.

— Ça a l'air bien à tous les points de vue.

Je prends une profonde inspiration.

— Il faut aussi que l'on s'assure de protéger les jours que nous avons prévus au Centre de Contrôle Columbus de Munich.

Bien que voyager de Cologne à Munich signifie passer plus

de temps dans des transports en commun remplis de gens ou pire, dans un avion, être capables de nous rendre dans ce qui se trouve être le centre de contrôle de l'Allemagne est vital.

— Il faut que nous parlions en face à face avec les contrôleurs de vol de Columbus, que nous voyons où ils surveilleront l'état et le statut des EVAs pour le progrès de Bartolomeo, et que nous nous assurerions que les bons flux vidéo et audios seront disponibles pour notre équipe ici ainsi que pour celles de DLR et d'Airbus.

Le représentant de l'ESA, Paul, ajoute :

— Cela pourrait signifier des déplacements supplémentaires, mais je vois certainement l'avantage de couvrir à la fois la formation et les opérations au cours de la prochaine session.

Tout le monde ici veut donner à Bartolomeo les meilleures chances de réussite. C'est le meilleur moyen d'assurer l'expansion de la commercialisation de l'orbite terrestre basse (LEO).

— Et puis... Mike s'interrompt dramatiquement, en haussant les sourcils. Oktoberfest !

Une salve d'acclamations suit ce rappel, faisant même sourire Sean, qui est normalement grincheux. Mike commente que sa femme a déjà réservé son billet pour l'accompagner.

Cela me fait marquer une pause.

Pourquoi n'y avais-je pas pensé avant ? Trish *adorerait* l'Oktoberfest.

Elle se décrit comme une observatrice des gens. Et quel meilleur endroit pour observer les gens qu'au milieu du plus grand festival de bière en plein air d'Europe ?

Je parcours les procédures de ma liste de voyage dans ma tête. J'ai déjà surclassé mon billet d'avion de seconde classe délivré par le gouvernement en billet de première classe. Et même acheté le siège à côté de moi pour me donner ce petit espace supplémentaire qui pourrait faire la différence entre un vol en douceur et une crise de panique. Tout ce que j'ai à faire, c'est de passer un appel pour mettre le billet supplémentaire au nom de Trish.

L'un des types du DLR rit.

— S'il vous plaît, dites-moi que vous avez surclassé votre hôtel. Aucune femme ne veut aller en Europe pour séjourner dans un logement choisi par le gouvernement.

— Je sais, je sais.

Mike rit avec lui, levant les yeux au ciel.

— Elle a déjà décidé où nous logerons.

Il secoue la tête.

— Je ne comprends pas. J'avais une chambre gratuite et déjà payée. Nous n'y serons même pas la moitié du temps, alors pourquoi en changer ?

— Arrête de te plaindre, le coupe la voix grincheuse de Sean. Regarde les choses de cette façon : est-ce qu'il y a plus de chance que ta femme couche avec toi sur le lit d'un hôtel minable ou sur celui d'un hôtel de son choix ?

Mike hoche lentement la tête, les yeux écarquillés, comme si Sean venait de partager le sens de la vie.

— C'est trop vrai.

Hôtel. Oui. J'ai vraiment besoin de surclasser l'hôtel. J'ai choisi celui dans lequel tous les employés du gouvernement séjournaient, car il était approuvé par l'Oncle Sam et qu'il est proche du DLR, mais comme la femme de Mike l'a probablement déjà vu, il semble très utilitaire. Peut-être que Trish aimerait rester au Savoy. Ou peut-être dans une chambre d'hôtes.

Oui. Je hoche la tête. Un bed & breakfast ressemble plus à Trish. Elle voudrait avoir une expérience authentique. J'ouvre mon calendrier sur mon téléphone, me demandant si des chambres sont encore libres vu que l'Oktoberfest a déjà commencé. Je devrais...

— La Terre à Ian.

— Euh, quoi ? Je laisse tomber le téléphone sur la table.

— Tu calcules la distance jusqu'au bordel allemand le plus proche, ou quoi ?

— Sean... Je pince l'arête de mon nez. On en a déjà parlé. Tu ne peux pas dire des trucs comme ça. Les RH vont te persécuter si quelqu'un porte plainte.

Je repense à lui dans Mission Control disant à Julie Starr sur la boucle publique de faire son sac avant une sortie dans l'espace.

— Putain, je ne peux pas croire qu'ils ne l'ont pas déjà fait.

Sean se penche en arrière, sa chaise en cuir grinçant à nouveau.

— Il arrive un moment dans votre carrière, et dans la vie d'ailleurs, où l'on bénéficie d'une clause d'antériorité. J'ai la chance d'être à l'intersection de ces deux points.

Il boit une gorgée de sa tasse de café toujours présente.

— Alors pas la peine de chier une pendule, Kincaid.

On ne peut vraiment pas vous empêcher d'aimer ce mec, aussi inapproprié soit-il.

— Très bien alors, Papy.

— Je souris quand Sean fronce les sourcils face à son nouveau surnom.

— Maintenant que nous avons réglé les détails du voyage, je dois partir.

Sean se moque :

— Sors d'ici, espèce de moule à gaufre.

Je ris, attrapant mon sac d'ordinateur. J'ai un rendez-vous avec ma thérapeute, mais je vais d'abord m'arrêter à la maison et surprendre ma copine. Et si j'ai de la chance, je pourrai voir un autre de ses bikinis.

T<small>RISH</small>

. . .

— Trish ! Je suis rentré !

Le bruit des clés qui tintent, alors qu'elles frappent le bol près de la porte, s'ensuit, et je réprime le sourire qui instinctivement veut se répandre sur mon visage. Prenant la dixième profonde inspiration depuis que j'ai entendu la porte du garage s'ouvrir il y a une minute, j'arrange soigneusement un sourire poli sur mon visage, à temps pour l'entrée de Ian dans le salon où j'ai installé mon campement.

J'ai fini par regarder plus de drames coréens au lieu du festival féministe que j'avais prévu à l'origine. Je ne sais pas quel bouleversement émotionnel cela va entraîner dans ma session d'écriture de demain.

Ian dépose son sac d'ordinateur à côté du mien sur le banc près des portes-fenêtres. La vue de nos deux choses côte à côte, comme si elles s'emboîtaient, s'appartenaient, me fait avaler.

Les pas rapides de Ian vacillent quand il voit que j'ai démonté le fort d'oreillers et de couvertures que nous avions construit, mais il continue de sourire.

— J'ai une excellente nouvelle.

Je ne peux m'empêcher de lui rendre son sourire en le regardant rebondir dans ses Richelieu brillants, qui sont probablement ridiculement chers.

— Je ne t'ai jamais vu aussi excité.

Il rit en passant une main dans ses cheveux, ébouriffant ses mèches blondes.

— Je ne pense pas avoir *jamais* été aussi excité.

Son sourire approfondit tous les plis de ses yeux, le rendant d'autant plus beau. Parfois, je me demande s'il est réel ou si quelqu'un a sondé un groupe de femmes, choisi leurs caractéristiques préférées et l'a créé pour détruire toutes les femmes rationnelles. Les femmes comme moi.

Je prends encore une autre profonde inspiration, essayant de calmer les papillons dans mon estomac.

— Je suppose que la simulation s'est bien passée aujourd'hui ?

Son sourire faiblit devant mon ton ennuyé, que j'ai longuement pratiqué, et des pointes de culpabilité me poignardent. Mais Ian se rétablit, son sourire encore plus lumineux.

— Oui, mais ce n'est pas ce qui m'excite.

Il marque une pause.

— Enfin, pas tout à fait.

Je feins l'intérêt pour la télévision en déplaçant le curseur dans la liste des émissions internationales disponibles.

— Oh ?

— Cela a plus à voir avec toi, vraiment. *Avec nous.*

Ma main tendue se fige, faisant démarrer une bande-annonce pour un thriller espagnol. J'éteins la télévision.

— Nous ?

Mes yeux s'attardent sur l'écran alors que je baisse la télécommande.

— Oui.

Ian vient se placer devant moi.

— J'ai eu cette idée géniale lors de la réunion au NBL ce matin.

Il commence à faire les cent pas mais s'arrête lorsqu'il réalise qu'il ne peut faire que deux pas avant de devoir se retourner, ses jambes trop longues pour la pièce remplie de meubles. Sans la télé pour détourner mon attention, je peux apprécier sa beauté, la chemise bleu clair rentrée dans son pantalon de costume parfaitement ajusté, mettant en valeur sa taille. Son revenu supérieur est visible à l'œil nu, même avec ses manches retroussées, présentant une quantité impressionnante de bras.

Il est difficile de rester distante. Surtout quand il prend mes mains et me tire sur mes pieds, et que ses yeux bleus brillent lorsqu'ils fixent les miens.

— Je t'emmène avec moi en Allemagne.

Son sourire aveuglant me fait cligner des yeux.

Mon cerveau refuse de comprendre ses mots.

Prenant ma surprise pour de l'excitation, il sourit plus largement, ce que je n'aurais pas cru possible.

— Quand je partirai en voyage d'entraînement pour la mission Bartolomeo, je t'emmènerai avec moi.

Il attend, comme un chiot fier d'avoir finalement appris à venir quand on l'appelle.

— Non.

Son sourire s'éteint.

— Pourquoi pas ?

Il lâche mes mains pour faire un geste avec les siennes.

— Ce sera l'Oktoberfest. Pense à tous ces gens que tu pourras observer.

Il ébouriffe à nouveau ses cheveux.

— Peut-être pourrais-tu même en parler dans l'un de tes livres.

Quand mon expression ne change pas, il fronce enfin les sourcils.

— Si c'est une question d'argent, ne t'en fais pas. J'avais déjà acheté le billet de la place à côté de la mienne, dit-il en haussant les épaules. D'accord, je l'ai achetée pour avoir plus de place sur le vol, mais avec toi à côté de moi, je suis sûr de ne pas me sentir claustrophobe.

Il agite ses sourcils vers moi.

— Tu m'as déjà aidé avec ça.

Ah. La voilà. La vraie raison. J'aurais dû le savoir.

— J'ai pensé à améliorer l'hôtel, mais j'ai ensuite pensé qu'une chambre d'hôtes serait plus ton style.

Oui, les hôtels cinq étoiles ne sont pas dignes d'une ex-strip-teaseuse. Je me mords la lèvre, me réprimandant. En toute honnêteté, Ian n'est pas au courant. Si c'était le cas...

Mentalement, je me débarrasse du désir d'avouer mon passé. Ce n'est pas le moment. J'*allais* en parler à Ian, avant la collecte de fonds, avant que je réalise combien j'étais folle d'espérer que nous puissions être ensemble. Mais maintenant... maintenant, ce n'est plus nécessaire.

J'attends que Ian termine la longue description de vacances que je ne prendrai jamais avec lui. Les châteaux, la nourriture. Il essaie à nouveau de faire les cent pas, songeant à prolonger le voyage, peut-être à faire une croisière sur le Danube. Pendant tout ce temps, je bloque la culpabilité de ce que je suis sur le point de faire.

Il est temps. Je ne voulais pas terminer cette histoire comme ça. J'*aurais dû* la terminer sur le parking du Ritz Carlton et monter dans la punaise de voiture de Rose. Mais j'ai été faible, et maintenant nous en sommes là, avec Ian qui, Dieu sait comment, pense encore que, après la claque que la collecte de fonds a été pour moi, que lui et moi sommes un *nous*.

— Non.

Ma voix coupe à travers ses divagations sur les vignobles allemands et leur vin.

— Non ?

Il rit maladroitement, passant une main dans ses cheveux.

— Quoi ? Tu n'aimes pas le riesling ?

— Je ne sais même pas ce que c'est, mais oui, probablement. Je veux dire, je *suis* une fille de bed & breakfast, après tout.

Cela le coupe court.

— Quoi ?

D'accord, cette dernière sortie est peut-être un peu puérile.

— T'inquiète.

— Tu ne veux pas séjourner dans un bed & breakfast ? demande-t-il en sortant son téléphone. Parce que je peux réserver n'importe où. J'ai juste pensé que tu aimerais avoir une expérience plus authentique.

Merde. Ça a du sens. Je *préférerais* rester dans un bed & breakfast, et ça me tue qu'il le sache.

— Écoute, tout ce qu'il te faut, c'est un passeport et je m'occupe du reste.

Son doigt passe sur l'écran de son téléphone avant qu'il le tourne vers moi pour me montrer la photo d'un château.

— Nous pouvons descendre là.

Il me montre une photo d'un château à l'air moderne.

— À l'Hôtel Munich Palace.

Je cligne des yeux vers lui.

— Tu veux séjourner dans un château ?

Il prend mon visage dans ses mains.

— Digne d'une reine.

Je fronce les sourcils

— C'est la phrase la plus ringarde que j'ai jamais entendue.

Et pourtant je peux me sentir céder.

Il rit, l'un de ses pouces tendant la main pour lisser mon front.

— Peut-être, mais cela ne rend pas la chose moins vraie.

Ses lèvres effleurent les miennes.

— Viens en Allemagne avec moi, Trish.

Nom d'un muffin. Je me botte les fesses mentalement et recule.

— Non.

La distance n'étant pas suffisante, je contourne le canapé, le plaçant entre nous.

— Je ne serai pas ton doudou.

— Mon doudou ?

J'essaie de susciter une certaine indignation, mais c'est probablement plus comme une crise de dépit puérile.

— Pour ta claustrophobie.

— Ce n'est pas pour ça que je t'ai invitée.
— Je...
— Je veux que tu viennes avec moi. Que tu *sois* avec moi.

Je croise les bras sur ma poitrine, déterminée à ne pas me laisser influencer.

Il grogne en passant une main sur son visage.

— Pourquoi j'ai l'impression de rater quelque chose ?

Sa frustration est presque palpable.

J'espérais ne pas avoir l'explication tout de suite, mais c'est peut-être mieux. En me redressant, je le regarde de haut.

— Je pars, tu te souviens ? Après le mariage de Jackie. Il ne sert à rien de réorganiser tes plans de voyage. Je ne serai même pas là.

J'aurais aussi bien pu le gifler, vu l'expression de son visage.

— Tu t'enfuis encore ?

———

Ian

De toutes les choses que Trish aurait pu dire, c'est celle qui me choque le plus. Je veux dire, nous vivons ensemble. Et je ne parle pas d'occuper la même superficie. Elle a complètement emménagé dans ma chambre. *Notre* chambre. Nous avons choisi les côtés du lit. Nos brosses à dents partagent le même gobelet.

Elle se détourne, regardant par les fenêtres donnant sur la cour.

— Je ne fuis pas.

Je ris méchamment, mon enthousiasme de tout à l'heure s'évanouissant.

— C'est ce à quoi ça ressemble pour moi.

Je devrais être au-dessus de ces remarques sarcastiques et condescendantes. Mais ce n'est pas le cas. Mes émotions sont hors de contrôle et j'ai du mal à trouver un moyen de contourner cette nouvelle idée de Trish. Ou plutôt, cette vieille idée, mais que je croyais oubliée. Je suppose que je me suis donné trop de crédit.

— Nous savions tous les deux que ce n'était pas permanent.

Elle croise les bras sur sa poitrine. Je réalise seulement maintenant qu'elle porte un de mes vieux tee-shirts. Comment peut-elle dire ça en portant mes vêtements ? Cela semble si contradictoire.

— Maintenant, tu peux récupérer ta chambre après que j'ai débarrassé mon bordel.

— J'aime notre chambre en désordre.

Et c'est le cas. Chaque vêtement éparpillé sur mes affaires est la preuve que je ne suis pas seul. Que je partage ma vie avec quelqu'un. Avec elle.

Elle ne dit rien.

Je veux lui demander ce qui s'est passé, mais je le sais. Peu importe combien de fois Trish dit qu'elle comprend, je n'aurais jamais dû l'emmener à la collecte de fonds. Brenda avait raison. J'ai été lâche. J'ai choisi la facilité.

— S'il s'agit de la collecte de fonds, je suis désolé...

— S'il te plaît, plus d'excuses.

Elle essaie de sourire, mais cela lui donne un air triste.

— Je te l'ai dit, je vais bien.

Il y a une finalité dans sa voix que je n'aime pas. Je hausse les sourcils et lui souris, essayant d'infuser de la légèreté dans la situation.

— Lorsque tu écris des femmes dans tes bouquins, et qu'elles disent *je vais bien*, est-ce qu'elles le pensent vraiment ?

Elle ne mord pas, son ton est aussi résolu qu'avant.

— Ce n'est pas dans un de mes livres.

J'abandonne la légèreté et décide de battre en retraite tactiquement. J'ai pris de l'avance en pensant que le problème de son séjour était résolu. Je dois d'abord m'occuper de cette situation, puis m'occuper de l'Allemagne.

— Discutons-en plus tard. J'ai rendez-vous avec le docteur Brown dans vingt minutes. Je suis juste passé après le travail pour...

Je me moque de moi-même et de la manière dont je pensais que mon grand geste d'un voyage en Allemagne allait se passer.

— T'inquiète.

Je prends une profonde inspiration et attire Trish dans une étreinte. Elle ne la rend pas, mais elle ne s'éloigne pas non plus. Une petite victoire.

— Et si je ramenais le dîner ?

C'est à son tour de soupirer, comme si elle cédait alors qu'elle ne le voulait pas.

— Ça me va. Tu choisis.

Je vais prendre son plat préféré, tous ses plats préférés. On va remettre les oreillers et couvertures en place, faire un pique-nique, et je vais la convaincre de ne pas partir après le mariage. De rester jusqu'en Allemagne. Puis de rester pour toujours.

DIX-HUIT
LEVÉE DE BOUCLIERS

*I*AN

— Vous devriez être très fier de vous et de tout ce que vous avez accompli.

Le docteur Brown sourit, son expression en opposition directe avec ce que je ressens.

— Je vais contacter votre médecin généraliste au sujet d'une prescription de Xanax.

Elle hausse un sourcil par-dessus ses lunettes de lecture.

— Ne jouez pas au héros. Prenez les médocs. Une seule prise, au plus tard trente minutes avant le vol.

Elle tape son stylo contre le bloc-notes omniprésent.

— Cela facilitera les choses pour vous et les autres passagers, et ne devrait *pas* être considéré comme un échec à surmonter votre peur.

Elle me regarde jusqu'à ce que j'acquiesce. J'avais espéré ne pas avoir besoin de médocs, et elle a raison, *j'ai* pensé que la prise de médicaments voudrait dire que j'avais échoué. Mais en ce moment, mon anxiété a de plus gros problèmes.

— Continuez simplement à affronter vos problèmes au lieu de les gérer, et je suis sûre que le besoin de médicaments contre l'anxiété diminuera.

Elle scrute mon visage, fronçant les sourcils à mon expression.

— Qu'est-ce qui ne va pas ? J'ai pensé que vous aimeriez l'idée de ne plus avoir besoin de médicaments à l'avenir.

— Non. Ce n'est pas ça, dis-je en me redressant contre le coussin du canapé. C'est ce que vous venez de dire à propos d'affronter mes problèmes au lieu de les gérer.

— Oh.

Elle baisse son stylo.

— Ça.

Ses yeux se baissent vers le bloc-notes sur ses genoux avant de hocher la tête, comme si elle était d'accord avec elle-même sur quelque chose.

— Ian, depuis que je vous ai rencontré et vu ce que vous m'avez raconté de votre vie, il m'est évident que vous êtes excellent pour gérer les choses, n'êtes-vous pas d'accord ? Considérez simplement tout ce que vous avez accompli, même avec votre peur.

Je me trémousse une fois de plus sur mon siège, un pressentiment m'envahissant.

— J'imagine...

— Chaque succès et chaque étape sont des choses dont vous devriez être fier. Je veux que vous compreniez que ce que je m'apprête à transmettre ne diminue en rien vos réalisations.

Encore une fois, elle me fixe jusqu'à ce que j'acquiesce, bien que je n'aie aucune idée de ce avec quoi je suis d'accord.

— Toutefois...

Elle marque une pause, comme pour peser ses mots.

— ...il y a une grande différence entre gérer les choses et les affronter.

Elle range son stylo derrière son oreille, libérant ses mains pour faire des gestes.

— Prenez votre claustrophobie, par exemple. Vous avez arrangé et géré les choses dans votre vie pour que vous puissiez travailler dans le domaine que vous vouliez, même limité par vos peurs. Vous sortez marcher après être resté trop longtemps assis dans votre cabine, vous l'aménagez de manière à ce que les portes restent ouvertes pendant les réunions, et vous déclinez tout projet qui nécessite des déplacements intensifs.

Elle décroise et recroise ses jambes, semblant de plus à l'aise tandis que je le suis de moins en moins.

— Même dans votre vie personnelle, vous avez géré les choses. Rénover une maison pour avoir le moins de portes ou de murs possible, avec de grandes fenêtres non obstruées. Conduire une voiture de sport avec les vitres baissées. Manger dehors quand...

Elle attire mon attention, cligne des yeux à l'expression que je fais.

— Vous semblez contrarié par cela. Pouvez-vous me dire pourquoi ?

Je repense à ce que Brenda a dit lors de la collecte de fonds.

— Pensez-vous... est-ce que je le fais aussi dans d'autres domaines de ma vie ?

Bien que la question semble pleine d'espoir, je suis à peu près sûr de la réponse. Surtout quand son expression s'adoucit.

— Vous êtes venu en thérapie parce que vous aviez un délai serré et un objectif précis : quelques semaines et un vol en avion. Pendant cette période, j'ai fait de mon mieux pour rester concentrée sur votre claustrophobie. Cependant, nous vous avons *fait* plonger dans votre enfance et vos relations avec vos parents afin d'avoir une idée de l'endroit d'où provient cette peur des espaces confinés. Et j'ai entendu tout ce que vous avez dit, et je m'en souviens.

Elle tapote son bloc-notes avec son doigt.

— Et j'en ai pris des notes au cas où vous voudriez un jour continuer à travailler ensemble.

Je connais la réponse, mais j'ai encore besoin de l'entendre.

— Et ?

Le docteur Brown me fait un sourire aux lèvres pincées.

— Vous avez appris à si bien gérer les choses parce que vous avez dû le faire pendant tellement longtemps. Et d'après ce que je peux dire, vous continuez à le faire.

Je prends une profonde inspiration, essayant de contrôler la frustration qui monte.

— Mais n'est-ce pas ce que font les gens ? Gérer ? Je veux dire, quelle est la distinction entre gérer et affronter de toute façon ?

Elle hoche la tête plusieurs fois.

— Je m'excuse. Vous avez raison, je ne suis pas claire.

Elle pose le cahier face contre terre sur la table basse entre nous et lève une main, paume vers le haut.

— Quand les gens *gèrent les* choses, ils traitent ces choses avec soin. Ils dirigent des événements, des personnes ou des choses de la manière la plus efficace, compte tenu des circonstances. Parce que *gérer* est être un gestionnaire.

Elle lève son autre main.

— Quand les gens *affrontent* des choses, ils agissent, ils *font* quelque chose pour mettre en œuvre le changement, ils ne travaillent pas uniquement dans les paramètres ou les limites du problème. Affronter quelque chose peut aussi être accepter des choses qui ne peuvent pas changer. Gérer, c'est accepter les choses qui *peuvent* et doivent changer.

Un poids lourd me tombe dessus, comme si j'avais plongé trop profondément sous la surface et que la pression me retenait.

— Donc. Je suis un lâche.

— Non.

La voix du docteur Brown est rapide et nette.

— Pas du tout. Et je m'excuse *sérieusement* si je vous ai donné cette impression d'une manière ou d'une autre.

Je peux sentir ses yeux sur moi, mais je ne peux pas m'empêcher de regarder mes pieds, rejouant toutes mes décisions passées.

— Ian.

Elle attend que je me libère enfin de ma transe, en clignant des yeux vers elle. Elle soupire en voyant mon expression.

— Vous avez eu une enfance réellement unique. Compte tenu de la position de votre père, de la retraite interne de votre mère et des niveaux de stress auxquels vous avez été exposé dans votre foyer en grandissant, il n'y avait pas d'autre moyen pour vous de survivre que de simplement gérer les situations qui vous ont été données.

Elle marque une pause.

— Pourquoi pensez-vous que votre claustrophobie a fait son apparition lorsque vous avez eu 18 ans et que vous avez quitté la maison ?

— Je pensais que c'était le vol en avion.

— Oui, c'était un catalyseur, d'autant plus que vous veniez de déjouer les plans de longue date de votre père. Mais je crois aussi que c'était un mécanisme de défense que votre cerveau a mis en place. Vous avez grandi en résolvant des problèmes, des problèmes de gestion des attentes de vos parents tout en essayant de rester vous-même. Une fois ces restrictions relâchées par la distance que vous avez réussi à mettre entre vous et vos parents, votre cerveau a voulu saisir le familier. Pour toujours travailler dans les limites. Alors l'avion, la représentation de tout ce que vous laissiez derrière vous, est devenu un substitut. Cela vous a permis d'avancer dans un cadre familier.

Je n'ai jamais compris cet emoji dont le cerveau explose

jusqu'à maintenant. Je pense que le docteur Brown m'a peut-être cassé. Mes yeux sont à nouveau baissés, et je jette un coup d'œil à ma montre. Je dois récupérer les plats à emporter précommandés dans tous les endroits préférés de Trish et récupérer les deux couvertures en chenille extra-larges à Walmart. Je les ai commandées avec récupération en magasin quand j'étais assis dans la salle d'attente du docteur Brown. Encore une preuve que je gère les choses, gère Trish, au lieu d'affronter nos problèmes.

— Le fait de faire ce pas, de me rencontrer et d'affronter votre claustrophobie, prouve que vous avez mûri et êtes passé au-dessus de tout ça.

Je ris, mais pas gentiment.

— Ce n'était pas mon idée. Je ne voulais même pas venir.

— Mais vous êtes venu.

Elle semble tellement confiante dans mon envie de changer que je déteste presque la contredire.

Je me force à croiser son regard.

— Je ne suis venu ici que parce que cela a rendu Trish heureuse et l'a amenée à me parler.

Penché en avant, je prends mes cheveux dans mes mains.

— Putain, même quand j'affronte quelque chose, c'est seulement parce que j'essaie de gérer autre chose.

— Trish ?

Même la thérapeute expérimentée ne peut cacher l'intérêt dans sa voix.

— Ma petite amie.

Je serre mes cheveux plus fort.

— En fait, je ne sais plus ce qu'elle est. Je pense que...

Je m'affale sur le canapé, les yeux au plafond.

— En fait, si ce n'était pas pour Trish, je ne serais pas venu ici. Je me serais convaincu que je ne voulais pas vraiment la promotion, j'aurais trouvé une excuse plausible à donner à mon chef pour expliquer pourquoi je la refusais et j'aurais continué ma vie en *gérant les* choses.

Je me pince l'arête du nez, mes récents souvenirs heureux de sexe dans le placard et de fellations dans le garde-manger maintenant teintés.

— C'est même elle qui m'a aidé à faire mes devoirs de thérapie d'exposition.

— Je vois.

Je parie qu'elle voit, oui. Je parie qu'elle voit à quel point le petit prince d'une famille politique est inepte. Comment j'ai contourné les choses au lieu de les attaquer de front. Putain. Je n'ai toujours pas demandé à Trish ce qu'elle voulait tellement fuir, étant trop préoccupé par le fait qu'elle me fuyait moi.

— Voudriez-vous parler d'elle ?

Elle attrape son bloc-notes sur la table.

— Vous êtes mon dernier patient de la journée. Cela ne me dérange pas de prendre du temps.

Le visage du docteur Brown est à nouveau soigneusement vide, ce qui est sa façon d'essayer de ne pas influencer ma décision. Mais je sais qu'elle veut que je parle. Et je sais que j'en ai besoin.

— D'accord.

— Une excellente décision.

Le docteur Brown attrape son stylo contre son oreille en souriant.

— Et si vous commenciez par me raconter comment vous et Trish vous êtes rencontrés ?

Enfin, je souris.

―――

T<small>RISH</small>

. . .

Que Dieu bénisse Rose West.

— Alors... c'est ici que vit Captain America, hein ?

Rose passe devant l'îlot de cuisine, les yeux balançant d'un côté puis de l'autre, le sac de sport vide que je lui ai donné sur son bras.

Tout ce que j'ai fait, c'est l'appeler en lui disant que j'avais besoin d'aide pour faire mes bagages, et Rose était en route. Aucune question, aucune explication requise.

J'avais déjà accroché ma caravane à ma camionnette en attendant l'arrivée de Rose. J'espérais que tout serait attelé et à moitié emballé au moment où elle arriverait ici, mais cela a pris plus de temps que je ne le pensais. C'est comme si mon corps ne bougeait pas avec l'urgence que mon cœur lui dit d'utiliser.

— Oui.

Je laisse tomber mes clés dans le plat en entrant, m'arrêtant brusquement quand je réalise à quel point le mouvement est devenu une seconde nature. À quel point la maison de Ian me semble être mon foyer.

Il est vraiment temps de m'en aller.

J'avais espéré passer quelques nuits de plus avec Ian avant de partir, mais son idée de m'emmener en Allemagne a changé ce plan. Il a poussé plus loin que je ne pouvais donner. Et maintenant, je dois partir.

— J'ai prévenu la sécurité que tu arrivais.

Je hoche la tête, les yeux toujours rivés sur le porte-clés.

— Donc aucun problème quand tu te présenteras au portail.

— Merci... Attends, quoi ?

J'enregistre enfin ses mots.

— Quel portail ?

— Le ranch. Évidemment.

Elle lève les yeux au ciel.

— Tu ne pensais pas que je t'aiderais à faire tes bagages et que je t'enverrais Dieu sait où comme si de rien n'était, n'est-ce pas ?

— Comme si de rien n'était ?

— Chut.

Rose arrive, pose les clés, et met le bol dans son sac vide.

— Le fait est que tu vas au ranch.

Je ne suis pas en mesure de dire non, car mon plan avait été de camper dans un parc quelconque jusqu'au mariage. Le ranch est clairement une amélioration.

— Merci.

Je fronce les sourcils en regardant son sac.

— Mais pourquoi tu prends le bol à clés ?

— Pourquoi pas ? On aurait dit que tu l'aimais vu comment tu le fixais. Et à mon avis, toute femme qui doit faire ses valises et partir quand l'homme n'est pas là a probablement droit de prendre certaines de ses affaires.

— Ce n'est vraiment pas comme ça. Je...

— N'as-tu pas dit que le temps était compté ?

Ses bottes claquent sur le parquet alors qu'elle se dirige vers les escaliers.

— Euh, oui.

Je me précipite après elle, me sentant petite dans mes baskets.

Elle se retourne, secouant le sac qui pend de sa main.

— Alors, récupérons tes affaires et allons-nous-en.

Je suis ses pas rapides dans les escaliers.

———

— Meuf.

Rose retombe sur le lit, ses bottes pendant au bord de celui-ci.

— Pour quelqu'un qui a l'habitude de vivre dans un petit

espace, tu as vraiment un tas de trucs. Dieu sait comment tu vas faire rentrer tout ça dans ta caravane.

Habituellement, l'idée de tout mettre à sa place comme par magie et d'utiliser les incroyables compétences organisationnelles que j'ai perfectionnées au cours de mes années de vie dans une caravane me rend heureuse.

Je ne suis pas heureuse en ce moment.

— Pourquoi continues-tu à emballer des choses qui ne m'appartiennent pas ?

Je fouille plus profondément dans le sac de sport que je lui ai donné, en sortant un des maillots de bain de Ian.

— Sérieusement ?

J'ai ouvert le tiroir d'une commode et j'ai fourré le maillot de bain à l'intérieur.

— Je jure que j'aurais pu faire mes valises deux fois plus vite et être déjà sortie d'ici si je m'en étais occupée seule.

Rose hausse les épaules, toujours allongée sur le dos.

— J'ai pensé que tu voudrais peut-être un souvenir.

La mémoire de Ian portant ce Speedo particulier, ses muscles sculptés humides et glissants à travers l'eau, me fait déglutir.

Ensuite, je trouve un menu à emporter du restaurant chinois où nous avons commandé le soir de notre pique-nique et session de dramas coréens. Je jette le menu sur la commode, refoulant mes larmes.

Je n'ai pas besoin de souvenirs pour me rappeler du temps que j'ai passé ici. J'ai le mauvais pressentiment que c'est déjà gravé dans mon cœur.

— Et je sais que c'est ironique venant de la fille avec un penthouse au centre-ville de trois cents mètres carrés, mais pourquoi Ian a-t-il besoin de tout cet espace ? Cela semble étrange pour un mec célibataire d'avoir cette immense maison.

Elle se relève sur ses coudes, regardant autour de la pièce.

— Je pensais que la maison de Captain America serait plus cool. Ou du moins mieux meublée. Je veux dire, honnêtement, qui vit comme ça ?

Quelqu'un qui est claustrophobe.

Mes yeux observent le placard, dont les portes sont ouvertes. Le souvenir de Ian sortant de ces mêmes portes, la sueur sur le front, la poitrine se soulevant à chaque inspiration paniquée, serrent mon cœur déjà blessé.

Je balance l'un des deux derniers sacs de sport sur mon épaule.

— Allez. Il est temps d'y aller. Nous avons de la chance qu'il ne soit pas encore rentré.

Lentement, Rose se met sur ses pieds. Elle attrape la sangle de l'autre sac mais ne le soulève pas. Au lieu de ça, ses yeux, inhabituellement sérieux, se posent sur les miens.

— Je sais que je t'ai dit d'aller au ranch, mais...

Elle soupire comme si elle admettait une chose sans le vouloir.

— Tu es sûre qu'il faut que tu partes ?

Quand je garde le silence, elle continue.

— Tu devrais au moins parler à Ian avant de partir. Je veux dire, est-ce que tu veux même partir ?

Non, je ne veux pas partir. Ce sac de sport, bien que lourd, est comme du béton sur mon épaule. Comme s'il était rempli de tout mon passé, de toutes mes mauvaises décisions. Des décisions et des choix qui me laissent si loin d'être le genre de femme qui pourrait rendre un homme comme Ian heureux. Et il mérite tellement d'être heureux.

Ian Kincaid, ingénieur de la NASA et fils d'un sénateur américain, allait bien avant de me rencontrer, et il ira bien quand je serai partie. Cette conviction me brise presque, me faisant réaliser que l'invitation de Ian à aller en Allemagne était une chance exceptionnelle. C'est beaucoup plus difficile que je ne le pensais de plier bagages et de partir. Si j'attends encore quelques jours, je ne le pourrai peut-être plus. Je me suis trop installée. Dans cette maison. Avec Ian.

Je suppose que c'est la chose amusante à propos de l'enracinement, même un enracinement aussi superficiel que mon imagination me permet d'avoir. Une fois que l'on commence, on veut continuer. S'enraciner plus profondément.

Je laisse cette grande maison, cette bulle que j'ai créée, me séparer de la réalité. Dans le manoir de Ian, avec les larges fenêtres sans rideaux et les meubles clairsemés, je me suis laissé aller à croire que j'avais une chance d'avoir quelque chose. Quelque chose d'autre qu'un instant fugace.

C'est drôle ce qu'un peu de mètres carrés peut faire pour la perception de soi.

Me débarrassant de tout cela, je redresse mes épaules, levant le sac plus haut.

— Oui, il est temps...

Je marque une pause, penchant ma tête sur le côté en regardant Rose, son attitude bizarre prenant maintenant tout son sens.

— Est-ce que tu m'as ralenti tout ce temps ? C'est pour ça que tu traînais les pieds et que tu as pris des choses que tu savais que j'allais devoir remettre ?

Les dents blanches apparaissent brièvement quand elle grimace.

— Eh bien...

Ma bouche s'ouvre suffisamment pour attraper les mouches. Puis mes yeux se plissent.

Voyant mon expression, Rose recule d'un pas.

— Allons, allons. Ne te fâche pas. J'étais juste...

— Tu ferais mieux de ramasser ça et de bousculer tes fesses en bas.

Je pointe un ongle qui vient de se casser au sac à ses pieds, ma voix sèche et ma mâchoire serrée.

— Parce que si Ian rentre avant qu'on parte, ça va barder.

Les yeux écarquillés, Rose soulève le sac, le mettant sur son épaule.

— Merde. Essayez de rendre service à une pote...

―――

Cinq minutes plus tard, Rose souffle alors qu'elle porte le dernier sac de sport, celui-ci rempli de chaussures, de la maison au garage.

Je montre le grand sac à quelques mètres à ma droite.

— Je te jure que si une seule de mes chaussures est abîmée, je vais être furibarde.

Je suis encore super énervée contre elle pour m'avoir ralentie, même si elle finit par accélérer une fois les sacs en bas.

Rose ronchonne.

— Tu es toujours fâchée ?

Elle fait un geste de la main.

— Peu importe. Ça n'a pas d'importance. Les gens de petite taille sont mignons quand ils sont en colère.

Je tape du pied, me rendant compte trop tard que je viens de prouver son point de vue.

Elle sourit.

— Tu vois ?

Je prends une grande inspiration et me rappelle que j'aime cette nana. Que si je l'étrangle, je le regretterai plus tard. Je regarde ma montre. Et puis, cacher le corps prendrait trop de temps.

Le rendez-vous de Ian devrait déjà être terminé. J'ai de la chance qu'il ait dit qu'il avait des courses à faire avant d'aller chercher le dîner sur le chemin du retour. Si ma chance continue, je peux encore partir avant qu'il ne rentre.

J'ouvre la porte de la caravane, dirigeant avec mon autre main vers le sac.

— Attrape ce côté. On le posera par terre avec les autres, et je remettrai tout à sa place une fois arrivée au ranch.

Même à nous deux, il nous faut un certain temps pour mettre mes chaussures à l'intérieur tant le sac est lourd.

— Enfin.

Rose s'affaisse sur le canapé de la caravane.

— On a fini ?

— Oui, alors lève-toi. Plus de glandouille.

Je la tire loin des coussins.

— J'ai juste besoin de prendre mon sac d'ordinateur, et nous pourrons sortir d'ici.

Rose trébuche en avant et sort par la porte.

— Mon frère et Jul' feraient mieux de ne pas copuler dans la maison quand nous arriverons ou je vais être énervée.

Rose attrape son téléphone entre ses seins.

— Je pense que Jul' aime me dégoûter. Si je lui envoie un SMS en disant que tu arrives, peut-être qu'elle contrôlera ses pulsions.

Jetant un coup d'œil à sa gauche, par la porte du garage ouverte, elle grimace.

— Eh, merde.

Elle se mord la lèvre en me regardant, toujours debout dans l'embrasure de la porte de la caravane.

— Ne regarde pas tout de suite, mais Captain America vient d'arriver.

La voiture de Ian roule à côté de ma caravane.

— Merde.

Les sourcils de Rose se lèvent sur mon juron rarement utilisé.

— Rose ?

Ian sort en nous regardant au-dessus le capot de sa voiture.

— Qu'est-ce que tu fais ici ?

Du coin de l'œil, je vois Rose jeter un coup d'œil entre nous, me regardant probablement pour un indice sur la façon de gérer les choses. Mais je continue de fixer Ian, mémorisant son visage, me préparant à un au revoir précipité.

— Aloorrs...

Rose allonge le mot.

— Je vais y aller.

Elle sort du garage à pas lents et à reculons, les yeux faisant du ping-pong entre Ian et moi.

— Je te vois plus tard ?

Sa question semble pleine d'espoir, mais espérant quoi, je ne suis pas sûre.

Je hoche simplement la tête, les yeux toujours rivés sur Ian.

— Tu t'en vas ?

Ian claque la portière de la voiture et contourne l'arrière de son Audi. À en juger par son expression, il est livide.

— Maintenant ?

— À plus !

Rose file, se précipitant dans l'allée vers sa voiture garée au bord du trottoir.

Me laissant avec un Captain America très en colère, quoique très sexy.

DIX-NEUF
RETRAITE

Ian

Je me force à prendre une profonde inspiration, mais mes poings se serrent sur mes côtés comme de leur plein gré.

— Tu as accepté d'en parler à mon retour.

Trish semble se noyer, les mèches de son chignon tombant en avant sur son visage.

Une autre respiration profonde. Tout ce que je veux faire, c'est la serrer dans mes bras, lui dire que tout va bien, l'amener à s'asseoir avec moi, essayer de passer sous silence cet incident, mais je ne peux pas. Plus de gestion.

— Pourquoi fuis-tu, Trish ?

— Je ne fuis pas.

Elle hausse les épaules, l'air d'être plus petite que d'habitude dans ses baskets.

— Il est juste temps pour moi de partir.

— Nous savons tous les deux que ce n'est pas vrai. Tu peux te mentir si tu veux, mais ne me mens pas.

Elle grimace.

— Et je ne parle pas juste de maintenant, là, tout de suite. Je parle d'avant. Je veux *tout* savoir.

Je fais un pas en avant, pour m'arrêter quand ses épaules sautent. Je prends une profonde respiration.

— Trish.

Ma voix est calme, contrôlée, à l'opposé de ce que je ressens.

— Dis-moi pourquoi tu déménages autant. Pourquoi tu attendais avec un fusil de chasse chargé et prêt quand j'ai frappé à la porte de ta caravane ce jour-là ? Qu'est-ce qui se passe avec le détective privé qui te cherche ?

Trish commence.

— Comment tu savais, pour le détective privé ?

Merde. J'avais oublié que Jul' me l'avait dit en confidence.

— Je…

Ses yeux se plissent.

— Tu as posé des questions sur moi ?

— Non.

Je vacille devant le regard noir qu'elle me lance.

— Eh bien, juste une fois. Je voulais juste.

— Tu voulais juste, hein ?

Elle saute de la caravane, atterrit sur le sol du garage et tourne pour fermer et verrouiller la porte de la caravane. La main toujours sur la serrure, elle parle à ses pieds.

— Tu m'avais dit que tu ne ferais pas ça. Que tu ne poserais pas ces questions.

Je m'avance à nouveau, cette fois sans m'arrêter avant d'être à quelques centimètres.

— C'est peut-être ça le problème. Je n'ai pas posé ces questions *plus tôt*.

Tendant la main, je saisis ses épaules, la retournant. Elle ne me regarde pas.

— Dis-moi ce qui se passe.

— Tu ne veux pas le savoir, dit-elle d'une toute petite voix.

— Je n'aurais pas demandé si c'était le cas.

Quand elle reste encore silencieuse, je soupire, mon agitation perçant mon calme extérieur. — Allez. Je t'ai demandé gentiment.

Elle me repousse, ses yeux marron embrasant les miens, les mains sur les hanches.

— Et puisque le grand et puissant Ian Kincaid me l'a demandé, je *n'ai* qu'à répondre. C'est ça ? raille-t-elle. Eh bien, qu'est-ce que tu dis de ça ? Je ne veux pas te le dire.

— Mais pourquoi ? Ça n'a aucun sens.

Je passe mes mains dans mes cheveux, les serrant fort pour m'empêcher d'essayer de secouer Trish pour lui faire ouvrir les yeux.

Fronçant les sourcils, elle passe devant moi, avançant vers la maison.

— Je suis désolée, mais c'est mieux comme ça.

— Comment ça, c'est mieux ?

Je la suis, content qu'elle se dirige vers l'intérieur plutôt que vers sa camionnette où la caravane est déjà attelée et prête à partir.

En ouvrant la porte d'un coup sec, elle se dirige vers la cuisine. Je dois attraper la porte pour l'empêcher de se claquer derrière elle.

— C'est mieux de se dire au revoir maintenant que de me voir partir plus tard quand tu seras en colère.

— Je ne pourrai jamais être en colère contre toi.

Je sors ma clé de voiture de ma poche et la dépose dans le bol comme sur pilote automatique.

Trish arrive dans la cuisine.

— Quel ramassis de conneries. Tu sais très bien que tu es en colère là.

— Trish...

— Non.

Elle se retourne une fois de plus, cette fois en tendant la main comme pour m'avertir.

— C'est mieux ainsi. Souviens-toi juste de moi bien habillée ressemblant à tout ce que tu as toujours voulu. Même si c'est l'exact opposé de ce que je suis ou d'où je viens, c'est quand même mieux que la vérité.

Mes sourcils se froncent, je suis confus jusqu'à ce que je me souvienne de ce que je lui ai dit quand elle est descendue en glissant les escaliers dans sa robe blanche.

— J'ai peut-être dit que tu étais tout ce que j'ai toujours voulu quand tu étais bien habillée ce soir-là, mais je le pensais, que tu sois en pyjama, en maillot de bain ou le cul nu au bord de la piscine.

À son regard incrédule, je secoue la tête.

— Et qu'est-ce que c'est que cette discussion sur tes origines ? La seule personne qui semble avoir un problème avec ça, c'est toi.

— C'est pour ça que tu as demandé à des photographes de te prendre en photo avec Brenda ?

Elle cligne des yeux, l'air aussi surprise que moi par son commentaire sarcastique.

Mais c'est ma faute. Comme l'a dit le docteur Brown, si je n'avais pas été si occupé à gérer les choses au lieu de les affronter, je ne serais jamais allé à cette collecte de fonds. Trish et moi aurions pu être étendus devant la télévision, un autre assortiment de plats à emporter autour de nous, à regarder des séries télévisées étrangères et à faire des câlins. Faire grandir notre relation, construire la confiance. Peut-être qu'alors elle ne me cacherait plus rien.

Je serre les dents, encore plus en colère contre moi-même que contre elle.

— Ce n'était pas mon idée. Je voulais être vu avec *toi* à mon bras.

— Oui...

Elle hoche la tête, l'air nostalgique.

— C'est ce que tu as dit.

En soupirant, elle se dirige vers le banc près des portes-fenêtres, attrapant son sac d'ordinateur portable par la sangle. Elle me fait un petit sourire. Un petit sourire triste.

— Et peut-être que tu le crois, Ian, mais ça va changer. Si tu en savais plus sur moi et sur qui je suis, cela va changer.

— Non.

J'essaie d'infuser chaque once de conviction que j'ai dans ma voix.

— Ça ne changera pas.

— Si.

Sa voix, bien que plus douce, sonne tout aussi sûre.

— Ça changera.

Nous nous tenons là, à trois mètres l'un de l'autre, chacun de nous convaincu d'avoir raison. Aucun de nous ne veut céder.

— Je suppose que nous ne le saurons pas vraiment à moins que tu ne me le dises.

— Tu penses ça, mais...

— Dis-moi.

Ma voix résonne dans toute la maison, les pièces presque vides faisant écho à ma colère. Ma frustration.

Elle tressaille.

— S'il te plaît. Ne vois-tu pas que je veux que tu te souviennes de moi comme...

— Dis-moi.

Elle baisse la tête en arrière, comme si elle espérait une intervention divine. Quand aucune n'arrive, elle se redresse.

— Bien.

Portant son sac sur son épaule, elle se dirige vers moi, un regard sur son visage que je n'ai jamais vu auparavant.

— Tu veux savoir ?

— Oui. Je veux savoir.

Je tends la main vers elle, mais elle recule de manière à être hors de portée.

— Fais-moi confiance, Trish.

Un autre sourire triste, mais cette fois elle retient mon regard.

— Commençons par ça. Tu me connais sous le nom de Trish Garrett. Tu connais mon pseudonyme, Audrey Cole. Mon *vrai* nom est Patricia Anne Garrett LaRue.

— Pourquoi as-tu changé de nom ?

— Au départ, j'en ai changé parce que j'étais une strip-teaseuse. Maintenant, c'est parce que je suis une criminelle recherchée.

Je cligne des yeux, réfléchissant à ce que je viens d'entendre. Avant d'éclater de rire.

— Très drôle.

Reculant, je m'appuie contre l'îlot de la cuisine.

— C'est un genre de test, hein ? Tu me donnes le pire des cas, et si je me dérobe, tu auras prouvé que tu as raison ?

Toujours souriant, je secoue la tête.

— Toi, une strip-teaseuse et une criminelle ?

Je ris sous cape.

— C'est ça, oui.

Les secondes passent, son expression sérieuse et désespérée ne change jamais. Ma bonne humeur d'il y a une seconde s'estompe, laissant un sentiment d'appréhension. Une fois de plus, je rejoue sa déclaration, en y réfléchissant vraiment cette fois, en alignant ces nouvelles informations avec ce que je sais déjà. Le faux nom, le passé secret, les déménagements d'un endroit à l'autre. Pourquoi un détective privé frapperait à sa porte. Plus j'y pense, plus les choses se mettent en place.

— Oh.

— Oui, oh.

Les larmes lui montent aux yeux, ce qui les rend plus sombres. Des piscines profondes remplies de secrets que je n'ai jamais imaginés.

— Non seulement je suis un enfant bâtard, abandonné par sa mère et qui ne sait même pas qui est son père, mais j'ai grandi pour être le cliché ultime : une strip-teaseuse accusée de vol. Elle remonte son sac.

J'ai honte de l'admettre, mais l'une de mes premières pensées est de me demander ce que fera mon père quand il le découvrira.

— Si je reste, je serai découverte. Et même ton père ne serait pas capable de contrôler la mauvaise presse. Et cela sans parler de la réaction de la NASA. Un fonctionnaire, en lice pour une promotion impliquant des partenariats internationaux, en couple avec une criminelle ?

Son rire est court et dur.

— Au revoir, carrière.

Mes pensées sont ailleurs, j'essaie de voir plus loin, de planifier mon prochain mouvement, de trouver un moyen de protéger Trish. Elle parle toujours alors qu'elle fait le tour de l'îlot mais ses mots et ses mouvements sont flous. Mon esprit est trop occupé à parcourir tous les scénarios possibles, à essayer de trouver une solution à ce casse-tête maintenant que j'ai enfin plus de pièces.

Mon père. Mon boulot. Son passé. Son mandat d'arrêt.

Peut-être qu'elle peut vivre sous son pseudonyme d'écrivain de romance, Audrey Cole ? Nous pourrions nous marier. Cela forcerait mon père à garder son passé secret s'il ne veut pas que cela fasse imploser sa carrière. Certaines personnes pourraient considérer cela comme une décision drastique, mais me marier avec Trish semble génial, en fait.

Pour être sûr, je pourrais trouver du travail ailleurs afin que nous ne soyons pas si étroitement liés au gouvernement. J'aime la NASA, mais j'aime Trish plus encore.

Aimer. Oui. Je l'aime. Tout ce qu'elle a dit n'a pas d'importance. Eh bien, le truc de criminelle, si, mais nous pouvons résoudre cette situation. Nous pouvons y faire face *ensemble*. Comme nous aurions dû depuis le début.

Je desserre la mâchoire, essayant d'arrêter le grondement qui remplit soudainement mes oreilles. Je cligne des yeux, me recentrant sur la pièce.

— Trish, qu'est-ce que tu as...

Elle est partie.

— Merde.

Le grondement n'était pas dans ma tête, car je peux encore l'entendre. Je suis à la porte, manquant de me prendre mon Audi. Le garage à bateaux est vide.

Je cours jusqu'en bas de l'allée, en regardant dans la rue. Le reflet de la caravane argentée de Trish m'aveugle alors qu'elle tourne au coin de la rue de notre quartier. Je me précipite vers ma voiture, me glisse à l'intérieur et appuie sur le bouton du démarreur.

Rien.

Je tapote mes poches, me souvenant que j'ai laissé la clé dans le bol. Je saute une fois de plus, sortant presque la porte de la cuisine de ses gonds dans ma précipitation.

Le bol est vide.

Elle a pris mes clés.

———

T*RISH*

— Oui ! Schtroumpfette !

Jul' dévale les marches du ranch et la poussière du chemin de terre, tourbillonnant toujours autour de ma camionnette.

— Comment vas-tu...

Son sourire s'estompe lorsque je claque la porte du camion et que je lui lance un regard mortel.

— Euh...

Comme un cow-boy prêt à en affronter un autre dans un duel sous le soleil de midi, je pénètre dans l'espace de Jul'. Comme nous portons toutes les deux des baskets, elle est bien plus grande que moi, mais je suis suffisamment énervée pour m'en foutre.

— Toi aussi, Brutus ?

Cela prend une seconde, mais je vois le moment exact où Jul' comprend pourquoi je suis en colère.

— Oh merde.

Je hausse un sourcil en attendant une explication.

— Je sais que ça a l'air nul. Elle lève les deux bras en signe de défense. Je n'aurais rien dû dire.

Je croise les bras sur ma poitrine.

— C'est juste qu'il m'a attrapée à un moment de faiblesse, me dérangeant pendant que j'entrais de nouvelles commandes dans le simulateur.

Je commence à taper du pied.

Elle étouffe un rire.

— Captain America était sérieusement inquiet.

Son sourire retombe quand je ne le rends pas.

Mon cerveau rationnel essaie de me dire que je ne suis pas vraiment en colère contre Jul'. Blessée, oui. Mais pas en colère. Je n'ai vraiment qu'à m'en prendre à moi-même pour toute cette catastrophe qu'est ma vie. Mais je ne peux pas m'empêcher de me défouler.

— Il était tellement inquiet que tu as jeté ton amie sous le bus ? L'amie qui t'a donné un endroit où dormir alors que tu fuyais tes propres secrets il y a quelques semaines à peine ?

Les épaules de Jul' se courbent.

— Merde.

Je n'ai jamais vraiment donné de coups de pied au chiot de quelqu'un, mais j'imagine qu'ils feraient un peu la tête de Jul' en ce moment.

— Tu as raison.

Elle hoche la tête.

— J'ai brisé le code. Les amies avant la queue.

Son expression solennelle est en contradiction avec sa vulgarité.

— Je suis un échec total en matière d'amie.

Je soupire, ma colère s'évanouissant rapidement face à une Jul' si pitoyable.

— Non. Tu ne pourrais jamais être un échec en matière d'amie.

— Non. Je le suis. Je...

— Hé, Trish !

Je me retourne pour voir Holt se diriger vers nous depuis la grange. Le gentleman cow-boy typique, Holt me tire son chapeau avant de glisser son bras autour de Jul'.

Sauf qu'elle le détourne.

— Ah non, hein.

Jul' tape sa main.

— Quoi ?

Holt fronce les sourcils, jetant un coup d'œil à sa main et à Jul'.

— Pourquoi ?

— Parce que tu m'as rendu faible. Je me suis ramollie depuis que je t'ai rencontré. Plus gnangnan que Candy !

Elle jette ses mains en l'air sur ses derniers mots, l'air aussi en colère que Holt est confus.

— Qu'est-ce qu'un dessin animé a à voir avec ça ? Et pourquoi es-tu...

— Pas de sexe pour toi ce soir.

Jul' lui donne des coups d'index sur la poitrine. Fort.

Holt frotte l'endroit où son doigt l'a frappé, ouvrant et fermant la bouche comme un poisson hors de l'eau.

Je pouffe, abandonnant ma colère.

— Jul', vraiment, tu n'as pas...

— Les amitiés entre filles sont vraiment difficiles

Elle passe une main sur son visage.

— Je pensais vraiment que je vous aidais à vous rapprocher, Ian et toi, mais j'ai merdé. J'aurais dû m'en tenir à offrir des boissons chaudes et à me taire.

— Tu penses que tu te tais ?

Holt et moi posons cette question d'une seule voix.

Les yeux de Jul' se plissent, et une fois de plus Holt et moi jouons les jumeaux et prenons du recul.

— Je vais ignorer ça vu que... tu es en colère contre moi, et c'est légitime, dit-elle en hochant la tête vers moi. Et tu es sur le point d'être sexuellement frustré, dit-elle en hochant la tête vers Holt.

Je jure que Holt gémit.

Jul' m'attrape par le bras et me fait faire le tour de la maison principale.

— Allez, viens, je vais me rattraper en te prêtant Cookie.

— Cookie ?

Je regarde Holt, qui est en train de donner des coups de pied dans la poussière.

— Tu vas me prêter ta vache ?

— Oui.

Jul' passe le porche à grands pas et tourne au coin de la maison.

— Qu'est-ce que tu veux dire par « me prêter ta vache » ?

Je suis Jul', faisant deux pas chaque fois qu'elle en fait un.

— Je n'ai pas de place pour une vache.

— Mais non, pas comme ça.

Nous tournons à un autre coin où je vois qu'une grange miniature a été construite. Une petite grange à une seule stalle. Peinte... en rose ?

Je trébuche.

— Qu'est-ce que c'est que ça ?

Jul' me redresse et continue de marcher.

— La maison de Cookie.

Sa vache a une maison. Bien sûr qu'elle a une maison.

Jul' s'arrête et lâche ma main pour ouvrir la porte latérale. Elle me fait signe de rentrer à l'intérieur de l'enclosure et fait un geste joyeux vers Cookie.

— Coucou ma chérie ! Je t'ai amené une amie.

Cookie, qui ne se rend compte de rien ou est indifférente, continue de se tenir dans le coin le plus éloigné de sa maison, grignotant quelque chose dans un grand seau en métal.

Jul' ferme la barrière derrière moi, restant de l'autre côté.

— Hum, tu ne viens pas avec moi ?

Pour l'accompagner où que ce soit.

— Non, c'est une affaire privée entre toi et Cookie. Je ne veux pas m'immiscer.

— Oh.

C'est tout ce que je parviens à dire en regardant Cookie, en espérant qu'elle puisse me donner plus d'indications que sa propriétaire ne l'a fait.

Cookie remue la queue. Je n'ai aucune idée de ce que cela signifie.

— Qu'est-ce que tu regardes ?

Jul' fonce les sourcils, me faisant signe d'avancer.

— Vas-y. Fais-lui un câlin.

— Quoi ?

— Tu m'as entendue. Je te prête ma vache. C'est un excellent animal de soutien émotionnel.

— Tu as besoin d'un animal de soutien émotionnel ?

Jul' recule comme si je l'avais giflée.

— Bien sûr que non. Merde. Je dis juste que c'en *est* un.

Jul' se moque :

— Pourquoi une dure à cuire comme moi aurait-elle besoin d'un animal de soutien émotionnel ?

Mais elle ne me regarde pas dans les yeux en disant cela, alors je suis presque sûre que mon amie passe beaucoup de temps à serrer sa vache dans ses bras.

Jul' se penche par-dessus la clôture et me pousse en avant, mon pied manquant juste une grosse bouse.

— Vas-y.

Redressant son bras, elle montre à nouveau la génisse.

— Câlin. Maintenant.

Ne sachant pas quoi faire d'autre, je me dirige vers Cookie, gardant les yeux baissés tout le temps, m'assurant que mes baskets blanches ne se tachent pas en brun.

Je m'arrête à une trentaine de centimètres de la vache de Jul'. J'ai entendu dire que l'on n'est pas censé jouer avec un chien qui mange, et je ne sais pas si ces règles s'appliquent aux bovins. Mais quand je me retourne vers Jul', elle hoche la tête de manière encourageante du côté sûr de la clôture. Résignée à mon sort, je soupire et m'adresse à la vache.

— Euh, salut, Cookie. Comment vas-tu ?

Un autre coup de queue.

Timidement, je tends ma main, la posant légèrement sur son flanc.

Un grand œil marron me regarde alors qu'elle plonge sa tête une fois de plus dans son seau de trèfle. Son collier en strass cogne contre le bord métallique.

— Fais-lui un câlin ! crie Jul', me faisant sursauter.

Cookie ne bronche pas.

Je suppose que je suis la seule à me sentir mal à l'aise ici.

Avec une profonde inspiration, je glisse la main sur son flanc et autour de son cou, mettant mon autre sous son menton.

Craignant qu'elle ne sursaute ou me morde, mes bras la touchent à peine au début. Mais Cookie continue de grignoter son trèfle. Alors que la chaleur de sa peau pénètre en moi, mes bras se reposent plus fortement autour d'elle. Après quelques minutes de plus, mon poids commence à s'affaisser contre elle, Cookie me soutenant.

Bientôt, je serre Cookie avec l'énergie du désespoir alors que des larmes douces et silencieuses commencent à couler. Son rythme cardiaque explose sous mon oreille allongée à plat sur son cou. C'est un rythme régulier et lourd qui apaise à chaque vibration. Il sert de rythme à la bande-son des souvenirs récents. Tous ont à voir avec Ian.

Les bras de Ian autour de moi. Ses baisers. Son soutien silencieux. Ian qui me fait l'amour dans son jardin, me disant à quel point je suis forte et courageuse.

Puis je me souviens du choc sur son visage quand je lui ai dit la vérité. Je n'avais pas réalisé, jusqu'à ce que je voie son visage vide, ses yeux embués par le choc, que j'avais gardé espoir. Mais quand je l'ai entendu marmonner à propos de son père, de son travail, ce petit espoir inutile s'est finalement brisé. Avec mon cœur.

Plus je pleure, plus je serre Cookie dans mes bras. Elle reste immobile, endurant mon étreinte, jusqu'à ce que bien après que le bruit du métal tintant contre le seau s'est arrêté, son trèfle mangé et le ciel nocturne tombé.

— Je suis bête, tu sais.

Je renifle, essuyant les yeux qui sont probablement rouges et gonflés.

— Je savais au moment où j'ai vu ce mec typiquement

américain debout dans un bar en plein air avec sa chemise boutonnée et son pantalon kaki au milieu d'un été texan que rien de bon ne viendrait à se rapprocher de lui.

Cookie remue à nouveau la queue.

— J'aurais dû quitter la ville ce jour-là.

Pour la première fois, Cookie bouge, tournant la tête vers moi, ses grands yeux marron me fixant sans ciller. Nous restons debout comme ça, nous regardant fixement, jusqu'à ce que le bruit d'une porte moustiquaire qui claque m'en fasse sortir.

Je m'étire, mon dos me fait mal d'être restée penchée si longtemps, et mes bras me font mal à force de me tenir si fort.

Et pourtant je me sens mieux.

Je pousse Cookie de la tête, gratte derrière ses oreilles comme je le ferais avec un chien, murmurant des compliments en remerciement. Finalement, elle trottine jusqu'à sa grange rose en remuant la queue.

Mon cœur est peut-être encore lourd et meurtri dans ma poitrine, mais mon âme se sent plus légère.

Sur le chemin du retour à ma caravane, je marche dans une bouse de vache.

VINGT
DUR MOMENT

Ian

— Tu vas devoir te débrouiller tout seul, Kincaid.

Au téléphone, la voix intraitable de Jul' amplifie mon mal de tête déjà intense.

— Comment ça, je dois me débrouiller tout seul ?

Je donne un coup de pied, faisant tourner ma chaise loin de mon bureau.

— C'est *toi* qui m'as parlé du détective privé !

Je m'accroupis et parcours encore une fois tous les tiroirs du bureau, juste au cas où j'aurais raté ma clé de rechange la première fois.

— Les copines avant tout.

Ma main s'arrête en pleine recherche.

— Tu es sérieuse, là ?

— Oui. Je suis sérieuse.

Elle laisse échapper une grande inspiration comme si *elle* était énervée après *moi*.

— Écoute, je te l'ai déjà dit, Trish est bien arrivée au ranch. Elle est avec Cookie maintenant.

Je referme le tiroir du bureau et me dirige vers la cuisine.

— Ta vache ?

— Oui. L'opération *Animal de soutien émotionnel* est lancée.

— Mon Dieu. Il me faut de nouveaux amis. Ou un verre. Ou tout du moins de l'ibuprofène.

Je sors du bureau et je fais une pause pour jeter un œil dans ma cuisine normalement vierge et ordonnée, où l'on dirait qu'une bombe a explosé en ce moment. Tiroirs ouverts, casseroles et poêles par terre, papiers et ustensiles de tous les côtés. Je mets Jul' sur haut-parleur et pose le téléphone sur l'îlot.

— Tu sais quoi ?

Des deux mains, j'arrache le tiroir à ordures où était *censé* être mon porte-clés de rechange et je jette tout par terre. Toujours pas de clé électronique.

— J'irai au ranch dès que j'aurai trouvé ma clé de rechange. Je parlerai à Trish à ce moment-là.

— Euh, oui, à propos de ça...

Je vide aussi le tiroir suivant. Toujours rien.

— Tu ne la trouveras pas.

Je m'arrête avec mes mains sur le troisième tiroir.

— Pourquoi ça ?

— Trish a mentionné qu'elle devait te renvoyer *deux* clés. Donc, je suis presque sûre qu'elle a pris celle de rechange aussi.

— Tu es sérieuse, là ? J'ai une réunion de travail demain matin.

Jul' glousse.

— Déjà entendu parler d'Uber ?

Soudainement épuisé, je retombe contre les armoires restantes et frotte mes deux mains sur mon visage comme si je pouvais effacer ce que Jul' vient de dire. Mais ce n'est pas le cas.

Je me demande combien de temps il faudra au concessionnaire pour faire fabriquer de nouvelles clés.

— Et puis, tu n'es pas sur la liste.

— Quelle liste ?

Peut-être que si je paie un supplément, ils peuvent accélérer...

— La liste de la sécurité permettant d'entrer sur la propriété.

Mes narines se dilatent alors que je lance un regard mortel sur mon téléphone, allongé de manière anodine sur le comptoir en marbre.

— Comment ça, je ne suis pas sur la liste ?

J'attrape le téléphone, hurlant dans l'écouteur.

— Pourquoi ne suis-je pas sur la liste, Starr ?

Tout semblant de calme auquel je m'accrochais jusqu'ici se dissipe, alors que je sens mon visage chauffer et ma pression artérielle augmenter.

— J'étais sur la liste avant.

— Oui, eh bien, c'était *avant* Trish. Après Trish, j'ai dû te retirer de la liste.

Elle me parle comme si j'étais un petit enfant, et c'est une bonne chose qu'elle ne soit pas devant moi, car j'essaierais probablement de l'étrangler.

En inspirant profondément par le nez et en expirant par la bouche, je réessaye de convaincre Jul'.

— Remets-moi sur la liste.

— Non, je ne peux rien faire, Kincaid. Comme je l'ai dit, tu dois te débrouiller tout seul.

C'est un miracle que l'écran ne se craque pas vu la force avec laquelle j'empoigne mon téléphone.

— Hé, mais regarde le bon côté, tu seras de retour sur la liste pour le mariage. C'est déjà ça.

Le ton apaisant de Jul' est tout aussi frustrant que les conneries qu'elle peut raconter.

— D'accord, d'accord.

Je prends une profonde inspiration, essayant de me concentrer. Le ranch *est* le meilleur endroit pour Trish. Holt a déjà des agents de sécurité là-bas pour le mariage. Mes narines se dilatent. Et apparemment, il y a une liste réduite de qui peut et ne peut pas venir sur la propriété. De plus, Trish a dit elle-même qu'elle resterait pour le mariage.

Le mariage. Ce n'est que dans quelques jours, mais j'ai l'impression que c'est une éternité. Cela signifie que j'ai jusque-là pour comprendre ce qui se passe. Trouver une solution. Pour *affronter* la situation.

Je hoche la tête. Tout d'abord, j'ai besoin de plus d'informations.

— Donne-moi le nom du détective privé qui est venu à la caravane de Trish.

Jul' soupire.

— Ian, tu sais que je ne peux pas faire ça.

— Si. Tu peux.

— Mec…

— Tu vas me le donner parce qu'à ce stade, quelle importance ? Trish sait déjà que tu m'as parlé de lui de toute façon.

— Eh bien oui, mais…

— Et tu vas le faire parce que si tu veux une partie des EVA pour la nouvelle installation de Bartolomeo, tu vas cracher le nom du type. *Maintenant.*

Je ressemble tellement à mon père que ça devrait me rendre malade, mais je m'en fous.

Lorsque Jul' parle enfin, sa voix n'a plus la légèreté que je lui connais, elle est sèche et basse.

— Ne pense même pas à jouer avec mon taf, Kincaid. Ce n'est pas juste.

— En amour, tous les coups sont permis, Starr.

— En amour, hein ?

Je peux presque l'entendre lever les yeux au ciel.

— Oui, je suppose que l'amour nous fait faire des choses folles.

Heureusement, elle n'a plus l'air de vouloir me tuer.

— Le nom ?

— Bien. Mais si elle te demande, je t'avais déjà donné le nom avant. Je n'ai pas envie d'avoir des ennuis deux fois pour la même chose.

— Parole de scout.

Cela lui arrache un éclat de rire.

— Gary Ranos. Si le badge de détective privé qu'il m'a montré était vrai, il travaille en Géorgie.

— Merci, Jul'.

— Oui, oui. Peu importe.

— Jul' ? La voix de Trish, douce et chantante, me submerge à travers le téléphone.

— Ici, Schtroumpfette ! Jul' n'éloigne même pas le téléphone de sa bouche lorsqu'elle crie.

— On se voit au mariage, murmure-t-elle avant de raccrocher.

J'ai besoin de cinq bonnes minutes de respiration régulière, méthode que j'ai apprise avec le docteur Brown au cas où je commencerais à paniquer à cause de ma claustrophobie. Il s'avère que cela fonctionne aussi lorsqu'on a le cœur brisé et qu'on est frustré.

Douze heures plus tard, après une nuit blanche, un remorquage jusqu'au concessionnaire automobile et l'achat d'un nouveau réseau privé virtuel, je suis plongé dans le mode résolution d'énigmes en attendant mes nouvelles clés.

Ne voulant pas utiliser l'ordinateur portable fourni par le

gouvernement pour rechercher des informations sur un crime ou un détective privé, j'ai enregistré le VPN sur un compte de messagerie jetable afin de pouvoir effectuer une recherche via mon téléphone portable personnel. Juste au cas où Big Brother regarde.

Je suis peut-être paranoïaque, mais mieux vaut être parano que d'attirer l'attention des forces de l'ordre vers moi... ou pire, vers Trish.

Pour l'instant, je sais que Trish *n'est pas* une criminelle. Du moins pas encore. Alors ça va.

Il y a simplement un mandat d'arrêt contre elle pour vol. Après quelques recherches supplémentaires, j'ai découvert que pour que le vol soit considéré comme un crime, les objets volés doivent valoir plus qu'un certain montant.

Après je n'ai été dans sa caravane qu'une seule fois, et c'est vrai que je n'étais pas dans le meilleur état d'esprit, mais ce n'était pas comme si elle était couverte de diamants. Imaginer Trish comme voleuse ne marche pas.

J'ai aussi passé un appel à Gary Ranos. Il s'avère que c'*est* un détective privé de Géorgie. Il est prêt à parler dès que le virement que je lui ai envoyé sera autorisé. Je me pose des questions sur la moralité de ce type s'il est prêt à révéler des informations confidentielles tant que le prix est juste.

— Ça ne prendra que quelques minutes de plus, monsieur Kincaid.

Je lève les yeux vers le réceptionniste, Dale, qui passe la tête dans la salle d'attente.

— Puis-je vous offrir plus de café ? demande-t-il en hochant la tête vers la tasse vide à côté de moi.

Le café est étonnamment bon. Mais comme ma jambe rebondit déjà à un kilomètre par minute, je pense que je ferais mieux de la refroidir avec de la caféine.

— Non merci.

Mon téléphone, que je tiens encore à la main, sonne et je manque de le faire tomber à cause de l'excitation liée au café

— Allô ?

— Le virement est passé.

La voix de Gary Ranos est distante, comme s'il avait une mauvaise connexion.

Je me lève, hochant la tête.

— Bien.

Ne voulant pas être entendu, je me dirige vers les portes d'entrée du concessionnaire.

— Dites-moi qui vous a engagé.

— Chad Mitchell.

Je repousse les portes vitrées, une vague de chaleur de l'après-midi me frappe, Houston oubliant apparemment que c'est l'automne.

— Suis-je censé savoir qui c'est ?

— C'est le fils du juge Randall Mitchell, celui qui a accusé Patricia Anne Garrett LaRue de vol.

Un juge. Génial.

— Mitchell m'a engagé pour trouver Patty et lui demander de retourner en Géorgie avec moi.

Il me faut une seconde pour réaliser que Patty est Trish.

— Pas pour aider à l'arrêter ?

— Non, monsieur.

Entre la voix étouffée de Ranos et un bruit de mâchouillis, je réalise qu'il mange.

— Il m'a demandé précisément de ne pas mêler la police à cela.

Je repense à tout ce que Jul' m'a raconté à propos de sa rencontre avec le détective privé la nuit où Gary Ranos est venu frapper à la porte de Trish.

— Alors pourquoi avez-vous mentionné la police lorsque vous êtes allé à la caravane ?

— Eh bien, euh, à dire vrai...

Ranos s'éclaircit la gorge.

— Vous voyez, d'après mon expérience, les femmes sont plus susceptibles d'obtempérer lorsque les autorités sont mentionnées.

En d'autres termes, il pensait qu'il pouvait effrayer une femme célibataire seule pour qu'elle fasse ce qu'il voulait. Je prends une inspiration mais laisse les jurons qui bouillonnent dans ma gorge se calmer. *Concentre-toi.*

— Est-ce que Mitchell vous a dit pourquoi il voulait que Trish revienne en Géorgie si ce n'est pour l'arrêter ?

— Non.

Ranos prend une autre bouchée.

— Il ne m'a même pas parlé du mandat d'arrêt.

Il avale.

— Je l'ai découvert moi-même en faisant une simple vérification des antécédents de Patty avant de partir à sa recherche.

Je pince l'arête de mon nez, la douleur aidant à garder mon agacement à distance.

— Qu'a-t-il dit quand vous lui avez dit que vous l'aviez trouvée ?

— Il était heureux.

Un bruit de bouche, suivi d'un rot.

— Mais il était furieux quand je lui ai dit qu'elle avait encore disparu.

Mentalement, je croise les doigts.

— L'avez-vous retrouvée depuis qu'elle a déménagé ?

— Non, mais je suppose qu'elle est toujours dans la région de Houston. Sa camionnette n'a pas l'air de pouvoir sortir de la ville.

Il mâche.

— C'est comme ça que je l'ai trouvée la première fois. Apparemment, c'était celle de son grand-père. Elle n'a pas l'air de vouloir s'en débarrasser, raille-t-il. La sensiblerie finit toujours par vous faire attraper.

Je veux à la fois frapper Ranos et embrasser Trish. C'est une guerre d'émotion intéressante.

— Mais avec l'équipe de sécurité des West qui suit Julie Starr et ses amies, poursuit Ranos, je n'ai pas pu m'approcher ni savoir où elle séjourne.

Il avale.

Cela me laisse sans voix. Holt fait suivre les filles par son équipe de sécurité, hein ? Je parie que Jul' *adorerait* cette petite information.

— À quel point cette vérification de vos antécédents est-elle approfondie ?

— C'est la meilleure.

Le bruit de l'aspiration de liquide à travers une paille me fait retirer mon téléphone de mon oreille.

— Mais ça va vous coûter cher.

Je me pince plus fort.

— Je vais virer le double de ce que je viens de vous payer si vous pouvez me l'envoyer par e-mail dès que possible.

— C'est fait.

Je lui donne le même e-mail jetable que celui que j'ai utilisé pour mon VPN et raccroche pour autoriser un autre virement bancaire.

Je fais les cent pas devant la devanture du concessionnaire jusqu'à ce que Dale m'appelle.

— Monsieur Kincaid ?

Je trébuche presque en me tournant vers la porte derrière moi.

— Oui ?

Son expression méfiante laisse place à un sourire gêné.

— Vos clés ont été programmées.

Il me tend un sac avec cinq clés électroniques à l'intérieur.

J'ai fait faire des clés supplémentaires au cas où Trish serait encore énervée un jour. Ou si elle a peur de son passé et veut s'enfuir. Parce que jusqu'à ce qu'on ait réglé cette situation, je suis à peu près sûr qu'elle le fera. Et je dois être préparé.

— Merci, dis-je en prenant le sac. Avez-vous besoin de ma carte pour...

— Non, non.

Les mains levées, il recule dans l'embrasure de la porte ouverte.

— Nous vous enverrons la facture. Votre voiture est garée au coin de la rue, dit-il en tendant la main derrière moi. Bonne journée.

La porte se ferme, et, à travers la vitre, je le regarde retourner à son comptoir, me jetant des regards prudents par-dessus son épaule. J'aperçois mon reflet et vois mes cheveux dressés comme ceux d'un fou. Je regarde à nouveau à l'intérieur et m'aperçois que tous les clients me fixent. Entre les allées et venues, la conversation téléphonique et les gestes dans tous les sens, j'ai dû leur donner tout un spectacle.

Je me dirige vers le parking où m'attend ma voiture et me glisse à l'intérieur, jetant le sac de clés sur le siège passager.

Mon téléphone sonne avec une notification d'e-mail.

En mettant le contact pour ne pas fondre dans ma voiture, je fais défiler toutes les pièces jointes que Ranos m'a envoyées.

Plus je défile, plus j'ai mal au cœur.

Pas pour moi, mais pour la petite brune pâle qui me regarde dans les photos en pièces jointes. Il y a une photo de Trish de l'école primaire. Une fille à couettes avec un sourire en coin. Un acte de naissance où le père est noté comme « inconnu ». Le rapport signalant la disparition de sa mère. Une copie de la double hypothèque de ses grands-parents sur leur mobile-home, suivie de leurs certificats de décès. Une autre photo de Trish, cette fois-ci au lycée, ses yeux déjà trop sages pour son âge. Des relevés de notes qui dépeignent un esprit intelligent et doué et les bourses qu'elle a obtenues. Des factures des collèges communautaires. Et enfin, une photo promotionnelle d'un club de strip-tease où figure une Trish presque méconnaissable, penchée en arrière par un poteau, une jambe pointée vers le plafond, un bikini rouge à paillettes couvrant à peine ses seins.

Elle est belle sur chaque photo. Et je l'aime davantage à chaque nouvelle information que je lis.

Mais ça fait mal qu'elle ait eu trop honte pour m'en parler.

Il y a aussi une photo d'un beau mec dans la vingtaine avec une Trish plus jeune. C'est un selfie, où Trish lui embrasse la joue.

Je déteste déjà ce mec, et je ne sais pas qui il est.

Sur la page suivante, il y a une autre photo de ce mec. Cette fois, il est plus âgé, en costume et devant un cabinet d'avocats. Mitchell et Watkins. Ça doit être Chad Mitchell.

Effectivement, Ranos a inclus un autre dossier, celui-ci sur Chad Mitchell, qui, de nos jours, est associé principal dans un grand cabinet d'avocats géorgien. Un cabinet d'avocats fondé par son père, qui est décédé il y a trois mois d'un accident vasculaire cérébral.

J'appelle le numéro que Ranos a indiqué pour Mitchell. Pas de réponse, pas de messagerie vocale. Je me disais aussi. Il ne me dira sans doute rien au téléphone de toute façon.

Pour une raison quelconque, Mitchell veut garder la situation de Trish secrète. Il est évident qu'ils étaient dans une relation amoureuse si l'on se fie aux informations de Ranos. Apparemment, à un moment où Trish allait à l'université et travaillait au club de strip-tease.

Mais après que le juge l'eut accusée de vol, Trish a quitté

la ville, et quelques années plus tard Mitchell a épousé la fille d'une grande famille du sud.

Je compose le numéro du cabinet d'avocats.

— Bureau d'avocats Mitchell & Watkins, comment puis-je orienter votre appel ?

— Je dois prendre rendez-vous avec Chad Mitchell. Dès que possible.

— Je suis désolée, monsieur Mitchell est hors de la ville pour un banquet commémoratif en l'honneur de son défunt père. Il m'a informée qu'il ne prendrait aucun rendez-vous aujourd'hui ou demain. Je peux vous mettre sur le planning de la semaine prochaine.

Merde. Une semaine ne le fera pas. C'est après le mariage. Après le départ de Trish.

— Je vois. *C'est* dommage.

Mes narines se dilatent alors que je m'arme de courage pour ce que je m'apprête à faire.

— Vous voyez, je suis Ian Kincaid, et *mon* père, le sénateur américain Richard Kincaid, m'a demandé de parler personnellement avec monsieur Mitchell au sujet d'une question juridique urgente en Géorgie. Elle doit être traitée immédiatement.

Dans le silence qui suit, j'imagine la réceptionniste en train de parcourir les ramifications de la mise à l'écart d'un client potentiel aussi important.

— Si vous pouviez patienter monsieur, je vais juste vérifier.

— Bien sûr.

Je repose ma tête contre mon siège auto. Ce que je viens de faire me rend malade.

Un instant plus tard, la réceptionniste revient en ligne en chantant un air complètement différent.

— Monsieur Kincaid, monsieur Mitchell serait heureux de vous rencontrer demain après-midi, quand il sera de retour au bureau.

— Très bien.
— Un rendez-vous à 15 heures vous conviendrait-il ?

Je fais le calcul. Le cabinet d'avocats d'Atlanta est à environ douze heures en voiture. Si je pars maintenant, en filant juste à la maison pour prendre un sac et en ne m'arrêtant que lorsque j'ai besoin d'essence, je devrais être sur place avec de l'avance. Je mets la voiture en marche arrière et laisse le Bluetooth prendre l'appel.

— 15 heures, c'est parfait. Merci.

Je manœuvre hors du parking, souhaitant avoir accepté l'offre de Dale et la deuxième tasse de café.

Ça va être un long trajet.

―――――

T*RISH*

— J*E T'AVAIS DIT* que je serais belle dans n'importe quoi.

Jul' lorgne dans le miroir doré de la cabine.

— Ce n'est pas n'importe quoi, c'est du Vera Wang, dis-je, impuissante à me sentir moins que fabuleuse dans l'œuvre d'art en mousseline drapée autour de moi. Elle virevolte même quand je tourne.

Rose bouscule ses seins en place sous son corsage ruché.

— En anglais, ça veut dire qu'on porte des queues.

Jul' et Rose se tapent les poings en ricanant.

— Tout va bien ?

La couturière prétend qu'elle n'a pas entendu deux femmes adultes faire des blagues salaces dans sa boutique de robes de mariées.

Je remarque également qu'aucun mimosa n'est proposé lors

de cette visite. Probablement une bonne chose, avec l'enterrement de vie de jeune fille ce soir.

— Comment sont les ourlets ?

La femme recule, regardant au sol, mètre ruban à la main.

— Vous portez les chaussures que vous aurez aux pieds le jour du mariage, n'est-ce pas ?

— Oui, mais je n'avais pas réalisé que la Trompette porterait des échasses, dit Jul' en me donnant un coup d'index sur l'épaule, me faisant tomber contre le mur.

Rose, Jul' et moi étions toutes censées porter les mêmes chaussures. Et c'est le cas. Essentiellement. Je viens de trouver une paire identique à la leur, mais avec une plate-forme additionnelle de cinq centimètres.

Je me redresse et lisse ma robe pour que la couturière vérifie.

— Je ne voulais pas ressembler à un petit enfant marchant dans l'allée derrière tes fesses amazoniennes.

— S'il te plaît, tu as de la chance d'avoir ceci dans ton champ de vision, dit Jul' en se tapant les fesses.

Je secoue la tête en riant, mais en essayant de rester immobile pendant que la femme marche autour de moi, vérifiant la longueur.

— Ton humilité n'a pas de limites, ma puce.

— C'est juste l'une des nombreuses choses que Holt aime chez moi.

— L'une d'entre elles, hein ?

Hier soir, j'ai appris à la dure à ne pas frapper à la porte s'ils sont occupés. J'ai fait un pas dans la maison à aire ouverte récemment rénovée et je me suis presque aveuglée avec ce que j'ai vu se dérouler sur le plan de travail de la cuisine.

Je ne regarderai plus jamais une spatule de la même manière.

La prochaine fois que j'ai besoin d'une boîte de mouchoirs

pour essuyer mon visage baigné de larmes, je me débrouillerai avec un rouleau de papier toilette.

— Tu parles d'une grève du sexe.

Jul' hausse les épaules, un sourire narquois sur le visage.

— Je n'y peux rien si ce mec est fou de sexe... Aïe !

Elle baisse les yeux vers la couturière qui s'est dirigée vers elle, épingles à la main.

— Désolée, marmonne-t-elle, mais nous savons toutes qu'elle ne le pense pas.

— Bien fait.

Rose n'essaie même pas de cacher son rire.

— Aucune sœur ne veut de détails sur la vie sexuelle de son frère.

Je me détourne du miroir et de leur champ de vision direct et défais la fermeture Éclair de ma robe.

— Oui, il y a des choses que tu peux garder pour toi.

Je passe mon tee-shirt bleu uni par-dessus ma tête et enfile ma jupe plissée à taille élastique. Je garde les chaussures pour les casser avant le mariage. Et ne pas ressembler à la naine que je suis.

— Impossible.

Jul', immobile après avoir été piquée, attend que la couturière approuve la longueur de l'ourlet avant de retirer ses chaussures.

— Aimer signifie ne pas avoir de secrets.

— Alors tu peux m'aimer un peu moins, plaisante Rose. Tu peux garder tes histoires de fesses *privées*.

Elles rient, mais je n'arrive pas tout à fait à sourire.

— Tout le monde a des secrets.

— Oui, je suppose.

Jul' se déshabille, complètement à l'aise avec l'idée de se balader les seins à l'air devant tout le monde.

— Mais pas entre toi et les gens que tu aimes.

Elle attrape son tee-shirt une fois sa robe accrochée.

— Je l'ai appris de la manière forte, hein ?

Rose hoche solennellement la tête, comme si elle repensait à ce qui est arrivé à Jul' il y a quelques semaines.

— Maintenant, il n'y a rien que Holt ne sache pas à mon sujet. Et il m'aime toujours.

Elle penche sa tête sur le côté, réfléchissant à ce qu'elle vient de dire.

— Ou peut-être qu'il m'aime *parce qu'*il sait tout de moi ?

La couturière gonfle la robe de Rose et vérifie l'ourlet.

— Comme je n'ai jamais été dans une relation, je n'y connais pas grand-chose, dit Rose en faisant face au miroir. Mais je dois être d'accord avec Starr à ce sujet.

Jul' hoche la tête, attrapant son pantalon au sol, où elle l'avait laissé tomber plus tôt.

— Bien sûr que tu es d'accord.

Rose lève les yeux au ciel mais continue.

— Mon père n'a jamais su grand-chose sur notre mère.

Elle hausse les épaules, faisant bouger sa robe et râler la couturière.

— Aucun de nous n'a jamais su grand-chose, même maintenant. D'après mon grand-père, ma maman a juste débarqué. En vieillissant, j'ai pris de plus en plus conscience des difficultés de mon père. Il l'aimait, mais c'était comme essayer de s'accrocher à la fumée... aucune substance. Trop de questions sans réponses.

— Le fait qu'elle ne soit pas fidèle n'a évidemment pas aidé.

Jul' croise le regard de Rose et s'arrête.

— Sans vouloir te vexer.

— T'inquiète.

Un sourire triste passe sur les lèvres de Rose.

— Mais c'était juste un autre secret pas si secret entre eux. Parfois, elle partait, et personne ne savait si elle allait revenir.

Papa, ne sachant jamais pourquoi elle était partie, avait l'impression que cela devait être de sa faute. Au fur et à mesure que la tension entre eux montait, il passait de plus en plus de temps avec ses voitures, se défoulant à 150 kilomètres/heure sur le circuit.

Rose me regarde droit dans les yeux, comme elle me parlait à moi et pas de sa mère.

Peut-être que c'est le cas.

Après avoir vérifié le dernier ourlet, la couturière rassemble ses affaires et se précipite hors de la grande cabine d'essayage en baissant la tête et détournant les yeux. On lui a peut-être donné trop d'informations, mais au moins cette fois nous ne sommes pas ivres.

Jul' tape du pied dans ses bottes de moto. Debout, elle se regarde dans le miroir, l'air tout aussi confiante dans un tee-shirt Captain Marvel et un jean ample qu'elle l'était il y a un instant, habillée en haute couture.

— C'est génial de savoir que la personne que vous aimez sait tout de vous et vous aime toujours.

Les mots de Jul' me figent.

— Oui, oui, tu es *tellement* aimée.

Rose sort de sa robe, sa poitrine abondante nécessitant qu'elle porte un corset en dessous.

— Si je dois entendre une fois de plus à quel point tu es aimée, je vais hurler.

Se penchant contre le mur, ses bras croisés sur sa poitrine, Jul' sourit d'un air narquois.

— Tu veux dire que tu ne veux pas entendre que ton frère m'aime tellement qu'il était prêt à souiller sa précieuse cuisine avec des perversions sexuelles hier soir ?

Rose baisse la tête.

— Putain. Tu sais que c'est ma cuisine aussi, n'est-ce pas ?
— Oh oui.

Jul' se caresse le menton tel un méchant de film, un sourire diabolique sur les lèvres.

— Peut-être que tu ne devrais pas manger sur l'îlot de sitôt. Je ne sais pas si Holt s'est souvenu de bien le nettoyer.

Elles continuent de se chamailler, ce qui m'amuse habituellement, mais mon esprit ne peut pas enregistrer les insultes.

Entendre Rose parler de son passé et Jul' de sa relation, me fait réaliser à quel point j'ai été égoïste. Cacher ma vérité peut les protéger, mais cela me protège davantage. Et quand je serai partie, se demanderont-elles toujours pourquoi ? Penseront-elles que c'est de leur faute ?

Si je ne peux pas leur dire la vérité pendant que je suis là, ne pourrais-je au moins le faire après mon départ ? Pour qu'elles ne s'inquiètent pas, ne remettent rien en question, ou pensent être responsables de mon départ d'une manière ou d'une autre.

Ce n'est que lorsque Jul' commence à parler super fort de sexe avec Holt pendant que Rose scande « la, la, la » avec ses mains sur ses oreilles que je sors de ma transe.

— Allez, allez, vous deux, il est temps d'y aller.

J'ouvre la porte de la cabine et pousse Jul' et Rose à l'extérieur. Rose sautille sur un pied tout en essayant de coincer l'autre dans sa botte.

— Ils vont nous virer si vous ne vous arrêtez pas avec vos bêtises, toutes les deux.

Vu les duos mère-fille du magasin qui nous regardent et chuchotent alors que nous passons, la voix de Jul' a définitivement porté. La gérante du magasin attend à l'entrée, une main prête à nous ouvrir la porte. Malgré la climatisation, son visage est rose et luisant, son sourire figé comme celui des mannequins.

Une fois à l'extérieur, Jul' glisse son bras dans le mien.

— En parlant d'expulsion, tu sais que je dois révoquer l'interdiction de Ian de se rendre au ranch pour le mariage, n'est-ce pas ?

La mention de son nom me fait un choc. Après ma séance avec Cookie, je me suis lancée dans les préparatifs de dernière minute avec Jul' et l'organisatrice du mariage. Rose avait insisté pour organiser l'enterrement de vie de jeune fille ce soir.

Mais il suffit d'entendre son nom pour tout ramener. Le bon, l'incroyable, et les regrets.

Et je me rends compte qu'il n'y a pas qu'à mes amies que j'ai des aveux à faire.

VINGT-ET-UN
LISTE DE CONTRÔLE

Ian

J'ai quatre lettres de plaintes préparées mentalement et prêtes à être envoyées aux départements des transports de la Louisiane, du Mississippi, de l'Alabama et de la Géorgie. Les quatre États que j'ai traversés, conduisant plus de 1 200 kilomètres depuis hier. Bien que je devrais probablement en écrire cinq et en envoyer une au Texas, car le trajet à travers Houston n'était pas que paillettes et arcs-en-ciel non plus.

Entre les fermetures de voies, les détours et les limitations de vitesse en raison de la construction de routes, je n'ai atteint Atlanta qu'à 3 heures du matin. C'était un long trajet, rendu encore plus long par tous les appels de travail et toutes les réunions auxquelles j'ai dû assister par téléphone. Sans parler des centaines d'e-mails auxquels j'ai répondu chaque fois que je m'arrêtais pour faire le plein ou manger.

Ma tête a à peine touché l'oreiller de l'hôtel que mon réveil s'est déclenché.

Une douche et cinq tasses de café plus tard, je me sens à

peu près compétent lorsque je me gare sur le parking du bureau de Gary Ranos, situé à côté d'un blockbuster abandonné.

Un véritable voyage dans le temps.

L'Audi passe dans un nid-de-poule que je n'ai pas vu, et le choc ébranle à la fois la suspension et mon dos. J'aime ma voiture, la vitesse, le luxe. Mais alors que j'ouvre la porte et que j'en sors, mes muscles et mes os craquant comme s'ils avaient vingt ans de plus, j'ai envie de la brûler.

Je me dirige vers la porte qui indique *Gary Ranos, Enquêtes discrètes*, où un néon vacillant, représentant un globe oculaire avec un chapeau mou, clignote.

Le temps d'Atlanta n'est pas très différent de celui de Houston : chaud et humide. Le seul avantage, c'est qu'il n'est pas encore midi, donc ce n'est pas encore étouffant.

La porte sonne quand j'entre.

— Bonjour ?

Personne ne répond.

J'entends un bruit sourd venant d'une porte derrière le bureau vide de la réceptionniste, suivi d'un juron, puis la porte s'ouvre et s'écrase contre le mur.

— Kincaid ?

Un petit homme avec une grosse moustache me regarde.

— Euh, oui. C'est moi.

Je ferme la porte derrière moi et réévalue mon opinion précédente du détective privé. Je ne suis pas sûr de vouloir faire confiance à un homme dont les poils du visage sont plus larges que son visage.

— Venez à l'arrière.

Sans attendre, il se retourne et entre dans le bureau.

— Vous avez dû prendre un vol aux aurores.

J'entre dans la petite pièce.

— J'ai conduit.

Une grande vitrine offre une vue imprenable sur... le mur de ciment du vidéoclub abandonné.

Il s'arrête devant son bureau, les sourcils froncés. Sa bouche l'est probablement aussi, mais je ne peux pas le dire avec la moustache.

— Vous avez conduit ?

— Oui.

Une des lampes, sortie tout droit de *Christmas Story*, celle avec la jambe à bas résille et l'abat-jour à franges, se trouve dans un coin du bureau.

— Pourquoi vouliez-vous conduire ?

Lorsque je lui réponds d'un simple regard, il lève les mains en signe d'excuse.

— Peu importe, ce ne sont pas mes affaires.

Il hausse les épaules.

— Les gens riches font des trucs fous tout le temps, je suppose.

— Les gens riches ?

Je débarrasse la chaise pliante en métal devant son bureau des dossiers qui la recouvrent et m'assieds.

— Alors vous savez qui je suis ?

Je ne sais pas si le regard qu'il me lance est censé sembler supérieur ou offensé, mais pour moi, il est juste stupide.

— Évidemment, c'est mon travail.

J'avoue ne pas me souvenir de la dernière fois où quelqu'un m'a dit ce genre de choses.

— Un fils de juge, un fils de sénateur.

Ranos siffle, sa moustache volant dans le vent.

— Patty choisit bien ses hommes.

Il lui suffit d'incliner la tête pour la pencher au-dessus de son bureau.

— Désolé, désolé, c'était inopportun.

Il réorganise les fichiers sur son bureau dans un système

d'organisation que seul un entasseur compulsif pourrait comprendre.

— Vous n'êtes pas le seul à manquer de sommeil, vous savez. Je suis resté debout toute la nuit à effectuer les recherches que vous m'avez demandées.

Hier, après avoir fait mon sac et pris la route, j'ai appelé Ranos et lui ai dit que je serais en ville aujourd'hui. Je lui ai payé beaucoup d'argent à l'avance pour qu'il rassemble toutes les informations qu'il pouvait obtenir, sur les Mitchell et le vol supposé pour moi, d'ici ce matin.

Ramassant le dossier qui était au-dessus de son bazar tout le temps, il le secoue.

— Et vous allez être *très* intéressé par ce que j'ai trouvé.

Il me le passe par-dessus les piles de papier qui menacent de s'écrouler à tout moment.

Assis, je le feuillette. Ma tension artérielle augmente à chaque page.

MITCHELL & Watkins LLP est situé au cœur d'Atlanta, sur Peachtree Street. D'ici à 15 heures les nuages sont arrivés, et la partie la plus chaude de la journée est finalement passée, mais dans mon costume trois pièces, j'ai l'impression qu'il fait au moins cinq degrés de plus qu'en réalité.

Même avec ma ruée vers Atlanta, j'ai pris le temps d'attraper mon plus beau costume. Je joue le rôle du fils dévoué d'un sénateur, après tout.

— Monsieur Mitchell arrive, monsieur Kincaid.

La secrétaire, une jolie femme en tailleur, fait un geste vers un fauteuil moelleux le long du mur, où se trouve une salle d'attente aux allures de magazine de décoration d'intérieur.

— Merci.

— Voulez-vous une tasse de café ?
— Oui, s'il vous plaît.
Je m'assieds, croisant une cheville sur ma cuisse.
— Noir.

La caféine est la seule chose qui me permet de tenir depuis le départ de Trish. Et comme ma voiture, ma batterie est à plat.

Elle se retire, probablement pour aller préparer mon café, mais avant qu'elle ne puisse revenir, un homme de taille moyenne, aux cheveux châtains moyens et en bonne forme physique franchit la porte d'un bureau.

— Monsieur Kincaid ?

Sa main se tend avant qu'il ne m'atteigne.

— Je suis Chad Mitchell.

Je me lève et lui serre la main, incapable de m'empêcher de nous comparer. À un moment donné, Trish aimait ce type, après tout.

— Enchanté de vous rencontrer.

Je lui serre fermement la main, irrationnellement agacé quand il fait de même.

— Merci de me recevoir dans un délai aussi court.

Lâchant prise, il écarte mes remerciements de la main.

— Pas du tout, pas du tout.

Il fait un geste à la porte dont il vient de sortir, et me laisse passer devant pour entrer dans son confortable bureau. Les hauts plafonds, la vue sur la ville et les meubles coûteux sont loin du parking de caravanes de Norcross où je me suis rendu après ma rencontre avec Ranos.

Je suis sûr que la caravane dans laquelle Trish vivait n'est plus là, mais je me suis senti plus proche d'elle en marchant sur l'asphalte fissuré, comme si j'avais trouvé une autre pièce du puzzle. J'ai regardé deux enfants jouer au football sur le bitume et je me suis demandé à quoi ressemblait son enfance.

Ensuite, j'ai fait le trajet de trente minutes vers le nord

jusqu'à Alpharetta, où vivent les Mitchell. De grands domaines avec des manoirs du sud, avec de larges colonnes blanches, bordent les routes du quartier de l'élite d'Atlanta. Elles ressemblent plus à ma propre maison qu'aux caravanes de Norcross, et je me demande si Trish a fait la même comparaison quand je l'ai fait chanter pour qu'elle emménage avec moi à Houston.

Est-ce pour cela qu'elle voulait vivre dans sa caravane dans le garage plutôt que dans ma maison ? Avait-elle peur de s'approcher trop près d'un autre enfant né avec une cuillère d'argent dans la bouche ?

— Je dois dire que j'ai été surpris quand j'ai entendu que vous aviez appelé, monsieur Kincaid, dit Mitchell, me faisant cligner des yeux pour éviter la lumière entrant par ses fenêtres du sol au plafond. Évidemment, il suffit de regarder les infos pour savoir qui est votre père, mais je ne pensais pas que nous aurions le plaisir de faire affaire avec le sénateur Kincaid, ici, en Géorgie.

Il fait le tour de son grand bureau, me faisant signe de m'asseoir sur l'une des deux chaises lui faisant face. Son accent du sud s'accentue au fur et à mesure qu'il parle.

Je m'assieds, ignorant la mention de mon père et le mouvement de puissance flagrant quant à la taille des chaises.

— Je comprends que vous avez récemment perdu votre père, dis-je en sortant mon téléphone de la poche intérieure de ma veste. Toutes mes condoléances.

Cette fois, Mitchell hoche la tête, et son attitude évasive à l'égard de son père reflète la mienne.

— Oui, l'AVC a été un choc.

En ouvrant mon téléphone, j'envoie l'e-mail que j'avais préparé plus tôt.

— Je suis sûr que ce n'était pas le seul choc.

— Que voulez-vous dire ?

Remplaçant le téléphone, je me penche en arrière, croisant les jambes.

— Vérifiez vos e-mails.

Fronçant les sourcils, Mitchell se tourne vers son écran et déplace sa souris. Je peux dire à quel moment il ouvre les photos jointes à l'e-mail que je viens d'envoyer.

Celles que Ranos avait préparées pour moi ce matin.

— Ce sont des photos de ma femme et moi aux funérailles de mon père ?

Il clique plusieurs fois de plus avec sa souris. Les sourcils froncés, il se tourne vers moi.

— Je ne comprends pas.

— Et si je mentionnais Patricia LaRue ?

Il est si immobile que je me demande s'il respire.

Je hoche la tête vers son ordinateur.

— C'est drôle que votre femme porte la bague préférée de votre défunte mère aux funérailles, étant donné que votre père l'a signalée volée il y a des années.

Mitchell déglutit.

— En fait, après que le juge Mitchell a accusé Patricia LaRue de l'avoir volée, il a reçu soixante mille dollars de la compagnie d'assurance.

— Je...

Des gouttes de sueur scintillent sur sa lèvre supérieure.

— Je me demande ce que la grande ville d'Atlanta et tous vos clients bien connectés et influents diront quand ils apprendront que votre père a commis une fraude à l'assurance pour aider à financer ses campagnes.

Mitchell reste sans voix.

— Ou que votre femme est d'accord pour porter des preuves d'actes criminels quand elle déjeune avec la haute société alors que l'accusée est en fuite, incapable de rester au même endroit trop longtemps parce qu'elle a peur d'aller en prison pour un crime qu'elle n'a pas commis !

Au dernier mot, je suis debout, en train de crier.

Mitchell se recroqueville sur sa chaise de bureau surdimensionnée.

— Je ne le savais pas.

Sa voix est un murmure tremblant.

— Qu'est-ce que vous ne saviez pas exactement, Chad ?

La façade est tombée, je ne peux empêcher le dégoût dans mon ton.

— Je ne savais pas qu'elle ne l'avait pas volée.

Je dois avoir l'air incrédule car il se redresse, tendant les mains.

— Honnêtement. Ce n'est que lorsque mon père est mort et que j'ai eu accès à son coffre-fort personnel que j'ai trouvé la bague.

Il marmonne quelque chose à propos de sa femme qui insiste pour la porter.

— Vous voulez dire que vous pensiez en fait que Trish avait volé ce foutu truc ?

— Trish ? Vous voulez dire Patty ?

Il hausse les épaules.

— Je veux dire, c'est une strip-teaseuse, alors...

Il s'arrête quand il voit ce qui est certainement un air meurtrier sur mon visage.

Prenant une inspiration, je me rappelle que le tuer ne ferait que prolonger ce qui doit être fait et me rasseoir.

— Nous allons régler cela.

Je lui lance un regard noir.

— Et par nous, je veux dire vous.

Il essuie son front en sueur mais hoche la tête.

— Mais d'abord, je veux que vous me disiez ce qui s'est passé. En commençant par le moment où le juge a accusé Trish de vous avoir volé jusqu'à celui où vous avez engagé Gary Ranos pour la ramener en Géorgie.

Mitchell cligne des yeux à la mention du détective privé, mais il commence à parler.

———

TRISH

UNE HEURE. L'horloge numérique verte de mon micro-ondes indique 17 heures. À 18 heures, nous partons pour l'enterrement de vie de jeune fille de Jackie. Je sors la chaise pliante en métal rangée entre mon lit et la petite table qui me sert de bureau et m'assieds. Le siège froid me glace la peau même à travers mon jean.

En ouvrant mon ordinateur portable, je regarde la page blanche. L'écran blanc n'a jamais été aussi intimidant. Et en tant qu'écrivain, cela dit quelque chose.

C'est maintenant ou jamais.

Depuis l'essayage de la robe de demoiselle d'honneur, j'ai réfléchi au genre d'explication à donner à mes amies à propos de mon départ.

La vérité, bien sûr. Mais à quel point ?

Je ne veux pas qu'elles s'impliquent, pensant qu'elles pourraient m'aider d'une manière ou d'une autre, donc moins il y a de détails, mieux c'est. Mais j'ai aussi besoin qu'elles sachent que mon départ est nécessaire et n'est en aucun cas de leur faute.

Je me contente de raconter une histoire. C'est ce que je fais de mieux.

. . .

Il était *une fois une fille.*

Une fille ordinaire. Une fille pauvre.

Elle n'était pas particulièrement belle ou talentueuse. Elle était intelligente, mais pas de manière exceptionnelle.

Elle a grandi à la fois abandonnée et aimée, ne sachant jamais ce qui était le plus courant.

Jusqu'au jour où la fille a rencontré un garçon. Un garçon qui avait tout ce qu'elle n'avait pas. Un garçon qui était aimé de beaucoup de gens. Et ce garçon lui a dit qu'il l'aimait.

Ils se sont rencontrés à la fac. Une fac publique locale, la seule école que la fille pouvait se permettre. Et c'était après les bourses et l'encaissement de piles de billets d'un dollar gagnés au club de strip-tease voisin.

Le garçon s'y trouvait parce qu'il avait raté les examens d'anglais de sa grande école et ne voulait pas que ses riches amis sachent qu'il suivait des cours de rattrapage.

— Tu es Patty, n'est-ce pas ?

La fille hocha la tête, trop choquée que le garçon populaire lui parlât pour répondre.

— Tu pourrais m'aider avec mes devoirs ? Tu sembles être l'étudiant vedette ici.

Il lui fit un clin d'œil.

La fille n'avait jamais reçu de clin d'œil.

Avant qu'elle ne s'en rende compte, ils se rencontraient après les cours. C'était comme toutes les romances universitaires qu'elle avait lues. Et à ce moment-là, elle en avait beaucoup lu. Elle avait même essayé d'en écrire quelques-unes.

Plus ils passaient de temps ensemble cet été-là, plus la fille tombait follement amoureuse. Elle n'avait jamais tenu la main d'un garçon. Jamais eu de petit ami. Jamais fait l'amour.

Tant de jamais sont devenus des premiers cet été-là.

La fille pensait qu'elle avait de la chance que le garçon n'ait jamais demandé à venir chez elle, n'ait jamais demandé où elle travaillait. Elle pouvait garder pour elle la honte de sa caravane et de son pole dance. Garder le cliché caché.

Ce n'était pas qu'elle détestait son travail. Pour un club de strip-tease, c'était un endroit décent. Elle a dansé en bikini et les hommes ont jeté de l'argent sur la scène. Elle aimait danser et avait besoin d'argent. Cela semblait le travail parfait.

Mais elle savait. Elle savait que ce n'était pas un travail normal. Ce n'était pas une chose dont on parlait aux gens. Alors elle ne l'a pas fait.

Ils sont allés à des rendez-vous dans des endroits où elle ne pouvait normalement pas se permettre d'aller. Il la présenta à ses amis qui étaient à la maison pour l'été. Elle surprit d'autres personnes en train de lui jeter des regards envieux lorsqu'elle passait à côté d'elles, main dans la main avec le garçon.

Lorsque le garçon lui a dit que sa mère était décédée des années plus tôt, elle lui a dit la même chose, même si elle savait qu'être quitté et mourir étaient deux choses différentes. C'était toujours une chose qu'ils avaient en commun, le fait de ne pas avoir de mère.

Le garçon a dit que son père était un homme important, rarement à la maison. Elle lui a dit que son père était rarement à la maison aussi, même si elle savait que *rarement* et *jamais* étaient deux choses différentes.

Et puis un jour, le garçon la présenta à son père.

Le père du garçon sourit à la fille. Il l'a serrée dans ses bras. Il l'a invitée à dîner.

Mais quelque chose en lui la rendait nerveuse.

Elle l'ignora. Elle était trop occupée à vivre sa fin heureuse pour s'inquiéter.

Jusqu'à ce qu'elle vienne dîner et trouve le garçon grave et en colère.

— *Tu es strip-teaseuse ?*

Elle n'avait jamais vu son expression auparavant.

— Je...
— Une strip-teaseuse qui vit dans une caravane.
Il a ri et le son a brisé le cœur de la fille.
— Quels autres secrets caches-tu ?
— Rien !

— Je ne peux pas croire que tu te déshabilles pour de l'argent. Je veux dire, combien d'hommes t'ont vu nue ? À combien d'hommes as-tu donné des danses privées ? Combien d'hommes as-tu baisés en essayant de me faire croire que tu étais vierge ?

Ses mots la poignardèrent, transperçant sa fierté, transperçant son estime de soi.

— C'est juste un travail. Le travail le mieux payé que j'ai pu trouver pour me permettre d'aller encore à l'école. Et je ne suis jamais complètement nue.

Le garçon laissa échapper un petit rire, comme si cette petite distinction comptait.

— Je n'arrive pas à croire que j'aie réellement pensé à t'épouser. Dieu merci mon père m'a prévenu avant que je ne te le demande.

Il secoua la tête avec dégoût.
— Je t'aime.

Elle lui attrapa la main. La main qui l'avait autrefois serrée contre lui la nuit. La main qui avait joué avec ses cheveux alors qu'il lui disait qu'il l'aimait.

— Je suis désolée de ne pas te l'avoir dit. Je suis vraiment désolée. J'étais juste gênée.

Elle bégayait, ses mots brisés par des sanglots.

— J'avais tellement peur que tu aies honte. Que tu ne veuilles pas de moi.

Lentement, alors que ses larmes continuaient de couler, le garçon tendit son autre main comme pour essuyer les larmes de ses joues. Son cœur battait d'espoir, espérant qu'il lui pardonnerait. Qu'il l'aimerait toujours. Mais avant qu'il ne puisse la toucher, le père du garçon est descendu.

— Elle a disparu. La bague de ta mère a disparu.

La confusion suscitée par l'interruption apaisa ses sanglots et la jeune fille se concentra pour calmer sa respiration. Après avoir retrouvé ses moyens, elle remarqua que les deux hommes la fixaient.

Le garçon tendit la main, paume vers le haut.

— Rends-la, Patty.

— Que je rende quoi ?

Elle regarda entre les deux hommes, l'un triste, l'autre en colère.

— N'essaie pas ça avec nous, jeune fille. Je ne sais pas ce que mon fils n'a jamais vu en toi, mais je te promets que tu ne l'auras pas.

Il regarda intensément son fils, jusqu'à ce que le poids de son regard écrase le garçon et que ses épaules tombent.

— J'appelle la police.

Les morceaux brisés du cœur de la fille battaient follement contre ses côtes.

— La police ?

Sa réponse fut les pas rapides et lourds du père du garçon entrant dans l'autre pièce.

— Si tu rends la bague, j'oublierai ce qui s'est passé.

Le garçon avait l'air fatigué.

— Je n'ai pas de bague.

Le garçon soupira.

— Tu l'as déjà vendue ? Mise en gage ?

— Non. Je ne l'ai pas volée. Je n'ai pas volé quoi que ce soit. Je ne sais même pas de quelle bague tu parles. La véhémence de sa voix fit que le garçon la regarda. Mais pas avec compréhension ou amour.

— Tu t'attends à ce que je croie ça après que tu aies menti sur le fait d'être une strip-teaseuse ?

— Je...

— Après que tu viens de me dire que tu as besoin d'argent pour l'école ?

La fille a entendu le père dans l'autre pièce, parler à la police. La panique a aspiré le souffle de ses poumons.

— Chad... je te jure... je n'ai rien pris.

Elle s'avança pour reprendre sa main, mais cette fois le garçon recula.

— S'il te plaît, supplia la fille.

Elle le supplia de la croire. Elle demanda pardon. Elle le supplia de l'aimer.

— Va-t'en.

— Quoi ?

— Va-t'en, c'est tout. Il est trop tard maintenant de toute façon.

— Mais je...

— La police est en route ! annonça le père du garçon.

Cette fois, le garçon l'a suppliée.

— Pars s'il te plaît. Cours.

Et donc elle a couru.

Et elle n'avait jamais cessé de courir.

— B%ouge ton cul !

Le cri de Jul' est suivi de plusieurs grands coups contre le côté de la caravane, me faisant sursauter sur ma chaise. Je prends une profonde inspiration et supprime les quelques caractères que j'ai tapés par surprise.

Me raclant la gorge, j'essuie mes yeux humides.

— Minute papillon !

Je souris, sachant que dire à Julie Starr d'attendre est aussi utile que des nichons sur un sanglier.

Comme prévu, deux autres coups et une menace de laisser mon petit cul derrière elle me répondent.

J'appuie sur *imprimer* et me lève, m'étirant comme seule une personne de petite taille peut le faire dans un Airstream. Cela faisait un moment que je n'avais rien écrit dans ma caravane. Je me suis trop habituée au soleil et à l'air libre du jardin de Ian.

Après avoir imprimé les quatre copies de ma lettre d'explication, je prends les enveloppes sur mon petit bureau et je fourre une lettre dans chacune.

Jackie, Jul', Rose. Je les scelle l'une après l'autre.

Ian.

Je m'arrête après avoir glissé le papier à l'intérieur, mon histoire ne me semble pas suffisante. Pas pour Ian. Pas après tout, nous... enfin, après tout.

Les éclats de rire de Rose et le rire plus léger de Jackie résonnent à l'extérieur, me pressant.

Je prends une pause d'une seconde, puis cède, m'asseyant et attrapant une autre feuille de papier et un stylo.

Merci de m'avoir montré que l'amour n'existe pas que dans les romans d'amour. J'espère que maintenant tu comprends pourquoi je ne peux pas rester. Ce n'était jamais toi. Toujours moi.

Suis tes rêves, Ian... des confins des placards à l'immensité de l'espace.

Je croirai toujours en toi. Avec amour, Trish.

J'ai assez de temps pour mettre la note dans l'enveloppe et la sceller avant que la porte de ma caravane ne s'ouvre.

En me levant de la chaise, je cache les lettres dans mon sac à main avant que les bottes de moto de Jul' ne pénètrent à l'intérieur.

— Schtroumpfette, il est temps de partir. Arrêtez tous vos apprêts.

Les mains sur les hanches, le mètre soixante-dix de Jul' semble deux fois plus grand dans ma petite caravane.

— Tu viens ou quoi ?

— J'arrive. Je viens. J'arrive.

J'attrape une paire de talons dans une armoire de cuisine et les enfile.

— Du calme.

— Je suis toujours calme. Ça fait partie de ma nature de dure à cuire.

Elle évalue mes chaussures, qui remontent jusqu'à son menton.

— Comment marches-tu avec ça ? Je veux dire, ont-ils besoin d'être *aussi* hauts ?

Je m'affaire avec mes cheveux dans le miroir, attendant que Jul' parte pour pouvoir cacher les lettres ailleurs que dans le sac à main que je prends ce soir, mais elle reste là à attendre.

En soupirant, je la pousse à travers la porte et la suis, là où Rose et Jackie attendent.

— Chaque centimètre compte.

— C'est ce qu'elle a dit, répliquent Jul' et Rose d'une seule voix.

VINGT-DEUX
POINT DE PINCEMENT

Ian

Mon épuisement est passé au niveau supérieur.

Ainsi que ma colère.

Mais si ma colère n'avait pas boosté la caféine dans mon système, je serais tombé de sommeil il y a des heures.

— Il me faut un rendez-vous avec le juge Milton.

La voix de Mitchell est calme alors qu'il parle à celui qui est à l'autre bout du fil de son téléphone de bureau, mais ses yeux ne cessent de me regarder nerveusement.

— C'est urgent.

Il presse le sac de glace que sa secrétaire lui a donné sur son œil droit,

Je serre mon poing meurtri, me souvenant de ma déception lorsque Mitchell est tombé dès le premier coup. Mon poing gauche était prêt pour le second coup de poing au plexus solaire, mais malheureusement, il n'y en a pas eu besoin.

La colère surgit à nouveau quand je pense à son air de surprise lorsqu'il est finalement revenu à lui une minute plus tard et m'a trouvé penché au-dessus de lui. Presque comme s'il ne pouvait pas croire que quelqu'un avait levé la main sur lui.

Mitchell raccroche le téléphone.

— Demain matin.

Il écrit quelque chose sur un bloc-notes.

— Je peux voir le juge à son arrivée et lancer le processus.

— Pourquoi ne l'avez-vous pas fait plus tôt ?

Je secoue la tête.

— Je ne peux pas le comprendre. Je veux dire, vous avez demandé à Ranos de la chercher, vous étiez au courant de la tromperie de votre père, de son innocence. Alors pourquoi a-t-il fallu que je vienne jusqu'ici pour que vous entamiez le processus de révocation du mandat de Trish ?

Mitchell regarde par la fenêtre et hausse les épaules.

— Ranos m'a dit que Trish travaillait à Houston. Qu'elle avait un travail, allait à la fac, avait même des amis. Je pensais que cela n'avait peut-être plus d'importance.

Il dit tout ça sans me regarder une seule fois dans les yeux. Un signe clair que même lui sait qu'il raconte des conneries.

— Je pense qu'il est plus probable que vous n'ayez pas voulu risquer d'entacher la réputation de papa, même s'il est déjà six pieds sous terre.

Aucune réaction. Je jette un coup d'œil à la photo de famille encadrée sur l'étagère derrière son bureau. Mitchell et sa femme debout à l'arrière, deux enfants assis devant. La configuration raide rappelle celle du portrait de famille pris il y a quelques semaines à la collecte de fonds de mon père. Sauf que dans celui-ci, c'est la femme dont les mains se posent sur les épaules de ses enfants avec autorité.

— *Ou* votre femme a découvert ce que vous faisiez et vous a convaincu d'arrêter.

Un tressaillement me dit que j'ai découvert la vérité.

— Depuis combien de temps vous et votre femme êtes-vous mariés ?

La tournure de la conversation l'amène à me regarder.

— Dès la sortie de l'université.

Je hoche la tête, les pièces du puzzle se mettent en place.

— Laissez-moi deviner. Après que le juge a réussi à chasser Trish, il a réussi à vous présenter la jolie fille d'une connaissance bien connectée.

Mitchell serre la mâchoire.

Je suis ennuyé quand une vague de sympathie me frappe. Je comprends le fait de vivre sous la coupe d'un homme puissant. De prendre le chemin de la moindre résistance.

— Pourquoi faites-*vous* tout cela ?

C'est la première fois qu'il m'interroge sur mes motivations.

— Parce que je l'aime.

— Et si elle avait vraiment volé la bague ?

— Cela n'a pas d'importance. Je l'aime.

Il hoche la tête, et son expression abattue et pleine de remords me fait presque regretter de l'avoir frappé. Presque.

Une fissure d'horreur traverse ma poitrine avant que j'aie une chance de la réprimer. Je me rends compte que sans Trish, je serais peut-être devenu comme Mitchell.

J'aimerais penser que je n'aurais pas été aussi facilement contrôlé, mais néanmoins malheureux.

Debout, j'étire mes muscles endoloris par l'inactivité. Putain, j'irais bien nager.

— Nous avons fini ?

Mitchell se lève aussi, jetant son sac de glace à la poubelle.

— Oui, il n'y a rien que nous puissions faire jusqu'à ce que nous rencontrions le juge.

— Très bien, j'y vais. Vous avez mon numéro de téléphone si quelque chose change.

Je m'arrête à la porte, sentant que je devrais dire quelque

chose. Quelque chose d'encourageant. Mais je ne vois rien qui ne soit pas condescendant. Il devra juste trouver comment sortir seul de l'ombre de son père. Ou pas.

Dans l'ascenseur, j'essaie d'appeler Trish à nouveau. Pas de réponse. J'essaie Jul' et Jackie. Pas de réponse.

S'il vous plaît, mon Dieu, laissez-les être sages jusqu'à ce que je puisse régler cette merde.

———

TRISH

— BUVEZ, les bombes !

Rose est debout sur l'échelon inférieur du tabouret de bar et tient son shot en l'air.

— Ma sœur épouse mon frère demain !

Le silence s'installe et quelques regards gênés nous sont lancés. Non pas qu'il n'y ait pas eu de regards gênés depuis notre arrivée il y a deux heures, avec le serre-tête à voile en tulle blanc de Jackie, et les casquettes rose fluo où se trouvent les mots *Bride's Bitches* en strass que Rose, Jul' et moi portons.

Ensuite, il y a les paillettes que Rose a insisté pour nous mettre sur tout le corps dans la limousine.

— Désolée.

Rose secoue la tête, son corps toujours parfaitement équilibré et scintillant, la faisant ressembler à une boule à facettes sous les lumières tournantes.

— Je voulais dire que *j'aurai* une sœur demain quand cette meuf épousera mon frère.

Elle désigne Jackie, qui passe la main sous la bande de tulle pour remettre ses lunettes en place.

Cette annonce est accueillie par des acclamations et des sourires.

— Très bien, Rose. Assieds-toi.

Je tire sur l'ourlet de sa chemise jusqu'à ce qu'elle retombe sur le siège en bois.

Une fois stable, elle pose une main sur mon bras.

— Calme-toi, *TB*. Je gère.

Elle allonge la dernière syllabe de quelques secondes de plus que la normale.

Je hausse les sourcils, trop amusée pour m'inquiéter de son niveau d'intoxication.

— TB ?

— Trish-la-biche.

Elle fait merci d'un salut à un groupe de gens qui viennent féliciter Jackie.

— Trish-la-biche est trop long à dire.

Saisissant le shot qui m'était destiné, elle le boit d'un seul trait, tenant son poing contre sa poitrine comme si elle pouvait frapper la brûlure de l'alcool qui glisse le long de son œsophage.

— Surtout après avoir bu.

— Je ne sais pas, TB ?

Jul', les bras sur le dossier de son siège, joue avec un shot vide.

— On dirait quelque chose que tu as chopé après avoir couché avec un mec rencontré sur Tinder. Vous savez, une MST avec un T pour Tinder.

Rose lui jette un regard vide :

— Merci pour cette analogie joyeuse.

Jul' sourit, ignorant le ton de Rose.

— De rien.

— Les calculs ne sont pas bons.

Nous regardons tous Jackie, dont le diadème est tordu dans la direction opposée à ses lunettes de travers.

Je jette un coup d'œil à la table, mais il est loin d'être temps pour nous de partir.

— Quels calculs, ma puce ?

— *Les* calculs.

Les yeux écarquillés derrière la brume de tissu blanc transparent, elle porte ses mains de chaque côté de son visage, à la manière de *Home Alone*.

— Oh non. Les calculs ne sont pas bons.

— Ma belle, dit Jul' en passant une main sur son visage. Pourquoi fais-tu des maths ? C'est ton enterrement de vie de jeune fille, merde.

— Je pensais qu'il serait bénéfique de garder une trace de mon niveau d'alcool, déclare Jackie comme si c'était la chose la plus évidente. Mais pour une raison quelconque, le résultat n'est pas correct.

Elle essaie de prendre une gorgée de son verre, mais son voile bloque sa paille.

— Cela n'a tout simplement pas de sens.

— Ok, je mords.

Rose relève le voile de Jackie pour elle.

— Qu'est-ce qui n'a pas de sens ?

Jackie utilise son index pour écrire ce qui doit être des chiffres sur la table, puis secoue la tête.

— Je continue d'additionner les chiffres, mais d'après mes calculs, je devrais être ivre.

Elle essaie de boire à nouveau, la paille cognant contre son nez.

— Mais je me sens bien.

Fronçant les sourcils devant son verre, elle essaie de boire à nouveau, cette fois en poursuivant la paille avec sa langue.

— Euh, oui. Bien sûr.

Jul' lui arrache le verre des mains.

— Je pense qu'il est temps de boire de l'eau.

— Pouah.

Rose laisse tomber sa tête dans sa main.

— Vous êtes des petites natures.

Je ne dis rien. Comme d'habitude, je suis sobre. Je suis excellente pour donner ou échanger mes boissons sans que personne ne s'en aperçoive. Lorsque vous êtes en cavale, il est dangereux de se soûler. Et bien que cela ne m'ait jamais dérangé auparavant, ce soir le manque d'alcool dans mes veines me fait me sentir encore plus éloignée de mes amies que d'habitude.

— Détendez-vous, les jeunes, ce n'est pas une rave.

Jul' fait signe à notre serveuse.

— Il est encore tôt et nous ne voulons pas que Jackie ait la gueule de bois pour son mariage.

Rose cligne des yeux.

— Une rave ? Oh mon Dieu. Tu es si vieille.

Jul' la fusille du regard, puis elle tend l'un des doigts qui tient son shot vers elle-même :

— Je parie que cette vieille femme peut te botter le cul sur la piste de danse.

À ce moment-là, *Honky Tonk Badonkadonk* de Trace Adkin retentit, et toutes les filles célibataires se précipitent sur la piste de danse.

— Pari tenu ! s'exclame Rose en sautant de son tabouret.

Sa chemise à carreaux est boutonnée, traversée de fils d'argent et nouée à la taille. Avec son short Daisy Duke et ses bottes de cow-boy noires en peau de serpent, la chanson lui va comme un gant.

Les bottes de moto retentissent sur le sol lorsque Jul' se tient debout, son pantalon en cuir noir moulant la faisant ressembler à une figurante de *Blade*. Ça ne fait pas tout à fait country, mais lui donne tout de même une allure sexy en diable.

— La gagnante peut faire de cette chanson sa sonnerie sur le téléphone de l'autre.

— Bon sang.

Les narines de Rose se dilatent.

— Tu sais que j'aime celle que j'ai choisie pour toi.

Je suis trop curieuse pour ne pas demander.

— Et quelle est la sonnerie de Jul' sur ton téléphone ?

Rose me fait un sourire suffisant.

— *Bitch* de Meredith Brooks.

J'essaie d'étouffer mon rire, mais je n'y arrive pas du tout. Jul' tire le bras de Rose et la pousse vers la piste de danse ovale en bois au milieu du grand saloon.

Jackie attrape enfin sa paille, seulement pour aspirer de l'air.

— Putain.

Elle pose bruyamment le verre sur la table et fait la moue.

— Les calculs ne sont vraiment pas bons.

UNE HEURE et beaucoup d'eau plus tard, Jackie semble en voie de guérison. Maintenant, mon inquiétude s'adresse à mes deux amies sur le point de se blesser pendant leur concours de meilleure danseuse.

— Quand comptes-tu partir ? demande Jackie, les yeux toujours rivés sur la piste de danse.

— Quand tu veux, ma puce.

Je tends la main et pousse le tulle loin de son visage pour la énième fois ce soir.

— C'est ta soirée.

— Non.

Elle secoue la tête, ouvre et ferme lentement les yeux, lorsqu'elle s'arrête, comme si elle essayait de se recalibrer.

— Je veux dire quitter la ville. Tu attendras au moins jusqu'après le mariage, n'est-ce pas ?

Je la fixe, les lumières multicolores qui clignotent au-dessus de ma tête me faisant mal aux yeux.

— Comment...

Je jette un œil vers Jul' et Rose, m'assurant qu'elles sont encore occupées à danser.

J'aperçois Rose en train de faire semblant de donner la fessée à Jul' en rythme avant de me retourner vers Jackie.

— Comment tu as su ?

Jackie sourit d'un air suffisant pour rendre fière même sa future belle-sœur et lui tapote la tempe.

— Ne passez-vous pas votre temps à me dire combien je suis intelligente, les filles et toi ?

Un petit rire m'échappe.

— C'est exact. Tu *es* la plus intelligente, Rose la plus sauvage et Jul' est la dure à cuire.

Les lunettes de Jackie glissent sur son nez lorsque ses sourcils se froncent.

— Qu'est-ce que ça fait de toi, alors ?

Je hausse les épaules, essayant de faire comme si ce que je m'apprêtais à dire ne pique pas.

— Je suis l'intruse, je suppose.

Ressemblant plus à elle-même qu'elle ne le faisait une minute auparavant, Jackie repousse ses lunettes sur son nez.

— Comment tu es arrivée à cette conclusion ?

Je soupire. La sueur, l'alcool, et les décisions douteuses sont tristement familiers.

— Je pense que c'est assez évident. Je veux dire, Rose est une milliardaire du pétrole, et toi et Jul' êtes des astronautes. Et je suis...

Je hausse les épaules.

— Juste cette bonne vieille moi.

Je ne devrais pas être triste à ce sujet. Le fait d'être quelconque est ce qui va rendre mon départ moins blessant. C'est pour ça que je m'efforce de ne pas sortir du moule.

Jackie se penche en arrière, puis attrape la table à deux mains comme si elle luttait pour l'équilibre.

— Ce n'est pas un bon raisonnement. Si on se fiait à tes observations, *nous serions* les vilains petits canards.

— Qu'est-ce que tu veux dire ?

Avec soin, elle retire ses doigts de la table en bois, souriant lorsqu'elle ne tombe pas.

— Combien de millionnaires du pétrole y a-t-il en comparaison avec le reste de la population ? Combien d'astronautes ? Rose, Jul' et moi représentons un petit pourcentage d'une population plus large. Cela *nous* rend bizarres.

Un morceau de tulle tombe à nouveau, et elle le remet en place d'un souffle.

— Et si tu prends nos personnalités en compte, tu n'es clairement *pas* l'intruse. Je suis trop dans mes propres pensées, Jul' est intelligente mais abrasive, et Rose est... eh bien, Rose. Si nous ne t'avions pas, ça ne collerait pas.

Elle souffle sur le tulle une fois de plus.

— Si tu veux mon avis, la conclusion logique est que tu es la *moins* bizarre de nous toutes. C'est toi qui fais que ça marche.

Touchée par son raisonnement ivre, même si la conclusion est erronée vu qu'elle n'a pas toutes les informations, je me penche en avant et relève à nouveau le voile loin de son visage.

Ses yeux se dirigent vers le fond de la pièce où Jul' essaie de donner à Rose une lap dance debout et Rose fait semblant de monter à cheval. Le cheval étant Jul'.

— Mais encore une fois, tu *es* une ancienne strip-teaseuse devenue romancière de romans à l'eau de rose à succès avec un passé secret. On pourrait dire que cela te rend aussi unique qu'une milliardaire et quelques astronautes.

Ma main s'immobilise à mi-chemin de mon verre.

— Un passé secret ?

Mes yeux se tournent vers mon sac à main, coincé sur le dos de mon tabouret de bar. Celui bourré de mes lettres d'adieu.

— Oui oui.

Jackie pêche dans son grand sac, tombant à moitié de sa chaise.

— Je ne vois pas pourquoi tu penses ça.

Ma langue est lourde dans ma bouche alors que je me prépare à inventer d'autres mensonges. Je tends le pied et stabilise le tabouret de Jackie.

— Ah bon ?

Elle me regarde, fronçant les sourcils.

— Je pensais que c'était assez évident.

Je fais à nouveau signe à notre serveuse de cocktails. L'intuition me fait réaliser que je vais avoir besoin d'un verre plus fort pour tout ce que le petit génie qui me sert d'amie est sur le point de dire.

Jackie pointe un doigt en l'air.

— Premièrement, tu ne paies jamais par carte. Toujours en espèces.

Elle penche sa tête sur le côté, réfléchissant.

— C'est probablement pour ça que tu aimes travailler dans les bars, comme ça tu peux recevoir tes pourboires en espèces. J'ai aussi entendu dire que les bars ont tendance à payer leurs serveurs sous la table.

Elle essaie de faire des guillemets en l'air, mais finit par secouer les mains à la place.

— Deuxièmement, tu ne parles jamais de toi, déviant chaque fois que quelqu'un pose une question. Ce qui fonctionne bien avec ces deux-là, dit-elle en montrant du doigt nos amies qui tournent toujours sur la piste de danse, car elles sont plus égocentriques et heureuses de s'accaparer l'attention.

Elle lève quatre doigts, continuant :

— Et troisièmement, tu déménages tout le temps. Lorsque l'on ajoute tous ces paramètres, il n'est pas irrationnel de croire que tu caches quelque chose ou que tu *te* caches *de* quelque chose.

Avec ma main toujours en l'air pour appeler notre serveuse, je regarde, bouche bée, mon amie ivre mais bien trop rusée. Si ma grand-mère était en vie, elle me dirait d'arrêter d'essayer d'attraper les mouches avec ma bouche.

Une serveuse avec qui j'ai déjà travaillé, Amanda, s'approche de notre table, me regardant bizarrement. Il me faut une seconde pour réaliser que ma main est *toujours* en l'air. Elle dépose plus de verres, et le visage de Jackie s'éclaire, pour bouder quand elle se rend compte qu'ils sont tous remplis d'eau.

Je prends une grande gorgée du mien avant de me racler la gorge.

— Je vais aussi avoir besoin d'un double Monkey Shoulder. Sec.

— D'accord Trish.

Quelque chose dans ma voix a dû la prévenir que c'était sérieux, car elle ne s'arrête à aucune autre table après avoir quitté la nôtre, mais va directement vers le bar.

Renonçant à être polie, j'attrape le reste de la boisson que Jul' a laissée en partant danser et je la descends d'un trait.

— Pourquoi n'as-tu jamais rien dit ?

Jackie hausse les épaules, dérangeant à nouveau le tulle autour de sa tête.

— Honnêtement, je n'y ai pas beaucoup réfléchi jusqu'à ce que je voie à quel point tu as nié que tu aimes bien Ian lors du premier essayage de robe. Je n'arrêtais pas de me demander pourquoi tu ferais ça, alors qu'il est évident pour tout le monde que tu l'aimes bien. C'était très « La dame fait trop de protestations ».

Il n'y a bien que Jackie pour citer Shakespeare en état d'ébriété dans un bar du Texas.

— Eh bien, si je m'attendais à ça !

Rose se heurte à notre table, obligeant à nouveau Jackie à se battre pour attraper le bord.

— La Yankee sait danser.

— Eh oui, je sais !

Jul' se laisse tomber sur sa chaise, la sueur dégoulinant de sa tempe.

— Alors, qui a gagné ? demande Jackie, complètement imperturbable face à l'agitation intérieure qu'elle vient de déclencher dans ma poitrine.

— Moi, s'écrient Jul' et Rose en même temps.

— Peu importe, dit Rose en agitant ses mains en l'air. Disons qu'on est à égalité. Je vais changer ta sonnerie.

Jul' hoche la tête, puis jette un coup d'œil entre Jackie et moi.

— De quoi parliez-vous ?

Jackie ouvre sa bouche, et je me prépare pour ce qu'elle est sur le point de dire.

— Shakespeare.

— Putain, vraiment ?

Jul' se lève et salue Amanda, déjà sur le chemin du retour avec mon whisky.

— Cela demande plus de shots, vous ne pensez pas ?

Jackie sautille sur son siège et applaudit joyeusement.

— Des Blow Jobs ?

VINGT-TROIS
TROP STUPIDE POUR VIVRE

Ian

Deux heures de travail depuis ma chambre d'hôtel, et je suis curieusement remonté.

L'Allemagne est encore dans les cartes. Des réunions et des sessions de formation sont programmées, le manifeste de vol approuvé et financé. Mon vol part trois jours après le mariage. Largement assez de temps pour prendre les médicaments contre l'anxiété du docteur Brown et faire révoquer le mandat de Trish.

Je ferme le couvercle de mon ordinateur de travail. Pour une fois, les trucs de la NASA semblent les plus faciles à gérer. Et avec toutes les formalités administratives du gouvernement, cela veut dire quelque chose.

J'appelle à nouveau Trish. Pas de réponse.

Bon sang. Je jette le téléphone sur le bureau de fortune de la chambre d'hôtel et frotte mes mains sur mon visage. J'aurais dû prendre d'assaut le ranch de West il y a deux jours et la kidnapper, liste VIP et sécurité ou non. Maintenant, je comprends pourquoi Holt fait suivre Jul' par un service de sécurité.

Je m'arrête sur cette dernière pensée, mon esprit perçant soudain le mystère. J'attrape mon téléphone et fais défiler l'écran jusqu'à ce que j'atteigne le nom de Holt.

Il décroche à la deuxième sonnerie.

— Je réponds juste pour te prévenir que je ne suis pas autorisé à te parler avant le mariage.

Merde. Jul' le mène clairement à la baguette. Mais bon, je suis celui qui a conduit douze heures juste pour rencontrer un détective privé, donc je ne devrais pas juger.

— Je n'essaie pas de joindre Trish.

Je marque une pause.

— Eh bien, *si*, mais pas maintenant, là, tout de suite.

Je me lève et marche jusqu'à la fenêtre, la nuit sombre mais brumeuse à cause des lumières de la ville.

— Ce soir, c'est l'enterrement de vie de jeune fille, non ? Je veux m'assurer que ton service de sécurité suit toujours les filles.

— Comment tu es au courant, pour l'équipe de sécurité ?

J'ouvre la bouche pour expliquer Ranos, mais je m'arrête. Je n'en ai pas l'énergie.

— Peu importe comment. Dis-moi juste que les filles sont ensemble et en sécurité.

Il y a un bref silence, mais heureusement, Holt n'insiste pas.

— Oui. Deux mecs sont avec elles ce soir. Leur dernier appel était il y a deux heures, quand elles sont arrivées à Big Texas. Aucune mise à jour depuis.

— Bien, bien, dis-je distraitement, repensant à d'autres soirées avec les filles dont j'ai été témoin.

Trish est généralement la plus calme et posée. C'est Rose qui est imprévisible.

— Qu'est-ce qui t'arrive ? Je veux dire, je sais qu'elles

peuvent être un peu folles quand elles sont ensemble, mais en général Trish maîtrise la situation.

Les mots de Holt reflètent mes pensées.

Je pose une main contre la fenêtre, essayant de penser à quoi dire. Comment lui expliquer. Je ne veux pas mentir à Holt, mais je ne veux pas non plus trahir la confiance de Trish. Un mal de tête s'abat sur moi et je ressens une vague de sympathie pour Trish, qui a navigué dans le brouillard de cette histoire quotidiennement ces deux dernières années.

— Je sais que les choses ne vont pas bien entre vous, dit Holt interrompant mes pensées. Mais je suis sûr que tu pourras tout arranger au mariage.

Oui, le mariage après lequel elle a l'intention de s'enfuir.

— Et aussi mièvre que cela puisse paraître, je te soutiens. Vous avez l'air de bien vous correspondre.

Il soupire et marmonne :

— Et peut-être qu'avec toutes ses amies en couple, Rose finira par se calmer.

Je ris.

— Comment ça a marché avec Jul' ?
— Touché.

Nous éclatons de rire.

— Tiens-moi au courant si quelque chose change.

Je ne peux m'empêcher de soupirer, ennuyé de ne pas être déjà à la maison.

— Je ne suis pas en ville en ce moment, mais je rentre dans la matinée.

L'idée d'être coincé dans ma petite voiture pendant encore douze heures me fait mal aux muscles.

— Ça marche.

Nous raccrochons, et je jette aveuglément le dos du téléphone sur le lit, regardant fixement dans la ville. Aussi fatigué que je sois, je sais que le sommeil ne viendra pas. Heureusement, j'ai emballé un maillot de bain. Par habitude.

Je vais nager jusqu'à ce que mes muscles se relâchent, jusqu'à ce que je puisse m'endormir, réconforté par le fait que Trish a l'habitude de garder un profil bas quand les filles sortent.

Nous devons juste tenir jusqu'à demain.

T*RISH*

J*E PASSE* une main sur mon visage, me fichant bien de faire couler mon maquillage, pendant que les filles hululent et hurlent en prenant des Blow Job.

Je savais que Jackie était intelligente et savait tout en matière d'espace, de sciences et de mathématiques. Même sur des choses aléatoires. Mais je ne savais pas qu'elle pouvait être aussi maline.

Non seulement elle a compris que je cachais quelque chose, mais elle a fait la déduction logique que je suis en cavale et que je quitte bientôt la ville.

— Des Blow Job pour tout le monde ! hurle Rose une fois de plus sur son tabouret de bar, et les hommes du bar tombent presque en applaudissant.

Je suppose que comme j'ai passé plus de temps ici et autour de ces femmes que n'importe où ou avec qui que ce soit ces dernières années, je n'ai jamais réalisé à quel point je laissais échapper des indices.

Jackie, étant Jackie, devait bien découvrir la clé du mystère.

Rose s'incline devant ses nouveaux fans, puis crie en direction du bar :

— Mieux vaut aller chercher plus de crème fouettée !

Les yeux des hommes leur sortent de la tête lorsqu'ils voient le barman remplir les shots, ce qui fait ricaner Rose.

Jul' l'aide à se retourner et à s'asseoir, et Jackie est à nouveau occupée à écrire quelque chose sur la table avec son doigt.

— Combien de grammes de crème fouettée diriez-vous qu'il y a dans un tube ?

— Putain, Jackie.

Jul' pose sa main sur celle de Jackie.

— Garde les maths pour Flynn. Tu sais qu'il aime ces trucs-là.

Jackie soupire comme une ado.

— Oui. C'est vrai.

Elle prend son téléphone dans sa poche arrière.

— Je vais lui envoyer mon équation de taux d'alcool par SMS.

— Ah non !

Rose saute du tabouret de bar et attrape le téléphone de Jackie.

— Nous avons convenu qu'il n'y avait pas d'hommes ce soir. Et cela inclut les textos.

Elle jette le téléphone dans son sac à main.

Elle nous regarde Jul' et moi et lève la main vers chacune de nous, nous faisant signe de lui donner les nôtres.

Jackie fait la moue. Le tulle et les lunettes de travers la rendent plus adorable que d'habitude.

— Mais Flynn va être inquiet ?

Jul' remet son téléphone à Rose sans problème.

— Mais non.

Je ferme mon sac à main, le tenant fermement sur mes genoux, ne voulant pas que Rose voie les quinze SMS non lus et les vingt-trois appels manqués de Ian sur l'écran de mon téléphone. Pas que j'aie compté ou quoi que ce soit.

— Pourquoi, non ?

Intéressée par cette nouvelle tournure, Rose oublie de récupérer mon téléphone.

— À cause de lui.

Jul' pointe vers le coin de la pièce, et nous nous tournons tous. Un grand type est assis seul, au bar, une pinte pleine devant lui.

— Et de lui.

Elle pivote et pointe du doigt l'autre côté de la pièce, où un homme sérieux au crâne rasé regarde tout sauf nous.

Jackie se redresse.

— Qui c'est ?

— Les agents de sécurité.

Jul' boit une gorgée d'eau.

— Pardon ?

Les yeux de Rose rebondissent entre les deux mecs.

— Quels agents de sécurité ?

— Ceux qui assurent la mienne. La nôtre.

Jul' essuie la sueur de son front.

— Holt les a embauchés.

Rose cligne des yeux, la bouche ouverte.

— Et ça te convient ?

Jul' hausse les épaules.

— Il est juste inquiet pour moi.

— Il te mène vraiment par le bout du nez !

Rose et Jul' continuent de se chamailler pendant qu'Amanda arrive avec un plateau plein de shots, déposant les nôtres sur la table avant d'offrir les autres aux clients du bar en voulant un.

Le poids de mon téléphone semble plus lourd de seconde en seconde. Pourquoi suis-je si en colère contre Ian ? Pourquoi ai-je dû partir comme ça ? Il était juste inquiet. Mes doigts se resserrent autour de mon sac à main. Peut-être que je devrais...

Rose me donne un coup de coude dans le sein.

— Alors, tu vas boire celui-ci ou me le refiler comme d'hab' ?

— Non, tu peux... Je me tourne brusquement vers elle. Attends, que veux-tu dire ?

Rose lève les yeux au ciel en ricanant avant d'avaler son shot, une demi-lune de crème fouettée tapissant sa lèvre supérieure. Un mec qui passe par là trébuche alors qu'elle prend son temps pour la lécher. Elle lui fait clin d'œil en mimant un coup de pistolet.

D'accord, peut-être bien que Jackie n'est pas la seule à être maline.

J'ai soudain l'impression d'avoir totalement échoué. Mes amies voient à travers moi. Ian voit à travers moi. Je serre plus fort mon sac. Pourquoi est-ce que j'essaie encore de garder le contrôle ?

La main de Rose s'avance vers mon verre à liqueur, et je la tape.

— Aïe.

Elle frotte sa main en faisant la moue.

— Pourquoi tu as fait ça, TB ?

— C'est à moi, merci bien.

Je m'étouffe à moitié en inhalant la crème fouettée et en avalant le Baileys, mais je parviens à faire descendre le tout.

— Waouh.

Jul' pose sa tête dans sa main.

— La Schtroumpfette fait un shot.

Elle fronce les sourcils.

— Pourquoi est-ce que je me rends compte que tu n'en as jamais fait avant ?

Elle regarde les filles pour confirmation.

— Je veux dire, tu as été éméchée, mais je ne t'ai jamais vue ivre.

Rose hoche la tête.

— Oui, comment ça se fait, TB ?

J'attrape également le shot de Jul' et l'avale avant qu'elle ne puisse s'y opposer. Ça descend plus doucement cette fois.

— Aucune idée.

Entre le whisky et les shots sucrés, mon sang commence à chauffer, et ma peur constante commence à décliner.

Rose tend son poing vers moi.

— Il était temps, TB.

Je le tape avec le mien.

Jackie glisse son verre vers moi, un véritable geste d'amitié étant donné à quel point elle aime ces shots et la trigonométrie nécessaire pour les avaler correctement, sans les mains.

Ignorant les calculs, j'attrape le verre et l'avale d'un trait.

Trois femmes exceptionnelles et extraordinaires que j'ai la chance d'appeler des amies, qui ont supporté mes secrets et mes demi-vérités, me regardent comme si elles ne m'avaient jamais vue auparavant. Peut-être qu'elles ne l'ont pas fait.

C'est peut-être un peu tard dans notre relation, et ce n'est certainement pas la décision la plus sûre, mais pourquoi ne devrais-je pas avoir une nuit où je ne regarde pas par-dessus mon épaule ? Une nuit où je suis une fille normale, qui fait la fête avec ses amies. Une nuit où je lâche prise avant de m'en aller.

Ma décision prise, je tape sur la table d'une main.

— On va danser.

Jackie saute sur son siège.

— Ah bon ?

Le génie ne danse jamais à moins que Flynn ne soit là.

Jul' se lève :

— Allez, ma belle. Je suis sûre que tu peux suivre le rythme d'une manière ou d'une autre. Elle pousse le bras de sa meilleure amie et envoie presque Jackie sur le sol.

Rose la rattrape.

Une fois debout, Jackie hoche la tête.

— Oui, tu as raison. Le rythme n'est qu'un modèle sonore mesuré et répété, après tout.

Après avoir remis le sac à main de Rose, ainsi que le mien, à Amanda qui passait par là pour qu'elle les garde derrière le bar pendant que nous dansons, j'attrape la main de Jackie.

— C'est l'idée, ma puce !

Bien qu'honnêtement, je l'aurais traînée sur la piste de danse même si elle avait refusé.

Je suis déterminée à lâcher prise. Et avec l'alcool qui alimente ma détermination, j'ai l'impression qu'il n'y a rien que je ne puisse faire.

J'aimerais juste que Ian puisse me voir maintenant.

Il nous faut une bonne minute pour perdre les mecs de la sécurité.

Le service de sécurité qui, j'en suis presque sûr, se *ficherait* de nous voir quitter Big Texas. Mais après une heure sur la piste de danse, deux autres tournées de verres et une ou deux tournées de shots, nous avions toutes envie d'être ridicules.

Rose, penchée, les mains jointes formant des pistolets, fredonne la bande originale de *Mission Impossible* alors que nous sortons par la porte arrière, réservée aux employés. Nous trébuchons, nous cognant contre les murs et les unes contre les autres avant de finalement sortir par la porte.

Jackie, Jul', et moi courons jusqu'à un Uber XL tandis Rose fait le tour de la voiture par l'avant en marchant en canard.

Comme je l'ai dit, ridicule. Mais *tellement* amusant.

Amanda, qui tient ouverte la porte de sécurité, nous dit au revoir en riant. Parfois, ça sert de connaître les serveurs.

— Go ! Go ! Go !

Rose claque la portière du passager. Le conducteur a l'air abasourdi, son cerveau ayant probablement besoin d'un moment pour enregistrer que quatre nanas complètement ivres ont déclenché une bombe à paillettes en sautant dans sa voiture.

Le pauvre.

— Attendez !

J'essaie d'arrêter de rire en me hissant entre les deux sièges avant.

— Nous avons oublié nos sacs. Nos téléphones !

Et mes lettres.

Rose pouffe :

— Aucun problème. Non seulement j'ai le mien, mais en plus j'ai de l'argent ! Elle sort son téléphone et un billet de cinquante dollars de son décolleté, collant ce dernier au tableau de bord.

— Foncez !

Le chauffeur s'en va. Et heureusement, il entrouvre les fenêtres de la voiture pour que les paillettes puissent s'échapper.

Jackie, assez ivre pour avoir cessé d'essayer de calculer son degré d'ivresse, arrache son voile, ses cheveux blonds volant dans tous les sens.

— Je me marie !

Je ne me souviens pas de la dernière fois où je me suis permis de m'amuser autant. Je ne fais pas que regarder. Je participe. Je suis l'*instigatrice*.

— Et je suis ta demoiselle d'honneur !

Je serre Jackie dans mes bras, manquant de peu de me prendre son serre-tête, qu'elle a toujours à la main, dans l'œil.

— Holt va se faire dessus quand il va me voir dans cette robe.

Jul' ricane, avant de baisser complètement la fenêtre et

pencher la tête, qui transpire à cause de notre session de danse, au-dehors.

— Vous vomissez, vous payez, dit le conducteur, qui prend à droite sur la route NASA Road 1.

Quinze minutes plus tard, nous sommes à Heartbreakers.

VINGT-QUATRE
DEMOISELLE EN DÉTRESSE

*T*RISH

— TRISH ! Tu es venue !

Angela bondit, les bras ouverts, ses seins se balançant sous le soutien minimal de son soutien-gorge triangle à ficelles.

Nous nous étreignons, nos corps scintillants se fondant ensemble.

— Tu es pote avec une strip-teaseuse !

Jul' passe un bras autour de mes épaules une fois qu'Angela me lâche.

— Tu as des amis dans les hautes sphères, Schtroumpfette !

La strip-teaseuse joyeuse regarde Jul' de haut en bas, un sourire sur son visage.

— Et tu as amené des amies de bon goût.

Elle me fait un clin d'œil.

— Encore mieux.

Nous sommes conduites à une table au premier rang, que je suis surprise de voir vide, car l'endroit semble plutôt bondé pour un jeudi soir. Jusqu'à ce que je voie le groupe à côté de nous.

— Je suis désolée, c'est la meilleure place en ce moment, mais vous êtes à côté de ces mecs-là, dit Angela en désignant le groupe de mecs bruyants derrière elle. Ils ne sont même pas là pour faire la fête, ils ont juste décidé d'être des connards bourrés ce soir, je suppose. Cela ne serait pas si mal s'ils ne s'étaient pas plaints pendant que les filles dansent ou, vous savez, s'ils avaient laissé des pourboires.

Elle lève les yeux au ciel.

— Je peux vous déplacer si vous voulez, mais je suis la prochaine sur scène et ce serait cool si vous pouviez m'encourager.

— Non, c'est génial !

Jackie rebondit sur son siège, regardant la scène en écarquillant les yeux.

Angela tape des mains.

— Oh, super ! Rendez-vous dans un instant, alors.

Elle s'éloigne, s'écartant lorsqu'un des types bourrés tente de lui taper les fesses.

Un homme arrive vers nous avec un bloc-notes.

— Que puis-je vous apporter, mesdames ?

— Un mec comme serveuse de cocktails dans un club de strip-tease ?

Jul' lève les deux mains lorsque le serveur jette un œil dans sa direction.

— Non que je n'apprécie pas l'inversion des rôles, je suis juste surprise.

Il hausse les épaules.

— Nous manquons de personnel. Il faut ce qu'il faut.

Les mecs à côté de nous tapent des mains sur la scène, appelant la danseuse comme si c'était un chien. Bien qu'elle les ignore, notre serveur plisse les yeux vers le groupe.

— Eh ! Ne frappez pas la scène.

Les hommes jettent à peine un coup d'œil dans sa direction, mais au moins ils arrêtent de taper et de hurler.

Il nous lance un regard d'excuse.

— Personne ne pensait que nous serions bondés un jeudi soir.

Nous commandons, ravies lorsque nos shots et boissons arrivent rapidement vu l'affluence.

La musique change, et Angela se pavane sur scène en uniforme d'écolière, les plis de sa jupe trop courte remontant à chaque marche pour révéler un string rouge. Tout le look serait cliché si cela ne lui allait pas super bien.

Hot for Teacher de Van Halen retentit par les haut-parleurs.

En tant qu'ancienne danseuse, je peux voir la force et la coordination qu'il y a dans sa routine. Elle ne se contente pas de tourner ou de secouer les fesses, elle frappe le rythme avec des coups de pied hauts, se lance sur le poteau au refrain, puis retombe dans une rotation de cygne et atterrit accroupie au riff de guitare.

— C'est ma nouvelle héroïne, murmure Rose, les yeux écarquillés.

Mais les gars à côté de nous s'en fichent. Vu le manque de personnel, je pense que personne n'a compté le nombre de verres qu'ils ont bus. Ils sont tellement bruyants que je les entends plus que la musique.

— Tu disais qu'Angela donnait un cours de pole dance ?

D'après le visage de Jul', j'ai le sentiment qu'une étable à vaches rose n'est pas la seule chose qu'elle va demander à Holt niveau décoration intérieure. Je n'ai jamais entendu parler d'un ranch avec un poteau de pole dance, mais cela ne me surprendrait pas si Jul' installait le premier.

— Je veux y aller, moi aussi.

Jackie pose sa tête sur ses mains, les yeux pleins d'émerveillement, comme si elle regardait Noël et non des lumières stroboscopiques. À ce moment-là, Angela fait une prise matricielle inversée sur le poteau.

Jackie cligne des yeux.

— Pensez-vous que la NASA considérerait ça comme une activité à haut risque ?

Tout comme les athlètes professionnels, les astronautes ne sont pas autorisés à faire des choses inutilement dangereuses avant un vol dans l'espace. Cela pourrait les faire retirer de la rotation.

Jul' et Jackie commencent à débattre pour savoir si la NASA considérerait ou non le pole dance comme une activité à haut risque.

Au milieu de la chanson, les hommes à côté de nous commencent à se moquer, mécontents qu'Angela n'ait pas enlevé plus que son chemisier boutonné blanc.

— Vos gueules, connards, leur lance Rose avec un geste vers la scène. Je regarde le show !

— Tu appelles ça un show ?

Un homme fait un signe de la main, sa boisson se renversant sur le sol de la scène.

— Où sont ses seins ?

— Waouh.

Jackie les fixe, bouche bée.

— Je pense que nous avons trouvé le chaînon manquant.

Je suis presque sûre qu'elle pensait avoir chuchoté ça, mais Jackie en état d'ébriété ne contrôle pas son volume.

Il claque son verre sur la scène, claquant davantage sur le sol ciré.

— Qu'est-ce qu'elle a dit, celle-là ?

Il s'avance vers nous, mais mes yeux sont fixés sur le liquide qui coule vers le poteau. Angela est en haut de celui-ci, dans une pose de colombe, mais s'inverse pour glisser vers le bas.

— Angela !

J'appelle en agitant les bras, mais elle ne peut pas m'entendre au-dessus de la musique ou me voir pendant qu'elle se concentre sur sa rotation.

Rose saute devant le mec bourré, cachant Jackie.

Inquiète pour Angela, je me hisse sur la scène, juste au moment où son talon touche la scène mouillée.

Le talon plate-forme glisse, la tête d'Angela retombant en un arc descendant vers le sol dur. En me précipitant, je parviens à l'entourer de mes bras, nous retournant et amortissant sa chute. Son cul atterrit sur mon ventre, me coupant le souffle. Nous sommes allongées là, choquées et haletantes, les yeux fixés sur les lumières clignotantes.

Au-dessus de la musique toujours tonitruante, j'entends le cri plus aigu de Rose, ainsi que le ton plus grave de l'homme. Luttant pour me redresser sur mes coudes, je vois mes amies se tenir trop près du groupe de mecs bourrés et en colère. À droite, un videur solitaire se fraie un chemin à travers la foule tandis qu'à gauche, notre serveur se tient debout avec son plateau plein de boissons, ses yeux choqués rebondissant de la scène au videur en passant par la dispute. Le reste de la foule ne fait que regarder.

Après mon sauvetage de strip-teaseuse et sa montée d'adrénaline, je suis assez sobre pour m'inquiéter de l'appel de la police.

— Qu'est-ce qui se passe ici ?

Angela se lève, boitant pour se caler contre le poteau.

— Fais attention, dis-je en me relevant. La scène est mouillée.

Elle regarde le sol mouillé et la boisson presque vide abandonnée au bord de la scène.

— Quel idiot a fait ça ?

— Cet idiot-là, répond Rose en pointant son doigt vers la poitrine du mec bourré.

L'homme gonfle sa poitrine, qui est malheureusement toujours affaissée même avec sa pose. Il ressemble à une sorte de Joe Dirt en plus grand et plus vieux, sans coupe mulet.

— Qui tu traites d'idiot ?

— Toi, dit Jackie d'un ton neutre.

Debout derrière Jul' et Rose, elle fronce les sourcils vers l'homme.

— C'était pas clair ?

Presque au ralenti, je vois l'homme lever la main. Les yeux de Jackie s'écarquillent, le bras de Jul' se lève pour bloquer le coup, tandis que la jambe de Rose recule comme si elle allait taper dans un ballon de football.

Mon esprit est silencieux alors que je cours, sautant de la scène, les mains tendues vers l'homme et son bras levé. J'attrape ses épaules, balançant mon corps vers le haut et autour de lui comme je le ferais avec un poteau.

Dans le chaos qui suit mon enfourchement parfaitement chronométré, des strip-teaseuses hurlent, un ongle est cassé sur le nez de quelqu'un, un plateau de boissons s'écrase, le videur finit par arriver, et, pas trop loin, les sirènes d'une voiture de police retentissent, le tout sur l'air de *It's Getting Hot in Here* de Nelly.

La dernière chose que je vois avant que les paillettes corporelles ne m'aveuglent, c'est Rose qui donne un coup de pied au gars dans les couilles, nous envoyant tous les deux au sol.

———

Ian

Mon réveil se déclenche. Pourquoi mon réveil se déclenche-t-il ?

Les yeux larmoyants, je fronce les sourcils devant mon téléphone allumé sur la table de chevet. 1 h 46 du matin.

Est-ce que je l'ai mal réglé ?

Il s'arrête et repart.

Une seconde. Merde. Ce n'est pas mon réveil.

Forçant mes muscles endoloris à bouger, je parviens à arracher mon téléphone à la table de chevet. Mes biceps se contractent lorsque je porte le téléphone à mon oreille, me faisant regretter les cinquante longueurs supplémentaires que j'ai faites dans la piscine de l'hôtel *après que* mes muscles ont commencé à trembler.

— Allô ?

— Ian. C'est Holt. Nous avons un problème.

Luttant pour sortir de sous les couvertures, je m'assieds et allume la lampe, grimaçant quand la lumière frappe mes yeux.

— Quel genre de problème ?

— Il y a une heure, l'équipe de sécurité a perdu les filles de vue. Pendant un moment, ils ont pensé qu'elles étaient aux toilettes ensemble ou quelque chose comme ça.

Mon ventre se serre.

— Laisse-moi deviner. C'était pas le cas.

— Correct.

Je passe une main sur mon visage.

— Mon Dieu.

— J'ai localisé le téléphone de Rose.

Je ne lui demande même pas comment il a fait ça.

— Où ça ?

— À Heartbreakers.

— Le club de strip-tease ?

— Oui je sais. Probablement l'idée de Rose.

Holt a l'air aussi exaspéré que je suis paniqué.

— Le service de sécurité est en chemin. Je suis sûr que tout va bien, mais tu m'avais demandé de te tenir au courant si quelque chose changeait.

— Non, oui...

Je me frotte le visage.

— J'apprécie que tu le fasses. Merci.

Nous raccrochons, et je passe quelques minutes à regarder dans le vide, à contempler le meilleur et le pire des scénarios.

Sortant de ma transe, je me gifle en essayant de me réveiller. Mitch a dit que la réunion était à 8 heures. J'ai encore beaucoup de temps pour dormir.

Mais une heure plus tard, je suis toujours bien réveillé quand Holt appelle à nouveau.

— Dites-moi que vous les avez trouvées ivres et stupides mais en un seul morceau.

— Eh bien...

Merde.

— Que... quoi ?

Je rallume la lampe.

— Il y a eu une bagarre entre les filles, quelques strip-teaseuses et un groupe de mecs bourrés.

Je fais une pause le temps d'enregistrer l'information.

— Est-ce que tout le monde va b en ?

— En plus des plaintes de Rose comme quoi elle a besoin d'une manucure d'urgence et Jackie qui est triste que Jul' l'ait poussée à l'écart pour qu'elle ne soit pas blessée pour le mariage, et donc de ne pas avoir pu exécuter de manœuvres de défense, les filles semblent indemnes.

— Bien, bien, dis-je en hochant la tête. Donc tout va bien et elles sont sur le chemin du retour.

Mon ton plein d'espoir est presque suppliant.

— Eh bien...

— Bon sang, Holt. Crache le morceau.

— Trish est en prison.

— Quoi ?

Je sors du lit, tends la main pour attraper les vêtements les plus proches de moi.

— Dans le cadre de la procédure policière, même après que la strip-teaseuse a déclaré aux flics que les filles ne faisaient que les défendre, ils ont regardé les cartes d'identité de tout le monde.

— Merde.

Je trébuche en rentrant dans mon jean. Je ne prends même pas la peine de changer le tee-shirt dans lequel j'ai dormi.

— Donc, je suppose que tu savais que Trish avait un mandat d'arrêt contre elle ?

— Oui. Je le savais.

Je jette tout dans mon sac de sport : maillot de bain mouillé, combinaison préférée, brosse à dents.

— Où est Trish maintenant ?

— Au service de police de League City, dans une cellule de détention provisoire, apparemment en attente d'extradition vers la Géorgie.

Putain. Merde. Putain.

— Rose a appelé son avocat, il est en route.

Holt ricane.

— Il a sorti Rose de beaucoup de pétrins, je suis sûr qu'il peut aider Trish.

Il s'arrête de parler pendant que j'enfonce mes pieds dans mes baskets.

— Bien que Rose n'ait jamais commis de crime.

En soupirant, je renonce à essayer de protéger le secret de Trish.

— Elle n'a pas commis de crime. Elle a été faussement accusée.

Il prend le temps de digérer cette information.

— Nous devrions dire tout ce que tu sais aux avocats.

Mon sac de sport à l'épaule, je saisis mon sac pour ordinateur portable de l'autre main et mets Holt au courant de ce que j'ai découvert alors que je me précipite hors de la pièce et me dirige vers les ascenseurs.

— Merde. C'est tordu, dit Holt quand j'ai fini. Même si cela explique beaucoup de choses.

— Oui, Trish n'est pas aussi bonne pour cacher des choses qu'elle le pense.

Il n'y a qu'une personne à l'accueil.

— Je vais t'envoyer deux numéros de téléphone dans une minute. L'un est celui de Gary Ranos, le détective privé, et l'autre est celui de l'avocat et ex-petit ami, Chad Mitchell. Assure-toi que l'avocat de Rose les appelle.

Une fois dehors, je pars au trot jusqu'au trottoir, reconnaissant quand je vois quelques taxis attendant des fêtards.

— Ça marche.

À travers le ciel nocturne, toujours sombre même avec les feux de circulation, le phare rouge d'un avion passant, je coupe l'appel et ouvre la porte du taxi avant même qu'il ne s'arrête complètement.

— Où allez-vous ? demande le chauffeur de taxi.

— À l'aéroport Hartsfield-Jackson. J'ai un vol à prendre.

VINGT-CINQ
SOUTIEN ENVIRONNEMENTAL

Trish

Les cellules de prison sont froides.

Frotter mes mains de haut en bas de mes bras n'atténue pas la chair de poule qui se propage sur mon corps.

Porter des chaussures à plate-forme à bout ouvert n'aide pas.

Quelque chose de lourd claque contre le métal, trop loin pour que je puisse voir ce que c'est, et davantage de chair de poule surgit. Ce n'est peut-être pas le froid qui me refroidit. Je frissonne. C'est peut-être la peur.

À part être une criminelle recherchée, je n'ai jamais eu de contravention. La prison a toujours été une chose que je fuyais, mais je n'ai jamais laissé mon esprit vagabonder jusqu'à imaginer *y* être réellement.

C'est effrayant. Et je suis assez intelligente pour savoir que c'est juste une cellule de détention dans un poste de police. Les criminels ne restent pas longtemps ici.

La sonnerie du talkie-walkie d'un policier résonne dans le couloir.

Renonçant à me réchauffer, je me penche en arrière, le mur de parpaings rugueux tirant sur mes cheveux décoiffés. Faire un saut en courant d'une scène de strip-teaseuse pour monter sur un homme ivre et violent fait des merveilles pour le volume des cheveux.

C'est juste une des nombreuses choses que j'ai mal gérées ce soir. Eh bien, enfin, je ne pense bien sûr pas au fait d'avoir protégé mes amies d'être agressées par un homme de Néandertal mais d'avoir suggéré de nous rendre à Heartbreakers.

Je n'aurais pas dû lâcher prise. J'aurais dû donner mes shots à Rose comme je le fais toujours. J'aurais dû rester loin des projecteurs.

Je me penche en avant, les coudes sur les cuisses, la tête dans les mains, grimaçant alors que certains de mes cheveux restent attachés au mur de ciment, et je soupire. Ma vie n'est qu'une grosse boule de « j'aurais dû ».

Bientôt tout le monde saura pour le mandat, la bague, mon passé. Je suis sûre qu'ils penseront qu'ils l'ont échappé belle.

Mon seul réconfort est que je n'ai pas à voir leur déception. Que je suis seule dans cette petite cellule froide.

— Où est TB ?

Je relève la tête à la voix familière et impertinente. Cela ne peut pas être vrai.

Je me lève, appuyée contre les barreaux pour pouvoir voir au fond du couloir. Ma bouche s'ouvre.

Une policière amène Rose dans le couloir.

— Rose ?

Elle me regarde en souriant.

— Quoi de neuf, meuf ?

Elle lève les deux mains et fait signe. Le métal de ses menottes clinque.

— Que...

Ma voix se brise, mon esprit ne comprend tout simplement pas ce que je vois.

La policière, l'air aussi agacé que j'ai froid, arrive dans ma cellule avec Rose.

— Vous avez des amis intéressants.

Tout ce que je peux faire, c'est rester là, me demandant si les hallucinations de prison existent.

Rose donne un coup d'épaule à la policière.

— Allez Lydia, tu sais que j'ai fait ta soirée.

Les lèvres de Lydia se relèvent d'un côté, mais elle tue l'expression avec un froncement de sourcils alors qu'elle déverrouille la porte de la cellule. Elle me regarde.

— Reculez.

Je le fais.

Les barres de métal s'ouvrent juste assez pour que Rose puisse passer avant de se refermer.

— Les mains.

Rose obéit et met ses mains à travers les barreaux de sorte que Lydia puisse retirer ses menottes.

Retirant ses mains maintenant libres, Rose se frotte les poignets avec un sourire.

— Merci, meuf.

Lydia secoue la tête et se tourne pour partir, mais pas avant que je ne voie un petit sourire fugace.

— Qu'est-ce que tu as fait ?

Je demande à Rose, mais c'est la policière qui répond.

— Outrage à la pudeur, crie-t-elle par-dessus son épaule en s'éloignant. C'est une emmerdeuse, ton amie.

Rose saute vers le banc de la cellule en fredonnant, ses bottes frottant légèrement le sol.

— Je commence à penser que personne ne m'apprécie.

La porte du couloir claque, me faisant sursauter.

— J'ai entendu dire une fois qu'un bon ami est toujours prêt à payer la caution.

Rose s'adosse au mur de blocs de ciment, les mains derrière la tête.

— Mais des *supers* amis seront assis avec toi en cellule.

Elle baisse sa main pour tapoter à côté d'elle.

— C'était peut-être sur une carte postale.

Sans un mot, je m'assieds à côté d'elle.

— De toute façon, cette platitude de carte de vœux est sacrément plus informative que cette lettre merdique que tu as écrite.

Elle lève un sourcil blond dans ma direction, me faisant grincer des dents.

— Je vois, dis-je en regardant mes chaussures. Vous les avez trouvées, hein ?

Rose remet ses mains derrière sa tête, regardant le plafond filigrané.

— Ce n'est pas comme si nous ne savions pas déjà que tu cachais quelque chose.

— Eh bien, le truc d'écriture.

Elle se moque :

— Tu adores les romans d'amour. Tu défends le genre tout le temps. Tu n'avais pas peur que nous le découvrions. Tu avais peur que nous découvrions ton pseudonyme. Ton passé honteux.

Le sarcasme qu'elle pose sur les dernières phrases est plus lourd que les barreaux de la porte de la cellule.

Elle a raison, je veux que personne ne le sache. Pour diverses raisons. Maintenant qu'ils savent, je ressens une multitude d'émotions. Bien que je regarde mon amie aussi détendue dans une cellule de prison que si elle était en pique-nique, la principale chose que je ressens est de la confusion.

Je baisse les yeux sur mes mains, correctement repliées sur mes genoux.

— Tu n'es pas... tu n'es pas en colère ?

— Bien sûr que je suis en colère. Je n'arrive pas à *croire que* ces connards de Heartbreakers s'en tirent juste avec un blâme et un avertissement. Sans tes talents de ninja strip-teaseuse, l'une de nous aurait un œil au beurre noir pour le mariage de Jackie.

— C'était juste une figure, je marmonne.

— C'était génial, c'est ce que c'était.

Elle rit, regardant toujours le plafond. J'ai demandé à Angela une copie de la bande de sécurité. Je veux le voir au ralenti.

Ma confusion ne s'estompe pas.

— Je voulais dire, tu n'es pas en colère contre moi ?

Je pose une main sur ma poitrine.

— Pour ne pas vous avoir dit que je suis une criminelle recherchée ?

Rose tourne la tête vers moi.

— Je suis en colère contre moi-même de ne pas avoir compris.

Elle lève les yeux au ciel.

— Parce que maintenant que je sais, je veux dire, c'est *tellement* évident.

— Ah bon ?

Elle hoche la tête, puis laisse tomber ses mains pour s'asseoir, grimaçant lorsque le mur lui tire les cheveux.

— Aussi, garde le cinéma pour tes livres. Tu n'es pas une *criminelle*. D'après ta lettre, tu as été injustement accusée, n'est-ce pas ?

— Eh bien, oui, mais légalement je suis...

Elle fait un signe de la main, me coupant la parole.

— Légalement rien du tout. Tu es innocente, et nous allons le prouver, réplique-t-elle en haussant les épaules. Et sinon, j'ai les meilleurs avocats que l'argent puisse acheter. Nous allons trouver quelque chose.

Elle se tape le menton, me regardant de côté.

— Mais juste au cas où, qu'est-ce que tu penses des visites conjugales ?

VINGT-SIX
UN GRAND GESTE

Ian

— Sortez votre cul du lit et passez quelques coups de fil.

Un agent de sécurité de l'aéroport me lance un regard surpris. Il n'y a pas beaucoup de monde en ce moment, et ma voix résonne dans la zone de sécurité caverneuse. J'ai réussi à prendre un siège sur un vol à destination de Los Angeles avec une escale à Houston. Mais il part dans dix minutes.

— Quoi ?

La voix de Mitchell au téléphone donne l'impression qu'il a avalé du gravier.

Je contourne un jeune couple avec de gros sacs à dos sur les épaules et me dirige vers les portes.

— Trish a été arrêtée, et pour chaque minute qu'elle passe dans cette cellule, j'ajouterai un zéro au montant pour lequel je vais vous poursuivre en justice.

— Comment a-t-elle été arrêtée ?

Un montage visuel étrange de bagarres de strip-teaseuses et

de super-vilains dans un vortex de paillettes me traverse l'esprit avant que je ne le secoue.

— Cela n'a pas d'importance. Occupez-vous-en.

— Kincaid, soupire-t-il. Il est 2 heures et demie du matin. Personne ne sera réveillé.

— Alors *réveillez*-les.

Je contourne un type en survêtement portant des écouteurs presque aussi gros que sa tête et continue de courir vers ma porte d'embarquement.

— Vous venez de vous coûter un zéro.

— Hé, attendez...

Je raccroche en courant jusqu'à la porte d'embarquement où un seul employé de la compagnie aérienne attend pour fermer la porte.

— C'était moins une, hein.

Je lui fais un sourire crispé et lève mon téléphone pour qu'il puisse scanner mon billet électronique.

Je dévale la passerelle et m'arrête net à la porte de l'avion. Les battements de mon cœur et la sueur froide qui apparaissent sur mon front n'ont rien à voir avec l'effort physique.

L'hôtesse de l'air, à l'intérieur, qui sert les boissons aux passagers de première classe, me sourit.

— Entrez. Nous allons bientôt décoller.

Mes pieds restent plantés. Mon souffle s'accélère.

— Monsieur ?

En serrant les dents, je fais un pas maladroit dans l'avion. Puis un autre. Puis un autre.

J'ai réussi à obtenir un billet en première classe, donc je n'en ai pas beaucoup à faire. Mais même ainsi, devoir me tourner de côté pour marcher dans l'allée ne fait qu'augmenter ma panique croissante.

Je m'arrête pour sortir mon ordinateur portable de mon sac,

pensant que travailler m'aidera à ne pas penser que l'endroit est exigu, puis je fourre mon sac de sport au-dessus de ma tête. Prenant une profonde inspiration, je m'assieds enfin, la chaise en cuir surdimensionnée me donnant l'impression d'être de la taille d'un enfant.

Ma main vibre. Prenant une profonde inspiration et desserrant mes doigts du téléphone, je réponds.

— Dis-moi que tu utilises tes millions pour libérer Trish de prison.

La voix de Jul' se fait entendre de l'autre côté de la cabine.

Je laisse ma frustration s'écouler à travers moi, dépassant ma panique.

— Alors maintenant, tu te souviens de comment utiliser ton téléphone ?

— Arrête ta petite crise, Kincaid. Nous avons de plus gros problèmes.

— Oui, des problèmes que j'aurais pu régler *sans que* Trish ne soit arrêtée, si tu ne m'avais pas retiré de la foutue liste.

Le sourire de l'hôtesse de l'air s'estompe à mon ton alors qu'elle passe devant mon siège pour s'assurer que les sièges et les plateaux de tout le monde sont dans leur position relevée et verrouillée.

— Monsieur, les téléphones doivent être éteints ou mis en mode avion pendant le décollage.

— Tu es dans un *avion* ?

Le cri de Jul' me fait retirer le téléphone de mon oreille.

— Oui, et j'atterris dans deux heures et vingt-cinq minutes. Je te rappelle à ce moment-là.

Je raccroche, ressentant une fierté perverse d'avoir enfin eu le dernier mot.

Jusqu'à ce qu'ils ferment la porte de la cabine.

Putain. Je regarde l'avion de haut en bas, frottant mes mains sur mes cuisses. Personne d'autre ne semble perturbé. L'homme en face de moi met ses écouteurs.

Un autre agent de bord intervient sur le système de sonorisation, rappelant à tout le monde de ne pas utiliser de plus gros appareils électroniques avant le décollage.

Au revoir, travail.

Je prends de longues, lentes et profondes inspirations pendant le reste du discours sur la sécurité et tout au long du décollage, prétendant que je n'ai pas l'impression que les parois incurvées de l'avion se resserrent contre moi comme un poing écrasant une canette de soda.

Ma jambe rebondit à un kilomètre par minute.

— Vous êtes nerveux ?

L'homme de l'autre côté de l'allée sort un de ses écouteurs d'une de ses oreilles.

— Je, euh…

Je me racle la gorge et me redresse.

— En quelque sorte.

Il hoche la tête, rassurant.

— Il n'y a pas de honte à ça. Je l'étais aussi, autrefois.

En voyant le calme de l'homme d'un certain âge, j'ai du mal à le croire.

— Vous l'étiez ?

— Oui. Je suis même entré dans l'armée en pensant que comme c'était *sur terre,* cela jouerait en ma faveur.

Un bref éclat de rire lui échappe en passant une main dans ses cheveux poivre et sel.

— Ça n'a pas empêché l'oncle Sam de me faire sauter d'un avion pendant mon entraînement.

Il tremble comme si le souvenir lui faisait froid dans le dos.

— Je me suis vomi dessus au décollage.

Mon nez se fronce rien que d'y penser, et j'espère que cela ne m'arrivera pas.

— Combien de fois a-t-il fallu pour que vous soyez capable de sauter ?

— Juste celle-là.

Il me jette un regard sardonique.

— C'est l'armée, fiston, ils n'étaient pas là pour me tenir la main. Ils m'ont juste jeté de l'avion, à trois cent quatre-vingts mètres du sol.

Il tape dans ses mains.

— Mission accomplie.

Merde. Je ne sais pas si l'écouter aide ou empire les choses.

— Eh bien, vous prenez l'avion, donc ça a dû vous guérir. Affrontez vos peurs, tout ça.

Même moi, je peux entendre la note triste et pleine d'espoir dans ma voix.

— C'est un tas de conneries hippies. Tout ce que ça a fait, c'est aérer mon uniforme de son vomi.

Il fait défiler son téléphone. D'après ce que je peux voir de là où je suis assis, on dirait qu'il fait défiler une liste de livres audio.

— Cela n'a pas eu beaucoup d'importance vu que j'ai vomi à nouveau quand j'ai atterri.

Je déglutis.

— Ne vous vexez pas, mais si vous essayiez de me donner un discours d'encouragement, c'est vraiment raté.

Il rit.

— Oui, je ne suis pas ce que vous appelleriez un tendre.

Il hausse les épaules.

— C'est ce que ma première femme a dit, de toute façon.

Quelqu'un passe devant moi en marchant jusqu'aux toilettes. Je regarde une femme ouvrir le petit placard des toilettes et s'enfermer à l'intérieur.

Mon souffle s'arrête.

— Alors, comment êtes-vous devenu à l'aise pour voler ?

Ma voix atteint une octave plus haute que d'habitude.

— Le pouvoir de l'esprit sur la matière.

Il pointe son téléphone.

— Prenez le contrôle de vos peurs.

Je frotte à nouveau mes mains sur mon pantalon et essaie de prendre une inspiration apaisante.

— Et comment faites-vous cela ?

Les agents de bord commencent le service des boissons, leur grand chariot métallique bloquant l'allée, coupant l'accès à la porte. Des points noirs flottent autour de ma vision.

— Vous devez trouver votre havre de paix

J'ai tellement peur que j'ai envie de rire. Mais quand je me concentre enfin sur lui et que je vois à quel point il est sérieux, et aussi à quel point il est musclé sous son polo ajusté et ses kakis, je n'ai pas le courage.

— Comme dans *Happy Gilmore* ?

— Qu'est-ce que c'est ?

Je secoue la tête, essayant d'effacer les points noirs.

— Rien.

Il plisse les yeux sur moi, puis appuie sur sa tempe avec son doigt.

— Votre havre de paix est l'endroit où vous dites à votre esprit d'aller. Comme pendant la méditation.

— Est-ce qu'ils vous ont appris à méditer dans l'armée ?

— Putain, non, raille-t-il. C'est ma seconde femme qui m'a appris à le faire.

— Je vois.

— L'armée m'a juste jeté d'un avion plusieurs fois au nom de la thérapie d'exposition et a déclaré l'opération un succès lorsque j'ai arrêté de vomir, ricane-t-il. Mais en fait, je venais d'apprendre à ne pas manger vingt-quatre heures avant un saut.

— J'ai fait ça avant.

Les mains de Trish glissent sur l'arrière de mon pantalon. Ses genoux tombent au sol. Je gigote sur mon siège.

— La thérapie d'exposition.

— Oui. Cela prend du temps. Alors pendant que vous attendez que cela fonctionne, rendez-vous dans votre havre de paix. *Ne* vous visualisez pas dans un avion. Mais dans un endroit chaleureux.

Le rappel du dévouement de Trish à mes devoirs de thérapie d'exposition met un véritable sourire sur mon visage.

— Oui.

L'homme coiffé à la brosse me sourit.

— Continuez à penser à ce à quoi vous pensez maintenant. Faites-en votre havre de paix.

Je hoche la tête en retour, puis ferme les yeux. Trish. Trish est mon havre de paix.

Trish en bikini au bord de la piscine. Sa peau mouillée luisait au soleil. Ses ongles peints en rose se sont bouclés dans l'orgasme.

Je tire sur le jean au niveau de mes genoux, essayant de donner plus de place à mon entrejambe serré.

— Je suppose que c'est une façon de faire.

Sorti de mon fantasme, j'ouvre les yeux. Le mec de l'armée sourit, hochant la tête vers mes genoux.

Je rougis comme un adolescent pris en flagrant délit par ses parents.

— S'il vous plaît.

Il écarte mon embarras de la main.

— Je suis dans l'armée. Il n'y a rien que je n'aie vu dans la caserne.

Le steward choisit ce moment pour faire rouler son chariot entre nous. J'attrape le magazine de vol sur le dossier de mon siège et le place sur mes genoux.

— Quelque chose pour vous, messieurs ? demande l'homme en souriant à nouveau.

— Donnez à ce garçon une boisson bien forte. C'est moi qui

régale, dit mon nouvel ami en riant. À la réflexion, mieux vaut y ajouter du coca. Il est déjà assez raide.

Mes oreilles ont l'impression qu'elles vont exploser.

Mais je prends la boisson. Et retourne dans mon havre de paix.

———

— Mesdames et messieurs, préparez-vous à atterrir, en vous assurant que vos plateaux et dossiers de siège sont en position verticale et verrouillée et que tous vos appareils électroniques sont éteints et rangés.

Je suis trempé. Absolument trempé de sueur.

Et j'ai une crise de couilles bleues.

Mais j'ai pris l'avion.

Sans me vomir dessus.

Tout bien considéré, j'appelle cela une victoire.

— Bravo, mon garçon.

L'homme à la coupe à la brosse me sourit.

— Je savais que vous pouviez le faire.

En détournant les yeux de la fenêtre, où les voitures et les gens grossissent au fur et à mesure que l'avion descend, je lui souris en retour.

— Merci, je...

J'aperçois l'écran de son téléphone.

Il suit mon regard

— Oh. Ça. Ma troisième femme, dit-il en riant. Elle veut que je sois plus romantique. Je ne me suis jamais vraiment considéré comme un vieux singe, et pourtant ici j'apprends à faire des grimaces, raille-t-il.

Il me tend son téléphone et appuie sur l'image de couverture du livre audio.

— Vous avez déjà entendu parler d'Audrey Cole ? Les

couvertures ont peut-être des hommes à moitié nus dessus, mais les histoires sont pas mal, en fait.

— Je la connais.

— Ah oui ?

Son visage s'éclaire, un peu de dureté quittant son regard.

— Quel livre avez-vous préféré ?

— Non, je veux dire que je la connais *elle*. Audrey Cole.

Sa mâchoire tombe et l'expression choquée de son visage sérieux est comique.

— Vous me faites marcher.

— Non, vraiment, c'est vrai.

Je me redresse, mon érection ayant réduit. Cela n'a pris que deux heures.

— En fait, c'est pour la voir que j'ai pris l'avion.

— Sans déconner.

Il regarde autour de nous dans l'avion, puis se penche en avant comme s'il était sur le point de révéler des secrets nationaux.

— Avez-vous la possibilité de me procurer un exemplaire dédicacé d'un de ses livres ?

Il soutient mon regard, les sourcils haussés.

— Cela m'aiderait vraiment avec ma femme, côté romance.

Mes narines se dilatent alors que j'essaie de cacher mon amusement. En tant que fils de sénateur, je ne suis pas étranger aux gens qui veulent des choses de moi. Mais un militaire qui veut utiliser ma relation avec une romancière pour marquer des points avec sa femme ? C'est nouveau.

— Oui, mec. Je vais vous en trouver un.

Je force mon visage à ne pas avoir d'expression.

— Génial.

L'avion atterrit sur le tarmac et il s'assied.

— Peut-être que cela l'empêchera de m'inscrire au cours de yoga de couple.

L'expression heureuse sur son visage lorsqu'il me donne ses coordonnées n'est probablement rien en comparaison avec ce que je ressens lorsque je quitte enfin l'avion. Je suis dehors. Je suis ici. J'ai réussi.

Je suis tellement plus proche de Trish.

Je sors mon téléphone et l'allume pour appeler Holt.

— Donne-moi de bonnes nouvelles.

T*RISH*

— Bonne nouvelle, mademoiselle LaRue.

Les clés et les menottes de l'agent Lydia s'entrechoquent à la ceinture de son uniforme alors qu'elle apparaît devant ma cellule.

— Il est temps de partir.

Rose est sortie il y a un petit moment. L'agent de police qui est venu la chercher a dit ne pas pouvoir la retenir plus longtemps. Avant de partir, Rose a promis d'allumer un feu sous le cul de son avocat et m'a laissé sa chemise boutonnée, se moquant totalement du fait qu'elle soit sortie de prison en soutien-gorge.

Heureusement, elle n'a été arrêtée pour outrage à la pudeur une fois de plus.

Je suis assise sur le banc, mes jambes repliées sous mon corps, et la chemise légère enroulée autour de moi comme une couverture depuis le départ de mon amie. Sans téléphone ni montre, je ne sais pas combien de temps s'est écoulé. Mais je ne pensais pas que c'était assez long pour organiser une extradition.

Que ce soit de froid ou de peur, je suis engourdie quand je me lève, ma peau pleine de chair de poule.

— D'accord.

La policière me lance un regard interrogateur alors qu'elle insère la clé de la porte de la cellule.

— Expression étrange pour quelqu'un qui quitte la prison.

Les barreaux s'ouvrent avec un bruit métallique.

Je sors, levant les bras pour qu'elle mette les menottes.

— Je n'échange qu'une prison contre une autre en Géorgie.

Au lieu de décrocher les menottes de sa ceinture et de les passer sur mes poignets, comme je pensais qu'elle le ferait, la main de Lydia s'agrippe à mon épaule et elle me dirige dans le couloir.

— Rose a mentionné que vous étiez auteure, mais je ne pensais pas que quelqu'un pouvait être plus dramatique que *cette* poupée Barbie.

Elle a l'air dégoûté, mais ses lèvres sont inclinées en un sourire.

Je trébuche légèrement, mes jambes raides à force de rester assise si longtemps.

— Qu'est-ce que vous voulez dire ?

Elle me stabilise et m'aide à faire le reste du chemin dans le couloir.

— Vous n'êtes pas extradée.

Elle ouvre la porte, où un homme familier en costume se tient à côté de Rose, qui porte maintenant un tee-shirt LCPD.

— Le mandat contre vous a été révoqué. Vous êtes libre de partir.

Je m'arrête, ses mots ne s'enregistrant pas.

— Je suis… libre ?

— TB !

Rose bondit, les restes de paillettes corporelles reflétant la lumière du matin.

— Tu es prête à partir ?

Je reste immobile.

— TB ?

Rose attrape mon bras et me traîne dans la pièce.

— Tu es sous le choc ? Tu ne sembles pas comprendre que nous pouvons y aller.

Confuse, effrayée et gelée, je ne peux m'empêcher de dire :

— Alors auriez-vous la gentillesse d'expliquer comment c'est possible ?

Rose cligne des yeux.

— Ah, oui, bien sûr.

Elle regarde son avocat par-dessus son épaule.

— Laisse-nous une seconde, veux-tu ?

Il pousse un long soupir de souffrance.

— Je vais juste finir la paperasse pendant que vous parlez, mesdames.

Il se dirige vers l'officier Lydia, qui se tient maintenant derrière un bureau avec une petite pile de papiers.

Je me rends compte d'où je le connais. C'est le type qui est venu quand Rose a été arrêtée à Boondoggle's il y a quelques semaines.

— Ton avocat m'a fait sortir de prison ? Qu'en est-il des accusations ?

Rose hoche la tête, me conduisant vers un coin salon.

— Mes avocats se sont occupés de la paperasse, bien sûr, mais Ian t'a fait sortir de prison.

Je m'assieds. Heureusement, il y a une chaise en bois dur derrière moi quand je le fais.

— Ian ?

Rose s'assied à côté de moi.

— Ouip. Il s'est même occupé de l'accusation de crime. Il a fait révoquer le mandat.

— Mais... Quand...

Je presse ma paume contre mes yeux, espérant réveiller mon cerveau.

— Comment est-ce possible ?

Elle hausse les épaules.

— Je ne suis pas sûre. Tout ce que je sais, c'est qu'il était en Géorgie lorsque tu as été arrêtée et qu'il a pris le premier vol.

— Vol ?

Ma voix se brise.

— Oui, et maintenant il crie après un autre avocat nommé Mitchell, en lui disant qu'il a pris trop de temps et combien de zéros il ajoute au procès.

Elle incline la tête, envoyant plus de paillettes sur son tee-shirt noir.

— Même si je ne comprends pas cette partie.

Je pensais que j'avais froid avant, mais apparemment ce n'était rien par rapport à la glace qui coule maintenant dans mes veines.

— Meuf.

Rose se penche en avant, scrutant mon visage.

— Tu n'as pas l'air bien, TB, et c'est en prenant en compte le fait que tu aies dormi en prison, dit Rose en passant un bras autour de moi, m'attirant dans une embrassade. Ian est comme toi. Je ne l'ai jamais vu ressembler moins à Captain America qu'en ce moment.

Elle hausse les épaules.

— Mais je suppose que c'est l'effet d'un vol de nuit.

— Où est-elle ?

Rose et moi nous tournons pour voir le Captain America échevelé faire irruption à l'intérieur, fixant l'avocat de Rose.

— Qu'est-ce qui prend si longtemps ?

En le regardant, avec ses cheveux blonds gras piqués sur sa tête dans toutes les directions, sa barbe plus longue que je ne l'aie jamais vue, et son tee-shirt gris froissé et taché de sueur, toutes les émotions que je refoule depuis l'arrestation, merde, depuis que j'ai commencé à fuir la loi il y a toutes ces années, se précipitent à la surface.

— Ian... ?

Je me lève.

Il tourne la tête dans ma direction.

— Ian... ?

Je répète, tous les autres mots me manquent.

Sans un mot, il se précipite, me serrant de nouveau contre son corps.

Il pue. Ça sent bon.

— Je suis arrivé dès que j'ai pu.

Il recule, ses mains remontent pour bercer mon visage, scrutant mes yeux.

— Est-ce que ça va ?

— Je...

Ma voix se brise une fois de plus, ainsi que le reste de moi.

Ian me serre à nouveau fort contre lui, de longs sanglots secouant mon corps. Jusqu'à ce que mon corps me lâche et qu'il me prenne dans ses bras.

À travers mes sanglots, j'entends Rose dire à Ian qu'elle me ramène au ranch et le refus moins que poli de Ian. Mon corps se balance contre Ian alors qu'il sort du bâtiment, l'avocat se plaignant bruyamment de la paperasse. Je sens la lumière du matin sur ma peau et j'entends la voix de Holt dire à Ian qu'il va conduire, et pendant tout ce temps, mes larmes continuent de couler.

Je ne lève pas les yeux et ne parle pas pendant tout le trajet, même si les sanglots qui font trembler mon corps s'atténuent. Ian continue de me tenir dans ses bras sur la banquette arrière du camion de Holt. Il me porte dans sa maison. En haut des escaliers.

Il continue de me tenir pendant qu'il fait couler une douche chaude, la chaleur est si bonne contre ma peau alors qu'il nous lave. Les larmes tombent à nouveau.

Il me tient aussi à ce moment-là.

Et quand nous sommes enfin au lit, propre après les voyages et la prison, blottis sous des couches de couvertures, mon cœur bat enfin à un rythme régulier, mes membres s'assouplissent et mes muscles se détendent.

Je suis à la maison.

VINGT-SEPT
POINT CULMINANT

T*RISH*

B*ang bang bang.* *Ding-ding ding-dong.*

Ian bouge dans le lit, ses bras se resserrant autour de moi. Il grommelle quelque chose sur la curiosité des voisines.

Bang bang bang. Ding-ding ding-dong.

— Putain de Veronica.

Il embrasse le haut de ma tête et glisse son bras sous moi.

Je geins.

— Désolé, bébé.

Il m'embrasse une fois de plus.

— Je vais lui dire d'aller voir ailleurs et je reviens.

En maudissant Veronica dans ma tête, je commence à me rendormir jusqu'à ce qu'un grand cri me fasse sursauter.

Un cri provenant d'une voix masculine. Et ce n'est pas celle de Ian.

Luttant pour sortir du lit, je retire la couette et l'enroule autour de moi, l'odeur et la chaleur de Ian toujours emprisonnées à l'intérieur. Mon regard tombe sur une feuille de papier posée sur la commode.

Ma lettre.

L'une des filles a dû lui donner la lettre que j'ai écrite. Celle où je disais au revoir. Mon cœur me fait mal physiquement quand je pense à Ian en train de lire ma lettre de rupture après tout ce qu'il a fait. Affronter mon passé alors que je ne le pouvais pas. M'aimer quand je ne pouvais pas m'aimer. Tout en surmontant ses peurs au passage.

Et ensuite, il lit une lettre disant que même après tout ça, je le quitte.

Encore un cri venant d'en bas. Sur la pointe des pieds, je me dirige vers le palier.

— Je ne comprends pas pourquoi tu es si énervé.

Ian semble ennuyé.

— Tu ne comprends pas, hein ?

La colère dans la voix du sénateur Kincaid me fige sur place.

Je jette un coup d'œil, toute la chaleur résiduelle de la couverture s'estompe lorsque je vois le père de Ian, le visage rouge et faisant les cent pas dans l'entrée.

Ian est penché contre la balustrade, croisant une cheville sur l'autre.

— Est-ce que je *devrais* t'être reconnaissant de quelque chose ?

Le sénateur s'arrête net.

— Vu que tu as utilisé *mon* nom en Géorgie et au Texas ces derniers jours pour tirer ta pouilleuse de petite amie d'embarras, je dirais que oui.

— Bien.

Ian se tient droit.

— *Vu* qu'utiliser ton nom ces deux derniers jours est la *seule* chose que tu aies jamais faite pour moi en tant que père, je ne suis pas d'accord.

— Incroyable.

Le sénateur Kincaid s'approche de son fils, le fusillant du regard.

— J'ai été réveillé par des journalistes qui voulaient savoir quel était le lien entre moi et une criminelle. Et cela juste une semaine avant les élections !

— Ah.

Ian hoche la tête, l'air indifférent à la crise de colère de son père.

— Tu t'inquiètes à nouveau pour toi.

Le sénateur Kincaid continue de le fixer.

— Voici ce qui va se passer. *Je vais* déclarer publiquement que je n'ai jamais rencontré cette fille. Que ce ne sont que des intox inventées par mon adversaire, son ultime effort pour gagner les élections.

L'expression ennuyée de Ian ne change pas.

— Ensuite, *toi,* dit-il en pointant un doigt vers Ian, tu vas venir aux urnes avec ta mère et moi la semaine prochaine, avec Brenda putain de McGowan à ton bras, et tu vas sourire comme un fils obéissant.

Lentement, calmement, Ian pousse le doigt de son père hors de son espace du dos de la main.

— Ah oui ?

— Putain de oui, oui.

Sa colère est toujours aussi vive, mais il ne désigne plus Ian du doigt.

— Parce que sinon, mon prochain appel est au directeur de la NASA et on va avoir une petite discussion tout à fait sympathique à propos de ta promotion.

Le sourcil gauche de Ian se lève, faisant sourire le sénateur.

— Je vais commencer à filer droit *maintenant,* hein ?

L'homme plus âgé se tient droit, l'air content de lui-même.

— Et pendant qu'on y est, tu ne reverras *jamais* cette criminelle.

Ma respiration s'accélère, mon cœur bat plus vite que les ailes d'un colibri. Je ne lui en voudrais pas d'accepter. Je prends une profonde inspiration, essayant de calmer mes nerfs, de me préparer à la douleur à venir. J'ai causé assez de problèmes à Ian, alors je vais...

— Oui, ça va être un non.

La voix de Ian est ferme, ses mots durs et sûrs.

Je cligne des yeux, refoulant la prochaine crise de larmes qui menace de commencer.

— Pardon ?

La voix du sénateur se fait plus basse.

— Tu veux me tester, fiston ?

Il sort son téléphone de la poche de son costume.

— J'appelle. Maintenant s'il le faut.

Ian hausse les épaules.

— Vas-y.

Le silence s'ensuit, le sénateur fronçant les sourcils à la réponse inattendue.

— Parce que dans ce cas, je *vais* passer un appel aux mêmes journalistes qui te suivent à la trace pour leur parler au sujet de ta directrice de cabinet et maîtresse de longue date, dit Ian avec un bruit de désaccord. Je me demande ce que tes électeurs vont penser de baiser ouvertement ta maîtresse dans la maison que l'argent de maman a payée, tout en faisant une campagne sur les valeurs familiales.

La main qui tient le téléphone tremble.

— Tu n'oserais pas.

La tête du père de Ian bouge lentement d'avant en arrière, comme pour souligner son incrédulité.

— Tu ne ferais jamais ça à ta mère.

Ian s'éloigne de la balustrade, les mains dans les poches.

— J'aime maman. C'est vrai. Il penche la tête sur le côté. Mais avouons-le, toi et maman avez cessé d'être des parents il y a des années. Et j'en ai marre que tu m'utilises.

— Je...

— Et oui, j'aime mon travail, dit-il en haussant les épaules. Mais ce n'est qu'un travail. Je suis un homme intelligent. Et grâce à la famille de maman, je suis un homme riche. Je n'ai pas besoin de travailler à la NASA.

Il frôle son père et ouvre la porte d'entrée.

— Je n'ai pas besoin de toi.

Je peux entendre la respiration haletante du sénateur du palier du deuxième étage, et pendant une minute, je pense qu'il pourrait hyperventiler.

— Bien, parvient-il à dire à travers une mâchoire serrée, ne faisant pas de mouvement vers la porte. Mais au moins tu es assez sage pour ne pas revoir cette femme, n'est-ce pas ? Même toi, tu ne peux pas être aussi stupide.

Ian fait face à son père, ce dernier reculant.

— Si cela ne tenait qu'à moi, je verrais *cette femme* tous les jours pour le reste de ma vie.

Il s'arrête et recule, ses épaules s'affaissant visiblement.

— Malheureusement, cela ne dépend pas de moi.

Le sénateur Kincaid, intimidé il y a une seconde, observe la position abattue de son fils et éclate de rire.

— Elle t'a largué, n'est-ce pas ? Après tout ce que tu as fait ?

Il continue de s'esclaffer.

Mes poings serrent la couette enroulée autour de mes épaules. De la colère contre le père de Ian qui prend plaisir à la douleur de son fils me traverse le sang. De la colère contre moi-même pour être responsable de cette douleur me serre le cœur.

J'entre dans la petite pièce. Je monte sur la première marche de l'escalier.

— En fait...

Les deux hommes lèvent les yeux dans ma direction.

— Mes plans ont changé.

Je commence à transpirer. Pendant des années, j'ai évité les projecteurs, les affrontements. Je n'ai pas l'habitude d'attirer l'attention.

Mais pour Ian, je peux tout faire.

— Oh ?

Bien que sa posture reste détendue, je peux entendre l'espoir dans la voix de Ian.

— Ah oui ? demande le sénateur avec mépris. Quoi ? Vous vous réveillez dans une jolie maison pouvant contenir une cinquantaine de vos caravanes et pensez qu'il pourrait être bénéfique de vous attarder ?

Immédiatement, Ian entre dans l'espace de son père.

— C'est...

— Non, en fait.

Je descends quelques marches, la couverture traînant derrière moi comme une grande cape. J'ai probablement l'air ridicule avec mes cheveux dans tous les sens, sans maquillage avec un tee-shirt de Ian et une paire de ses boxers roulés à la taille. Mais c'est mon moment d'ouverture de rideau à la *Autant en emporte le vent,* et je suis déterminée à l'assumer.

— J'en suis simplement venue à réaliser que, aussi merveilleux soit votre fils, aussi accompli, aussi intelligent, et oui, aussi riche qu'il soit, je le mérite tout de même.

Je baisse les yeux en me mordant la lèvre, inquiète d'être allée trop loin.

— Enfin, euh, s'il veut de moi ?

En trois bonds, Ian atteint la marche en dessous de moi, croisant mon regard avec un grand sourire.

— Et comment, que je veux de toi !

Passant ses mains sous la couverture qui me sert de cape, il m'attire contre lui.

Je lève mes lèvres vers les siennes.

Sa barbe du matin est rugueuse, nos respirations ne sont pas des plus douces, et nous avons un public hostile, et pourtant, c'est le baiser parfait. Mieux que tout ce que j'ai jamais écrit.

C'est plein d'acceptation, d'espoir et d'amour. Tant d'amour.

C'est tout.

La porte d'entrée claque, nous faisant nous séparer.

Je suppose que le sénateur ne partage pas mes sentiments à propos du baiser. Je m'en fiche.

Me relevant sur la pointe des pieds, j'effleure à nouveau mes lèvres contre celles de Ian.

— Je t'aime.

— Je t'aime aussi.

Il plonge ses doigts sous la ceinture arrière de mon boxer, le déroulant jusqu'à ce qu'il glisse de mes hanches, tombant au sol.

— Et tu ne pars pas ?

Il y a un éclair d'incertitude dans ses yeux alors qu'il me touche les fesses.

— Non.

Je l'embrasse à nouveau.

— Je ne pars pas.

Il hoche la tête, bien que l'incertitude ne quitte pas tout à fait son regard.

— Tu ne me crois pas ?

Il me sourit de son sourire digne de Captain America et me prend dans ses bras.

— Peut-être que tu devrais me convaincre.

Je ris, laissant tomber la couverture, enroulant mes bras et mes jambes autour de lui.

— D'accord, mon chou, dis-je, tout en mordant et embrassant son cou. Je peux faire ça.

Et je le fais.

VINGT-HUIT
HEUREUX POUR TOUJOURS

Trish

— Moi, Jackie Darling Lee, te prends toi, Flynn West, comme légitime époux.

Bien que sa voix soit ferme, les mains de Jackie tremblent légèrement, jointes à celles de Flynn alors qu'elles se tiennent sous une tonnelle de verdure, parsemée de roses blanches et couleur corail.

L'astronaute en chef Luke Bisbee préside la cérémonie. Il a été ordonné juste pour l'occasion. Sa petite amie, la gourou des relations publiques de la NASA, Emily Durham, regarde fièrement la cérémonie depuis les chaises blanches alignées devant le couple.

Jul' rayonne comme une fière maman, regardant de temps en temps loin du couple pour profiter de la splendeur générale dont elle a supervisé l'organisation en tant que témoin. Bien qu'elle ait agi plus comme un général en guerre, utilisant l'organisatrice de mariage comme son commandant en second.

Holt est plus stoïque que jamais, le visage le plus solennel de la foule. Bien que son expression ait été sacrément plus amusante plus tôt, lorsqu'il a vu Jul' dans sa robe pour la première fois.

Les yeux de Rose sont collés aux mains jointes de Jackie et Flynn. Ses yeux sont embués, sa bouche est ornée d'un petit sourire.

Je fronce les sourcils, inclinant la tête pour essayer de mieux voir Rose depuis ma position derrière elle. Son sourire semble étrangement triste. Mais alors que je l'étudie, le petit sourire est remplacé par celui, bien plus large, pour lequel elle est connue.

Humm.

— Je le veux.

La déclaration de Flynn retentit parmi le petit rassemblement d'amis et de famille. Ou plutôt, une famille composée d'amis. Parce que c'est exactement ce dont nous sommes entourés. Collègues, frères et sœurs, serveuses, tous des amis liés entre eux par des intérêts communs, de l'amitié et de l'amour.

À quelques mètres de là, au premier rang, Ian est assis à côté du père de Jackie. Et comme les miens, les yeux de Ian ne sont pas rivés sur l'heureux couple. Ils sont sur moi.

Bien que nous soyons en novembre, le frisson qui me parcourt n'a rien à voir avec la météo.

En raison de l'emploi du temps chargé de la journée, « Témoinzilla » nous a toutes fait dormir au ranch. Jul' a même essayé de chasser Holt de sa propre maison, affirmant que c'était « des trucs de filles ». À notre grande surprise, Holt a tapé du poing, refusant.

Étant donné que la dernière fois que nous avons fait des trucs de filles toutes les quatre (c'est-à-dire il y a deux jours), la police a été appelée, Jul' n'avait pas vraiment d'argument à lui opposer.

Le compromis a été que Holt restait au ranch mais dormait dans ma caravane, toujours garée près de la maison.

La soirée entre filles signifiait également que Ian et moi n'avons pas pu continuer là où nous nous étions arrêtés après que son père fut parti en trombe. Nous n'étions qu'à quelques séances de réconciliation sur l'oreiller lorsque Jul' est venue frapper à la porte, exigeant que toutes les demoiselles d'honneur se réunissent.

— Je vous déclare maintenant mari et femme.

Beaucoup d'émotions se battent en moi alors que je regarde Flynn attirer Jackie contre lui, l'embrassant longuement et passionnément. Joie, bonheur, gratitude, désir.

Lorsque Flynn laisse Jackie respirer, son visage plus rouge que les semelles des Louboutin de mes rêves, mon attention revient à Ian.

Ses yeux sont toujours sur moi.

C'est cliché, je sais, mais les mariages font vraiment ressortir les hormones d'une femme.

Et quand une femme a un mec sexy et une caravane vacante, il ne lui reste plus qu'une chose à faire.

———

— Nous ne pouvons pas Trish, dit Ian en me soutenant contre les armoires de cuisine de la caravane. Pas ici.

— Si, nous pouvons. Et pourquoi pas ici ?

Je recule, cherchant tout signe de panique dans ses yeux.

Rien. Son regard est juste obscurci par le désir.

— Parce que, explique-t-il en m'embrassant une, deux fois, quiconque passant près de la caravane saura *exactement* ce qu'on y fait.

Je l'embrasse en retour, riant quand sa main passe le long de mon dos pour me pincer le derrière.

— Ne fais pas ta sainte-nitouche, Captain America.

Le souffle chaud de Ian chatouille mon oreille avant qu'il ne commence à faire glisser ses lèvres le long de mon cou.

— Débarrassez une fille d'une accusation de crime et, tout à coup, elle devient exhibitionniste.

Ma paume frotte la tente qui se forme dans son pantalon de smoking.

— Je me souviendrai de ce commentaire la prochaine fois que tu essaieras de me séduire au bord de la piscine.

Il gémit, m'embrassant plus fort, me laissant reculer juste assez longtemps pour sortir de ma culotte.

C'est la première fois que je retourne dans ma caravane depuis le soir de l'enterrement de vie de jeune fille. Ce qui a été ma seule constante pendant de nombreuses années me semble déjà lointain. La maison de Ian se change bien plus en foyer. Notre foyer.

Mais c'est toujours l'endroit idéal pour une sortie en tête à tête.

Ian se débat pour sortir de sa veste de costume moulante, révélant des bretelles noires.

— Tu ne vas pas être en retard à la réception ?

Je me mords la lèvre, la vue de lui faisant glisser ses bretelles de ses épaules ne faisant qu'augmenter ma libido déjà galopante.

— C'est bon.

Je le tire vers moi par le devant de sa chemise. Un bouton saute, rebondissant sur le sol.

— Tout ira bien.

Ian a peut-être plaisanté en me traitant d'exhibitionniste, mais il *est* vrai que depuis que le mandat d'arrêt a été révoqué, je me sens plus légère. Plus libre. Plus sexy.

Ian grogne alors que je glisse mes mains dans son pantalon, serrant son membre.

— Ouip. Tout à fait bien.

J'exerce deux mouvements de va-et-vient avant de libérer ma main et de défaire sa ceinture.

Des bandes de mousselines flottent autour de nous.

— Où es-tu là-dedans ?

La frustration de Ian me fait éclater de rire.

Dès que sa ceinture s'ouvre, ses mains se posent sur ma taille, me soulevant sur le plan de travail de la cuisine. Un sentiment de déjà-vu m'envahit, me souvenant de cette nuit-là, quand je me suis abandonnée à lui après le bar. Mais au lieu d'être blessée et rejetée, je suis amusée et appréciative du chemin parcouru en si peu de temps.

Ian tombe à genoux, plongeant sous les couches de ma robe jusqu'à ce que sa langue me trouve, effleurant et lapant jusqu'à ce que je m'inquiète de l'état de ma robe.

— Maintenant, Ian. Maintenant.

Quelques éclats de rire nous échappent alors qu'il essaie de se dégager de mes jupons. Mais quand il me pénètre enfin dans un coup de reins lent et profond, le rire se change en pure sensation. La sensation de son corps à l'intérieur, le poids de ses mains sur mes hanches, la prise de sa taille entre mes cuisses.

Je suis trop loin dans le plaisir pour me soucier de la bascule de la caravane ou des invités du mariage.

Faites-leur savoir. Faites-leur savoir combien j'aime cet homme. Combien il m'aime.

Le plaisir m'envahit, et je cambre mon dos, criant de plaisir avant que les lèvres de Ian ne couvrent les miennes. Il pousse une fois, deux fois, puis s'immobilise, son gémissement se répercutant dans ma poitrine.

Petit à petit, le monde nous revient. Verres qui s'entrechoquent, rires lointains, la mélodie du groupe s'échappant des portes de la grange.

La vie ne peut pas être beaucoup mieux.

— Merde.

Surpris, mon corps détendu se tend.

— Quoi ?

Mes mains agrippent ses épaules.

— Est-ce que ça va ? Est-ce l'espace confiné ?

J'essaie de descendre et de le bousculer dehors, mais il me maintient en place.

— Non non. Ça va.

Ses sourcils se défroncent, et il fait une pause comme s'il était perdu dans ses pensées.

— En fait, être ici ne m'a pas dérangé du tout.

— Oh. Bien, c'est bien.

Je secoue la tête.

— Alors quel est le problème ?

Il grimace

— J'ai oublié le préservatif.

— Oh.

L'humidité entre mes jambes s'intensifie.

— Oui, oh.

Sa tête baisse, son front touche le mien. Quel que soit le problème, je ne peux m'empêcher de sourire. Je suis presque sûre que Ian Kincaid, Boy Scout, Captain America, n'a jamais fait cette erreur auparavant.

— Je suppose que tu devras juste m'épouser alors.

Ian s'éloigne si vite qu'il trébuche en arrière.

— Attends. Quoi ?

Je baisse les yeux en me mordant les lèvres pour ne pas rire.

— Et prendre ce chien dont nous parlions au parc de food trucks.

Je glisse du comptoir et rejoins la minuscule salle de bains pour me nettoyer.

Manipulant ma robe encombrante dans le petit espace, je crie :

— Rebecca est là. Nous pouvons lui demander quels chiens sont disponibles au refuge en ce moment.

Pas de réponse. Je finis, me lave les mains et sors, trouvant Ian là où je l'ai laissé, son sexe rentré dans son pantalon de smoking.

— Est-ce que... est-ce que tu viens de me demander de t'épouser pendant que j'étais encore en toi ?

Il passe une main dans ses cheveux.

— Pour me dire ensuite qu'on prenait un chien ?

N'importe quelle autre femme pourrait regretter son impulsivité ou deviner les sentiments de son petit ami face à une telle réponse. Mais je suis si sûre des sentiments de Ian et de ma confiance en ce que nous avons que je ne peux m'empêcher de rire.

— Est-ce un non ?

D'un seul pas, Ian me serre si fort que mon souffle se coupe.

— Bordel, non ce n'est pas un non.

Il recule, déposant un baiser sur mes lèvres avant que je puisse reprendre mon souffle.

— C'est un attends-une-putain-de-minute-et-laisse-moi-poser-la-question.

— Oh. Je vois. Est-ce que j'ai marché sur tes orteils de macho ?

Il lève les yeux au ciel.

— En tant qu'écrivain, tu devrais savoir qu'il y a un ordre dans ces choses.

— Ah bon ?

— Oui.

Il lève un doigt.

— D'abord, des rendez-vous.

Je pense au parc de food trucks.

— Nous en avons eu, en quelque sorte.

— Ensuite il faut que nous vivions ensemble.

Un autre doigt.

— Fait.

Même si avec le recul nous n'en avons jamais vraiment parlé.

Un troisième doigt rejoint les deux premiers.

— Ensuite *je* te demande de m'épouser.

— Je ne vois pas pourquoi c'est à toi de le faire, je marmonne.

— Ensuite, nous avons un chien, puis un bébé.

On dirait qu'il veut que je lui tape dessus.

— Compte tenu du manque de préservatifs, il y a de fortes chances que nous devions simplement écrire notre propre histoire.

Il baisse les yeux vers mon ventre, comme s'il imaginait notre bébé dedans. Son sourire est large et lumineux.

— Oui ?

— Ouip. Et d'ailleurs, en tant qu'écrivain, je sais qu'il n'y a qu'une seule règle dure et vraie.

— Et qu'est-ce que c'est ?

— Vivre heureux pour toujours.

Nous nous regardons tous les deux, profitant de l'instant présent, trop heureux d'être gênés par notre côté gnangnan en ce moment. Mes mains sur sa taille, lui berçant ma mâchoire, nous gardons un contact visuel, nous penchant lentement l'un vers l'autre.

Et juste avant que nos lèvres ne se rencontrent, quelqu'un frappe à la porte.

— Sors ton cul de salope d'ici, TB !

La voix de Rose résonne dans la nuit

— Julie putain de Starr, témoin de l'enfer, dit que nous devons faire quelque chose, appeler une ligne de réception dans la grange maintenant que Jackie et Flynn en ont fini avec les photos.

Elle marmonne quelque chose à propos de tout le monde s'échappant pour coucher sauf elle.

— Allez !

Elle frappe une dernière fois avant que ses pas ne s'éloignent de la caravane.

En soupirant, Ian me serre contre lui et embrasse le haut de ma tête.

— Nous devons ajouter une étape à notre plan.

— Laquelle, mon chou ?

— Trouver un homme à Rose.

J'éclate de rire, même mon imagination romantique n'a pas réussi à trouver un homme capable de gérer tout ce qu'est Rose West.

— Et si on commençait par cocher les autres cases ?

— Comme quoi ? Le mariage ?

Je lèche sa clavicule.

— Le bébé.

Son corps se tend un instant avant de passer à l'action. Une fois de plus je suis dans ses bras, mais au lieu du comptoir de la cuisine, il fait deux pas vers la gauche, m'allongeant sur le lit.

— Ça me semble bien.

Souriant, je parle dans son cou entre deux baisers.

— Et la réception ?

Une fois de plus, sa ceinture touche le sol.

— Tout ira bien.

ÉPILOGUE

UN APERÇU DE LA SUITE

Ian

— Comment se passe la vie en première classe ?

Bodie se penche sur le siège vide à côté de moi.

Le siège de Trish.

— Bien, merci.

Et c'est vrai. Jusqu'à présent, ce vol se passe beaucoup plus facilement que celui d'Atlanta à Houston.

C'est peut-être parce que cet avion est une bête, presque deux fois plus long et deux fois plus large que le petit avion que j'ai pris il y a quelques jours à peine.

Mais c'est probablement parce que le Xanax que le docteur Brown m'a prescrit a commencé à faire effet alors que j'étais assis en porte d'embarquement.

Fini, les jambes qui rebondissent et les sueurs nerveuses. C'est une sensation étrange, car même si la dose n'est pas assez élevée pour me faire *oublier* que je suis dans un petit espace, cela ne me dérange étrangement pas.

— Oui, je parie.

Bodie se glisse dans le fauteuil inclinable en cuir, qui ressemble plus à un lit de camp chic qu'à un siège d'avion, pour laisser passer les dernières personnes embarquant sur le chemin de la classe économique.

— Et moi qui pensais que ta récente promotion ne te changerait pas. Mais à la première occasion, te voilà séparé de la racaille.

Il se retourne vers la classe éco où se trouvent lui et le reste du groupe de la NASA en direction de l'Allemagne.

— Oui, oui.

Je lève les yeux au ciel.

— Ils ne m'ont pas encore donné le travail.

Il se moque.

— C'est tout comme. Tout le monde le sait. Et c'est bien mérité.

Il me regarde de côté.

— J'ai juste pensé que tu aimerais t'asseoir avec nous autres pauvres fonctionnaires.

Il sourit.

— Tu sais, histoire de créer des liens avec tes subordonnés, tout ça.

En tant qu'employés du gouvernement, nos frais de déplacement sont payés par l'Oncle Sam. Ce qui signifie classe économique sur le vol le moins cher. À moins de débourser l'argent supplémentaire. Ce que j'ai fait.

— Tu ne vas jamais me laisser passer ça, n'est-ce pas ?
— Non.

Il a l'air franchement content de lui.

— Je me serais assis avec vous, les gars.

Non, vraiment pas.

— Mais je pensais que Trish allait venir.

Il hoche la tête en regardant le siège sur lequel il est assis.

— Oui, pas de chance qu'elle n'ait pas pu avoir son passeport à temps

Il baisse le dossier du siège, levant les bras derrière la tête.

— Je te dirais que tu pourrais te consoler lorsque nous arriverons avec une jolie blonde en Lederhosen, mais à la façon dont Trish et toi vous vous regardiez au mariage, je suppose que ce sera vraiment un voyage d'affaires pour toi.

Le sourire sur mon visage lui dit qu'il a raison.

Il bouge sur son siège, le front pincé.

— Alors, euh, en parlant du mariage...

Le malaise dans sa voix, un contraste frappant avec son attitude décontractée normale, m'inquiète.

— Oui ?

Il se concentre sur l'évent au-dessus de nous.

— J'ai rencontré cette fille.

Il n'a pas l'air content à ce propos.

Ouah. Je n'ai jamais vu Bodie si sérieux. Même lorsqu'il a démarré la Station spatiale internationale lors de la récente sortie dans l'espace d'urgence, le gars a toujours le sourire aux lèvres.

— Au mariage ?

Je parcours mentalement la courte liste des invités. Toutes les femmes sont venues avec leur mari ou leur petit ami. L'organisatrice de mariage ? Non, je secoue la tête intérieurement. Je l'ai entendue mentionner son mari et ses enfants à Jul' lors d'une conversation passagère. Des visages défilent dans mon esprit. L'une des serveuses ?

— Oui, elle, euh, m'a en quelque sorte botté le cul au lit.

Je le fixe quelques secondes.

— Tu as couché avec elle au mariage de Jackie ?

Il hausse un sourcil dans ma direction.

— Venant du mec qui a failli faire tomber la caravane à quelques mètres de la réception ?

Si je n'avais pas pris de médicament, je serais probablement rouge betterave.

— Ah oui, eh bien...

Il rit.

— *Quoi qu'il en soit.*

Retournant son regard vers le plafond, Bodie fronce les sourcils.

— Ensuite, elle est juste partie.

L'inquiétude fait place au rire.

— Le grand Vance Bodaway a été aimé et quitté ?

Je m'esclaffe.

— C'est hilarant.

Son expression sérieuse se brise et il sourit.

— Tais-toi.

En me relaxant dans mon siège, je continue de rire.

— Quoi, elle t'a abandonné dans une stalle quelque part ?

— Une stalle à chevaux ? Grand Dieu, non. Elle m'a emmené dans sa chambre.

— Sa chambre ?

La réalisation me laisse bouche bée.

— Attends. Tu veux dire...

— Est-ce que cette place est prise, mon chou ?

Une petite brune se tient dans l'allée, les doigts enroulés autour de la poignée d'un bagage à main. Ses ongles polis correspondent parfaitement au rouge à lèvres rose sur sa bouche retroussée.

— Trish ?

Je la fixe, incapable de comprendre ce qui se passe.

Bodie, un sourire moqueur sur le visage, relève son siège et se lève.

— Je suppose que cela signifie que je retourne en classe éco avec le reste des péons.

Trish fronce les sourcils.

— Oh, je suis désolée. Tu as déjà changé de siège ?

Elle se lève sur la pointe des pieds de ses talons vertigineux pour regarder par-dessus l'épaule de Bodie.

— Je pourrais prendre le...

— Non !

Je me lève, me craquant la tête contre le plastique dur au-dessus de moi.

— Merde.

Je me frotte la tête, jetant à Bodie, maintenant en train de rire à mes dépens, un regard noir.

— Bodie allait juste partir, n'est-ce pas ?

Il me fait un sourire narquois.

—Oui, chef.

Il se penche et embrasse Trish sur la joue.

— Je suis content que tu aies pu venir.

Trish rougit.

— Allons boire une de ces bottes de bières allemandes après l'entraînement.

Je lui pousse l'épaule.

— Bouge, Bodaway, ou je te botte le cul.

Les mains en l'air, Bodie rit à nouveau, mais heureusement se dirige vers l'arrière de l'avion. Je n'arrête pas de le fusiller du regard jusqu'à ce que le rideau séparant la première classe de la voiture se ferme.

— Tu n'es pas content de me voir, mon chou ?

Je me retourne vers Trish, qui mord sa lèvre rose.

— Bien sûr que si.

Je lui prends son sac et l'attire pour une étreinte maladroite dans l'espace exigu.

— Mais qu'est-ce que tu fais ici ? *Comment* es-tu ici ?

— Veuillez vous asseoir, nous nous préparons pour le décollage.

Une hôtesse de l'air se rapproche de Trish et lui fait signe de s'asseoir.

Je recule vers la fenêtre, laissant la place à Trish de le faire.

Une fois que nous sommes tous les deux assis, Trish retire ses talons.

— Tu étais tellement occupé à courir dans tous les sens et à passer des appels pour savoir combien de temps cela prendrait pour avoir un passeport rapidement que tu ne m'as jamais demandé si j'en avais un.

Elle passe son sac de mes genoux au sien, en sortant un passeport bleu marine.

— Ce qui est le cas.

Elle le remet à l'intérieur et place son sac dans le compartiment devant nous.

— Je ne l'avais jamais utilisé, parce que, tu sais, le mandat d'arrêt, tout ça...

Elle hausse les épaules.

— Heureusement, il n'expire pas dans les six mois.

Elle avait déjà un passeport. Je suis tellement bête.

— Pourquoi tu ne me l'as pas dit ?

— Eh bien, d'une, parce que je voulais que tu prennes la décision de prendre l'avion tout seul.

Elle tend la main et serre ma main.

— Je voulais que tu saches que tu pouvais le faire, que tu croies en toi.

Elle passe ses jambes sous elle, semblant minuscule sur le siège en cuir.

— Et de deux, je pensais que tu apprécierais la surprise.

Elle agite ses cils vers moi.

— J'avais raison ?

J'acquiesce, essayant toujours de comprendre. Trish vient en Allemagne avec moi.

Tandis que l'une des hôtesses de l'air commence le baratin

de contrôle de sécurité, Trish joue avec tous les boutons et services de la première classe, fredonnant joyeusement quand elle trouve la porte coulissante qui nous sépare du reste de l'avion. En la refermant, elle relève l'accoudoir qui sépare nos sièges.

Mon cœur bat plus vite, mais pas à cause de l'espace réduit qu'elle a créé. En fait, je remarque à peine que l'avion fonce sur la piste.

Une fois en l'air, Trish se penche en avant, attrape l'une des couvertures et la déroule avant de la draper sur nous deux.

— Tu sais, j'*allais* prendre un autre vol et vous surprendre en Allemagne, mais Rose a fait une remarque pertinente.

Rose. Une vague impression que je devrais demander quelque chose à Trish à propos de Rose me traverse l'esprit, mais s'évanouit rapidement lorsque Trish pose une main sur ma cuisse sous la couverture.

Je me racle la gorge.

— Et quelle était cette remarque ?

Elle glisse sa main de ma cuisse et atteint le bouton qui incline nos deux sièges.

— Nous ne serions pas en mesure de rejoindre le club.

Une fois que les sièges sont complètement inclinés, formant essentiellement un petit lit pour deux personnes, elle se blottit contre moi, sa main serpentant à nouveau sous la couverture.

— Le club ?

L'avion n'est pas le seul à décoller.

Sa main serre mon membre par-dessus mon pantalon.

— Le club du septième ciel.

Son souffle chatouille mon oreille.

— Tu en as entendu parler ?

— J'ai peut-être déjà entendu ce terme, oui.

Ma voix est étranglée.

Elle murmure dans mon cou :

— Tu veux en faire partie ?

Mon cerveau comprend enfin ce qui se passe et envoie le signal à mes mains pour qu'elles bougent. Me mettant sur ma hanche, je l'attire encore plus près, ma cuisse entre la sienne.

— Oh oui. Je n'ai jamais rien voulu de plus.

Mais c'est un mensonge. Parce que pendant qu'une main passe sous sa chemise et joue avec la dentelle qui recouvre son téton, et que l'autre glisse sous l'arrière de ses leggings et lui caresse les fesses, je sais que j'ai déjà la chose que je veux plus que tout.

Elle.

DU MÊME AUTEUR

La milliardaire **Rose West** n'est pas du genre à s'en laisser compter.

Après avoir été délaissée par ses parents et abandonnée dans un pensionnat entre les griffes impitoyables des autres gosses de riches, Rose a appris dès son plus jeune âge à survivre avec un sourire, un clin d'œil et des billets plein le décolleté.

Héritière pétrolière, bientôt diplômée d'une université prestigieuse et dotée d'un physique plutôt avantageux - si on aime les chevelures généreuses et les poitrines plus généreuses encore -, Rose est destinée à conquérir le monde.

Dommage qu'elle n'ait aucune idée de ce qu'elle compte faire de sa vie.

Hashtag crise de la vingtaine.

Astronaute de la NASA, Vance Bodaway s'est fait une promesse il y a longtemps : devenir astronaute et vivre seul.

Après la mort de son père, un capitaine de l'armée en pleine mission, Vance a vu la souffrance de sa mère endeuillée. Il s'est juré de ne jamais placer un être cher dans cette situation. Il privilégie les histoires sans lendemain et a pris la décision de ne jamais fonder de famille.

Jusqu'à ce qu'une blonde au tempérament de feu et avec un penchant pour les paillettes et les ennuis déboule dans son orbite, bouleversant toutes ses règles strictes.

Hashtag plan cul.

Mais entre les cours de pole dance que suit Rose avec la mère de Vance, leur concours de shooters au bar et une course-poursuite avec les vigiles d'un centre commercial lors d'une mémorable virée shopping, leur relation sans attaches commence à empiéter sur un terrain plus sensible dont ils ignoraient tous deux l'existence.

Et quand un nouveau compte à rebours commence, celui des fameux neuf mois, seront-ils capables de surmonter leurs blocages émotionnels pour décoller vers l'amour ?

Ou risquent-ils de voler en éclats et de s'écraser lamentablement ?

À PROPOS DE L'AUTEUR

Merci d'avoir lu mon livre.
    J'espère que je vous ai fait sourire.

xxx, Sara

Les commentaires sont toujours appréciés.

Printed by Libri Plureos GmbH in Hamburg, Germany